보성과
한국문학

작고문인을 중심으로

보성과 한국문학 작고문인을 중심으로

초판1쇄발행 2017년 8월 30일
초판2쇄발행 2017년 10월 20일
엮은이 오영식 **펴낸이** 박성모 **펴낸곳** 소명출판 **출판등록** 제13-522호
주소 06643 서울시 서초구 서초중앙로6길 15, 1층
전화 02-585-7840 **팩스** 02-585-7848 **전자우편** somyungbooks@daum.net **홈페이지** www.somyong.co.kr

값 26,000원 ⓒ 오영식, 2017
ISBN 979-11-5905-216-3 93810

이상협

(제1회)

『재봉춘』,
1912.8.15,
동양서원

『해왕성』,
1925.3.30 재판,
회동서관

『해왕성』,
1941.3.30 6판

『무궁화』, 1918

『눈물』,
1925 4판

최승구

(제1회)

『보중친목회보』1호, 1910.6
최승구의 소장인, 최승만의 증정 서명

『학지광』17호, 1918.8

차상찬

(제1회)

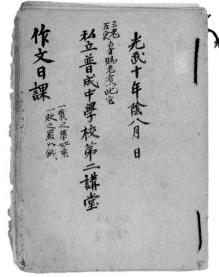

1906년 1학년생 차상찬의 작문노트

『별건곤』,
1933.11월호

사립보성초등학교로부터 온
연하엽서

『개벽』1922.10월호

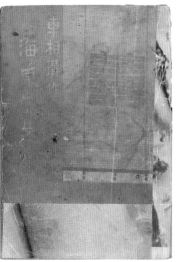

『해동염사』,
한성도서,
1949.12.6

『조선사외사』, 명성사, 1947.5.20

현 철

(제2회)

『상공세계』, 상공세계사, 1923.3

『햄플레트』, 박문서관, 1923.4.30

진학문

(제3회)

『암영』, 동양서원, 1923.1.30

현상윤

『조선유학사』, 민중서관,
1949.12.5

『현상윤 전집』,
나남, 2008.3.25

『사회생활과
중등공민 공동생활』,
민중서관, 1950.5
초판

이익상
(제5회)

『이익상 문학전집』, 신아출판사, 2011.6.10

염상섭
(제6회)

萬 歲 前

廉 想 涉 作

京城 高麗公司 發行

『만세전』,
경성 : 고려공사,
1924.8.10
초판

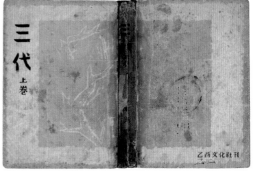

염상섭 역술, 『남방의 처녀』,
평문관, 1924.5.1

『이심』, 박문서관, 1939.5

『견우화』, 박문서관, 1924.8.25

『삼대』, 을유문화사, 1947.11.25

『신혼기』, 금룡도서, 1948.2

『삼팔선』, 금룡도서, 1948.1

『만세전』, 수선사, 1948.2

최승만

(제6회)

6회앨범(1915.4.1)에 실린 최승만

『창조』 2호, 1919.3.20

『극웅필경』, 1970.8.10

極熊筆耕
—崔承萬文集—

崔承萬 著

김형원

(제7회)

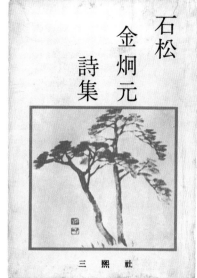

石松
金炯元
詩集

三熙社

『석송 김형원 시집』,
삼희사, 1979.2.15

시집 뒤표지의 육필

서항석

(제9회)

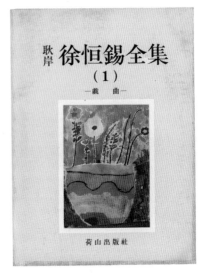

『경안 서항석 전집』,
하산출판사, 1987.8.30

현진건

(제10회)

『타락자』, 조선도서, 1922

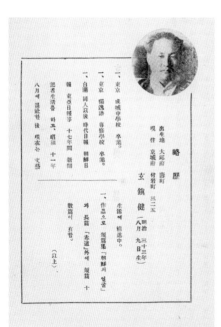

略歷

一、東京 成城中學校 卒業。

現住 京城府 �町
三二五

現住 京城府 竹添町
三二五

玄鎭健
（明治三十三年
八月九日生）

出生地 大邱府 壽町

生活에 精進中。

一、作品으로 短篇集『朝鮮의 얼굴』
과 長篇『赤道』外에 短篇 十
數篇이 有함。
（以上）

一、東京 獨逸語 專修學校 卒業。

一、白潮 同人以後 時代日報 朝鮮日
報 東亞日報等 十七年間 新聞

記者生活를 하고、昭和 十一年
八月에 退社한 後 現在는 文藝

『현대조선문학전집－단편집(하)』,
조선일보사 출판부, 1938.8.1

『무영탑』, 박문서관, 1939.9.20

『단군성적순례』,
예문각, 1948.2.23

『적도』,
박문서관,
1939.4.1

『현진건전집』 1~4, 문학비평사,
1988.3.10

김춘광

(제10회)

희곡 『안중근 사기』 후편

『대원군』,
청춘극장, 1946.10.27

『단종애사』,
청춘극장, 1946.4.10

희곡 『안중근 사기』,
청춘극장, 1946.3.1

고한승

(제11회)

고한승이 동인 활동한 『신문예』 2호,
1924.3

고한승의 아동극 「해와 달」(정렬모 편,
『현대조선문예독본』, 수방각, 1929.4.2)

김상용

(제12회)

『무하선생 방랑기』, 수도문화사,
1950.2.28

『망향』, 문장사, 1939.5.1

『망향』, 이대출판부, 1950.3(3판)

김해강

(제12회)

『기도하는 마음으로』,
1984.4.30, 자가본

김해강·김람인 2인시집『청색마』,
명성출판사, 1940.8.30

『동방서곡』, 1968.9.30,
교육평론

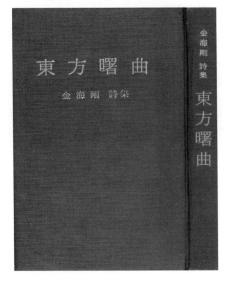

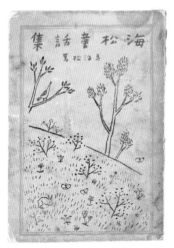

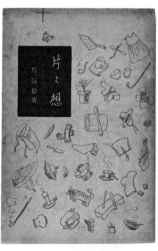

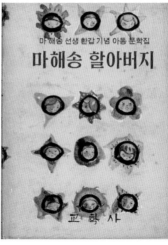

『해송동화집』,
동경 : 동성사, 1934.5.1

『편편상』, 새문화사,
1948.4.5

『마해송 할아버지』,
교학사, 1965.1.8

『떡배 단배』, 학원사,
연도 미상

『모래알 고금』, 경향잡지사,
1958.5.5

『앙그리께』, 가톨릭출판사,
1959.1.10

한 인 택

(제13회)

『선풍시대』, 한성도서, 1949.1.15
『선풍시대』, 한성도서, 1937.1.15

이 헌 구

(제16회)

『모색의 도정』, 정음사, 1965.10.5
『문화와 자유』, 청춘사, 1953.12.15

임화

(제16회)

임화의 표지화(『새벗』, 1929.7.1)

『현해탄』, 동광당, 1938
『문학의 논리』, 학예사, 1940
『회상시집』, 1947
『찬가』, 백양당, 1947.2.10

이 상

(제17회)

김해경 표지 도안
(『중성』 1-3호, 1929.6)

김기림 편, 『이상 선집』, 백양당,
1949.3.31

『이상 전집』, 태성사, 1956.7.1

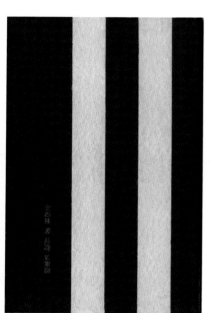

김기림

(제18회)

『기상도』, 1936.7.8

이상이 장정한 『기상도』의 내제지 구성

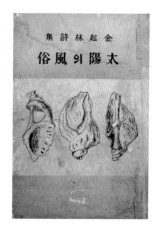

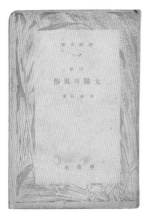

『시의 이해』, 을유문화사, 1950.4.10

『바다와 육체』, 평범사, 1948.12.25

『태양의 풍속』, 학예사, 1939.9.25

『태양의 풍속』, 학예사, 1939.9.6

『바다와 나비』, 신문화연구소,
1946.4.20

『문학개론』, 문우인서관, 1946.12.20

『문학개론』, 신문화연구소, 1947.8.18

『시론』, 백양당, 1947.11.15

김유영

(제16회)

임화가 장정을 하고, 이종명이 쓰고, 김유영이
감독한 영화소설 『유랑』(박문서관, 1928.7.30)

김환태

(제18회)

『김환태 전집』, 현대문학사,
1972.8.20

『김환태 전집』, 문학사상사,
1988.1.25

홍경표 편, 『김환태 비평선집』,
형설출판사, 1982.11.20

이
흡

(제18회)

시집 『종백』 광고
(『신문학』 3호, 1946.8)
(『신문학』 4호, 1946.9.10)

「마냥 서있는 밤이 있다」
(『민성』 4-4호, 1948.4)

「뒤따르리라」
(『우리문학』 2호, 1946.3)

「포백을 생각하며」
(『문화창조』 2호, 1947.3)

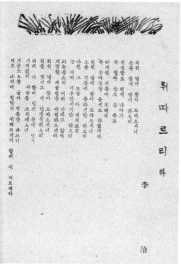

윤곤강

(제22회)

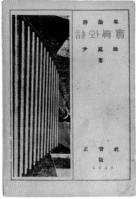

『만가』, 1938.6.5

시집 『살어리』, 시문학사,
1948.1.30

『시와 진실』, 정음사,
1948.8.25

『빙화』, 한성도서, 1940.8.2

시집 『피리』, 정음사,
1948.1.30

『조선가요찬주』, 생활사,
1947.12.15

승응순 (제24회)

『학생』1-6호,
1929.9

최인준 (제24회)

『풍림』2집에 실린
최인준의 캐리커처,
1937.1

『신소설』2호, 1930.1

조영출

(제26회)

『조영출전집』 1~3, 소명출판, 2013

김학철

(제26회)

『해란강아, 말하라!』,
연변교육출판사, 1954.12

방이동 모교 방문(1994)

황
건

(제27회)

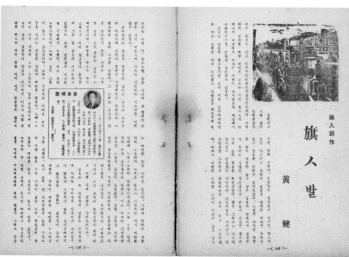

「깃발」, 『신천지』, 1946.6
「십오야」, 『보성』 2호, 1936.2.19

황건의
학적부 사진

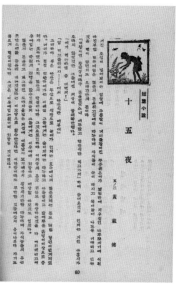

강형구

(기수미상)

『동아일보』, 1940.1

「서편」, 『주간서울』 20호, 1948.1.1

「조춘」, 『문학』 8호, 1948.7

「목석」, 『협동』 4호, 1947.3

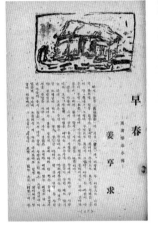

민병산

(제37회)

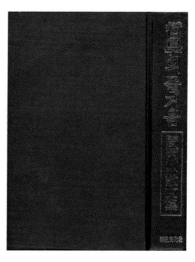

『동양의 마음과 그림』, 새문사, 1978.9.20

『철학의 즐거움』, 신구문화사, 1990

『공예문화』, 신구문화사, 1984.6.10

박희진

(제40회)

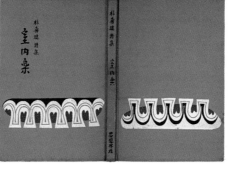

『청동시대』, 모음출판사,
1965.9.10

『실내악』, 사상계사,
1960.11.20

성찬경

(제40회)

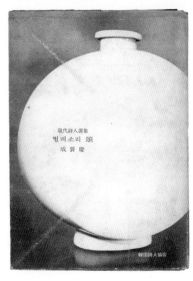

『벌레소리 송』, 문원사, 1970.11.3. 성찬경의 두 번째 시집. 자연 현상과 인간 정신의 교감을 노래한 시집으로 평가받는다.

『화형둔주곡』, 정음사, 1966.11.5. 성찬경의 첫 시집. 지적 건축의 구조 미학을 노래한 시집으로 평가받는다. 그가 주장한 '밀핵시'의 시론이 첫 시집에서부터 구현된다.

조운제

(제40회)

『조운제 시선집』, 1986.9.5 (후배들에게 서명 증정)

『동서비교시론』, 대제각, 1981.6.3

조운제 · 손재준 · 함동선, 『안행』(현학사, 1976.9.10)

이 광 수

『청춘』3호, 1914.12

이광수, 「중학교 방문기」(『청춘』3호)

〈교가〉,『졸업앨범』, 1929

(본문 414쪽 참조)

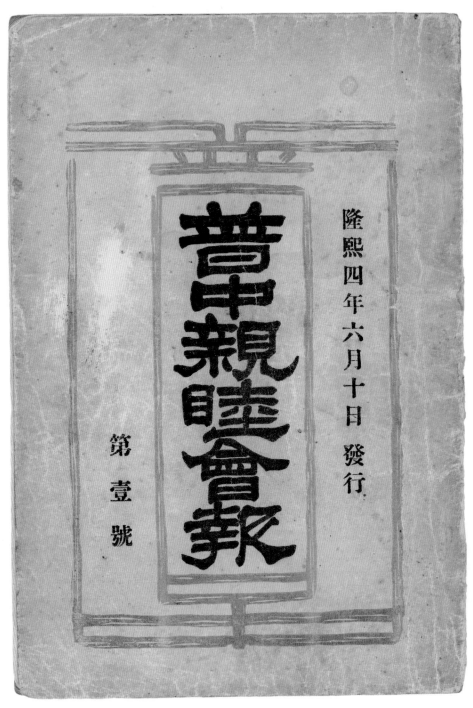

隆熙四年六月十日 發行

普中親睦會報

第壹號

이 책의 표지에 재현한 『보중친목회보』 제1호 표지. 『보중친목회보』는 중학교 교지의 효시로 당시 재학생은 물론 주시경, 이광수 등의 글이 실려 있다. 표지는 '普(보)'와 '中(중)' 두 글자를 도안하여 종서한 것이다.

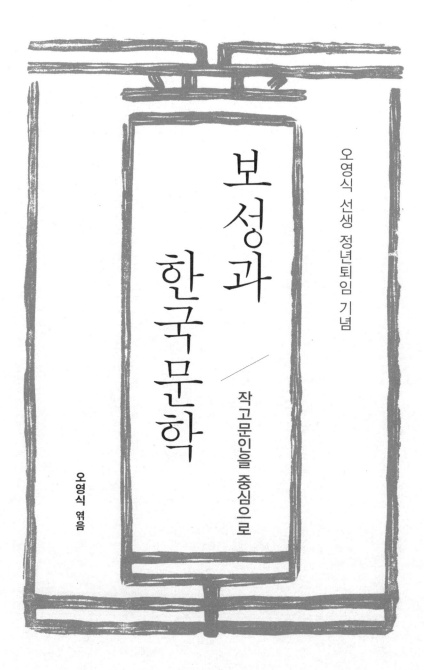

오영식 선생 정년퇴임 기념

보성과
한국문학

작고문인을 중심으로

오영식 엮음

소명출판

오영식 선생님의 『보성과 한국문학』 출판을 축하하며

보성중고등학교 학교법인 동성학원 이사장 전성우

　오영식 선생님은 1985년 보성고등학교에 부임하신 이래 국어교사로서 많은 제자들을 길러내시면서 30여 년간 교직에 충실히 봉직하셨을 뿐 아니라, 동시에 부단한 자기계발과 연구를 계속하며 서지학자로서의 길을 걸으시며 많은 후학들의 귀감이 되셨습니다. 오 선생님은 1988년에는 대한출판문화협회에서 최연소 모범장서가상을 수상하고, 이후에도 16년간 서지학잡지인 『불암통신』을 꾸준히 발행하였습니다. 또한 2009년에 『해방기 해방도서 총목록』 등 중요한 서지학 책들을 집필했습니다. 근대서지학회 전경수 회장은 오영식 선생님이 근대서지학회에서 편집위원장을 맡으면서 그가 대학시절부터 수집하기 시작한 방대한 한글사료가 우리나라 서지학자들의 '저수지' 같은 역할을 했고, 오 선생은 지금까지 많은 젊은 연구자들에게 길잡이가 되었다고 극찬하기도 했습니다.

　어찌 보면 근대기 주시경, 김두봉을 비롯하여 황의돈, 김용준, 박종화, 윤오영 선생 등 수많은 좋은 스승들이 모여서 염상섭, 현진건, 임화, 이상, 김기림 같은 우리나라 근대문학사에 커다란 족적을 남긴 많은 작가들을 배출했을 뿐 아니라, 이후에도 윤대성, 조세희, 조정래, 조해일, 성찬경, 박희진, 조운제 등 지금까지 계속해서 우리 문단을 이끌어가는 문필가들을 키워낸 보성학교에 오영식 선생님이 근무하신 것은 운명 같은 필연이었을지 모릅니다. 오영식 선생님은 오랜 기간에 걸쳐 보성학교 도서관에 보관된 많은 고서와 자료들을 꼼꼼히 정리해 주셨을 뿐 아니라 2006년 보성개교 100주년을 맞아 조세희 작가, 박희진 시인 등이 참가한 보성문학 세미나를 개최하고, 『보성 100년사』를 편찬하는 데 중심적인 역할을 해주셨습니다.

또한 이번에 오영식 선생님이 정년기념으로 출판하시는 『보성과 한국문학』은 2003년 오 선생님이 본인의 귀중한 수집품들을 포함하여 만든 같은 이름의 상설전시를 시작으로 하기도 합니다. 아무쪼록 이 의미 있는 책이 더 많은 분들께 오래도록 좋은 영향을 주었으면 합니다. 오 선생님의 명예로운 정년과 책의 출판을 다시 한번 축하 드립니다.

대한제국과 보성학교

한국 근대문학사의 母校가 된 배경

중앙일보 문화선임기자, 73회 **배영대**

2003년 9월 4일자 『중앙일보』 문화면에 "한국문학사의 '母校' 보성고에 동문 문인기념관"이란 제목의 기사가 실렸다. 그 인연으로 이 글을 쓴다. 기사는 이렇게 시작된다. "소설 '날개'를 쓴 이상, '삼대'의 염상섭, '빈처'의 현진건 등은 일제 강점기를 대표하는 소설가라는 점 외에 모두 보성중·고교 출신이라는 공통점을 가지고 있다. 최승구·진학문·현상윤·변영태·김기림·김환태·이종명·김상용·조영출·김학철·임화·고유섭·윤곤강·마해송 등 저명한 문인들도 식민지 시절 보성학교에서 학창시절을 보냈다."

보성고가 개교 100주년 기념사업으로 이 문인들의 삶과 정신을 기리는 특별전 '보성과 한국문학'을 기획해 교내에 상설 전시한다는 소식을 전하는 기사였다. 그 기사에도 썼지만 단일 고교 차원으로 매우 이례적 규모의 문인을 배출했다. 우리나라의 중·고교를 전수 조사하지는 않았지만 지나친 과장으로 자화자찬하는 것은 아닐 것이다. 20세기 초는 특히 그렇다. 기사에서 김갑철 교장은 이렇게 설명한다. "오랜 역사와 전통에 걸맞게 수많은 문인과 저술가를 배출해 마치 백두대간과 같은 정신적 산맥을 이루고 있다." 기사를 쓴 지 14년의 시간이 지난 지금 다시 되돌아봐도 과연 보성학교는 '한국 근대문학의 백두대간'이라고 할 만하다.

기사를 쓰면서 궁금증이 계속 생겨났다. 어떻게 한 학교에서 이렇게 많은 저명 문인들이 배출될 수 있었을까? 특별전을 기획한 보성고 오영식 교사는 당시 이렇게 말했다. "1906년 개교 이래 조선의 역사와 말을 배울 수 있는 '민족 사학私學'이란 배경이 있었기 때문에 일제 강점기 때 우수한 인재들이 보성을 꼽아서 오기도 했다. 주시경·김두봉·황의돈·김용준·박종화·윤오영 등 당시 보성에 재직했던 쟁쟁한 교사진도 한몫 했을 것이다."

기사는 그렇게 게재된 후 사람들에게서 잊혀졌지만 내 마음 속에는 큰 숙제가 하나 자리 잡았다. '민족 사학'이라는 수식어의 배경인 설립자 이용익과 인수자 손병희의 영향은 실제 어느 정도였을까? 한글 교육의 토대를 놓은 주시경, 의열단을 이끈 김두봉 같은 인물들이 어떻게 보성학교에 오게 되었을까?

학술담당 기자를 오랫동안 맡으면서 늘 화두처럼 이 문제를 들고 다녔던 것 같다. 그 궁금증의 실마리가 최근 풀려나가는 느낌이 든다. 지난해 하반기부터 한국 근대사에 대한 책을 다시 읽기 시작했다. 그 중에서도 대한제국에 초점을 맞춰 보았다. 110년 전 보성학교가 세워질 때 뜻있는 교사와 재능 있는 학생들이 모여드는 데는 다 그만한 이유가 있었다. 대한제국(1897년 10월 12일~1910년 8월 29일)이 그 비밀을 푸는 열쇠로 보인다. 대한제국의 근대적 개혁을 이끈 고종(1852~1919)과 최측근이었던 이용익(1854~1907)의 역할을 주목해야 한다.

대한제국과 고종에 대한 재평가는 2000년대 들어 새롭게 나오기 시작했다.[1] 그 전에는 폄하 일색이었다. 시아버지와 며느리의 정권 다툼에 아무 것도 못한 암군暗君의 이미지를 비롯해 모든 죄가 망국의 왕에게 덮어 씌워졌다. 황제라는 이름도 비웃음을 샀다. 대한제국 자체가 무능력의 표본이자 망국의 원인으로 지목되면서 '황제는 무슨 황제냐'며 혐오의 대상으로 전락했다.[2] 그런 분위기에서 보성의 창립자가 고종의 측근이란 점도 덩달아 마치 부끄러운 과거인양 치부되기도 했다.

　　대한제국과 고종의 실체를 놓고 아직도 국내 학계에서 논란이 분분하기도 하지만 크게 보면 일제 식민사학자들이 만들어놓은 역사왜곡은 하나 둘 바로잡혀 나가는 흐름이다.[3] 대한제국의 실체와 역할이 더

1　2000년대 이후 대한제국과 고종을 재평가하는 연구서들이 잇따라 출간되고 있다. 다음의 책들 참조. 이태진, 『고종시대의 재조명』, 태학사, 2000; 한영우, 『명성황후와 대한제국』, 효형출판, 2001; 한영우, 『명성황후, 제국을 일으키다』, 효형출판, 2001・2006; 서영희, 『대한제국 정치사 연구』, 서울대 출판부, 2003; 교수신문 편, 『고종황제 역사청문회』, 푸른역사, 2005; 한영우 외, 『대한제국은 근대국가인가』, 푸른역사, 2006; 김문자(재일교포 역사학자), 『조선왕비 살해와 일본인』, 동경 : 高文硏, 2009; 이태진 외, 국립고궁박물관 편, 『대한제국-잊혀진 100년 전의 황제국』, 민속원, 2011; 황태연, 『대한민국 국호의 유래와 민국의 의미』, 청계, 2016; 황태연, 『갑오왜란과 아관망명』, 청계, 2017; 황태연, 『백성의 나라 대한제국』, 청계, 2017.

2　이태진 서울대 국사학과 명예교수는 "고종・고종시대에 대한 유언비어에서 벗어나자"고 말한다. 유언비어는 조선왕조의 당론(黨論) 차원의 비방과 일본인들의 침략 야욕에서 나온 폄훼가 뒤엉키며 증폭되었다. 유언비어를 유포하는데 결정적인 역할을 한 것은 일본의 한국 강제 병합 직전에 나온 기쿠치 겐조(菊池謙讓)의 『조선 최근 외교사 대원군전 부(附) 왕비의 일생』(경성, 日韓書房, 1910.7)이 대표적이다. 기쿠치는 일본 동경의 '고쿠민신문(國民新聞)'의 서울특파원으로 1895년 10월 8일의 명성황후 시해사건에 가담한 사람이었다. 이 책은 대원군과 명성황후를 정치적 라이벌로 상정한 후 대원군이 명성황후를 살해한 주범으로 몰면서 동시에 명성황후에 대한 각종 부정적 정보를 확대재생산 하면서 고종은 허수아비로 만들어놓았다. 이태진 교수는 이 책의 내용들을 검증해 본 결과 대다수가 근거가 없는 허구, 낭설이었다고 했다. 하지만 이 책의 영향력은 대단히 컸다. 이 책의 주장은 이후 일본인뿐 아니라 우리나라 지식인들에게도 그대로 받아들여졌고, 심지어 더 과장된 형태로 전승해 역사 왜곡의 큰 흐름을 이루었다. 이태진, 「왜 대한제국의 역사를 폄하하는가」, 『대한제국-잊혀진 100년 전의 황제국』, 19~23쪽.

3　1919년 3・1만세운동의 여파로 그해 9월 중국 상해에서 임시정부가 수립될 때만해도 임시정부 구성원들 간에 대한제국과 고종에 대해 어떤 부정적 견해도 보이지 않는다. 의정

많이 연구됨에 따라 보성이 한국 근대문학의 백두대간이 된 것도 단순히 우연이 아니라 필연이었음을 알 수 있게 될 것으로 보인다.

명성황후 시해 사건 이후 러시아 공사관으로 '국내 망명'을 한 고종은 대한제국을 선포한 후 궁내부를 중심으로 근대화 개혁을 추진해 나갔다.[4] 최고 정책기구인 의정부가 있었지만 의정부 산하 정부부처는 김홍집·박영효·김옥균 등을 추종하는 친일 세력이 포진해 있었기에 고종이 믿고 일을 맡길 수 없었다. 형식상으로는 의정부(정책기구)-궁내부(집행부)의 양부체제를 갖추었지만 고종의 개혁 마인드는 궁내부에 가 있었다. 궁내부의 위치도 경운궁(덕수궁)에 배치했다. 내장원을 비롯한 근대화 사업 관련 새 기구들을 모두 궁내부에 배속시켰다. 내장원은 궁내부의 조세수입과 재정을 총람하는 핵심 기구였다. 1899년부터 내장원경에 임명돼 궁내부를 총지휘한 인물이 바로 이용익이었다. 1903년경 궁내부는 총 근무인원이 469명에 달하는 방대한 중앙부서로 자리 잡았다. 내장원은 산하에 장원과·종목과·삼정과·공업과 등을 두고 역둔토세, 홍삼전매수입, 잡세 등 막대한 재원을 관리하면서 근대화 개혁자금을 마련했다.[5]

이용익은 사실상 대한제국 근대화 개혁을 견인한 2인자였다. 그런 이용익이 왜 보성학교를 설립했을까. 대한제국 선포 이후 고종은 러시

원에서는 대한제국을 승계한다는 의미에서 대한민국이란 국호를 만장일치로 의결했다.
4 흔히 아관파천으로 알려진 사건을 황태연은 '아관망명'으로 바꿔 부른다. 아관파천은 고종의 역할을 폄하하기 위해 일제가 만들어낸 용어다. 당시 외신에서도 정치적 망명이란 뜻의 'asylum'이란 표현을 썼다. 러시아 공사관에 망명한 고종은 피신한 것이 아니라 오히려 대한제국을 선포하며 적극적으로 근대화 개혁을 이끌어 나갔다. 황태연, 『갑오왜란과 아관망명』 참조.
5 궁내부와 내장원의 역할에 대해서는 다음을 참조. 서영희, 『대한제국 정치사 연구』, 78~118쪽.

아를 내세워 일본을 견제하는 정책을 추진했다. 러·일전쟁에서 러시아가 패색이 짙어짐에 따라 대책을 마련하지 않을 수 없었다. 전쟁에서 이긴 일제는 1905년 을사늑약을 강제하며 사실상 국권을 빼앗아갔다. 거의 이름만 남은 대한제국의 고종이 취할 수 있는 대책은 두 가지로 나타났다. 교육구국教育救國과 의병전쟁이었다. 고종의 독려에 의해 1905년부터 많은 학교가 설립되는데 1909년 11월 현재 대한제국의 국공립과 사립학교 총수는 2,236개교였다.[6] 그 가운데에 보성학교의 위상이 매우 특이했다. 대체로 북미 기독교 계열이나 애국계몽운동을 주도한 인사들이 학교를 세우는데 보성은 설립자가 당시 2인자라고 할 수 있는 이용익인 것이다. 건학 이념이 '흥학교이부국가興學校以扶國家'라는 점도 주목할 만한 대목이다. 학교를 일으켜 나라를 떠받친다는 뜻이다. 보성이라는 교명은 고종이 하사했다. 고종이 가장 믿었던 측근이 이용익이란 점에서 보성의 설립에는 곧 고종의 뜻이 실렸다고 봐도 억측은 아닐 것이다. 천도교가 1910년에 보성을 인수하는 것도 예사로운 일이 아니다. 그보다 앞서 동학의 3대 교주 손병희는 을사늑약 직후 동학이란 이름을 천도교로 바꾸면서 교육구국에 동참을 하는데 첫 번째로 1906년 3월 보성학교에 80원元의 찬조금을 냈다.[7] 이미 보

---

6 『大韓每日申報』, 1909.11.11. 1907년 이후 일제의 친일 교육과 일본어 교육이 강화되면서 공립공립보통학교가 증설되었고 이에 맞서 급격히 사립학교의 수도 증가하는데 1910년 현재 사립학교만 1,973개에 달했다. 하지만 1910년 강제 병합 이후에는 일제의 탄압과 폐교 조치가 이어지며 1919년에는 사립학교 수가 690개로 급감했다. 학생수도 8만명에서 3,800명으로 줄었다. 반면 일제는 전근대적 서당교육의 확산을 유도하여 서당은 같은 시기 1만 6,500개소에서 2만 3,500개소로, 서당 학생수는 14만명에서 26만 8천 명으로 급증했다. 일제는 고종의 교육근대화 성과를 거의 파괴해버린 것이다. 황태연, 『백성의 나라 대한제국』에서 재인용.

7 천도교는 몇몇 사립학교에 찬조금을 내는데 보성학교에 가장 먼저 냈고 액수도 가장 많았다. 『皇城新聞』, 1906.3.12. 변승웅 건국대 박사논문 「근대 사립학교 연구—대한제국기 민족계 학교를 중심으로」(1993)에서 재인용.

성학교 초기부터 천도교와 관련을 맺고 있는 것이다. 이용익은 을사늑약을 앞두고 고종의 밀명을 받아 해외 원조를 요청하기 위해 프랑스로 가던 중 중국 산동성 옌타이항煙臺港에서 일본 관헌에게 체포돼 투옥되었다. 석방 후 러시아에 망명해 헤이그 만국평화회의 참석을 준비하다가 1907년 2월 블라디보스토크에서 타계했다.

　망국의 위기를 돌파하기 위해 고종의 밀명을 받고 활동하는 이용익이 언제 시간이 나서 보성학교 설립 작업을 했을까. 구체적인 설립 작업은 초대 교장을 맡는 신해영1865~1909이 했던 것으로 보인다. 신해영은 1904년 탁지부 참사관을 거쳐 이듬해인 1905년에 학부 편집국장으로 임명된 상태였다. 신해영은 1906년 보성중학교를 설립하기에 앞서 1905년 보성전문학교普成專門學校를 설립할 때부터 이용익의 지시를 받고 정부 관료로서 준비했다. 당시 대한제국은 비상국가체제라고 할 수 있다.[8] 일제의 침략을 저지하기 위한 비상 총력전 상황에서 교육구국을 목표로 설립된 학교를 요즘과 같은 평상시의 시각으로 단순한 사립학교로 볼 수는 없을 것이다. 신해영은 박은식朴殷植이 설립한 서우학회西友學會의 운영을 돕기도 했다. 1906년 6월에는 『윤리학교과서』를 편술하여 보성중학교에서 발행했는데, 1909년 일제 통감부는 이 책이 애국심을 고취하고 국권회복을 선동하는 불온한 교과서라면서 발매금지처분을 내렸다.

　이용익의 손자인 이종호도 을사늑약 이후 교육구국 사업에 많이 관여한다. 보성학교는 이종호가 운영을 하다가 1909년 이종호마저 일제

8　황태연은 대한제국 시대를 비상계엄체제 비유한다. 왕비까지 시해하며 일본이 침략 야욕을 노골화하는 상황이 정상적 국가 운영이라고 할 수는 없을 것이다. 황태연, 『백성의 나라 대한제국』 참조.

에 의해 구금당하면서 학교 경영이 어려워지게 되는데 그때 천도교 손병희가 학교를 인수한다. 1919년 1월 고종이 타계하자 독살 의혹이 제기되며 거국적으로 3·1만세운동이 4개월 이상 전개되는데 그 중심에 천도교와 보성이 있었음은 결코 우연이 아니었음을 알 수 있다. 1905년을 전후한 상황의 흐름으로 볼 때 자연스러워 보이기까지 한다. 천도교 지도자 손병희와 보성학교 교장 최린이 3·1운동의 지도자로 나섰고 보성학교 내 인쇄소인 보성사普成社에서 기미독립선언문이 인쇄되었으며 그들에게 배운 보성학교 학생들이 선언문을 배포하며 만세운동에 나섰다.

교육구국의 일환으로 국사와 국문을 가르치며 민족의식을 고취하는 것은 당연한 일이었다.[9] 이런 보성학교에 주시경이나 김두봉이 오는 것도 어색해 보이지 않는다. 일제의 탄압이 계속되는 가운데에서도 당시 보성학교에는 많은 학생들이 몰렸다고 한다.[10] 그런 학생들 가운

---

9 고종의 국문 교육 정책도 주목해야 한다. 세종이 훈민정음을 창조한 임금이라면, 고종은 훈민정음을 '한글'로 만들고 실질적인 '국문'으로 격상시킨 인물이라고 할 만하다. 고종은 공문서를 한글로 국문화하거나 국한문화했다. 순한글신문을 창간하여 국문 문자 생활을 열었다. 황태연, 『백성의 나라 대한제국』 참조.

10 1945년 해방 후 고려대의 초대 총장을 지낸 현상윤도 보성학교 출신이다. 현상윤은 본래 안창호가 세운 평양 대성학교를 다니고 있었다. 1911년 105인 사건으로 대성학교가 폐교되자 현상윤은 1912년 서울 보성학교로 전학했다. 이형성은 논문 '현상윤의 修學期 절의정신과 민족의식에 대한 일고'(2008)에서 현상윤이 보성중학교를 다니던 시절의 정황을 『보성 80년사』(보성80년사편찬위원회, 1986)를 인용하며 다음과 같이 서술해 놓았다. "현상윤이 전학할 때의 보성학교는 일제 식민지의 교육방침을 따르지 않아도 서울에서 학생들이 제일 많았다고 한다. 당시 교장은 천도교 지도자 손병희의 후원을 받는 최린이었다. 최린은 교장직을 수행하면서 학생들에게 수신(修身), 법학, 논리 등의 과목을 가르쳤고, 또 한편으로는 안창호가 발의한 비밀결사 신민회에도 가입하여 배일구국운동을 전개하기도 하였다. 현상윤은 보성학교에서 1년 동안 공부하면서 청렴하고 강직한 성품과 구국적 충절로 일관한 이용익 그리고 안창호와 뜻을 같이 하고 일본의 신교육을 받고 돌아온 최린 등에게서 항일 구국운동을, 조선어와 세계지지(世界地誌)를 가르친 주시경 그리고 조선지지(朝鮮地誌)와 조선역사를 가르친 원영의(元泳義) 등에게서는 역사의식을 적지 않게 받았을 것이다.…… 그는 보성중학교를 졸업하고 일시 귀향하여 핍박받고 있는 조선의 현실상황에 대한 심리적 갈등을 1913년 5월 27일 밤에 소설화하니, 그것

데 한국 근대문학을 빛낼 인재들이 속속 배출되었던 것이다.

이 바로 처음 지은 소설 '꿈박'이다. 이 글은 모든 국민이 겪고 있는 참상을 보면서 자신이 어떻게 할 수 없는 심리적 갈등을 표현한 것이다. '꿈박'은 1917년 6월 『청춘』 제8호에 게재된다."

『보성과 한국문학』을 내면서

보성고등학교 국어교사 오영식

보성 개교 111주년을 눈앞에 두고 보성학교를 떠나게 되었다. 1985
년에 부임하여 33년을 별 탈 없이 보내고 정년퇴직을 하게 된 것이다.

그동안 1997년 9월 '보성출신문인작품집 전시회'를 시작으로 2003
년 '보성과 한국문학 상설전시', 2006년 『보성백년사』, 2016년 『보성
─개교 110주년기념호』에 이르기까지 '보성'과 관련된 전시와 편술
작업을 남부끄러운 줄 모르고 해왔다. 이제 보성을 떠나기에 앞서 그
동안 해온 작업의 정리 삼아 『보성과 한국문학』을 엮어낸다. 그간 저
질러온 숱한 오류에 또 하나의 흠결을 보태는 결과가 될지 모르겠다.
허나 그 두려움을 뒤로 하고 이 책을 내는 이유는 보성학교에서의 33
년을 내 나름대로 정리할 필요가 있다고 생각했기 때문이다.

'보성학교'는 나에게 있어 하나의 큰 산맥이었다. 우선은 110년이
라는 시간의 물량物量 때문에 그렇게 느낄 수밖에 없었을 것이다. 그러
나 보성이라는 산맥은 단순히 긴 시간만으로는 해명될 수 없다. 고종
황제와 이용익, 천도교와 삼일운동, 임화와 이상의 만남, 간송 전형필
과 보성의 만남 등등은 역사 속에서 흔히 일어나는 보편적 모습이라고

단정할 수 없기 때문이다.

휘문, 양정, 배재, 중앙에 보성을 합쳐 세칭 '5대 사립'이라고 한다. 보성을 제외한 다른 학교의 역사에 대해서는 깊은 지식을 갖고 있지 못하지만 이 가운데 학교의 주인(설립자 내지 재단)이 보성처럼 많이 바뀐 학교는 없다.

당대 최고 권력자였던 이용익에 의해 설립되었으나 그로부터 학교를 물려받은 손주 이종호까지 독립운동을 위해 해외 망명의 길에 올라 무주공산이 된 학교는 교사들의 월급조차 줄 수 없는 상황에 이르러 천도교로 주인을 달리할 수밖에 없었다. 그전부터 보성학교를 후원했던 손병희 선생을 구심점으로 삼고, 최린 선생을 교장으로 모신 보성의 학생들은 필연적으로 삼일운동에 적극 가담할 수밖에 없었고, 1920년대 문화를 꽃피운 잡지 『개벽』을 주도할 수밖에 없었다. 또한 1919년 상해에 수립된 임시정부의 일꾼들 가운데에는 보성학교 출신들이 많을 수밖에 없었던 것이다.

허나 1919년 삼일운동으로 곤경에 처하게 된 천도교는 학교경영이 어려워지자, 개인에게는 양도하지 않겠다는 조건하에 학교를 내놓아 결국 동광학교의 분규로 내홍을 겪고 있던 불교재단이 1924년 보성학교의 새로운 주인이 된다. 바로 이 때 간단한 편입시험을 거쳐 보성에 흡수 · 통합된 동광학교에 천재문학가 이상李箱(김해경)이 다니고 있었다.

이상, 임화, 이헌구, 김기림, 김환태, 김유영, 이종명, 조중곤 등의 문학인들이 함께 다녔을 수송동의 교정을 생각해보라! 참으로 상상조차 할 수 없는 대단한 모습이 아닌가. 어디 그뿐이랴! 유진산, 고유섭, 이강국, 이민우, 김상기, 장철수, 원용석 등 정치와 문화계의 거두들이 그들과 함께 하였으니 더 이상은 말할 나위가 없을 것이다. 한 마디로 1920년대의 보성학교는 1930년대의 한국문화를 잉태하고 있었던 것이다.

혜화동 1번지로 학교의 터전을 옮긴 불교재단 역시 혜화불전을 함께 경영하면서 어려움을 겪게 되어 다시 보성학교는 고계학원이라는 새로운 주인을 만나게 되는데 『보성 80년사』에서는 이 시기를 '악몽기'라 표현하고 있다. 1935년에 학교를 맡은 고계학원의 경영 능력 상실로 인해 보성은 불과 몇 년 만에 다시 곤경에 처하게 되자 1940년, 민족문화의 지킴이 간송 전형필 선생이 풍전등화의 보성학교를 맡게 되면서 보성은 비로소 모든 면에서 안정된 학교의 모습을 갖추게 된다. 생각해보라. '이용익-천도교-불교'로 이어져온 민족정신과, 보화각에서 꽃피고 있던 간송의 민족문화가 만났으니 그야말로 환상의 콜라보라 할 수 있지 않겠는가!

간송 선생은 일본인 교장을 강요하는 관官의 지시를 거부하고 휘문 동창인 이헌구李軒求(문학평론가 이헌구와 동명이인)를 교장에 앉히고 꺼져가는 민족정신을 지키기에 전력을 다하였다. 해방 이후에는 일제의 잔재를 청산하기 위해 민주적이고 자율적인 교육을 실시하였는데 예를 들어 명찰패용을 금지하고, 두발을 자유화하는 등 지금 보아도 혁신적인 학교운영을 해왔다. 간송이 설립한 학교법인 동성학원은 1940년 이후 2017년 오늘에 이르기까지 보성학교의 든든한 버팀목이 되어 국가와 민족의 동량을 연면히 길러내었으니 그 면면은 굳이 밝히지 않아도 어렵지 않게 짐작할 수 있을 것이다.

그런데 보성학교 출신 가운데에 뛰어난 문인이 많은 이유는 과연 무엇 때문일까? 이 책에 실린 배영대 기자나 정진석, 조영복 교수의 글을 통해 그 답에 접근할 수 있을 것이다. 그런데 보성학교에서 33년을 지내며 '보성과 한국문학'에 깊은 관심을 가져왔던 필자로서는 이런 답변을 하고 싶다.

오늘날의 학교는 주로 '사람'과 '사람'의 만남이 이루어지는 곳인데 100년 전의 학교는 거기에서 한 걸음 더 나아가 '정신'과 '정신'의 만남까지 이루어진 곳이었다고 생각한다. 일반적으로 교육의 성패는 '사람'에게 있다고 생각한다. 그것을 흔히 '인연'이라 치부되기도 하지만 교육 현장에서 그것은 치명적일 정도로 중요하다. 그런데 100년 전 이 땅의 학교는 '사람'은 물론이고 '정신'까지 마주할 수 있는 마당이었다. '왜놈에게 왜놈의 역사를 배우게 할 수 없다'는 조부의 고집 때문에 나이가 지나도록 신식학교에 가지 못하다가, 보성학교에서는 조선 역사를 조선말로 가르친다는 이야기를 듣고 늦게서야 보성학교에 올 수 있었던 것은 비단 김인손(시인 김기림의 본명)의 경우에 한정된 것만은 아닐 것이다. 위에서 언급했듯이 '이용익-천도교-불교-간송'으로 이어지는 역사 속에서 보성의 위대한 정신이 존재했기에 결과적으로 훌륭한 문인들이 나올 수 있었을 것이다.

물론 '사람'과 '사람'의 만남 또한 위대한 역사의 초석이 된다. 1회 졸업생 차상찬의 작문노트에서 보듯, 개교 초에는 여규형, 원영의 선생 등에 의해 주로 한문 수업이 진행된 것 같다. 그러나 국권 상실 무렵 '우리 것'에 대한 각성으로 주시경 선생의 한글강습이 보성학교에서 실시되었고, 이후 주시경 선생과 그 제자 김두봉이 보성학교의 교사가 된 것은 당연한 결과일 것이다. 이후 1920, 30년대에는 황의돈, 이승규,

이규방, 김지태, 이한복, 김용준 선생 등이 조선어와 역사 및 미술을 가르쳤다. 금강산으로, 만주로, 일본으로 수학여행을 다녔던 당시, 견학 현장에서 황의돈 선생이 역사유물에 대해 설명해주었고, 김용준 선생이 회화적 가치를 일러주었다 하니 학생들의 배움이 어떠했을지는 쉽게 짐작이 간다. 해방 직후 월탄 박종화 선생과 이마동 화백 그리고 22회 졸업생인 윤곤강 시인이 보성에서 학생들을 가르쳤고, 이후 윤오영 선생이 10년이 넘도록 문예반을 이끌며 훌륭한 제자들을 길러냈다.

훌륭한 '정신'과 진실한 '사람'들이 있는 보성학교였기에 그곳을 거친 졸업생들 또한 진실하고 훌륭한 인물로 거듭날 수 있었던 것이다.

'구슬이 서 말이라도 꿰어야 보배'라는 말이 있다. 앞에서 말한, 보성학교를 거쳐간 숱한 인재들, 특히 문인들에 대해 후학들은 잘 모르고 있는 것 같다. 국어 교과서에서, 심지어는 수능시험에서 어렵지 않게 만나는 글의 지은이가 보성의 선배라는 사실 정도는 알아야 하지 않을까. 그런 생각에서 이 책을 엮게 되었다.

그러나 실제 책을 엮는 과정에서의 어려움이 적지 않았다. 한두 사람의 필자만으로는 보성 출신의 숱한 문인들을 도저히 정리해낼 수 없었다. 하는 수 없이 '근대서지학회' 회원들의 도움을 받아 40여 꼭지의 글로 겨우 갈무리할 수 있었다. 그러다 보니 내용면에서 통일성이 결여되는 등 아쉬운 면이 적지 않았다. 그러나 여기까지가 필자의 한계라 생각해주기 바란다.

다만 새롭게 발굴해낸 보성 출신 문인들도 적지 않았고, 많은 숫자는 아니지만 해당 문인의 학적부를 찾아내 꼭지마다 첨부하여 관심 있는 연구자들에게도 도움이 되고자 하였다. 또한 전문지식을 전달하기보다는 관련 이미지를 제시하여 보다 친숙하게 접근할 수 있도록 노력하였다.

아울러 한 가지, 이 책을 읽는 분들에게 당부하고 싶은 것은 이 책을 '보성을 빛낸 사람들'이라는 관점에서 보지는 말았으면 좋겠다. 111년 보성의 역사는 마치 장강長江의 큰 물결과도 같아 맑은 곳도 있지만 흙탕물인 곳도 있는 법이다. 어느 한 부분만을 과장하여 111년의 역사를 포장하려 한다면 그것은 손바닥으로 하늘을 가리는 어리석은 행위일 것이다. 보성은 굳이 그럴 필요가 없는 곳이다. 111년의 역사를 통해 보성에서 배우고 나간 모든 이들이 모두 보물들인데 굳이 옥석을 가릴 필요가 무엇이 있겠는가. 다만 필자가 정년퇴임을 스스로 축하하는 욕심이 앞서 부족한 책자가 되고 만 것 같아 송구한 마음만 앞서는데 이 책에 대한 세세한 변명은 '편집후기'를 참고하기 바란다.

끝으로 33년 동안 불초 소생을 지켜준 보성학교에 한없는 감사와 경의를 표한다. 아울러 부족함이 많은 책에 간행축사를 써주신 전성우 이사장님께 깊은 감사와 함께 노당익장의 건강을 기원한다. 또한 책을 내면서 저절로 떠오르는 두 분이 계시다. 100주년 당시 교우회장을 맡으셨던 고 김직승 회장님, 얼마 전 불의의 사고로 작고한 고 박승권 사무국장. 지금은 모두 유명을 달리했으나 눈앞에 계셨다면 퍽이나 기뻐해주셨을 분들인데 인간사의 부침이 아쉽기만 하다. 끝으로 어려운 상황에서도 책의 출판을 후원해준 보성학교, 보성교우회, 출판을 맡아준 소명출판에 깊은 감사를 드린다.

대상문인*	기수**	분야	학적부	집필자
이상협	1	소설가, 언론인	×	박진영(성균관대)
최승구	1	시인	×	정우택(성균관대)
차상찬	1	잡지출판인, 사화가	×	엄동섭(창현고)
변영태	1	영문학자, 국무총리	×	
현희운(현철)	2	연극인, 출판인	×	한상언(영화평론가)
진학문	3	소설가, 언론인	×	박진영(성균관대)
현상윤	4	소설가, 교육자	×	송민호(홍익대)
이익상	5	소설가	×	오창은(중앙대)
염상섭	-6	소설가	×	한기형(성균관대), 오창은(중앙대) 外
최승만	6	『창조』동인, 교육자	×	이미나(홍익대)
김형원	-7	시인, 언론인	○	조영복(광운대)
서항석	9	연극인	○	전지니(항공대)
현진건	-10	소설가, 언론인	○	박헌호(고려대)
김조성(김춘광)	-10	연극인	○	전지니(항공대)
고한승	11	아동문학	○	박금숙(고려대)
진장섭	11	아동문학	×	김경희(건국대)
김상용	12	시인	○	유성호(한양대)
김대준(김해강)	-12	시인	×	이동순(조선대)
마상규(마해송)	-13	아동문학, 수필가	×	장정희(경희대)
한인택	-13	소설가	×	김영애(청주대)
이종명	16	소설가	○	김영애(청주대)
김영득(김유영)	16	영화인	×	한상언(영화평론가)
임인식(임화)	16	시인, 평론가	×	박성모(소명출판)
이헌구	16	평론가	○	김동식(인하대)

대상문인*	기수**	분야	학적부	집필자
조중곤	16	평론가	○	
김해경(이상)	17	시인, 소설가	×	염철(경북대)
김인손(김기림)	-18	시인, 평론가	×	손종업(선문대)
김환태	-18	평론가	×	표정훈(출판평론가)
이강흡(이흡)	-18	시인	×	엄동섭(창현고)
김시홍	19	번역시인	○	
윤붕원(윤곤강)	22	시인	×	김현정(세명대)
조중옥(조허림)	24	시인, 언론인	×	
승응순	-24	아동문학	○	박종진(인하대)
최인준	-24	소설가	○	김영애(청주대)
조영출+승응순	26,-24	가요작사가	○	장유정(단국대)
홍성걸(김학철)	26	소설가	○	한기형(성균관대)
황재건(황건)	27	소설가	○	오창은(중앙대)
姜亨求	미상	소설가	×	김영애(청주대)
민용기(민기)	36	소설가, 언론인	×	
민병익(민병산)	37	문필가	×	구중서(문학평론가)
박희진	40	시인		조환수(문예비평가)
성찬경	40	시인	○	이경수(중앙대)
조운제	40	시인	×	홍승진(서울대)
김소진	中69	소설가		이하 생존문인
윤홍로	45	평론가		
윤대성	47	극작가		
윤명구	51	평론가		
조해일	51	소설가		
조세희	51	소설가		

대상문인*	기수**	분야	학적부	집필자
정진수	52	연극인		
조정래	52	소설가		
김용옥	55	문필가, 학자		
이상우	59	연극인		
김정환	62	시인, 소설가		
유재주	65	소설가		
김진명	66	소설가		
종합론				
언론계를 주름잡은 보성출신 언론인들				정진석(한국외대)
1930년대 한국문학의 한 성좌 －보성출신 문인들의 집단지성과 한국문학				조영복(광운대)
대한제국과 보성학교－한국 근대문학사의 모교가 된 배경				배영대(중앙일보)
보성중학과 이광수－보성중학 관련 세 편의 자료를 중심으로				최주한(서강대)
보성학교 연혁				참고자료

---

*   괄호 안은 필명.
** '－'기호는 졸업하지 못했으나 해당되는 기수를 표시한 것임.

차례

신문편집과 연재소설의 선구자
이상협

박진영
성균관대학교 국어국문학과 교수

본관은 경주慶州, 호는 하몽何夢, 필명 하몽, 하몽생何夢生. 이상협李相協(1892.6.11~1957.1.14)은 1892년 6월 서울에서 태어났으며, 원적은 서울 종로구 필운동 88번지다. 부친 이용우李用雨는 중인 출신으로 종7품의 계리사計理士이며, 외가는 제주 고씨 집안이다. 이상협의 외숙 고영희高永喜는 구한말에 주일특명전권공사駐日特命全權公使와 탁지부度支部 대신을 비롯하여 고위 관직을 두루 지냈다.

이상협은 1906년 9월 5일 개교한 보성중학교普成中學校에 입학하여 1910년 3월 25일 제1회로 졸업했다. 이상협은 1910년 4월 10일 법학교法學校에 입학했다가 1911년 3월 30일에 중퇴했다. 국립 법률 전문 교육기관인 법관양성소 후신인 법학교는 얼마 후 경성전수학교京城專修學校로 개편된 뒤 경성법학전문학교京城法學專門學校로 승격되었다. 이상협은 1911년 4월에 일본에 유학하여 게이오기주쿠慶應義塾 이재과理財

만년의 이상협(1955년)

科에 입학했으나 곧 중퇴했다.

이상협은 1912년 1월 10일 당대 유일의 한국어 중앙 일간지『매일신보』기자로 입사하여 언론계 생활을 시작했다. 삼일운동 직후인 1919년 5월 30일에 퇴사할 때까지 이상협은 사회 및 문화 지면을 담당하는 연파주임軟派主任, 편집장, 발행 겸 편집인의 요직을 두루 거치며 1910년대『매일신보』편집과 제작의 실질적인 책임자로 활약했다.

『재봉춘』. 1912년 초판. 1923년 재판

이상협은 1912년 8월 일본 가정소설을 한국식으로 번안한 『재봉춘
再逢春』을 단행본으로 출판하면서 문필 활동에서도 두각을 드러냈다.
선악의 대립 구도 속에서 협잡배 비판과 문명개화를 강조한 『재봉
춘』은 백정의 딸과 개화당 양반의 결혼이라는 진보적인 주제 의식을
담았다. 이듬해인 1913년부터 이상협은 『매일신보』를 통해 새롭고 다
양한 갈래의 연재소설을 잇달아 선보이면서 작가로서 명성을 떨쳤다.

이상협은 『매일신보』에 두 편의 소설을 동시에 연재하면서 새로운
문학적 실험을 감행했다. 1913년 7월부
터 1914년 1월까지 번안소설 『눈물』,
1913년 9월부터 1914년 6월까지 번역
소설 『만고기담萬古奇談』이 각각 1면과 3
면에 이상협에 의해 나란히 연재되었다.
일본의 인기소설을 번안한 『눈물』은 기
생 후처의 음모와 계략으로 빚어진 처첩
갈등, 계모의 학대, 모자의 이별과 재회
를 주축으로 삼았다. 연극으로 각색되어
폭발적인 인기를 누린 『눈물』은 1917년
1월에 단행본으로 출판된 뒤 1925년 5
월에 4판을 돌파했다. 그런가 하면 『만

『눈물』. 1917년 초판. 1925년 4판

고기담』은 아랍 지역의 이국적인 이야기가 집대성된 『아라비안나이
트』를 번역한 것이다. 『만고기담』은 1910년대 신문 연재소설 가운데
유일하게 3면에 연재되었을 뿐 아니라 번안 대신 번역의 방법을 취해
눈길을 끌었다.

이상협은 번역과 번안을 통해 다양한 유형의 이야기 양식을 개척하고 끊임없이 새로운 가능성에 도전했다. 특히 일본 가정소설의 번안에서 출발했음에도 불구하고 서양 대중문학으로 시선을 돌려 근대소설의 지평을 크게 확장시킨 것은 이상협의 공적이다. 1914년 10월부터 1915년 5월까지 연재된 『정부원貞婦怨』은 일본에서 번안된 서양소설을 다시 번안한 것으로 추리소설의 골격을 갖추었다. 또 『해왕성海王星』은 1916년 2월부터 1917년 3월까지 장기간 연재된 번안소설로 알렉상드르 뒤마 페르의

『정부원』. 1925

『해왕성』. 1920년 초판. 1941년 6판

『몽테크리스토 백작』을 독특하게 번안한 작품이다. 이상협은 일본에서 번안된 『암굴왕巖窟王』을 다시 번안하면서도 시대적인 배경과 무대를 근대 초창기의 동아시아로 절묘하게 바꾸어 역사적으로 재구성함으로써 참신한 상상력을 발휘했다. 이상협의 『해왕성』은 1920년 7월에 단행본으로 출판된 뒤 1941년 5월까지 6판에 이를 만큼 꾸준히 사랑받은 대표작이다.

그 밖에도 이상협은 1918년 1월부터 7월까지 전형적인 가정소설의 구도를 취한 『무궁화』를 연재하고 같은 해 12월에 단행본으로 출판했다. 『매일신보』의 독보적인 기자 겸 연재소설 작가로 활약한 이상협은 1910년대에 최장기간 연재소설을 이어 갔으며, 가장 세련되고 다채로운 취향의 번역 및 번안소설로 근대문학의 새로운 길을 개척했다. 이

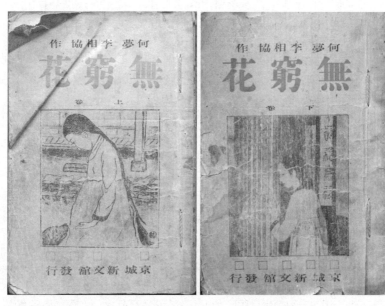

『무궁화』. 1918

상협은『무궁화』를 마지막으로 연재소설에서 손을 떼고 일평생 신문인新聞人으로 종사했다.

이상협은 1920~1930년대 신문의 창간, 편집과 제작, 경영의 다방면에서 탁월한 기량을 뽐낸 언론계의 기린아로 성장했다. 이상협은 1910년대부터 축적된 편집 역량을 십분 활용하면서 과감한 논조와 지면 쇄신을 무기로 주요 일간지의 경쟁 체제를 이끌었다. 이상협은 1920년 4월 1일『동아일보』창간을 주도한 핵심 인사이자 편집 겸 발행인으로 초대 편집국장, 사회부장 및 정리부장을 겸했다. 1921년 9월 동아일보사가 주식회사로 출범하면서 이상협이 상무취체역常務取締役을 맡아『동아일보』를 실질적으로 이끌었다.

오랫동안『동아일보』를 대표해 온 칼럼「휴지통」과「횡설수설」은 이상협의 아이디어다. 특히 이상협은 1922년 7월 일본 니카타新潟현 시나노카와信濃川의 신에츠전력주식회사信越電力 수력발전소 공사장에서 벌어진 한국인 노동자 학살 사건을 보도하고 특파원으로 현지 취재에 나서 집중 보도했다. 또 1923년 9월 간토 대지진関東大震災과 한국인 대학살이 일어났을 때에도 이상협이 단독 특파원으로 나섰다. 오사카大阪를 거쳐 도쿄에 도착한 이상협은 지진 피해와 한국인 학살을 직접 취재했다.

이상협은 1924년 4월 친일 정치 깡패 박춘금朴春琴 필화 사건으로 동아일보사를 퇴사한 뒤『조선일보』인수에 나섰다.『조선일보』는 친일 인사들의 친목 단체 성격을 띤 대정실업친목회大正實業親睦會를 모태로『동아일보』보다 한 달 앞서 창간되었는데, 창간 직후부터 재정 악화와 분란이 거듭되고 있었다. 1924년 9월『조선일보』편집 고문을 맡은 이상협은 대대적인 지면 혁신과 조직 안정화에 성공하면서『조선일보』
중흥의 바탕을 마련했다. 이상협은 민간 신문으로서는 처음으로 조
간·석간 발행을 시도했으며, 칼럼「팔면봉」과 최초의 신문 연재만화
「멍텅구리」를 기획하고 여기자 최은희崔恩喜를 발탁했다. 또 1925년 이
른바 을축년乙丑年의 기록적인 대홍수 때 비상용 발동기를 동원하여 호
외號外 경쟁에서 승리를 거둔 것은 유명한 일화다.

이상협은 1925년 9월『조선일보』가 필화 사건으로 무기 정간되자
사태 수습을 위해 퇴사한 뒤『시대일보』를 인수했다. 최남선에 의해
1924년 3월 31일에 창간된『시대일보』는 거듭된 분규와 경영난으로
위기에 봉착했다. 이상협은 1925년 11월 15일『시대일보』의 제호를
바꾸어『중외일보中外日報』를 창간하고 중외일보사를 주식회사로 전환
했다. 부사장으로 취임한 이상협은『중외일보』를 조간·석간 8면 체
제로 증면하여 공세적인 경영 정책을 펼쳤다. 이로써 이상협은 3대 민
간 신문의 전성기를 이끌면서 민족 언론의 기틀을 닦았다. 이상협의
편집 전략과 경영 능력을 발판으로 많은 기자와 문인이 배출되었으며,
신문 연재소설과 연재만화를 비롯한 문예란이 활성화되었다.

이상협은 1933년 10월부터 1940년 9월까지 다시『매일신보』로 돌
아가 제2대 한국인 부사장을 맡았다. 1930~1940년대에 장기간『매
일신보』부사장, 취체역, 감사를 지낸 경력 때문에 이상협은 1949년 2
월 반민특위에 소환되었다가 곧 석방되기도 했다. 1950년대에 이상협
은『자유신문』을 비롯한 여러 민간 신문을 창간하거나 운영에 나섰으
며, 만년까지 언론계에 헌신하다가 1957년 1월 서울에서 타계했다.

제1회

한국 신문학장의 리더, 최승구

정우택
성균관대학교 국어국문학과 교수

1. 최승구의 발견

일반인에게 최승구崔承九(1892~1916)는 생소한 인물이다. 하지만 그
는 당대 최고의 신지식인이자 리더였으며 시인이었다. 한국의 신문학
사은 '이광수-최남선'의 2인 문단시대를 거쳐 『창조』·『폐허』·『백
조』의 동인지 문단을 중심으로 서술 구성되었다. 이 구도에 포함되지
않은 작품과 인물은 배제되었는데, 최승구가 바로 그렇다. 그는 1910
년 신지식인으로서 예술을 모색하다가 동인지 시대 이전에 사망했기
때문에 문학사에서 주목받지 못했다. 새로운 자료가 발굴되면서 최승
구는 재발견되었다.

1910년대 중반 동경 유학생들 사이에서 최승구는 동경과 흠모의 대

상이었다. 그는 천재시인으로 알려졌고 동경유학생 사회의 리더였다. 1910년대 일본에서 유학했던 염상섭은

> 와세다(早稻田)의 춘원(春園), 미다(三田=慶應)에 C라고 일컬을 만치, 나에게는 외우(畏友)였지마는 그의 장래의 촉망은 컸던 것이다.[1]

라고 하며, 게이오慶應대학의 'C'와 와세다의 이광수를 비교하였다. 'C'란 최승구를 말한다. 보성학교를 다녔던 염상섭은 선배인 최승구를 존숭하고 열심히 닮고자 하였다. 유학생 사회에서는 "최승구의 글은 유학 청소년의 가슴을 설레게 하는 글의 모범이 되고도 남았다. 아직 이광수가 와세다에 오기 전인 만큼 최승구의 오른쪽에 설 자는 아무도 없었다. (…중략…) 최승구 쪽이 일층 유학생다운 면모를 깊이 보이고 있었다. 이광수는 최승구보다 뒤에 참여했던 것이다."[2]

한국의 신문학 초기를 주도했던 황석우는 이광수보다 최승구를 더 높이 평가했다.

> 이광수는 그 문장적 실력보다 그 『매일신보』를 통한 〈5도답파〉 기행문과 〈무정〉, 〈개척자〉 게재에 의하여 그 이름이 현상윤보다 국내적으로 널리 퍼져 있었다는 것뿐이었다. 당시의 이광수의 시는 김여제, 최승구의 그것에게 떨어지고 또 그 소설에 있어서도 진학문의 실력의 비가 아니었다. (…중략…) 최승구의 죽음, 최두선의 문학 포기, 김여제의 도항, 진학문의 궁타

---

1   염상섭, 「추도」, 『신천지』, 1954.1, 254쪽.
2   김윤식, 『염상섭연구』, 서울대 출판부, 1987, 45쪽.

락 등이 없었으면 조선 신흥문학사의 첫 항은 찬란하여졌을 것이다.[3]

황석우는 이광수가 총독부 기관지『매일신보』에 글을 발표함으로 써 이름이 알려졌을 뿐이고, 문학에서는 최승구, 김여제, 진학문 등이 우위였다고 회고한다. 최승구가 요절하지 않았으면 조선 신문학사는 더욱 찬란했을 것이라고 아쉬워하였다.

근대시 모색의 동지였던 김억은 자신의 첫 시집『해파리의 노래』(1923) 를 출간하면서 요절한 최승구를 호명하고 그리워하여 시집의 한 장章을 바쳤다.

해를 여러 해 거듭한 지하의 최승구에게 이 시를 보내노라[4]

최승구는 국내의 신문이나 잡지에는 글을 발표한 적이 없다. 그는 재 일본동경유학생학우회 기관지『학지광』과 일본에서 황석우가 발행된 잡지『근대사조』에 글을 발표하였을 뿐이다. 그러다가 1982년 김학동 에 의해『최소월 작품집』(형설출판사)이 출판되었다. 최승구가 1910년 대에 써 놓았던 필사본 노트를 그의 사촌동생 최승만崔承萬이 보관하고 있다가 공개함으로써 마침내 부활하게 된 것이다. 이 유고시집이 발견 되지 않았으면 한국 근대시문학사는 초라해질 뻔했다.

최승구의 호는 '소월素月'이다. '소월素月' 김정식金廷湜 이전에 최승 구가 '소월'이라는 호를 먼저 썼다. 소월 최승구가『근대사조』에 발표

---

3   황석우, 「동경유학생과 그 활약」,『삼천리』, 1933.1.
4   김억,『해파리의 노래』, 조선도서주식회사, 1923, 26쪽.

한 「긴-숙시熟視」라는 작품을 북한문학사에서는 소월 김정식의 작품이라고 오해하고 있다.

> 「긴-숙시」는 일제의 약탈에 의하여 초래된 고향의 급격한 파탄과 황폐화에 대하여 더할 수 없이 슬픈 눈초리로 바라보면서 그것을 정서적으로 심오화 된 시적 철학적 환상을 통하여 솜씨 있게 표현한 무척 애절한 작품인 바, 이것을 김소월은 남산학교 재학 당시인 1915년 13세의 어린 손으로 써서 서울에서 발간된 『근대사조』라는 잡지 1916년 1월호에 발표하였다.[5]

「긴-숙시」는 황석우가 편집 겸 발행인으로 일본 동경에서 발행한 『근대사조』 창간호(1916년 1월 26일)에 발표한 최승구의 산문시다. "황석우는 1916년 2월 『근대사조』 200부를 가지고 귀국하여 국내 학생들에게 배포하려고 하다가 체포되었다. 불온한 기사가 게재되어 있다는 이유로 조선총독부에 의해 발매·반포가 금지되었던 것이다"는 기록이 일본의 『외무특수문서』에 있어 주목된다.

「긴-숙시」는 도탄에 빠진 식민지 조국을 직시하고 해방을 맞이할 수 있다는 열망 속에서 고투하기를 독려하고 있는 산문시다. 이 시는 식민지 노예에서 자유인으로 거듭나기 위해 저항하고 투쟁하는 모습을 양들이 땅을 헤치고 파는 것에 비유하였다. 제국주의와 군국주의를 문제 삼고, 거기에서 해방되는 전망을 제시한, 독특한 작품이라고 할 수 있다.

---

5 엄호석, 『김소월론』, 평양 : 조선작가동맹출판사, 1958, 48쪽.

2. 동경유학생 신지식인 예술가

최승구崔承九는 1892년 경기도 시흥군 수암면에서 최대현崔大鉉의 4
남 1녀 중 막내로 태어났다. 어려서 부모을 잃고 숙부인 최문헌崔文鉉
(최승만의 아버지)의 훈도 아래 성장했다. 그는 본가인 노량진과 서울 사
직동 숙부 집에서 성장하며 한학을 공부하고 보성중학교(1회 졸업생)를
거쳐 보성전문학교를 1회로 졸업하고 1910년을 전후하여 일본 동경
으로 가서 게이오 대학에서 공부하였다.

염상섭이 문학과 사상에 눈을 뜬 것은 최승구를 통해서였던 것 같
다. 염상섭은 최승구보다 5살 아래로, 최승구의 종제 최승만과 보성중
학교 6회 동문으로 막역한 친구였다. 최승구는 최승만의 사직동 집에
서 보성전문학교를 다녔고 동경유학생 시절 방학 때는 최승만의 집에
묵었기 때문에 염상섭은 형이자 선배로 그를 따랐다. 최승구가 일본에
서 가지고 온 책들을 통해 새로운 세계를 읽고 최승구를 모델로 삼았
다. 결국 최승구를 흠모했던 염상섭은 최승구가 다닌 게이오 대학에
진학하기에 이른다.

최승구는 13세에 이미 『사서삼경』을 읽고 『삼국지』나 『수호지』를
한문 원문으로 읽을 수 있을 만큼 한학 소양이 있었다고 한다.

성격도 문사(文士)나 재사(才士)가 되어서 그런지, 퍽 예민하고 다정다
감한 시인으로 그 당시 육당 최남선으로부터 드문 수재(秀才)로 평가받았
고, 그의 문재(文才)는 이 한문학과 더불어 싹튼 것이다.[6]

그는 한자문화 속에서 한학 소양을 교육 받은 전통적 지식에다 근대적 교육기관(보성중학과 보성전문학교, 일본 게이오대학)을 거쳐 근대적 신지식을 습득하고 외국어 해독 능력을 갖추고 국한문혼용체를 표기 수단으로 삼는 신지식인으로 성장하였다.

그는 재일본동경조선유학생학우회의 기관지 『학지광』의 편집위원 겸 인쇄인으로 참여하며 시와 산문을 발표하였다. 그는 역사학을 전공하려고 했으나 폐결핵이 심해져서 예과 과정만을 이수하고 귀국하여 (1915년 12월경으로 추정) 전남 고흥군수로 있던 가형 승칠承七의 집에서 요양하다가 1916년 2월경 사망했다.

최승구는 선구적이었다. 1910년대 이런 사유를 펼쳐 보인 예가 없다. 그는 혁명을 역설하였다. 「너를 혁명하라」(『학지광』 5호, 1915.5)란 글에서 최승구는 혁명에는 "통치권의 혁명"(전제→입헌→공화)과 "국체國體의 혁명"(부용국→독립국), "민족 혁명"(식민지→자립국), "계급 혁명"(사서士庶의 격별이 평등으로 됨)이 있다고 정의하고 이러한 혁명을 역설하였다. 그는 사회적·민족적·계급적 모순이 개성의 자유로운 발로와 자아의 해방을 가로막고 인격을 유린하고 나아가 파멸로 몰아넣고 있다고 진단한다. 이런 상황을 돌파하기 위해 자아를 혁명하여 자아의 힘으로 직접 "전선"에 나서야 한다고 주장한다.

최승구는 개인의 자유와 개성의 창조, 자아의 해방 등을 인식론적·미학적으로 추구하고자 했다. '식민-피식민'의 구조에서 해방되고 평등·평화의 세상이 되었을 때 비로소 진정한 예술이 성립할 수 있다고 하고, 그것에 자기의 예술적 전망을 세웠다. 최승구는 예술의 심미적

---

6 「제2의 소월이 있었다」, 『주간조선』, 1972.5.14.

독자성과 사회적 가치에 대해 심각하게 탐구한 한국 최초의 시인으로 평가되어야 할 것이다.

그런 사상과 예술관에 입각한 시가 바로 「벨지엄의 용사」(『학지광』 1915.2)라는 시이다. 이 시는 제1차 세계대전 때 독일이 중립국인 벨기에를 침략한 만행을 규탄하면서 한국 식민지 상황을 알레고리화하고 있다. 거기서 그는 침략자에 맞서는 용사의 영웅적 저항을 형상화하였다.

최승구는 1910년대에 시뿐만 아니라 산문, 정론을 발표하고, 극본을 쓰고 연출하는 등 예술가로서 활동했다.

3. 나혜석과의 자유연애

최승구의 일본 유학시절에서 빼놓을 수 없는 사람이 전위적인 신여성 나혜석(1896~1948)이다. 최승구보다 네 살 아래인 나혜석은 당시 동경사립여자미술학교에서 서양화를 전공하고 있었다. 그녀는 최승구의 사상적 동지 나경석의 누이 동생이었다. 1914~15년에 최승구와 나혜석은 사랑에 빠졌고 약혼을 하였다. 물론 이때의 약혼은 양가의 승낙과 확인 하에 이루어진 것이 아니라, 동료 유학생들 앞에서 두 사람의 사랑을 약속하고 공표하는 방식이었다. 그런데 최승구는 중학교를 졸업한 후 충주 색씨와 조혼을 한 기혼자였다. 이 결혼은 부모들의 의향에 의해 이루어진 혼인이었고, 최승구의 본가에는 그 충주 색씨가 살고 있었다.

이들의 안타깝고 간절한 자유연애는 예술과 사상이 합일된 경지를 갈망하는 '완전한 사랑'을 꿈꾸는 것이었다. 1910년대 일본 유학생 사회의 주요 이슈 중 하나는 '연애와 완전한 사랑'이었다. '영육靈肉일치의 연애'가 고상하고 진정한 사랑이며, 상대의 개성을 존중하고 계발하는 자유연애가 이상적 연애라고 주장되었다. 최승구-나혜석 사이엔 예술가로서의 동일성이 영적 일치, 영적 결합을 담보한 사랑의 완성이자 생의 충족이라고 생각되었다. 최승구는 시와 희곡을 쓰고 정론과 평론을 발표하며 예술가의 전망을 실천하고 잡지를 편집하였다. 나혜석도 미술대학을 다니며 글쓰기를 수행했다. 이들은 "다시 만날 때까지든지 죽을 때까지든지 매일 피차에 일기를 적어서 바꾸어 보"[7]며 서로를 감각하고 영적 일치를 추구했다.

이들에게 자아의 완성은 사랑과 예술이 혼연일체 된 삶이었다. 최승구의 보호자인 작은 아버지는 이혼을 절대 반대하고 있었다. 나혜석도 다른 남자와의 결혼을 강요하는 아버지로 인해 고통을 받고 있었다. 최승구와 나혜석의 연애는 유학생 사이에서 유명했으며 '재자재원才子才媛'의 예술적 영적 결합으로서 선망의 대상이었다. 특히 최승구는 미남에다가 재주도 특출났으며 동경유학생 사회의 리더로서, 여성들의 흠모의 대상이었다.[8] 유부남과 처녀의 사랑, 자유연애, 집안의 반대와 다른 결혼의 강요 등, 장애가 있을수록 이들의 사랑과 연애, 일치에 대한 열망은 더욱 간절해졌다. 두 사람은 '소월素月'과 '정월晶月'이라고

---

7 염상섭, 「해바라기」, 『염상섭전집』, 민음사, 1987, 159쪽.
8 최승만, 『나의 회고록』, 인하대 출판부, 1985, 45쪽 참조.

같은 항렬의 호를 지어 일체감을 돈독히 했다. 소박한 달, 素月소월과 밝게 빛나는 화려한 달, 晶月정월. 최승구의 원래 호는 '이당彛堂'이었다고 한다.

끝내 최승구는 폐병에 걸려 전남 고흥군수로 있던 승칠 형님의 집에서 요양을 하였다. 1916년 2월 전후 최승구의 임종이 임박하자 나혜석은 몸소 고흥까지 와서 참견參見하였다. 나혜석은 최승구 사후, 변호사 김우영金雨英의 구애를 받고 1920년 김우영과 결혼하였다. 나혜석은 새신랑 김우영과 함께 첫사랑 최승구의 묘를 참배하고 비석을 세웠다는 일화가 전해진다.

조선 제일의 잡지인, 청오 차상찬

엄동섭
『근대서지』 편집위원, 창현고등학교 교사

차상찬車相瓚(호는 청오靑吾)은 1887년 2월 12일 강원도 춘성군 신동新東面 송암松岩리에서 성균진사成均進士 차두영車斗永의 5형제 중 막내로 태어났다. 1910년(24세) 보성普成중학교를 제1회로 졸업하고, 1912년 보성전문학교 법과(제6회)를 졸업한 후 한때 모교에서 교직에 있다가, 1920년 『개벽』의 창간 동인이 되면서부터 정의의 붓을 들게 된다. 그는 이때부터 15년 동안을 기자로, 편집주간으로, 발행인으로 줄곧 개벽사에서만 일을 했다.

청오 차상찬은 개벽사에서 발행한 거의 모든 잡지에 편집인 또는 발행인으로 참여하였는데 그 잡지들을 간략히 나열하면 아래와 같다.

『개벽』(1920.6~1926.8, 1934.11~1935.2 통권76호),

『부인(婦人)』(1922.6~1923.8 통권14호),

『신여성』(1923.9~1934.6 통권 71호),

『어린이』(1923.3~1934.7 통권122호),

『조선농민(朝鮮農民)』(1925.12~1930.6 통권95호),

『신인간(新人間)』(1926.4~현재 발행 중),

『별건곤(別乾坤)』(1926.11~1934.8 통권74호),

『학생』(1929.3~1930.1 통권11호),

『혜성(彗星)』(1931.3~1932.4 통권13호),

『제일선(第一線)』(1932.5~1933.3 통권10호),

『신경제(新經濟)』(1932.5~1932.8 통권3호 추정)

이 많은 잡지들을 살펴볼 때, 차상찬의 글이 실리지 않는 잡지가 없다. 그는 참으로 많은 글을 썼다. 기자로서, 시인으로서, 편집자로서, 논객으로서, 지사志士로서, 사학자로서, 민속학자로서 등등 잡지에 쓴 글만 해도 약 700편이 넘는다. 기자의 취재 방문기나 일제의 식민정책을 준열히 비판하는 논설은 물론, 날카로운 사회풍자·인물만평 등의 수많은 칼럼을 썼으며, 민족의 생명인 사화·설화·민담까지 발굴하는 등 그 양은 실로 방대하였다.

또 그에게는 필명이 많았다. 검열기관의 눈을 흐리게 하는 뜻도 있었겠지만, 그보다는 한 잡지에 여러 편의 글을 쓰자니 이름도 여러 개를 쓰지 않을 수 없었다. 그래서 차상찬의 필명은 20개가 넘는다. 청오靑吾·수춘산인壽春山人·월명산인月明山人·삼각산인三角山人·취서산인鷲樓山人·취운생翠雲生·강촌생江村生·관상자觀相者·사외사인史外史人·차기생車記生·차부자車夫子·차천자車賤子·주천자酒賤子·풍류랑風

流郎 · 고고생考古生 · 문내한門內漢 · 방청생傍聽生 · 독두박사禿頭博士 · 가회동인嘉會洞人 · 삼청동인三淸洞人 · 차돌이 · 각살이 등인데, 이것을 모르고서는 옛 잡지를 본댔자 그것이 누구의 글인지를 알 수 없다.

그는 개벽사 15년 동안의 가장 가슴 뿌듯한 사건으로 1934년 11월 『개벽』을 8년 만에 속간한 사실을 손꼽았다. 그가 쓴 「회고 8년」이라는 제하의 속간호의 권두언 일부는 다음과 같다.

여러분 다같이 기뻐하여 주십쇼— (여기 21자는 검열에서 삭제됨)— 이 세상에 만일 죽었던 사람이 다시 살아 나왔다면 그 얼마나 반갑고 기쁘겠습니까. 더욱이 금년 7월은 우리 개벽사가 창건한 지 제14주년 돌맞이 기념이었습니다. 그 기념을 제회(際會)하여『개벽』이 다시 나오게 된 것은, 마치 생일잔치를 하는 사람이 아들까지 낳게 된 것과 마찬가지로 이중의 기쁨이 아닐 수 없습니다. (…중략…)

수풍비우(愁風悲雨) 8개 성상(星霜)에 세사(世事)는 격변하여 창상(滄桑)의 감이 있고, 인사(人事) 또한 무상(無常)하여 전날『개벽』지를 위하여 고심혈투하던 민영순 · 박달성 · 방정환 제 용사가 소지(素志)를 미성(未成)하고 벌써 이 세상을 떠나고, 김기전 동지가 또 병마에 걸려 4, 5성상(星霜)을 해서(海西) 일우에 누워 있고, (…중략…) 그러나 우리는 각오하고 결심하였습니다. 최후의 1인 최후의 일각까지라도『개벽』을 위하여 용전분투하려고 (車)

창간 동인들이 거의 사라지고『신여성』,『어린이』,『별건곤』이 줄줄이 폐간되자, 그는 혼자서 가회동 자택을 금융조합에 담보하여 우여곡

절 끝에 출판 허가를 얻어 『개벽』을 속간했다. 그러나 『개벽』 속간호도 1935년 2월 제4호를 내고는 다시 폐간되어 개벽사의 잡지 출판은 막을 내리게 된다.

차상찬은 1920년 『개벽』의 창간 동인으로 참여한 이래 『개벽』 속간호의 폐간까지 함께한 일제강점기 최고의 잡지 편집인, 발행인이었다.

제2회

신극운동의 선구자 현철

한상언
영화평론가

1. 연극과 만나다

강변이나 마을의 넓은 마당에서 이루어졌던 조선의 연희는 자연스
럽게 서구식 극장문화와는 다른 형태로 발전했다. 실내공연 공간인 극
장이 존재하지 않던 조선에서 연극은 일본의 신파극단들을 통해 근대
식 문물의 하나로 전해졌다. 조선인들이 처음 공연한 신파극은 일본의
신파극을 어깨너머로 배운 것이었다.

현철玄哲(1891~1965)은 임성구林聖九로 대표되는 조선의 신파극을
개량하고 제대로 된 연극을 통해 조선인들을 계몽하고 자각시키고자
노력한 인물이다. 그는 연극을 통해 나라를 바로 세울 수 있다는 믿음
과 그 실천으로 신극운동의 토대가 될 연극인들을 양성하고 이들이 공

연할 수 있는 서구의 희곡을 소개하고자 했다. 그의 이러한 노력은 대중문화의 꽃으로 사랑받던 활동사진의 유행과 분망한 화장품 사업으로 인해 큰 성공을 거두지는 못했지만 조선연극이 일본식 신파극의 때를 벗겨내고 제대로 된 연극을 만들어야 한다는 필요성을 상기시켰다는 면에서 그 의미를 지닌다.

1891년 경남 동래에서 출생한 현철의 본명은 현희운玄僖運으로 현당玄堂을 비롯해 해암海巖, 효종曉鍾과 같은 필명을 사용했다. 소설가 현진건玄鎭健의 당숙이기도 한 그는 1904년 서당에서 한학을 공부하던 중 관상쟁이의 권유로 의학을 배우고자 일본으로 건너갔다. 도쿄의 준텐順天중학에서 2년간 수학하는 동안 일본 근대극 운동가인 쓰보우치 쇼요坪内逍遥와 시마무라 호게츠島村抱月가 함께 세운 문예협회에 출입했다. 이 단체는 일본 신극운동의 모체였다.

1906년 부친 별세의 소식을 듣고 귀국한 그는 서울의 보성중학으로 전학하여 1911년 졸업했다. 이후 다시 일본으로 건너가 세이소쿠正則영어학교를 거쳐 메이지明治대학 법과에 진학하였는데 법학공부보다는 시마무라 호게츠가 세운 예술좌 부속 연극학교의 연구생으로 연극 공부에 매진했다. 이때부터 연극과 관련해서는 희운이라는 본명 대신 철哲이라는 새로운 이름을 사용했다.

예술좌에서 그는 연극에 관한 다양한 지식과 경험을 쌓았고 〈살로메〉, 〈바다의 부인〉, 〈곰〉, 〈부활〉, 〈그 전날〉 등의 공연에서 단역으로 출연했다. 연구과정을 수료 후 상하이로 건너가 중국의 신극운동가 어우양위첸歐陽予倩과 함께 활동했다. 어우양위첸 역시 일본에서 연극 교육을 받은 인물이었다.

2. 신극운동의 씨앗을 뿌리다

1919년 3·1운동 발발 직전 귀국한 현철은 1920년 2월 구자옥具滋玉과 함께 종로YMCA에서 연예강습소를 설립하여 이 땅에 처음으로 본격적인 연극교육을 시작했다. 신파극 시대를 끝내고 신극 시대를 열기 위한 노력이었다. 강습소는 주3회 오후 7시부터 9시까지 2시간씩 열렸는데 수강생에게는 3개월 간 5원의 보증금을 받았다고 한다.

1920년 잡지『개벽』이 창간되자 학예부 주임으로 근무하며 연극과 문학에 관한 다양한 글을 쏟아냈다. 그의 글은『매일신보』와『동아일보』같은 신문지상에도 실렸는데 주로 연극의 의미와 가치를 주장한 것으로 신극운동의 일환이었다.

연예강습소로 시작한 연극교육은 예술학원으로 이어졌다. 1922년 러시아에서 온 김동한金東漢이 서대문 성터에 자리한 서양식 2층 건물에 예술학원을 세웠다. 이곳에는 김동한의 음악과, 안석영安夕影과 이승만李承萬의 회화과, 현철의 연극과가 설치되었다. 현철은 1922년 7월 31일 개벽사를 퇴직하고 예술학원에서 연구생들을 가르쳤다.

예술학원의 강사로 있던 현철은 1922년 일본에서 배워온 화장품 제조술을 이용하여 화장품 제조와 판매를 담당하는 경성미용원京城美容院을 세워 운영했다. 또한 1923년 2월에는 상공업 전문 잡지인『상공세계』를 창간 후 잡지 편집에 많은 시간을 할애했다. 자연스럽게 연구생들의 교육은 현철이 초빙해 온 이경손李慶孫이 주도하게 되었다. 결국 현철의 무관심으로 인해 연구생 전원이 예술학원을 탈퇴하여 이경손을 중심으로 한 무대예술연구회를 조직하는 사태로 발전하게 된다.

예술학원에서의 큰 실패에도 불구하고 연극교육의 끈을 놓지 않은 현철은 1923년 셰익스피어의 대표작 〈햄릿〉을 번역하여 박문서관을 통해 출판했다. 그가 번역한 〈햄릿〉은 최초의 조선어 번역본이었다. 이어 동국문화협회를 세워 그 사업의 일환으로 1924년 조선배우학교를 창립하였다. 우리나라 최초의 사설 배우양성학원이기도 한 조선배우학교에서 현철은 연극교육을, 이구영李龜永은 영화교육을 책임졌으며 박제행朴齊行, 김아부金亞夫, 서월영徐月影, 왕평王平, 양백명梁白明, 복혜숙卜惠淑, 이금룡李錦龍, 정암鄭岩 등 초창기 연극, 영화계의 중요한 배우들을 배출했다. 하지만 아쉽게도 조선배우학교는 1기생을 배출하고 문을 닫았다.

1925년 조선에서 제작한 활동사진이 인기를 끌면서 단성사는 조선배우학교와 함께 〈숙영낭자전〉을 영화로 만들 계획을 세웠다. 그러나 이익금 분배 문제로 현철과 단성사 사이에 갈등이 생겼고 시나리오를 쓰기로 한 현철은 화장품 제조와 판매로 시나리오 집필을 차일피일 미루었다. 결국 단성사 측에서 활동사진 제작비를 지원하겠다는 의사를 거두어들이면서 활동사진 제작은 무산되었다. 현철의 무책임한 모습에 영화교육을 책임진 이구영과도 갈라서게 된다. 영화에 출연하고 싶어 했던 연구생들 역시 대거 배우학교를 탈퇴하면서 조선배우학교는 문을 닫을 수밖에 없었다.

조선배우학교가 문을 닫고 난 후인 1927년 2월 현철은 조선물산장려회의 선전부를 책임지게 된다. 선전부의 활동은 조선물산장려회의 잡지『자활』을 발행하는 한편 활동사진으로 조선물산장려회의 활동내

역을 기록하는 것이었다. 이를 기회로 삼아 현철은 활동사진관을 직접 운영코자 한다. 그 결과 단성사와 라이벌이던 조선극장의 운영주 차영호車泳鎬와 1927년 6월부터 동업을 시작한다. 그의 계획은 조선극장의 운영을 통해 잡지발간과 배우양성과 같은 지금껏 해오던 활동을 보다 손쉽게 전개하려던 것이었다. 그러나 동업자들 사이의 갈등으로 성공하지 못한다.

극장운영에서 손을 뗀 현철은 1928년 3월 조선산업협회 창립 시 임시대표에 선임되었다. 같은 해 12월 개벽사 사장을 역임한 이종린李鍾麟이 중심이 된 산업계 잡지 『중성衆聲』의 창간에 관여했다. 연극과 관련해서는 현철의 제자들이 주도하고 있던 배우학교에 고문이라는 직함으로 소극적 활동만 했다.

3. 연극운동의 개척자로 기억되다

조선극장 운영에서 실패 한 후 현철의 관심은 온통 화장품사업에만 있었다. 1930년대 초반에는 경성방송국의 프로그램에 출연하여 여성 미용에 관해 설명하는 등 화장품 제조와 판매에 열을 올렸다. 1934년 여름, 토월회의 후신인 극단 태양극장의 하기夏期공연을 앞두고는 자신이 개발한 화장품 정미액正美液 안에 태양극장의 입장권을 첨부하는 식으로 화장품 판매와 관련해서 연극과 관련을 맺었다.

간접적 방식으로 연극과 인연을 이어가던 현철에게 연극과 관련한 직접적인 활동이라면 화술을 연구하여 가담歌談, 연담演談, 산담散談이라는 소위 삼종의 화술에 관한 것을 발표한 '삼담三談의 밤'(1935.12.19)을 부민관에서 개최한다거나 연극계의 원로 중 한 명으로 1938년과 1939년 두 번 열린『동아일보』주최 연극경연대회의 심사위원을 맡는 식의 역할에 한하고 있었다.

연극운동에서의 미미한 활동에도 불구하고 중일전쟁 발발 이후 급격히 총동원체제로 개편이 이루어지던 시기인 1941년에는 조선음악협회에 이름을 올렸다. 이어 창극단인 조선음악단의 상임이사로 있었다. 이러한 국악 분야에의 활약은 해방 이후에도 계속되었는데 해방 직후 조선국악건설본부를 조직하는 데 참여했고 6·25전쟁 이후에는 대한국악원 원장을 역임하기도 했다.

그의 연극에 대한 관심은 해방을 맞아 다시 배우학교의 문을 여는 것으로 나타났다. 1946년 개교한 배우학교는 현철에 의해 정력적으로 운영되었으나 1948년 좌익활동에 대한 단속이 강화되면서 문을 닫아야만 했다. 배우학교 학생 다수가 좌익청년들이었기 때문이었다.

말년을 경기도 양주에서 보내던 현철은 연극계에서의 공헌을 인정받아 1963년 3월 연예인 30년 특별공로 표창을 받았다. 공로상을 받고 얼마 지나지 않은 1965년 3월 19일 조용히 숨을 거두었다. 그의 나이 74세였다.

현철은 군인구락부(원각사의 전신)를 관리하던 인척 현영운玄暎運을 통해 그곳의 이모저모에 대해 알고 있었다. 이뿐 아니라 초창기 공연을 직접 관람하였는데 이에 대한 기억을 증언으로 남겼다. 이는 관련

연구자들에게 있어서는 문헌기록으로 알 수 없는 중요한 사실들을 확인시켜 준다는 면에서 중요한 의미를 지닌다. 또한 일본유학을 통해 일본의 신극운동을 접했고 연극이 세상을 바꿀 수 있다는 믿음으로 연극교육에 투신하여 조선의 신극운동에 있어서 그 첫 번째 족적을 남겼다. 이렇듯 현철은 신파극에서 신극으로 이행해 나가는 시기 연극운동의 선구자였다. 아쉽게도 그가 추구했던 연극운동이 성공했다고 말 할 수는 없을 것이다. 그는 시대를 대표하는 인물은 못되었지만 시대의 문을 연 개척자와 같은 역할은 충분했다. 이는 지금 우리가 현철이라는 이름을 기억하는 이유인 것이다.

타고르와 만난 동아시아 문학청년
진학문

박진영
성균관대학교 국어국문학과 교수

보성중학교 시절

본관은 풍기豊基, 호는 순성瞬星, 필명 및 이
명은 몽몽夢夢, 몽몽생夢夢生, 순성, 순성생瞬星
生, 진순성秦瞬星, 하타 마나부秦學. 진학문秦學
文(1894.12.4~1974.2.3)은 1894년 12월 지금
의 명륜동 성균관 부근인 종로구 숭3동에서
태어났으며, 원적은 서울 종로구 돈의동 44
번지다.

진학문의 부친 진상언秦尚彦은 역관 집안
출신으로 잡과인 임오년(1882) 증광시 입격
자다. 진상언은 대한제국 시기에 인천, 돌산,
무안, 함평, 음죽을 비롯한 각지의 군수를 지
냈다. 1897년 목포 개항과 함께 설치된 무안 감리서監理署의 초대 감리

를 겸한 진상언은 아관파천 시기에 러시아와 일본 사이에서 벌어진 이른바 고하도高下島 매수 각축전에 맞선 주역이며, 국내외 정계 인사와도 친분이 두터웠다.

진학문은 1907년에 일본 유학을 떠나 게이오기주쿠慶應義塾 보통부普通部에 입학했으나 가세가 기울어 이듬해에 돌아왔다. 진학문은 1908년 4월 보성중학교에 입학하여 1912년 4월에 제3회로 졸업했다. 경상남도 진주에서 잠시 교사 생활을 한 진학문은 1913년 4월에 다시 유학길에 올라 와세다早稻田 대학 영문과에 입학했으나 예과만 수료하고 그만두었다. 러시아 문학에 뜻을 품은 진학문은 1914년 4월 상하이를 거쳐 블라디보스토크를 여행하다가 돌아왔다. 진학문은 1915년 4월 도쿄외국어학교 러시아어과에 입학했지만 1917년에 중퇴하고 귀국했다.

진학문은 13세 때인 첫 번째 유학 시기에 「쓰러져 가는 집」(1907.5), 「병중」(1907.5), 「요조오한四疊半」(1909.12)을 일본 유학생 잡지인 『대한유학생회보』와 『대한흥학보』에

와세대 대학 유학 시절

'몽몽'이라는 필명으로 발표했다. 요조오한이란 네 첩 반짜리 다다미 방이라는 뜻인데, 특히 「쓰러져 가는 집」과 「요조오한」은 근대적인 단편소설을 개척한 선구적인 작품이다. 두 번째 유학인 도쿄외국어학교 시절에 러시아 문학에 심취한 진학문은 투르게네프와 안드레예프의 산문시, 코롤렌코, 안드레예프, 자이체프, 체호프의 단편소설을 잇달

아 번역하여 『학지광學之光』에 발표했다. 진학문의 번역은 러시아 산문
시와 단편소설을 한국어로 처음 번역하여 소개한 성과다.

진학문은 귀국 무렵인 1917년에 창작 단편소설 「부르짖음Cry」
(1917.4)을 『학지광』에 발표하는 한편 모파상의 단편소설 「더러운 면
포麵麭」(1917.6)를 번역하여 『청춘』에 소개했다. 「더러운 면포」의 원작

타고르와 함께(1916년 7월)

은 「저주받은 빵Le pain maudit」인데, 면포란 포르투갈어인 팡pão의 중국식 번역어를 한자음대로 읽은 것으로 흔히 면보라고 일컬었다. 「더러운 면포」역시 모파상의 소설을 한국에 처음으로 선보인 작품이다. 진학문은 이때부터 몽몽 대신에 순성이라는 호를 쓰기 시작했다.

일본 유학 시절 진학문의 행적 가운데 가장 주목해야 할 것은 두 차례에 걸쳐 타고르를 만나 한국인에게 전하는 글을 청탁했던 사실이다. 1913년 아시아에서 최초로 노벨문학상을 수상한 인도의 시성詩聖 타고르는 1916년 5월 9일부터 9월 2일까지 100일 남짓 일본에 머물렀다. 진학문을 포함한 남녀 교사와 학생 23명의 일행은 1916년 7월 11일 요코하마의 산케이엔三溪園으로 타고르를 찾아가 강연을 청해 들었다. 일주일 뒤에 진학문은 타고르를 다시 방문하여 대담을 나누면서 한국에서 발행되는 당대 유일의 종합 월간지 『청춘』에 글을 써 달라고 부탁했다. 두 차례의 방문에서 진학문은 타고르와 함께 기념사진을 남겼다.

이듬해인 1917년 11월 진학문은 『청춘』을 통해 타고르와 만난 일화를 소상하게 전하면서 타고르의 생애와 대표적인 작품을 소개했다. 또 진학문의 요청으로 타고르가 보낸 시 「The Song of the Defeated」와 한국어 번역 「쫓긴 이의 노래」가 함께 수록되었다. 「쫓긴 이의 노래」에는 번역가 이름이 명시되지 않은 채 타고르가 『청춘』을 위해 보낸 시라는 편집자의 말이 덧붙어 있다. 오늘날 「패자의 노래」라는 제목으로 알려진 「The Song of the Defeated」는 타고르가 1916년 1월에 뉴욕에서 펴낸 시집 『과일 따기』에 수록된 6행의 시인데, 「쫓긴 이의 노래」는 23행의 시로 번역되었다. 타고르의 시는 일본의 식민 지배에 신음하는 한국인의 비애를 잘 대변했다.

한편 진학문은 일본 유학 시절에 신주쿠의 빵집이자 전위적인 문예 살롱의 역할을 담당한 나카무라야中村屋를 통해 동아시아의 혁명가 및 예술가 그룹과 교유했다. 그중에는 일본의 아나키스트나 에스페란티스토뿐 아니라 러시아의 시각장애인 시인 바실리 예로센코Vasilli Ero-shenko, 인도에서 망명하여 귀화한 독립운동 지도자 라쉬 비하리 보스Rash Bihari Bose도 포함되었다. 또 이때의 친분을 바탕으로 일본 최고의 극단 게이주쓰자藝術座를 이끌고 있던 시마무라 호게쓰島村抱月와 인기 여배우 마쓰이 스마코松井須磨子 일행이 1917년 6월에 한국을 방문했을 때 자리를 함께하기도 했다.

일본 유학을 중단하고 귀국한 진학문은 1917년 9월에 경성일보사에 입사했다. 애초에는 1910년대의 유일한 한국어 중앙 일간지인『매일신보』기자가 진학문에게 마련된 몫이었으나 불가피하게 일본어로 발행된『경성일보』로 자리가 바뀌었다. 미리 약속된 진학문의 연재소설은 1917년 9월부터 1918년 1월까지『매일신보』4면에 연재되었다. 진학문의『홍루紅淚』는 알렉상드르 뒤마 피스의『춘희椿姬』를 번안한 것으로 파리 사교계의 고급 매춘부를 주인공으로 삼은 파격적인 내용이다. 주인공 마르그리트의 이름이 곽매경으로 바뀌었지만『홍루』의 플롯이나 등장인물의 성격은 대체로 원작을 충실하게 따랐다.

진학문은 1918년 7월에『매일신보』의 본사 격인 경성일보사를 퇴사하고 일본 오사카에 본사를 둔『오사카아사히신문大阪朝日新聞』경성지국 기자로 발령을 받아 돌아왔으며, 1919년 11월에는『오사카니치니치신문大阪日日新聞』으로 옮겼다가 한 달여 만에 그만두었다. 진학문은 자칭 조선총독부 출입 한국인 기자 제1호가 되면서 때때로 총독과 독대하기도 하는 수완을 발휘했다. 이듬해인 1920년 4월에 진학문은 보성중학교 제1회 선배이자 『매일신보』를 떠난 언론인 이상협과 함께 『동아일보』 창간을 이끌면서 초대 논설반, 정치경제부장 겸 학예부장의 중책을 맡으면서 언론인으로서 입지를 다졌다.

그러나 막상 진학문이 동아일보사에 몸담은 것은 석 달에 불과하다. 진학문은 1920년대 초반에 언론계에서 한발 물러섰으며 문단에도 뚜렷한 발자취를 남기지 못했다. 진학문은 1921년 이광수와 최남선의 복귀를 배후에서 도우면서 언론인이자 번역가로서 면모를 다시 드러냈다. 이광수는 도쿄 유학생을 중심으로 한 조선청년독립선언 직후에 상하이로 망명하여 임시정부의 『독립신문』 주필을 맡다가 1921년 3월에 귀국했다. 최남선 역시 삼일운동으로 옥고를 치르다 1921년 10월에 가석방되었다. 진학문은 정계 및 언론계와 접촉하며 이광수와 최남선이 재기하는 데에서 결정적인 역할을 담당했다.

특히 1922년 9월에 최남선이 창간한 타블로이드판 주간지 『동명』의 편집 겸 발행인, 1924년 3월 31일에 창간된 『시대일보』의 편집국장을 맡은 것이 진학문이다. 또 진학문은 1922년 1월부터 『동아일보』 1면에 『'소小'의 암영』을 연재하고 이듬해 1월 『암영』으로 제목을 바꾸어 단행본으로 출판했다. 『암영』은 일본 근대문학의 선구자 후타바테이 시메이二葉亭四迷의 『그 모습其面影』을 번안한 소설이다. 진학문은 『암영』이 번안이라는 사실을 숨긴 채 등장인물과 지명만 한국식으로 고쳤다. 엘리트 지식인 형부와 기독교 여학교 출신이자 미망인 처제 사이의 사랑이라는 파격적인 설정을 취한 『암영』은 시대적 강박에

짓눌린 남성 주인공의 무력감을 잘 드러냈다.

진학문은 1922년에 고리키의 「의중지인意中之人」과『첼카슈』를 번역함으로써 러시아 문학에 대한 열망을 다시 불러일으켰다. 고리키의 소설이 한국어로 처음 번역된 것 역시 진학문에 의해서다. 그러나 1923년 4월에 모파상의 「월야月夜」 번역을 끝으로 진학문은 번역에서도 완전히 손을 뗐다.

진학문은『호치신문報知新聞』경성지국 특파원 말고는 언론계에서 마땅한 자리를 잡지 못했고, 청진동에서 문화상회를 열었지만 실패했다. 진학문은 1927년 4월에 부인과 어린 딸을 이끌고 브라질로 떠났다. 유학 시절에 만난 일본인 미야자키宮崎는 1920년 3월에 진학문과 결혼하면서 남편을 따라 진수미秦壽美로 성씨를 바꾸었다. 브라질에서 채소 농장을 일구던 진학문과 진수미 부부는 어린 딸을 잃고 1928년 4월에 되돌아왔다.

번안소설 『암영』(1923)

그 뒤로 진학문은 계명구락부와 몇몇 상공인 조직에 참여하다가 1934년에 만주국으로 이주했다. 대륙 침략을 꿈꾼 일본이 내세운 괴뢰국에서 진학문은 관동군 촉탁, 만주국협화회 촉탁,『만몽일보』고문을 지냈다. 중일전쟁이 발발한 1937년부터 진학문은 국무원 참사관을 비롯한 고위 관료로 등용되고, 만주국 최대의 친일 정치 조직인 만주국협화회 수뇌부로 올라섰다. 친선 사절의 사명을 띠고 유럽을 순방하는가 하면 추축국樞軸國 독일과 이탈리아 정부에서 훈장을 받기도 한 진학문은 특히 전시 물자의 관리, 공급, 통제를 총지휘하기 위해 설립된 만주생활필수품주식회사 상무이사를 맡아 만주국 본사와 경성지사를 오갔다.

전경련 부회장 시절

만주국에서 진학문의 이름은 하타 마나부 秦學로 바뀌었다. 진학문은 어린 딸을 브라질 땅에 묻고 뒤늦게 얻은 아들마저 1944년 만주국 시기에 잃었다. 해방 후에 진학문은 친일 행위에 대한 부담과 반민특위의 압박을 피해 부인과 함께 일본으로 이주했다. 이승만 정권 시기에 진학문의 귀국을 도모한 것은 보성중학교 제1회 선배이자 외무부 장관 겸 국무총리에 오른 변영태卞榮泰다. 만주국 시기의 경험을 바탕으로 재계 인사로 활동하기 시작한 진학문은 1963년부터 전국경제인연합회(전경련)의 전신인 한국경제인협회 부회장을 지냈다. 진학문은 1974년 2월, 부인을 남기고 서울에서 타계했다.

기당 현상윤

송민호

보성 84회, 홍익대학교 국어국문과 교수

1. 생애

기당 현상윤玄相允(1893~?)은 1893년 평안북도 정주군 남면 남양동에서 부친 현석태와 모친 박국애 사이에서 차남으로 태어났다. 기당의 부친인 현석태는 관서지방 명문가의 자손이자 한학자로 성균관 전적과 승정원 주서를 지냈고, 경술국치를 겪고 난 뒤에는 조상과 임금에게 큰 죄를 지었다며 사당에 들어가 미음으로 연명하기도 하였던 인물이다. 현상윤은 아버님의 영향인 듯 12세부터 한학자인 진암 현상준 선생 문하에서 수학하였다. 그는 어린 시절의 스승이었던 진암 선생을 크게 존경했던 듯,

1939년 무렵『진암선생문집』을 묶으면서 제문과 후기에 진암 선생이 김홍집 내각 시기 항일 의병장으로 활동했던 의암 유인석柳麟錫의 수제자였다는 사실을 기록해두고 있다. 이처럼 어린 시절 한학을 수학했던 그의 이력은 이후 그가『조선유학사』등의 조선 유학 관련 저작을 남기는 데 큰 영향을 주었다.

진암 선생 문하에서 수학하던 무렵 그는 오산학교의 초대교장이었던 치당 백이행의 딸인 백숙양과 혼인하였고, 이후 장인의 권유를 받아 장인이 설립한 정주의 부호육영소학교에서 1년간 신교육을 받았다. 그는 금방 소학교를 졸업한 뒤, 평양에 있는 대성중학교에 입학하였다. 당시 대성학교는 신민회가 설립한 학교였는데, 당시 대성학교의 교장은 윤치호였고, 도산 안창호가 대변교장이었다. 이 대성학교에서의 경험은 현상윤의 일생에 꽤 중요한 영향을 주었는데, 그는 안창호 선생의 연설에 크게 감명하여, 그의 자주독립과 애국정심이 고취되었던 것이다. 그가 대성학교 2학년일 무렵 조선은 일제의 식민지가 되었는데, 대성학교에서는 일장기의 게양을 거부하였고, 일제는 이른바 105인 사건을 빌미로 대성학교를 폐쇄하였다. 이처럼 현상윤에게 있어 당시 대성학교에서 민족을 중시했던 경험은 이후 식민지 조선에서의 그의 향방을 결정 짓는 중요한 영향을 주었다.

대성학교가 폐교되자, 현상윤은 상경하여 보성중학교에 입학한다. 이때가 1912년의 일로, 그는 1913년에 중학을 졸업했으니 현상윤이 보성학교를 다녔던 것은 고작해야 1년 정도의 일에 불과했다. 아마 자신의 고향인 정주를 떠나 서울에서 생활하는 일이 그다지 쉽지는 않았을 터이나 그의 부모가 평양의 여느 학교들이 아니라 서울의 보성학교」를 택했던 것에 의미가 없다고 보기는 어렵다. 당시 보성학교는 민족사학으로서 대성학교 못지않게 애국주의를 고취했던 학교였던 것이다. 현상윤과 그의 부모가 서울에 있는 보성학교를 굳이 선택한 것에는 그러한 배경이 작용하지 않았는가 생각하는 것이 자연스럽다. 학교를 졸업하고 기당은 고향으로 내려가 1년 동안 쉬면서 여러 가지 고민에 휩싸인다. 아마도 자신의 진로와 국가의 운명 같은 것들이 당시 현상윤의 머리속을 가득 채우고 있던 고민들이었을 것이다. 이러한 그의 고민의 일단을 짐작할 수 있도록 하는 것이 정주에 머무르고 있을 즈음 그가 습작처럼 썼던 소설 「핍박逼迫」이었다.

이후 그는 공부를 더 하기로 결정하고 1914년 4월에 일본 도쿄에 있는 와세다대학에 입학한다. 그는 사학급사회학과史學及社會學科에 입학하였다. 와세다 시절 그는 학업도 열심히 이수하여, 1918년 26세로 와세다대학을 우수한 성적으로 졸업하였을 뿐 아니라 그가 썼던 졸업논문은 「동서문명의 비교연구」라는 제목으로 당시 도쿄학계에 큰 반향을 일으켜 화제가 되었다고 한다. 한편 현상윤은 동시에 조선 유학생들의 모임을 적극적으로 주선하였는데, 그는 조선유학생학우회 활동을 적극적으로 추진하여, 당시 도쿄에 유학 와 있던 인촌 김성수, 고하 송진우, 설산 장덕수, 벽초 홍명희, 위당 정인보, 춘원 이광수 등 이후 식민지 한국에서 좌우와 고금을 넘어서는 유학생 사회의 구심점을 구축하였다. 특히 현상윤은 조선유학생학우회의 기관지인 『학지광』의 편집주간으로 편집을 담당하였다. 이 『학지광』은 앞선 『태극학보』처럼 조선 유학생들의 친목을 도모하는 잡지에 불과했던 것이 아니라 향후 조선의 학문과 문예를 예비하는 중요한 장으로 기능하였고 시의적인 글들 역시 많이 실어 일본 당국의 배포 금지를 여러 차례 당하기도 하였다. 이 시기 기당은 『학지광』에 여러 가지 글들을 많이 실었는데, 특히 그가 쓴 문예작품들은 이광수의 그것에 앞서 근대문학의 새로운 영역을 개척하였다는 평가가 가능하다는 가치를 갖고 있다.

와세다 졸업 이후 현상윤은 귀국하여 중앙학교에서 교편을 잡았다. 그가 중앙학교의 교사가 된 것에는 도쿄 유학 시절 그가 맺은 인연들이 깊이 작동하고 있었다. 당시 중앙학교의 교주는 바로 인촌이었고, 교장은 고하였다. 식민지의 유학생이라는 고단한 삶과 같은 민족이라는 동질감이 그들을 더욱 친밀한 관계로 만들었을 터였다. 아마 김성수와 송진우 등 현상윤과 같이 유학을 경험했던 이들은 그에게서 민족에 대한 굳은 의지와 교육에 대한 열의와 능력을 발견하였을 것이고, 그가 귀국하자마자 중앙학교의 교사 자리를 제안하였던 것이다. 하지만 문학계로서 본다면 그가 교육계에 온전히 투신한 것은 분명 큰 손실이라 할 만한데, 그의 문예작품은 그만큼 큰 가능성을 갖고 있는 것이었기 때문이었다.

귀국하고 중앙학교에서 교편을 잡은 지 불과 1년이 채 지나지 못해, 기당은 3·1운동의 중심에 놓이게 된다. 특히 일본에 있던 유학생들의 독립운동 준비 소식을 듣고 기당은 그들과 같이 보조를 같이 하기 위해 백방으로 노력하였다. 아마도 그가 다녔던 신민회 기반의 대성학교 시절 맺었던 인연들과 유학시절 맺었던 인연들은 3·1운동이라는 독립운동의 가장 중요한 사건을 구축하는 데 중대한 역할을 하였으리라 생각할 수 있다. 하지만 그는 민족대표 33인이 아닌 48인으로서 활동하다 체포되어 2년 동안의 옥살이를 하게 된다. 1921년에 출옥한 그는 옥고를 치렀음에도 불구하고 중앙고보의 교장으로 취임하여 더욱 교육에 대한 열망을 키운다. 당시 중앙고보의 교주였던 김성수의 현상 윤에 대한 친애와 믿음이 얼마나 깊었는가 하는 것을 알 수 있도록 하는 대목이다. 게다가 그는 중앙고보교장을 역임하면서 1922년 경성제국대학 설립 이전 이상재가 주도했던 민립대학 설립운동에 참여하여 중앙집행위원으로도 활약하였다.

이때 현상윤은 3·1운동으로 옥고를 치르고, 교육계 전반의 사업에 매진하면서 당시로서는 불치병에 가까웠던 폐결핵에 걸리게 된다. 그는 중앙고보의 교장을 사임하고 조선총독부 병원에 입원하여 치료를 받다가 그의 고향인 정주로 돌아가 7년간의 긴 요양을 한다. 이 무렵 그는 요양만 한 것이 아니라 아마 틈틈이 글을 쓴 것으로 생각되는데, 그는 1931년 여름에는 「홍경래전」이라는 역사소설을 『동아일보』에 연재하였던 것이다. 이 「홍경래전」은 역사소설의 외양을 띠고 있으면서도 또 한편으로는 '전傳'의 양식을 차용한 역사서와 같은 형식으로 24회 정도 신문에 연재되었다.

폐결핵에서 완치된 후 현상윤은 중앙고보 교장으로 재임한다. 해방 이후인 1945년 9월에는 바로 경성대학 예과부장에 취임한다. 이듬해에는 보성전문학교 교장에 취임하였는데, 이 보성전문학교는 곧 고려대학교로 승격되었고, 자연스럽게 기당은 고려대학교의 초대총장이 되었다. 그는 총장이면서 직접 '조선사상사'를 강의하며 자신이 평생 굳게 믿어왔던 민족의식을 고취하는 데 앞장 섰다.

그는 6·25전쟁이 일어난 직후 교사들의 피란생활을 보조하기 위해 3년치 월급을 선불로 지급하는 등 마지막까지 올곧은 마음으로 교사들을 배려하다가 막상 자신은 피란을 가지 못하고 납북되고 말았다.

2. 문학적 성과

기당 현상윤은 문학가로서보다는 교육가로서 식민지 조선 이래 한국 사회에 가장 큰 윤곽을 남긴 인물로 평가될 수 있다. 그는 와세다대학을 졸업한 이후 중앙고보의 교사로서 지속적으로 일하다가 3·1운동 이후 교장까지 되었고, 폐결핵에 걸리고 요양을 하며 이를 치료했던 7년 정도의 기간을 제외하고서는 중앙고보에서 계속 교장으로 활동하면서 교주인 김성수와 함께 식민지 조선 교육의 중요한 기반을 이루었다.

하지만, 그는 문학적으로도 중요한 활동을 여러 가지로 남겼는데, 그의 인상적인 문학 활동들은 대부분 그의 고향인 정주에서 이루어졌다는 사실은 흥미로운 것이 아닐 수 없다. 특히 그가 초창기인 1913년에 쓴 단편소설 「핍박」은 그 시기가 1913년임을 감안하면 상당히 이례적인 소설이 아닐 수 없다. 이 시기는 신문에서는 이해조의 신소설 연재가 서서히 마무리되고 있던 무렵이었고, 아직 본격적인 근대 문학이 시작하기 전이었기 때문이다. 정주를 배경으로 하여 일본 유학까지 다녀온 지식인이 아무 것도 하지 못하고 무기력과 안온함 사이를 오가는 과정을 1인칭 서술형으로 표현한 이 소설은 시기상으로 볼 때 명확한 창작의 모델이 보이지 않는다는 점을 감안하면 한국문학사에서 상당히 이례적이고 특별한 위치를 점유하고 있는 소설이다. 특히 소설속 주인공의 내면 심리 묘사가 1917년 이광수의 「무정」에 이르러서야 가능했다는 문학사상의 기술을 감안한다면, 그는 이를 이미 몇 년 전에 선취하고 있는 셈이기 때문이다.

또한 현상윤은 와세다 유학 시절, 잡지 『학지광』을 편집하면서, 이 잡지와 최남선의 잡지 『청춘』에 계몽적인 논설들과 더불어 「한의 일생」 (1914), 「박명」(1914), 「재봉춘」(1915), 「청류벽」(1916), 「광야」(1917)을 쓰고, 앞서 써 둔 「핍박」을 이 무렵에 발표하였다. 이 무렵에 발표했던 소설들이 대부분 현상윤 자신과 같은 또래의 젊은이를 모델로 하고 있으며, 작품의 공간적 배경이 대부분 정주인 것을 감안하면, 이 소설들은 대부분 그가 정주에 머무르던 시기에 쓰였고, 일본 유학중에 가필하여 잡지에 게재한 것이 아니었을까 하는 추측을 할 수 있다. 어쨌거나 그는 비록 많은 문학작품을 쓰지는 않았지만, 신소설과 번안소설 등의 소설 형식이 득세하고 있던 시기에 단편소설이라는 매우 독특한 문학적 실천을 근대적인 서술 시점을 통해 이뤄내었던 문학사상 중요한 성과를 얻은 작가로 기록될 필요가 있다.

또한 그는 교육 외에 조선 유학에 대한 관심을 통해 조선 이래 한국의 정신과 사상의 전통을 연구의 대상으로 삼아 학술서로 작성했던 것을 높게 평가할 수 있다. 그는 자신이 어린 시절 스승이었던 진암 현상준의 문서들을 묶어 1939년 무렵에는 14권짜리 『진암선생문집』으로 펴냈다. 유학 전통 내에서 후학들이 스승이나 존경하는 선생의 글을 묶어 문집으로 내던 전통이 존재했다는 것을 감안하면, 그는 조선의 유학적 전통을 폭넓게 승인하고 유학과 독립운동 사이의 정신적 연결성, 그리고 민족에 대한 의식 사이를 긴밀하게 연결하고자 하는 작업에 지속적으로 관심을 갖고 있었다는 사실을 알 수 있다. 1939년이라면 그가 폐결핵으로 정주에 요양 갔다가 완치되었던 무렵이라 병든 그가 고향에서 옛 스승의 가르침을 새기면서 문집을 묶었다는 사실을 알 수 있게 한다.

조선 유학을 통해 한국의 정신사를 정리하고자 했던 현상윤의 지향은 해방이후인 1948년에 집대성된 『조선유학사』에 고스란히 들어 있다. 그는 『진암선생문집』을 묶고 난 뒤, 중앙고보 교장, 경성대학 예과 부장, 보성전문학교 교장 등으로 재직하면서 '조선사상사'라는 강의를 계속 해왔다고 하는데, 이 시기에 바로 유학을 중심으로 조선의 사상적 궤적을 해명하려는 노력이 시작되었던 것이다. 그는 바로 이 『조선사상사』를 출판하고자 노력하였지만, 납북되어 원고가 분실되었고, 이후 자택 책상에서 교정지 일부와 초고 등을 발견하여 1986년에야 책으로 출간되었다.

현상윤은 비록 다양한 예술적 실천을 꾀했던 인물이라기보다는 문학계와 교육계에서 둔중하고도 뚜렷한 발자취를 남겼던 인물이다. 그는 한국문학사의 중요한 시기에 단편소설을 매개로 한 뛰어난 예술적 실천 양상을 남겼고, 이후 교육계에 투신하면서 자신이 갖고 있던 민족의식을 후학들에게 끊임없이 불어넣기를 주저하지 않았다. 또한 그 당시와 지금까지 폄훼되고 있는 조선 유학 속에서 한국의 정신성을 핵심적인 부분을 찾아 이를 학문적으로 구성한 『조선유학사』, 『조선사상사』등의 저서를 통해 식민지 이후 표류하고 있던 한국의 사상적 뿌리를 다시 재발견하는 데 크게 기여하였던 것이다.

제5회

잊혀진 신경향파 작가 이익상

오창은
중앙대학교 교수

1. 1920년대의 대표적인 신경향파 작가

이익상李益相(1895~1935)은 1920년대를 대표하는 작가다. 하지만 그는 근대 초기 한국문학에 기여했던 역할만큼 온당한 문학사적 평가를 받지 못했다. 이익상은 이제 잊혀진 작가처럼 간간히 거론되고 있으며, 간혹 최서해, 박영희, 김기진, 조명희, 이기영 등을 평가할 때 언급될 뿐이다.

이익상은 1920년대 현실을 소설로 형상화한 대표작가 중 한 사람으로 다시 복원될 필요가 있다. 그는 1920년대 식민지 조선의 현실을 소설로 형상화함으로써 만만치 않은 역사적 진실을 증언하고 있다. 그의 작품세계에 대한 문학 연구자들의 이해가 풍성하지 못하다 하더라도,

그가 신경향파와 카프 문단에 기여한 공로는 결코 간과할 수 없다. 식민지 조선의 좌파문학의 1세대인 그는 파스큘라를 창립했고, 카프의 발기인이었으며, 조선문예가협회의 핵심 구성원이었다.

하지만 이익상은 1930년대 어용신문으로 일컬어지는 『매일신보』 편집국장 대리를 지내면서 급격한 친일의 길에 들어섰다. 이러한 그의 삶의 궤적은 일제강점기에 식민지 지식인이 걸었던 한 길을 대표한다. 그는 저항에서 일상의 수락으로 옮겨간 작가다.

2. 작품 속에 드러나는 이익상의 보성시절

이익상은 1895년 2월 11일 전북 전주 대화정 24번지에서 이건한과 김성녀의 둘째 아들로 태어났다. 호적상의 이름은 이윤상李允相이며, 성해星海 혹은 이성해李星海라는 필명을 사용했다. 그는 1908년 전주제일공립보통학교를 졸업했다. 그리고 1914년 보성중학교를 졸업했다.

이익상의 보성중학 시절은 그의 자전적 경험이 포함되어 있는 「어린이의 예어」를 통해 살펴볼 수 있다. 소설 속 화자인 광필은 삼년 전에 (보성)중학교 진학을 위해 남대문역에 내렸을 때는 "장래의 모든 것이 결정된 것"처럼 희망에 부풀었다. 하지만, 학업을 계속하기 위해서는 가난을 감수해야 하는 생활의 연속이었다. 광필은 졸업을 1년 앞두고 학비가 떨어져 최대 위기를 맞는다. 이익상은 「어린이의 예어」에서 자신의 자화상이 투영된 광필이라는 인물을 통해 어려웠던 보성중학 시절을 그려냈다. 소설에 비추어 추론하자면, 이익상은 1910년 입학 시기가 지난 때에 1910년에 '어느 명사名士'의 주선으로 보성중학에 들어오게 되었다. 가난한 집안 형편으로 인해 고향에 있던 사촌이 자신의 학비를 대주었는데, 간혹 학비 송금이 늦어져 끼니를 굶어야 하는 곤궁에 처하기도 하였다. 이익상은 보성중학 3학년 때에 학업을 중단할 뻔한 위기에 빠졌다. 고향에 있는 사촌이 학비를 보내주지 않아 학업을 포기하고 고향으로 돌아갈 생각을 했던 것이다. 보성중학의 Y는 고학으로 동경 유학 중이고, S는 동경 유학을 떠나려한다. 이 즈음 보성중학 출신들은 동경 유학을 열망했던 듯하다. 소설 속 광필 또한 "자기와 같은 운명에 지배받는 사람이 많"은 곳이 동경이라고 되뇌인다. 그래서, 광필은 "좀 더 넓고, 문화가 열리고 최고의 학부가 많"은 곳에서 공부하고 싶다는 욕망을 숨김없이 드러낸다. 광필은 "일본에서 배우고 일본에서 얻은 것이 있는 이상에는 모든 제도와 사상의 귀추가 자연히 우리의 보고 들은 바 그것을 모방하게 되는 것은 어쩔 수 없는 사실"로 인정한다. 광필은 식민지 조선의 현실 극복을 위해서는 "모방과 추종"을 통해 "우리 민족에게 있는 바 모든 것이 향상"되어야 한다고 보았다. 위와 같은 내용이 「어린이의 예어」에 그려져 있다. 유추컨대 이익상은 조선의 현실을 '과도기'로 파악한 듯하다. 이익상은 보성중학 재학 시절에 선배들의 영향으로 동경유학을 강렬하게 희망했었다. 하지만 가정형편이 어려워 보성중학을 졸업하고 '경성제일고등보통학교 교원양성소'에 들어갔다. 그는 이듬해인 1915년에 교원양성소를 졸업하고 5년여 동안 부안공립보통학교에서 교원 생활을 했다.

3. 동경유학과 삶의 전환

이익상이 보성중학 시절부터 꿈꿔왔던 동경 유학을 감행한 것은 1920년이었다. 그는 부안에서 교원 생활을 하면서 보성중학을 함께 다녔던 선배와 동료들이 동경 유학 생활을 하고 있는 것에 대해 부러움을 느껴왔던 것 같다. 게다가 3·1운동을 겪으면서 일본유학을 결심한 것으로 보인다. 그가 일본대학에서 문학부가 아닌 사회학과를 선택한 것도 의미심장하다. 어떤 식으로든 식민지 현실에 대한 사회과학적 해명이 그의 관심사였을 가능성이 있기 때문이다. 그는 동경 유학시절에 유학생들의 조직인 '재일본 동경 유학생 학우회'와 '전주 서도회' 등에서 활동했고, 방학 중에는 식민지 조선을 방문해 순회강연 활동을 지속했다.

이익상은 1922년 경 그가 다니던 일본대학에서 야마구치山口誠子를 만나면서 삶의 전환에 직면한다. 이익상은 1915년에 이미 신계정 씨와 결혼한 상태였다. 그런데 일본 유학생활을 하는 도중 일본인 애인이 생긴 것이다. 일본대학 사회과를 졸업한 후 이익상은 일본에 남을 계획이었다. 표면상으로는 "공부나 좀 더 하는 것이 낫겠다"라는 것이었지만, "선생의 소개장 같은 것을 가지고 신문사나 잡지사의 유력자를 찾아"가기까지 했다고 한다. 이익상은 사랑하는 야마구치와의 관계를 청산하고, 귀국 후 부인 신계정씨와 다시 생활하는 것을 두려워했던 것 같다. 하지만 식민지 지식인이 제국의 수도 동경에서 안정적인 직장을 얻어 안착한다는 것은 쉽지 않았다. 취업에 거듭 실패한 이익상은 야마구치와 함께 동경을 떠나 경성으로 오게 되었다. 당시, 동경에서 유학하던 지식인들이 그러하듯, 그 또한 구舊여성인 부인을 버리고 신新 여성과의 새생활을 시작한 것이다. 다만, 그가 선택한 신여성이 조선인이 아니라 일본인이었다는 사실이 특이하다.

귀국 후 그의 사회활동 행보는 빨라졌다. 문인들과 다양한 교우관계를 맺는 한편, 문단 조직에 직접 참여하는 등 신경향파 문학운동의 핵심 멤버가 되었다. 1923년에는 박영희, 안석주, 김형원, 김복진, 김기진, 연학년, 이상화 등과 함께 청년운동 단체인 '파스큘라'를 조직했고, 1925년에는 『조선지광』을 중심으로 모였던 이기영, 이상화, 송영, 이적효, 한설야 등과 함께 '조선프롤레타리아예술동맹'KAPF을 결성했다. 이즈음 신경향파 문학으로 꼽히는 「어촌」(1925), 「광란」(1925), 「쫓기어가는 이들」(1925), 「위협의 채찍」(1926) 등을 발표해 문단의 주목을 받았다. 그러면서 그는 언론인으로서 활동했다. 1924년에 『조선일보』 학예부 기자로 입사한 후, 『동아일보』 학예부장을 거쳐, 1920년에는 『매일신보』 편집국장 대리를 맡았다.

『매일신보』는 조선총독부의 지원에 의해 발간되던 신문이며, 중앙 관공소 및 지방행정기구에 배포되던 어용신문이었다. 이익상은 『매일신보』 편집국장 대리로 가게 된 데는 박석윤朴錫胤의 영향이 컸다. 박석윤은 동경제국대학 법학과를 졸업하고 영국 캠브리지 대학에서 수학한 이력의 소유자다. 그런 박석윤이 1930년에 조선인으로서는 최초로 『매일신보』 부사장에 임명되었는데, 이 때 이익상을 편집국장 대리로 영입한 것이었다. 『매일신보』 편집국장 재직시절의 이익상은 작품 활동을 거의 하지 못했다. 단지 장편 『그들은 어디로』(1931~1932)만을

『매일신보』에 연재했을 뿐이다.

이익상은 『매일신보』 편집국장으로 재직 중이던 1935년 4월 19일, 자택인 연건동 270번지 자택에서 동맥경화증으로 세상을 떠났다. 당시 그의 나이는 41세였다. 이익상 사후 한 달 정도 지난 1935년 5월 21일, 공교롭게도 임화와 김남천은 카프 해산계를 경기도 경찰부에 제출하면서 '프로문학 운동'의 한 장場이 마감되었다. 우연처럼 이익상은 카프 초창기에 가장 활동적인 맹원이었다가, 카프가 해산 즈음에 사망했다. 그가 1920년대 초중반에 발표한 작품은 당시의 시대상황을 반영하고 있으며, 1920년 중후반에 발표한 작품은 식민지 지식인의 소시민적 일상생활을 세세하게 재현해내고 있다.

4. 작가와 언론인 사이에서 이룬 문학적 성취

이익상은 소설가와 기자로서 돋보이는 활동을 했다. 이익상의 초기 소설은 불평등한 현실의 모순을 어촌과 농촌, 그리고 도시를 넘나들며 형상화한다. 그래서 초기의 이익상 소설은 신경향파 소설로 일컬어진다. 그는 농촌현실과 어촌현실을 중심으로 빈곤의 문제를 다루는가 하면(「어촌」, 「쫓기어가는 이들」, 「위협의 채쭉」), 타락한 화자를 내세워 세계의 부정성을 표출(「광란」 · 「망령의 난무」)하기도 했다. 이익상은 세계에 대한 비판적이고 부정적인 인식을 불평등한 사회구조와 관련해 형상화했다. 그는 일본 유학시절 사회주의 사상에 관심을 갖게 되었다. 이것이 계기가 되어 '파스큘라'에서 활동했고, '조선프롤레타리아예술가동맹(카프)'에 참여함으로써 초기 조선문단의 형성에 기여했다.

특히, 「어촌」(1925)은 신경파의 영향 하에서 씌어진 것이지만, 계급의식이 직접적으로 드러나지는 않는다. 오히려 자연주의적 경향으로 인해 낭만적 기풍마저 느껴진다. 이익상 초기 소설의 대표작이라고 할 수 있는 「쫓기어가는 이들」(1926)은 세계에 대한 비판적이고 부정적인 인식이 돋보이는 신경향파 시기의 주목할 만한 작품이다. 「위협의 채쭉」(1926)도 일본인이 경영하는 K농장에서 일하는 소작농들의 곤궁한 처지를 그리고 있다는 점에서 계급갈등을 형상화하고 있다는데 의미가 있다.

또한, 이익상은 「그믐날」(1927), 「대필연서」(1927), 「가상의 불량소녀」(1929) 등과 같은 작품에서는 식민지 경성의 일상 생활을 그려냈다는 점에서 문학사적 의미가 있다. 이 작품들은 도시적 일상을 그리고 있는 일종의 세태소설이지만, 1920년대 식민지 현실을 상징적으로 포착하고 있어 가치가 있다.

일반적으로 신경향파 문학은 김기진이 「붉은 쥐」(1924.11)를 창작한 이후 조명희가 「낙동강」(1927.7)을 발표한 시기의 좌파 문학을 지칭한다. 이 시기에 이익상은 「어촌」, 「위협의 채찍」, 「쫓기어가는 이들」을 발표해 신경향파 문학 시기를 대표하는 작가였다. 또한, 다른 작가들이 상대적으로 덜 주목한 식민지 일상생활을 「그믐날」, 「대필연서」, 「가상의 불량소녀」 등에서 포착하여 소설화했다는 점도 기억할 만하다. 그의 문학세계는 1930년대 이후 언론인으로 종사함으로써 돋

보이는 성취를 보이지는 못했다. 그의 후반기 생애는 친일로 경도됨으로써 문학사적 오점을 남기고 세상을 떠났다.

가장 중요한 것은 '나'[*]

염상섭을 향한 하나의 길

한기형

성균관대학교 동아시아학술원 교수

보성고등학교 학생 여러분의 대선배이신 염상섭 선생에 대해 말하
게 되어 영광으로 생각합니다. 사실 저는 염상섭 문학에 대한 전문가
는 아닙니다만, 염상섭문학이 새롭게 재인식되어야 한다는 문제의식
을 가지고 있습니다.

저는 무엇보다 염상섭이 지녔던 사상의 깊이와 견고함에 주목합니
다. 염상섭은 누구보다 사상가로서의 풍모를 지녔던 인물입니다. 김동
인이 염상섭의 등장을 '햄릿의 출현'이라고 표현했는데, 그것은 참으
로 날카로운 판단이었습니다. 김동인은 염상섭과 가깝지는 않았지만
진솔한 눈으로 염상섭을 평가했던 것입니다.

우리에게는 생소한 「박래묘」라는 초기 소설이 있습니다. '배를 타고
온 고양이'라는 뜻인데요, 이 작품은 1920년 4월에 발표되었습니다.

---

* 『보성 1906-2016』(보성중고, 2016.9)에 수록된 글을 재수록하였습니다.

이 소설의 초점은 일본의 '국민작가'로 부각되어 있던 나츠메 소세키를 풍자하는 것입니다. 이 소설의 화자인 고양이는 자신을 나츠메 소세키의 출세작인 「나는 고양이다」에 나오는 주인공 고양이의 손자로 소개합니다. 그러면서 넌지시 자기 가문의 조상이 고려에서 일본에 건너갔다고 알려줍니다.

나츠메 소세키를 출세시킨 고양이가 고려 출신이라는 설정은 일본이 만들어낸 '국민작가'라는 발상에 대한 근본적 도발이 담겨 있었습니다. 일본적 배타성을 부정하는 이러한 태도 속에는 작가가 국가나 집단의 소속이 되어서는 안 된다는 강렬한 비판의식이 숨어 있었습니다. 그것은 일본 근대문학의 최고 권위가 청년 염상섭의 풍자 앞에서 맥없이 허물어지는 장면을 보여줍니다. 유럽의 미학자 게오르그 루카치는 '풍자'의 미학적 의미를 '신성한 증오'로 정의했습니다만, 부단한 사상의 단련이 없고서는 증오를 신성함의 경지로까지 끌고 올라가는 것은 불가능할 것이라고 생각합니다.

염상섭은 반권위, 반권력의 체질을 가지고 있었던 인물입니다. 젊은 시절 조선문화계의 대표격이었던 최남선과 이광수를 '교만한 인물' 혹은 '가짜 대가'로 서슴없이 말했습니다. 여기에서 그러한 염상섭의 체질이 드러납니다. 아나키즘과 염상섭의 조우는 그런 점에서 어떤 필연성의 산물입니다. 염상섭은 아나키즘에 깊이 경도되었던 인물인데요, 그의 반골적 체질이 아나키즘과 만나면서 사상의 내용과 체계를 갖추게 되었던 것입니다.

'개인의 절대성을 어떻게 지켜낼 것인가'가 사상가로서 염상섭이 보여준 평생의 화두였습니다. 그렇기 때문에 염상섭은 늘 어디에도 섞이기가 어려운 존재였습니다. 프로문학운동이 강렬하게 전개되던 식민지시기, 염상섭은 그 대의에는 반대하지 않았습니다. 식민통치의 부당성과 자본주의의 모순에 대해 염상섭이 보여준 혐오에 가까운 반감은 그의 대표작 「만세전」과 「삼대」를 통해 이미 잘 알려져 있는 일입니다. 현실인식의 차원에서 프로문학운동과 같은 입장을 지니고 있었던 것입니다. 하지만 그는 집단적 운동 속에 작가들이 용해되는 것은 결코 찬성하지 않았습니다. 식민지라는 정치상황에는 당연히 반대했지만 작가들이 집단적 운동에 동원되는 것은 온당치 않았다는 판단했던 것입니다.

염상섭을 평가할 때 일반적으로 따라다니는 절충파, 혹은 중간파라는 용어는 그런 점에서 그렇게 타당한 개념은 아닙니다. 식민지기에 있었던 논쟁 가운데 등장한 이러한 용어가 충분한 역사적 고증 없이 다시 사용되면서 염상섭의 진의가 왜곡된 측면이 많기 때문입니다. 염상섭은 절충의 자리 혹은 중간선에 서려했던 것이 아닙니다. 그는 처음부터 마지막까지 어떤 일관된 길을 가고자했습니다. 식민지 시기에는 프로문학 진영과 대립했고 해방 이후에는 우익문학 진영과 불편한 관계를 유지했습니다.

그는 작가라는 존재의 역사적 실존성에 대한 하나의 전형을 만들려고 노력했습니다. 염상섭은 작가야말로 가장 고양된 시대정신의 주체여야 한다는 판단을 가지고 있었습니다. 그가 지키고자 했던 시대정신의 본질은 무엇보다 '개인의 자유'에 있었습니다. 식민주의자들, 사회주의 문학운동자들, 우익작가들 모두와 불화하고 대립했던 것은 그 때문입니다. 여기서 우리는 염상섭이 가졌던 삶과 사유의 일관성을 보게 됩니다.

　그런 삶의 궤적을 놓고 볼 때 염상섭의 태도는 일종의 문학엘리트주의에 가깝습니다. 고도의 작가주의적 선민성을 지녔다고도 할 수 있습니다. 저는 개인적으로 이러한 지식인문학의 경향이 최인훈으로 이어지고 있다고 생각합니다. 염상섭은 1963년에 돌아가셨는데, 염상섭의 죽음과 최인훈의 등장이 겹쳐져 있다는 것이 의미심장합니다. 하지만 염상섭의 그러한 지향이 엘리트 특유의 자기과장을 의미하지는 않습니다. 그는 민중적 가치를 이념화하는 민중주의적 관점을 갖고 있지는 않았습니다. 대신 삶의 고난과 고통, 운명의 아이러니, 역사적 질곡의 무게와 같은 인간들이 직면해 있는 한계 상황에 예민했습니다. 인간의 상황에 대한 보다 보편적인 시각을 유지하고 있었던 것입니다. 그렇기 때문에 염상섭의 작품은 그가 살았던 시간의 특수성 속에 갇혀 있지 않았던 것입니다.

　예컨대 우리가 잘 아는 작품인 「만세전」은 식민지인의 우울과 근대인의 피로를 동시에 보여줍니다. 염상섭의 소설이 아직도 읽힐 수 있다면 그것은 이러한 보편성에 기인한다고 생각합니다. 조선인이 직면했던 식민지의 참상과 그 위에 겹쳐져있는 근대인의 난감함이란 두 개의 렌즈가 그의 소설 속에서 동시에 작동하고 있었던 것입니다. 말하자면 그는 식민지의 안에서 식민지의 밖까지 보려고 노력했습니다. 그런 점에서 염상섭의 문학적 선민의식은 일종의 작가정신의 투철함으로 바꾸어 이해해도 좋다고 봅니다. 문학이라는 절대기준으로 세계를 본다는 관점을 끝까지 밀고 나간 것이지요. 여기서 저는 그의 독자적인 사상이 산출되었다고 생각합니다.

하지만 그의 사상적 구체성이 무엇인지 우리는 아직 충분히 공부하지 못했습니다. 그가 보여준 사유의 내용을 보다 깊이 있게 이해하려는 시도가 더 많이 이루어져야 한다고 생각하는 것은 이 때문입니다. 우리는 지금 근대성의 한계에 대한 자각과 근대 이후의 삶의 방향에 대한 좌표설정이라는 과제를 안고 있습니다. 염상섭문학과 그의 사상에 대한 천착이 우리가 안고 있는 과제들에 대해 분명 어떤 길을 보여줄 것이라고 기대합니다. 염상섭은 오직 자기만의 방식과 관점으로 67년의 역사적 격랑을 헤쳐간 분이기 때문입니다.

끝으로 염상섭이 「지상선을 위하여」라는 글에서 말한 한 구절을 소개하겠습니다. 이 글을 1922년 7월에 『신생활』이란 잡지에 발표되었습니다. 여기서 염상섭은 '자기'를 지키는 것이야말로 최고의 가치라는 주장을 설파합니다. 선배 염상섭 선생의 말씀이 학생 여러분의 인생길에 작은 지침이 되기를 바랍니다.

인간의 생활에서 무엇이 제일 추하고 악하냐? 자기를 부정 몰각하는 것! 그 이상의 추도 없고, 악도 없을 것이다. 그러면 자기 부정이란 무엇인가? 자기의 독자성을 스스로 멸살하고 자기의 본질적 요구를 스스로 거부함으로써 타아를 위하여 자아를 희생하는 것.

종로 조계사 자리에 깃든
보성의 젊은 기운들[*]

염상섭(6회)과 보성학교

오창은
중앙대학교 교수

1. 조계사와 보성학교

조계사는 서울 종로 한복판에 있는 전통 사찰로 명성이 높습니다. 이곳은 사회적 약소자들minorities의 마지막 피신처이기도 합니다. 삼한시대의 '소도'처럼, 약소자들이 종교 시설을 마지막 의지처로 삼은 것이지요. 조계사는 서울의 중심에 있고, 여러 역사적 사건의 현장이기에 상징적 의미가 강합니다. 조계사 바로 위쪽에는 근대 우편업무가 시작된 '우정총국'이 있습니다. 우정총국은 갑신정변의 발상지이기도 하지요. 지금은 한국 우정사업의 여러 흔적들을 전시해 놓은 곳으로 활용되고 있습니다. 그 옆에는 '불교중앙박물관'이 자리 잡고 있지요.

---

[*] 본고는 『천재암』 36호(2013 겨울)에 실렸던 것을 재수록한 것입니다.

한국불교의 문화와 역사를 살필 수 있는 대표적인 불교전시공간이지요. 조계사는 조계종의 본산일 뿐만 아니라, 이처럼 풍요로운 역사적 공간이기도 합니다. 그런데, 정작 지금의 조계사 자리가 1925년까지 보성중학교가 있었던 곳이라는 사실을 아는 사람은 많지 않습니다.

보성중학교는 이용익 선생이 1906년 9월 5일 설립인가를 받고, 그해 9월 22일 개교했지요. 많은 사람들이 혜화동 1번지 자리 잡았던 보성중학교가 1989년에 현재의 방이동으로 옮긴 것으로 알고 있습니다. 하지만, 보성중학교가 처음 설립된 곳은 현재의 조계사 자리였습니다. 이곳의 주소는 서울 종로구 수송동 44번지입니다. 더 정확히 이야기하면, 조계사 경내에 있는 '불교용품점' 자리에 보성중학교 교사校舍가 있었습니다. 그러다가 1925년에 현재의 서울과학고등학교 자리인 혜화동 1번지로 옮겼지요.

『조선일보』 1956년 9월 6일자 2면에는 '보성중고등학교 50주년 기념식 거행' 기사가 실려 있습니다. 이 기사는 1956년 9월 5일 오후 2시 30분에 보성 중고등학교에서 창립 50주년 기념식을 성대하게 개최했다는 내용을 다루고 있는데요. 보성중학교의 자세한 연혁까지 확인해주고 있어 참고할 만합니다. 설립 당시 초대 교장에 신해영 선생이 취임했고, 240명의 학생을 모집했습니다. 1911년에 천도교가 학교를 계승했고, 1924년에는 조선불교 중앙종무원이 이어받았습니다. 이를 계기로 조선불교 중앙종무원은 현재의 조계사를 조성하면서, 보성중학교를 혜화동으로 옮긴 것입니다. 1935년에는 고계학원 재단이, 그리고 1940년에는 동성학원이 학교 운영재단을 맡으면서 지금의 보성고등학교에 이르고 있습니다.

2. 관립 사범부속보통학교에서 사립 보성소학교로 간 사연

염상섭과 보성학교의 인연도 각별합니다. 그는 보성소학교를 졸업하고 보성중학교에서 공부하던 도중 일본 유학을 떠났습니다. 염상섭은 비록 보성중학교를 졸업하지는 않았지만, 그가 정치적 감각과 현실주의적 태도를 훈련하게 된 중요한 공간이 보성중학교였습니다. 그는 일본으로 건너가서는 마포중학과 성학원, 경도부립제2중학교와 경응의숙에서 공부했습니다.

염상섭은 원래 관립 사범부속보통학교에 다녔습니다. 1907년 9월에 입학해, 1909년까지가 그의 관립 사범부속보통학교 시절입니다. 당시 관립학교는 어디서나 눈에 띄는 신축 이층 양옥건물로 누구나 부러워할 만큼의 근대적 시설을 갖추고 있었습니다. 그런데 염상섭이 3학년이던 1909년에 관립 사범부속보통학교에서 학원소요가 발생했습니다.

전통적으로 조선시대의 임금은 동대문 밖의 지금의 전농동에 있는 동적전東籍田에서 친경의식親耕儀式을 거행했습니다. 농사를 중시 여기는 왕실의 뜻을 농민들에게 알리고, 농부들을 위로하기 위한 행사였습니다. 1909년 7월에 순종황제가 동적전에 나아가 친경식을 거행하는 날이 이토 히로부미가 서울에 입성하는 날과 겹쳤습니다. 이토 히로부미는 1906년 3월 2일부터 1909년 6월 14일까지 3년여 동안 통감부의 통감으로 있었습니다. 그가 통감을 사임하고 추밀원 의장으로 복귀하여 서울에 들어오는 날과 순종황제가 친경의식을 치르는 날이 겹쳤습니다.

관립 사범부속보통학교에서는 학생들을 순종황제의 행사에 참례시키지 않고, 이토 히로부미의 서울 입성 환영행사에 동원했습니다. '황제 위에 군림'하는 이토 히로부미의 위상을 보여주는 사례이지요. 염상섭을 비롯한 여러 학생들이 이토 히로부미 마중 행사를 '보이코트'했습니다. 큰 학원 소요사태로 비화될 수 있었지만, 담임선생이 감싸주어 일이 커지지는 않았다고 합니다.

이 학교(관립 사범부속보통학교)에서 3학년까지 올라간 해(歲) 겨울, 서대문 밑턱에 있는 보성소학교로 옮겨 가서, 몰래몰래 숨어 다니며 여기에서 졸업을 하였다. 지금은 동명(洞名)이 무엇으로 변하였는지? 수중박골(壽進洞)이 된 사복시(司僕寺) 맞은 편에 있던 신축 이층양옥의 사범부속학교에 비하면 보성소학교는 오막살이었지마는, 그때는 왜 그리도 관립이 싫고 사립이 좋아 동경하였던지? 그러나 관립에서는 담임 선생이 역사책을 배에 차고 들어와서 몰래몰래 가르치는데, 사립에서는 일인훈도의 그러한 감시를 받지 않고, 일어도 아니 가리치는 것이 좋아서이었다. 지금말로 하면 관립학교에 다니는 것이 마치 부일반반(附日反叛) 같은 생각이 들었던 것인지 모르겠다.

— 염상섭, 「별을 그리던 시절」, 『지성』, 을유문화사, 1958.9, 80쪽

염상섭의 진술은 1909년의 위태로운 대한제국 말기의 상황을 여실히 보여줍니다. 일본인 교사가 관립 학교의 교육을 지도했고, 조선인 교사들은 그들의 감시를 피해 교육을 해야 하는 상황이었습니다. 통감정치가 교육을 비롯한 대부분의 영역에서 물리적인 힘을 발휘하고 있

었던 셈이지요. 관립 사범부속보통학교의 담임은 학생들을 위하는 마음이 각별했던 듯합니다. 염상섭의 담임은 조선역사를 일본인 교사 몰래 가르치고, 학생들 하나하나를 챙겼다고 합니다. 하지만, 염상섭은 관립학교에 염증이 나서 보성소학교로 전학했습니다. 그 때 자신을 감싸준 담임선생에게 미안하여 보성소학교를 숨어다니다시피 했다는 사연이 염상섭의 회고담 속에 기록되어 있습니다. 결국 보성소학교로 전학을 간 학생들을 대표해 교단에 나가 작별인사를 하고서야 관립부속보통학교를 나설 수 있었습니다. 이 때 염상섭과 함께 보성소학교로 전학을 한 인물들이 이기붕, 최승만 등입니다.

염상섭의 일본 제국주의 통치에 대한 정치적 인식은 이때부터 싹튼 듯합니다. 관립 사범부속학교에서 보성소학교로 옮기며, '신축 이층양옥'과 '오막살이'를 대비할 수 있는 감각이 싹튼 것이지요. 일본어가 아닌 조선어로, 조선역사를 배워야 한다는 감각은 한일합방 이전을 경험한 세대와 한일합방 이후에 각성한 세대의 차이이기도 할 것입니다. 사회에 대한 자기 관점은 경험 속에서 확고한 실체로 인식됩니다. 염상섭이 1909년 13세 때 경험한 이 사건은 그 해 10월 26일 하얼빈 역에서 안중근의사가 이토 히로부미를 저격함으로써 더 큰 의미로 각인되었을 것입니다. 게다가 1910년 8월 29일 한일합방으로 인해 시대적 상실감으로 이어졌으리라 생각합니다.

염상섭은 1911년에 수송동의 보성중학교에 입학했습니다. 마침 천도교가 보성소학교와 보성중학, 그리고 보성전문으로 이어지는 학제를 인수한 상황이기도 했습니다. 보성중학교의 풍경을 비교적 상세히 그려놓았습니다.

그때 보성학교는 소·중학·전문의 3교를 천도교에서 마악 인계하여 경영하기 시작한 뒤인데 교사는 큰 기와집(瓦家)을 뜯어 고친 것이요, 운동장은 여염집 큰 마당 밖에 안되니 협착하기 말이 아니요, 먼지구덩이에서 복작대는 터이었다. 부속학교에서 5학급이라는 특별반을 설치하고 2학년 24명, 3학년 12명을 뽑아서 36명의 소수로, 깨끗한 교실에 정연히 앉아 공부하던데에 댈 것이 아니건마는, 부자집 덤받이보다는 구차해도 제집에 돌아온 것 같아서 마음이 턱 놓이고, 교감이나 젊은 선생님들이 보성전문의 야학을 다니느라고, 밤이면 사각모를 쓰고 나서는 것도 신기하고 씩씩한 새 시대의 기분이 도는 것 같아 좋았다. 그 중에도 백발노인인 한문선생님이 손주처럼 귀여워하는데는 오히려 부끄러움을 탈 지경이었다. 여기서 졸업하던 날 손의암선생께 가 뵈온 일도 있었다.

○ ○

보성중학 2학년에서 일본으로 뛰었다. 지금같은 밀항이 아니지마는, 무슨 큰 꿈을 꾸었던 것도 아니요, 가정형편을 헤아릴 새도 없이, 학우가 끄는 대로 좋다구나 하고 따라 나섰던 것이었다. 다만 마음의 의지는 먼저 가 있던 두 형님이었었다. 그러나 지금 와서 생각하면 중학까지는 제 나라에서 제 나라의 문물에 대한 기초지식을 단단히 닦아야 할 것이라고 믿는다.

—염상섭, 「별을 그리던 시절」, 『지성』, 을유문화사, 1958.9, 81쪽.

대한제국 말기와 식민지 초기에 천도교는 민족운동의 중요한 거점이었습니다. 동학에서 출발하여 1905년에 일진회에 대항하기 위해 손병희의 주도 아래 천도교가 조직되었지요. 염상섭이 손의암 선생이라 지칭한 인물이 바로 천도교의 교주인 손병희 선생입니다. 그 천도교가 보성학교를 1911년에 인수하여 1924년까지 운영했던 것이지요. 천도교는 3·1운동에서 중심적 역할을 했고, 『개벽』, 『신여성』, 『학생』, 『어린이』 등을 창간해 매체운동을 주도했습니다. 천도교가 보성학교를 통해 펼치려던 뜻도 이와 같은 근대적 민족운동과 연결되어 있습니다.

염상섭은 소학교·중학교·전문학교가 연관되어 있는 학제 속에서, 젊은 선생들의 활달한 기운과 백발노인의 민족적 감각을 동시에 습득한 것이지요. 학교 밖은 일제의 식민지 통치가 강화되고 있었지만, 학교 안에서는 비교적 자유로운 기풍 속에서 공부를 할 수 있었습니다. 이 때 습득한 민족주의적이고 현실적인 정치적 감각이 염상섭 문학의 기반이 되었습니다.

그는 1912년 보성중학 2학년 1학기까지 마치고, 9월 12일에 일본 유학을 떠났습니다. 보성학교에서 얻은 정치적 감각은 그가 일본 유학을 떠난 이후에도 결코 잊을 수 없었던 것이기도 하지요. 그는 일본에서도 3·1운동 소식을 듣고 '재대판한국노동자동대표 염상섭'의 이름으로 독립선언서를 작성하여 검거되어 옥고를 치렀고, 아사히신문사에는 「어째서 조선은 독립하지 않으면 안 되는가」라는 글을 써 보내기도 했습니다. 그가 보성중학교에 가졌던 애정은 "지금 와서 생각하면 중학까지는 제 나라에서 제 나라의 문물에 대한 기초지식을 단단히 닦아야 할 것"이라는 표현에 잘 드러나 있습니다. 보성중학교를 끝까지 졸업하지 않고 일본 유학에 오른 자신의 선택에 대한 아쉬움이 묻어 있는 문장인 셈이지요.

3. 식민지 조선의 초기 문단과 보성중학교

보성중학교는 일제 강점기 초기 한국문학을 대표하는 문인들을 배출한 곳입니다. 흔히 5대 사학을 꼽으면 배재, 보성, 양정, 중앙, 휘문을 들지요. 특히, 보성학교의 설립 초기인 1906년부터 1925년까지 수송동에서 공부한 문인들의 면면은 놀라울 정도입니다. 그들은 염상섭뿐만 아니라, 이상협, 최승구, 진학문, 현상윤, 이익상, 현진건, 이헌구, 임화, 조중곤, 이상, 김기림 등 수를 헤아릴 수 없이 많답니다. 보성중학교 1회이자 경응의숙에서 공부한 이상협은 근대문학 초기의 대표적인 신소설 작가이자 『동아일보』 창간 당시 편집국장으로 활동한 언론인입니다. 잘 알려져 있지 않지만, 최승구(1회)도 1910년대에 일본 동경에서는 화제의 인물이었습니다. 그는 나혜석의 약혼자였으며 일본 유학생들 사이에서 문학에 천재적 재능을 지녔다고 소문이 자자했으며, 보성중학교, 경응대학 예과를 공부했습니다. 젊은 나이에 요절하여 애절함이 더한 인물이지요. 소설가이자 언론인인 진학문(3회)은 보성중학과 와세다대 영문과에서 수학했고, 『학지광』 학예부장을 비롯해 『동아일보』, 『시대일보』를 거친 인물입니다. 염상섭과 진학문은 특히 각별한 사이였습니다. 해방 이후 고려대 초대 총장을 맡았던 현상윤(4회)도 문인이자 교육자였고, 그리고 카프의 창립 발기인이고 『동아일보』 학예부장이었던 이익상(5회)도 수송동의 보성중학교를 다녔습니다. 이처럼 쟁쟁한 인물들이 현재 조계사가 있는 보성중학교 터에서 공부했습니다. 수송동 보성중학교는 한국 근대문학이 움튼 문학사적 장소라고 할 수 있습니다.

염상섭은 1911년, 6회 입학생이었으며, 여러 보성중학교 선배들과 인연을 맺었습니다. 그는 현진건(10회), 이헌구(16회), 임화(16회), 이상(17회), 김기림(18회)의 선배이기도 한 셈이지요. 염상섭은 『동아일보』기자로 임명한 이가 바로 보성중학교 선배인 진학문이었습니다. 진학문은 염상섭과 동경의 경응의숙(현 게이오대학)의 동창이기도 했습니다. 진학문과 염상섭은 언론계를 중심으로 끈끈히 맺어져 있었습니다. 진학문이 주간지 『동명』의 주간으로 있을 때, 염상섭과 현진건은 그의 밑에서 기자로 활동했습니다. 1936년에는 당시 만주국 국무원 참사관으로 있던 진학문의 주선으로 염상섭이 만주국에서 발행되던 조선어 신문인 『만선일보』편집국장으로 활동했다고 합니다. 진학문과 염상섭이 보성중학교 시절부터 알고 지낸 사이는 아니었던 듯합니다. 동경 유학시절에 관계를 맺었고, 이것이 언론계에서 지속적인 인연으로 이어졌을 가능성이 높습니다.

보성중학교 출신 문인들은 신소설에서 카프결성 및 방향전환, 그리고 모더니즘 문학까지 광범위한 영향력을 미쳤습니다. 이들 대부분은 동경의 와세대 대학과 경응의숙 등에서 유학생활을 하며 『학지광』등을 중심으로 활동했습니다. 귀국 이후에는 『개벽』, 『동아일보』, 『조선일보』, 『폐허』, 『백조』등의 매체를 창간하는가하여 문학활동의 장을 직접 만들었지요. 이익상은 카프 결성 과정에서, 임화는 조직 활동에 깊이 개입하면서 문예운동에 헌신하기도 했습니다. 뿐만 아니라, 보성 출신인 이종명(16회), 김유영(16회), 김기림(18회), 이상(17회), 김환태(18회), 김상용(12회)은 1930년대 중요한 문학집단인 '구인회'의 멤버로 활동하며 식민지 조선 문단에 활기를 불어 넣기도 했습니다.

염상섭에 한 걸음 더 가깝게 다가가기[*]

한기형 · 이혜령
성균관대학교 동아시아학술원 교수

염상섭을 다시 읽어야 한다는 발상이 생긴 것은 꽤 오래 전의 일이지만, 구체적 논의는 2010년 엮은이들이 함께 한 대학원 수업을 통해 이루어졌다. 이 과정에서 두 개의 과제가 생겨났다. 하나가 『염상섭문장전집』을 만드는 것이고, 다른 하나는 염상섭문학의 상을 다시 세우는 것이었다. 그런데 이번에 두 일이 함께 매듭지어져 다행이라고 생각한다. 모두가 이 일에 참여한 선후배들의 진심어린 노력 덕분이다.

이 책은 2013년 1월 17, 18일 이틀간 성균관대학교 동아시아학술원과 경향신문사가 공동주최한 학술회의, '사상의 형상, 병문屛門의 작가─새로운 염상섭 문학을 찾아서'를 통해 발표된 글들을 기초로 만들어졌다. 기획에 참여했던 몇몇 사람을 빼놓고 대부분의 주제는 발표자

---

[*] 한기형 · 이혜령 편, 『저수하의 시간, 염상섭을 읽다』(소명출판, 2014)의 서문의 일부를 편자의 양해를 얻어 옮겨 소개합니다.

들의 의사에 자유롭게 맡겨졌다. 그러나 학술회의는 청중들을 포함하여 예사롭지 않은 기운에 이끌려 온 자들의 회합 같았다. 이 책은 그 회합의 보고서이다.

무엇이 염상섭 문학의 새로움인가? 그것은 오늘의 우리에게 어떤 의미가 있는가? 이 책을 통해 말하려고 하는 것은 이 두 가지 질문 속에 요약된다. 여기에는 세 가지 정도의 줄기가 있다. 첫 번째 사안은 염상섭 문학의 '정신사적 현재성'이다. 이 말은 횡보의 사유가 오늘의 사회와 현실에 개입할 충분한 여지가 있다는 뜻이다. 부조리한 사회와 내일을 알 수 없는 삶, 염상섭의 소설은 그 비루한 상황 속에 비집고 들어가 좁은 틈을 벌리고 우리 눈의 안계를 넓힌다. 그가 그린 인물과 그가 선택한 단어들은 확실히 아직 낡지 않았다.

『만세전』은 '말하고 싶은 것'과 '말할 수 없는 것' 사이에 어떠한 문제와 상황이 가로놓여 있는지를 분석한다. 조선사회를 '공동묘지'라 외치려던 이인화의 욕망이 성대를 울려 소리로 터져 나오지 못한 것을 특별히 주목해야 한다. 청년들의 삶을 빨아들이는 『삼대』의 세계는 더욱 심각하다. 고문 속에 죽어가는 장훈을 정점으로 상징화되는 폭력과 야만의 세기에서 우리는 완전히 벗어났는가? 염상섭문학의 존재감은 근본적으로 개선되지 못한 '정치'와 '자유', 혹은 '권력'과 '생명'의 종속관계에 대한 무거운 비관을 통해 여전히 유지된다.

염상섭의 시각과 행적을 중심에 두고 근대문학의 흐름을 생각할 때, 예상치 못한 구도가 솟아난다. 이것이 두 번째 초점이다. '세련된 기교에 불과'한 일본문학과 '알코올을 들이키고 수술실로 들어가는 외과의 사'로 비유된 프로문학, 이러한 비판은 암암리에 일본적 근대문명과 사회주의 문학운동의 역할을 특화하는 문학사가들의 타성적 구도를 깨뜨린다. 임화의 『신문학사』 이래 자명한 것으로 받아들여진 근대문학사의 주류 인식론에 대한 재해석을 요구하고 있는 것이다. 그가 프로문학 진영과는 다른 맥락의 진보적 사상세계를 그려 보인 점, 그럼에도 해방 후 자의로 '문학가동맹'에 가입한 것, '보도연맹원'이었고 그 때문에 위태로운 삶을 영위할 수밖에 없었음은 염상섭이 지키고자 했던 사회적 삶의 역설적 균형에 대한 실감을 부여한다.

　해방 이후 오랫동안 한국문학의 권력자들로부터 백안시되었던 것은 그의 작가적 불온성의 실체가 인정된 탓이다. '사회주의'와 '진보적인 것'에 대한 염상섭이 보여준 태도는 확실히 독자적인 것이고 그 자신의 내부에서조차 종종 분열하거나 대립했다. 하지만 우리는 그 혼란이 시대의 착종과 자가당착이 염상섭의 신체에 새겨진 결과로 판단한다. 그가 시대의 진전을 깊이 신뢰한 것은 분명했지만 강제된 이데올로기를 받아들이지는 않았다. 끝까지 '근대적 개인'으로 남고자 했던 그의 행적은, 바로 그 때문에 한국 역사의 흐름을 가늠할 의미 있는 척도로서의 성격을 갖는다.

　염상섭이 중요한 세 번째 이유는, 그가 지적인 모든 것들을 소멸시킨 20세기 한국의 불운과 정면으로 맞서 사상의 영역을 지켜왔다는 점과 연관되어 있다. 그의 문장과 소설은 식민지와 분단, 전쟁과 독재라는 광기의 시대를 버텨왔다. 공론장과 학술영역의 위축 속에서 그는 직설과 비유, 간계와 독설을 동원해 말의 격조와 의미의 심연을 만들었다. 40여 년 간 발표된 염상섭의 글들은 우리에게 하나의 사상이 다양한 방식으로 축조되는 과정을 보여준다. 한국 지성사의 자산으로 횡보의 생애를 새롭게 인식할 필요가 있는 것이다.

생각건대, 염상섭의 문학은 시간의 망각을 거절했다. 횡보는 그 자신이 겪었던 시간만이 아니라 역사의 부침 속에서 낙백하거나 추락했어야 했던 앞선 세대의 삶들, 예측할 수 없는 미래를 살아갈 젊은이들의 운명 모두를 자기 문학의 나이로 삼고자 했다. 그가 노인들의 삶에 깊은 관심을 기울인 것은 보수주의자였기 때문이 아니다. 화해하지 못한 채 동거해야했던 토착성과 모더니티의 교착이 그들의 삶을 구속하고 있음을 보았기 때문이다. 그가 젊은이들에게서 한 번도 눈을 떼지 않았던 것은, 그들이 근대세계가 장악한 시간의 경쟁에 뛰어들 수밖에 없었던 자들이기 때문이다. 시간의 경쟁이란 결국 패배할 운명 속에서만 계속되는 악무한의 주술이라는 것을, 그것이 민족이나 국가가 아닌 개개인의 생을 통해서만 처절하게 증언된다는 것을 염상섭은 결코 잊지 않았다.

그런 점에서 염상섭은 이상의 선배이자 이상보다 더한 극한의 모더니스트였다. 그는 기꺼이 그 모든 시간의 수모를 견디어내려 했기 때문이다. 시간의 망각을 거절했기에 염상섭은 여러 세대, 젠더, 다중의 인격을 반사해내고 시간성을 중첩시키는 복화술의 양식을 발명했다. 시간의 수모를 견딜 수 없다면, 망각 속에서 도래할 미래는 필연적으로 폭력적일 수밖에 없으리라는 것, 그것이 염상섭이 묘사하고 우리가 살아온 시간의 공통성이라고 말하고 싶다. (…하략…)

보성학교 출신 문학인 최승만

이미나

홍익대학교

1. 생애

최승만은 1897년 11월 6일 경기도 시흥군 수암면 고잔리 해주 최씨 최문현의 장남으로 출생했다. 1911년까지 향리의 서당에서 한문을 습득했으며, 1912년 경성 사립 장훈학교를 마치고 보성중학교에 입학하였다. 최승만이 보성중학교를 선택한 이유는 가장 가까이 지냈던 사촌형인 최승구가 보성중학에 재학 중이었으며, 최승칠도 보성전문학교에 다니고 있었기 때문이었다. 최승만은 사촌형인 최승구와 최승칠에게 보성학교에 대한 이야기를 많이 들으면서 보성학교에 다니고 싶은 마음이 들었다고 하였고, 그보다 더욱 마음이 끌린 것은 보성중학교 제1회 졸업식이 서궐西闕에서 거행되었기 때문이라고 하였다. 당시 최

동경 YMCA 총무 시절의 최승만

승만은 보성중학교 제1회 졸업생인 넷째 사촌형 최승구의 졸업식을 보기 위해 흥화문 앞에서 졸업식의 행렬을 기다리고 있었다. 최승만은 보성중학교 졸업식이 끝난 후 선두에 이왕직 군악대 7,80명을 세운 졸업생과 재학생들이 서궐의 정문인 흥화문으로 행진하는 광경을 보고 보성중학교에 가고 싶다는 생각을 하게 된다. 찬란한 붉은빛 복장과 흰털을 꽂은 모자를 쓴 군악대와 반짝이는 주석으로 된 취주악기들과 나팔들, 큰 북과 작은 북의 웅장한 모습, 행진곡을 부는 취악소리의 뒤를 따르는 학생들의 모습에서 부러움을 느낀 것이다.

최승만은 보성중학교 시절 한여름 운동 후에는 운동장 남쪽 끝에 있는 꽤 오래된 큰 홰나무아래 벤치에 앉아 시원한 바람을 쏘이곤 했다. 최승만이 졸업반이 되었을 때 2학기 때부터 이 운동장 자리에 2층짜리 목조건물이 지어졌고, 구교사로 쓰던 교사가 운동장으로 바뀌었다. 최승만은 당시 새로 지어진 목조건물의 1학년 교실이 약 백오륙십 명 정도 들어가는 가장 큰 것이었다고 기억하고 있다.

최승만은 보성중학교 1학년 학생들 중에서 가장 작은 학생이었고, 그런 이유로 학과 공부할 때는 항상 맨 앞줄에 앉았다. 개학한 지 한 두 달 정도 되었을 때, 전교 학생이 남한산성으로 원족을 가게 되었는데 최승만은 전날부터 몸이 좋지 않았다. 그러나 가고 싶은 마음을 억제할 수 없어 원족에 참여하게 되었는데, 남한산성을 무작정 걸어서 가는 긴 여정으로 인해 몸져눕게 되었다. 다음 날 서울로 돌아올 때는 학생들이 최승만을 번갈아 업어주어서 간신히 집에 오게 되었고, 이후 알게 되기로는 그 병이 홍역이었다고 한다.

　같은 해 5월 경 보성중학교 경주 수학여행이 있었는데, 당시 체조 과목 담당이었던 우종현 선생님이 최승만을 몸이 약해서 데리고 가지 못한다고 제외하였다. 그 이유는 남한산성 원족 때 여러 사람을 힘들게 한 일 때문이었고, 최승만은 당시 교장이었던 최린 선생님께 꼭 가게 해달라고 애원하였다. 최린 교장은 최승만이 애원하는 모습에 동정심을 느끼고 허락하였고, 간신히 가게 된 최승만은 학교에서 배운 역사 지리를 직접 보게 될 것이라는 생각에 참으로 기뻐하였다. 수학여행 당일 날 서울에서 기차로 대구에 도착하였고, 대구에서부터 영천까지 90리를 걸어서 이동하였다. 일행 중 손병희 선생님, 오세창 선생님, 권동진 선생님, 최린 교장은 마차를 타고 가셨고, 학생들은 도보로 저녁때가 되어서야 영천에 도착하였다. 체조 선생님은 3,4백 명의 학생들을 향해 "앞으로 갓!"이라는 구령을 불렀고, 학생들은 구령에 맞춰 씩씩하게 행진하였다. 그 광경을 구경하던 많은 군중들이 경탄해하자 학생들은 더욱 기운이 나서 힘차게 걸었다. 보성중학교 학생들은 영천에서 하룻밤을 묵고 다시 경주를 향해 90리를 걷기 시작하였다. 해가 서쪽에 기울 때 쯤 경주에 도착하게 된 최승만은 대구에서 영천을 거쳐 경주까지 약 200리 길을 걸어서 몹시 피곤했다고 기억하고 있다. 먼 길을 처음 걸어본 최승만은 행렬에 끼어 졸면서 걷다가 돌부리에 걸려 여러 번 넘어질 뻔하였고, 잠결에 습관성으로 걸음을 걸은 듯하다고 회고하였다. 최승만은 몸이 약하다는 이유로 경주여행에서 제외되었다가 간신히 애원하여 오게 된 동안 아무 탈 없이 다니게 된 것도 다행한 일이거니와 오릉 씨름대회에서 상까지 탄 일은 잊혀지지 않는다고 회상한다. 최승만은 자신보다 키가 조금씩 큰 세 사람을 모두 쓰러뜨려 인절미 세 개를 상으로 받은 일을 소중한 추억으로 간직하고 있다.

최승만이 보성중학교 재학 시절 학교 운동회는 두 번 있었다. 한번은 지금의 장충체육관 앞의 공원에서 열렸고, 또 한번은 당시 훈련원이었던 지금의 DDP(옛 서울운동장)에서 거행되었다. 기억에 남는 운동회는 1학년 때 훈련원에서 열린 운동회였다. 최승만은 또래들과의 단거리에서 1등을 하여 장거리에 출전하게 되었고, 제일 작은 학생이었음에도 십오륙 명쯤 되는 참가자가 중에서 당당히 2위를 하였다. 이후 사립중학교 연합운동회가 당시 청엽정이었던 지금의 청파동에서 거행되었다. 이 연합운동회에는 휘문의숙, 경신, 기호, 중앙전신, 배재, 청년학원, 오성, 보성 등 일곱 개 학교가 참여하였다. 최승만은 운이 좋아서 200미터 경주와 계산경주, 미꾸라지 잡아서 오는 경주에서 1등을 하였다. 당시 최승만은 푸짐한 상품을 받게 되었는데 모두 참고 될 만한 책들이었고 그 중 『국조인물지國朝人物志』만은 선명하게 기억한다고 하였다.

최승만은 보성중학교 재학 중에 학과 공부는 시험 때나 되어야 했지만 시험 성적은 늘 좋은 편이었다. 1학년 때 같은 반 친구인 염상섭이 한번 1등을 하면 최승만은 2등을 했고, 최승만이 1등을 하면 염상섭이 2등을 하는 일이 있곤 했었다. 최승만은 늘 5등 이내에 들어 성적이 좋은 편이었고, 성적순대로 열을 지어 반으로 들어올 때는 늘 앞자리에 서서 들어오게 되어 기분이 좋았다고 기억하고 있다. 또 한 가지 좋았던 일은 밤마다 내자동 이기붕군 집에서 모여 조규수의 이야기를 듣는 일이었다. 주로 우리나라와 중국, 일본의 위인들과 역사에 대해 이야기를 들었다. 참석자는 최승만을 포함해 같은 반 친구 염상섭과 이기붕, 최항섭 네 사람이었다. 최승만은 낮에는 학교에서, 밤에는 유익한 강화를 함께 들으면서 염상섭과 같은 반 친구들과 자연 친근하게 지내게 되었다고 하였다.

최승만은 보성중학교 1학년 교실에서 열렸던 주시경 선생님의 한글 강습회에도 매주 일요일마다 참석하였다. 청강생이 약 2,3백 명 정도 되었는데 같은 반 학생으로는 김훈이 있었다. 애국 사상을 강조하였던 주시경 선생님은 키가 작고 얼굴은 둥근 형에 안색이 누렇고 혈색이 좋지 않았고, 늘 사색 중에 걸어 다니시면서 전신주에 부딪히는 일이 많았다. 최승만이 보성중학을 졸업하고 주시경 선생님을 찾아뵌 일이 있었는데 그때 대종교를 믿으라고 권하신 일을 기억하고 있다.

보성중학교 3학년까지 늘 5등 이내에 들었던 최승만은 4학년이 되면서부터 방황하기 시작하여 성적이 떨어지게 된다. 당시 보성중학교 수업료는 매학기 3원씩이었고, 이를 월사금이라고 하였다. 보성중학교는 '근면'이라는 과목을 정해서 월사금을 낸 학생들에게 100점을 주고 다른 과목과 함께 계산해서 시험성적을 내도록 하였다. 최승만은 당시 사상적 방황을 하던 시기였으므로, 집에서 준 수업료 3원을 가지고 지금의 충무로인 진고개에 가서 모두 책을 사버렸다. 최승만은 학교를 아주 그만둘 생각도 아니었는데 어떻게 할 작정으로 수업료로 모두 책을 샀는지 다시 생각해도 알 수 없는 일이라고 회고하였다. 결국 집에 수업료를 내지 않았다는 말도 못하고 최승만은 1학기 근면 과목을 0점을 받았다. 한 과목이 0점 처리되었으니 성적이 형편없을 것은 정한 이치이나 다른 과목이 다소 괜찮았기에 낙제는 면한 17등이었다. 최승만은 그때의 심정을 그저 졸업이나 하면 될 것을 1,2등이 무슨 소용이냐는 생각이었고, 이를 좋게 말하면 초월한 생각이요, 그 반대로는 타락한 생각이었다고 회고하였다.

최승만이 보성중학교 4학년 재학 중 마지막 시험 때, 같은 반 친구인 김창한이 최승만에게 다른 시험은 괜찮으나 영어 시험은 어쩔 도리가 없으니 좀 도와달라고 간청하였다. 최승만은 4년 동안 함께 한 친구가 영어 때문에 졸업을 못하면 참으로 딱하고 안타까운 일이라고 생각하여 도와주기로 마음먹었다. 최승만은 김창한에게 창문 쪽으로 앉으라고 미리 일러 주고 영어 시험답안지를 두 장 받아서 재빨리 작성하였다. 최승만은 한 장은 자신의 답안으로 선생님 책상에 제출하였고, 나머지 한 장은 몸에 간직해 가지고 나와서 창문 옆에 앉은 김창한에게 전해 주었다. 김창한이 최승만의 답안지를 그대로 내면서 같은 글씨의 답안지가 두 개 들어가 당시 영어 담당이었던 이정래 선생님께 불려가게 된다. 그 다음날 담임 최명환 선생님께도 불려가 혼이 난 최승만과 김창한은 모두 0점을 받게 되었고, 최승만의 졸업 성적은 말할 것도 없이 나빴다. 전학기에는 근면 과목을 0점 받았고 마지막 학기에는 영어 과목을 0점 받아 두 과목을 0점 받았으니 졸업 성적은 27등까지 떨어졌다. 최승만은 당시 일을 떠올리며 사상적 위기에 처했던 영향 때문이라고 회고하고 있다.

최승만은 1915년 3월 제6회로 보성중학교를 졸업하였고, 당시 졸업식에서 김일 교감은 제6회 졸업생들은 여러 번 동맹휴교를 일으켜

학교 당국을 애먹인 일이 있으나, 사상적으로 패기가 있어서 전도유망하니 큰 기대를 걸고 있다는 뜻을 전했다.

최승만은 보성중학교를 마치고 어디에 가서 공부를 계속 할지에 대해 고민하다 YMCA 영어과 3년 급으로 편입시험을 치르게 되었다. 최승만의 동급생으로는 이원용, 이관구, 현심, 이우창, 심종열, 송계백 등이 있다. 최승만은 성경 과목이 필수여서 종교 예배당에 나가게 되었고, 홍종숙 목사님께 세례를 받아 교회 청년회의 간부로 활동하였고, 보성중학교 1년 선배인 송계백과 같은 반에서 함께 공부하였다. 이후 최승만은 1916년 10월에 일본 동경으로 건너가 유학 생활을 시작하였고, 1917년 일본 동경 관립외국어학교 노서아과에 입학하였으나 2·8 독립선언에 참가하여 중퇴한 후, 일본 동경 사립동양대학 인도윤리철학과에 들어가 1923년에 졸업하였다.

최승만은 동경 유학생 학우회의 기관지 『학지광』의 편집위원과 『창조』의 동인으로 활동하였고, 1920년 동경 조선기독교청년회의 기관지 『현대』의 주간을 맡았으며, 당시 많은 글을 발표하면서 활발하게 활동한 주요 문인이었다. 1918년 최승만이 창작한 「황혼」은 당시 동경에서 실제로 공연된 작품이라는 점에서 한국 근대극의 형성에 있어 매우 중요한 위치에 놓인다. 최승만은 『학지광』과 『창조』뿐만 아니라 『여자계』, 『개벽』, 『현대』, 『사명』, 『청년』, 『신동아』 등 다수 문예지 편집에 참여하였고, 동경 YMCA 총무로 근무하면서 동경 유학생들에게 많은 영향을 끼친 선구적 인물이었다. 또한 동아일보에 오랫동안 재직하면서 일장기 말소사건에도 연루되었던 언론인이자 연희대학교 교수와 이화여대 부총장, 인하공과대학장 등을 역임한 교육자였다.

2. 문학적 성과 내지 평가

최승만은 한국 최초의 순문예잡지인 『창조』의 동인으로 한국 근대 극 성립에 있어 중요한 인물로 평가할 수 있다. 그는 『창조』뿐만 아니라 일본 동경의 조선유학생학우회의 기관지인 『학지광』에도 여러 편의 글을 실으며 편집위원으로 참여하였고, 『女子界』, 『開闢』, 『現代』, 『使命』, 『青年』, 『新東亞』 등의 문예지에 다수의 글을 발표하면서 당시 문단에서 활발히 활동한 주요 문인이라고 할 수 있다. 최승만의 「황혼」은 1910년대 희곡을 논할 때 빠지지 않고 거론되고 있는 작품 중 하나이자 몇 편 되지 않는 창작 희곡 중 한편이라는 점에서 의의가 크다고 할 수 있다. 특히 최승만의 「황혼」은 1918년 12월 하순 동경유학생 학우회 망년회에서 연출한 각본으로, 실제 무대에서 상연될 공연을 염두에 두고 창작되었으며, 연극할 배우를 직접 섭외하고 연출하였다는 점에서 매우 중요한 의미를 지닌다. 또한 최승만은 「황혼」을 공연한 일을 계기로 감독부의 부탁을 받아 희극 두 편을 창작하고 직접 공연에 참여하였다. 이러한 사실은 당시 창작 희곡이 거의 공연되지 않았다는 점과 희곡이 공연을 전제로 하여 창작되는 문학 장르라는 점을 고려할 때 높이 평가되어야 할 부분이라고 할 수 있다.

또한 최승만은 1917년 발행된 동경조선기독교청년회의 기관지인 『기독청년』의 후신 『현대』를 1920년 1월에 편집·발간하였고, 재정곤란과 대지진 등의 사정으로 폐간되었던 『현대』의 후신인 『사명』을 1926년 2월 발간하였다. 동경조선기독교청년회의 기관지인 『현대』와

『사명』에 깊이 관여한 책임자라는 점에서 당시 기독교 담론과 사회 담론이 형성되는 데 중요한 역할을 한 인물로 평가할 수 있다. 특히 최승만이 발간한 『현대』에 와서 당시 기독교 담론이 변화되는 양상을 보인다는 점에서 최승만의 기독교 담론 수용과 그 과정은 근대 형성에 있어 중요한 의미를 지닌다. 최승만은 동경 YMCA의 전임 총무로 선임되면서 왕성한 활동을 하였고, 1930년 10월에는 조선 YMCA 연합회 기관지인 『청년』의 주간을 맡았으며, 많은 글을 발표하면서 민족운동에 앞장선 핵심 간부로 활약하였다. 최승만은 『현대』, 『사명』, 『청년』뿐만 아니라 다양한 문예지에 많은 글을 발표하였고, 동경유학생들을 대상으로 기도회와 종교좌담회 등의 모임을 열어 민족에 대한 사명을 일깨우기 위해 힘썼다. 『현대』, 『사명』, 『청년』은 동경 기독교 청년회의 민족적 사명을 알리고 일깨우는 데 큰 역할을 담당한 기관지였고, 최승만은 당시 유학생들에게 많은 영향력을 끼친 선구적 인물이었다.

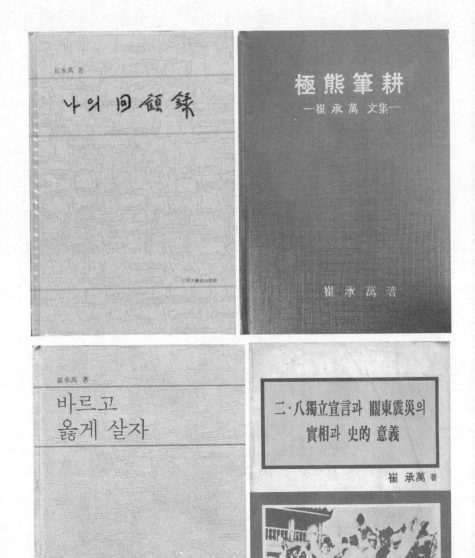

최승만 저서 『나의 회고록』, 『극웅필경』, 『바르고 옳게 살자』, 『2·8 독립선언과 관동지진의 실상과 사적 의미』

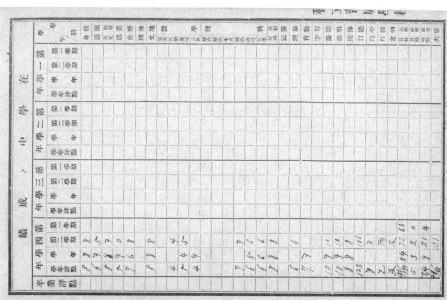

최승만의 사립보성학교 학적부

항상 '거기'에서 말하다

石松 김형원이 보성 후배들에게 건넨 말

조영복
광운대학교 교수, 104회 졸업생 신윤의 母

1. '선택'의 문제

'어떻게 살 것인가'는 결국 어떤 삶을 '선택'할 것인가의 문제이기도
합니다. 하나의 거대한 역사적 흐름, 그러니까 역사적 격동기나 전환
기 같은 시대의 격류 한 가운데 있을 때는 '선택'이 더욱 어려운 법입니
다. 숲 가운데서는 숲이 보이지 않고, 시대 한 가운데 있는 당사자들에
게는 그 시대가 보이지 않는 법입니다. 당대인들에게 그 시대는 항상
'그의 시대'이지 '그들의 시대'가 될 수 없는 것입니다. 그러니 당대를
살면서 미래까지 내다본다는 것은 유독 혜안慧眼을 가진 선지자가 아
니고서는 더욱 불가할 것입니다. 바울이 이야기했듯, 미래는 도둑처럼
오는 것이지 예고를 하고 닥치지는 않습니다. 역사가 한 개인에게 냉

혹한 이유는 이것입니다. 일제 강점기 내내 일제에 맞서 싸우다 그 끝 무렵 결국 친일을 하고 마는 민족주의자 문인들이 바로 그러한 예들이지요. 일본 제국의 서슬퍼런 탐욕이 결국 세계를 제패한다면, 조선 민족은 그 일본제국의 한 단위로 살아가면서 생존을 도모할 수밖에 없다는 논리가 그들을 친일의 길로 내몰았을 것입니다. '희망고문'은 어쩌면 일종의 체념인지도 모릅니다.

그런데 이와 대비해 끝까지 일제에 저항하는 경우는 어떨까요? 역설적인 논법이지만, 일종의 허무주의일 수도 있습니다. 어떤 선택도 가능하지 않다는 차원의 소극적인 허무주의이기도 하고, 죽음조차 불사한 나락 없는 절망이 오히려 적극적으로 일제에 저항하는 동력이 되기도 하는데, 여기에 적극적인 허무주의라고 이름을 붙여볼 수도 있습니다. 이처럼 희망과 절망은 양가적인 것입니다.

이 글의 서두를 이렇게 장황하게 시작한 이유가 있습니다. 1920년~ 1930년대 세계정세에 대한 정보나 미래에 대한 예견 같은 것들이 쉽지 않은 시대에 특이한 시적 경향을 보였던 시인에 대한 이야기를 하고 싶었기 때문입니다. '石松 김형원', 여러분 선배 이야기입니다. 전통적인 서정시가 주류를 이루던 시대, 또 거기에 댄디하고 멋스러운 모더니즘 시가 문단의 새로운 조류로 지식 청년들의 마음을 설레게 하던 시대, 석송은 이른바 '경향적인 시'를 썼던 인물입니다. 그런데 석송의 '경향성'은 '카프'라는 집단을 생각하면 떠오르는 프롤레타리아 이념에 기반한 시와는 좀 다릅니다. 선동성보다는 계몽을, 비판보다는 각성을 강조하기 때문이지요. 그것은 지금은 참 낯선 단어인 '목내이木乃伊', '벌거숭이' 같은 시어가 그의 시에 자주 나타나는 이유와도 관계가 있습니다.

석송의 시 이야기는 이 글의 3부에서 다시 하기로 하지요.

이제 김형원의 생애를 잠깐 살펴보기로 합니다. 김형원은 1900년 11월 충남 논산 강경에서 출생했다고 합니다. 보성고보를 중퇴했다는 기록도 있지만, 실제 보성고보 동창회 명부에는 추천교우로 등재되어 있고 또 한편으로는 졸업생 명부에도 올라가 있다고 합니다. 어떤 것이 진실인지는 현재로서는 알 수 없는 셈입니다.[1] 경향문학 단체인 '파스큘라PASKYULA'에 가담했는데, 이 '파스큘라'라는 조어造語는 여기에 참여한 문인들의 이름 한 글자, 한 글자를 따서 만들었다고 합니다. '김형원'은 아마도 '석송'의 'S'일 것입니다. 그러나 김형원은 이 단체의 후속단체이자 조직인 '카프KAPF(조선프롤레타리아문학가동맹)'에는 참여하지 않았는데, 이것은 그의 시적 경향 자체가 앞에서 언급한 대로 '사회주의적인 목적의식성'과는 다소 다른 데 있었던 때문일 것 같기도 하고, 무엇보다 그가 오직 문인이기보다는 신문기자(문인기자)였던 이유와도 연관이 있을 듯합니다.

2. '조고계(操觚界)'의 강골 문인기자

엄정하게 말하자면, 김형원은 '시인'이기보다는 '기자'였다는 평가

---

1 『교우회명부─1935년 11월현재』 이후 '추천교우'로 등재되어 있다. 그런데 작년에 발굴한 『보성교우회회보』 제1호(개교 15주년 기념) 24면에는 제7회(1916년 3월 졸업) 졸업생으로 등재되어 있다.

도 많습니다. 당시 설립되었던 중요한 신문사 중 그가 거치지 않은 곳은 거의 없었던 것 같습니다. 참으로 "'新聞放浪'이라는 말을 붙여줄 수 있는 사람은 김형원밖에 없다"고 할 정도로 그는 당시 간행되었던 『매일신보』, 『동아일보』, 『조선일보』, 『시대일보』, 『중외일보』 등 중요한 신문의 기자 생활을 했습니다. 심지어 조선일보사에는 세 번이나 입사와 퇴사를 반복했다고 알려져 있지요. 일제 강점기 많은 문인들이 기자 생활을 했습니다. 일본 유학을 다녀와도 밥 벌어 먹기가 쉽지 않던 시절이었습니다. 예전이나 지금이나 '쥐꼬리만한' 원고료만으로는 생계가 어려웠지요. 거기다 그 원고료라는 것은 실상은 술값으로 날리면서 호기를 부리는 것이 정석인 시절이라 그것은 생계수단과는 거리가 먼 수입원이었습니다.

당시 '언론계'를 '조고계操觚界'라고도 불렀는데, 한자로 '술잔을 잡다'라는 뜻입니다. (문인)기자들의 주량이 만만치 않았음을 반증하는 것이지요. 석송의 실력도 그에 못지 않았겠지요? 아무튼 당시 원고료는 정신노동의 대가인 만큼 그것이 궁핍한 삶의 물질적 조건을 보상하는 수단이 될 수는 없었습니다. 아니 수단으로 삼고 싶어 하지 않았습니다. 그만큼 문학이라는 글쓰기 작업은 정신의 귀족성을 증명하는 것이었습니다. 당시 문인들은 아무리 물질적으로 궁핍해도 정신의 가치를 물질로 환원하고 싶어 하지 않는 강골의 고집 혹은 신념이 있었습니다. 직업의 제1조건을 '연봉'으로 삼는 현재의 가치관과는 질적으로 다른 시대정신이 그 시대에는 도도히 흐르고 있었지요.

아무튼 문인이자 기자인 이들을 가리켜 '문인기자'라 부른답니다. 『중외일보』 편집부장, 『조선일보』 편집국장, 『매일신보』 편집국장 등을 역임하면서 일제시대 대표적인 언론기관들을 두루 거쳤을 정도로 석송은 일제시대의 대표적인 문인기자였습니다. 석송은 1917년 17세부터 『매일신보』 사회부 외근기자로 시작해 3·1운동 직후 창간된 동아일보에 소설가 현진건 등과 함께 입사, 사회부 기자로 활동했고 후일 사회부장이 되었습니다. 당시 일제의 언론 검열은 심각했습니다. 민족주의적인 성향이든 사회주의적인 성향이든 민간신문 기자들에 대한 감시가 살벌했습니다. 사설의 논조나 기사의 '불온성'을 이유로 정간과 폐간을 수없이 강제하면서 언론인들을 억압했습니다. 석송은 주로 일제에 비판적인 기사를 게재했는데, 그것 때문에 친일적인 기사를 썼던 기자들과 논쟁을 벌이기도 했습니다. 석송이 매번 여러 신문사를 입사, 퇴사를 반복했던 것은 쉽게 타협하지 않고 강골이었던 그의 성격도 한몫했던 것으로 보입니다. 그의 호인 '석송石松'에도 이미 이 '강골과 강단'의 이미지가 암시되어 있군요.

당시 『조선일보』에 실린 기사 한 자락을 소개해 봅니다. 관개시설이나 제방시설이 부족했던 192,30년대 경성(서울)은 여름마다 수재水災로 큰 피해를 입었는데, 당시 신문사에서는 여름만 되면 '대홍수' 특집 기획기사를 준비하곤 했답니다. 그 때는 올림픽대교도, 영동대교도, 마포대교도 물론 없었으니 강을 건너는 것이 큰일이었겠지요? 거대한 악마같이 입을 벌리고 있는 한강을 건너 취재를 하는 것 자체가 기자들에게는 목숨을 내놓는 일과 다름없었을 것입니다. 거기에다 기사를 신문사로 전송하는 것도 물론 문제였습니다. 휴대폰도, 팩스도 없었으니까요. 그럼 어떻게 했을까요? 흥미롭게도 기사 전송 담당은, 믿기지 않지만, 비둘기의 몫이었다고 합니다. 이 거대한 재난이 현재의 시점에서 낭만적인 일로 보이는군요. 아마 세월의 힘이겠지요? 1933년 석송이 만주에서 영화 〈마지막 황제〉로 유명한 만주국의 執政 '부의溥儀'를 만났다는 기록도 보입니다. '부의'는 1935년 만주국의 마지막 황제로 등극하게 되는 인물입니다.

석송의 퇴사 이력에 그 유명한 '일장기 말소사건'도 등장합니다. 손기정이 베를린올림픽에서 우승하자 당시 동아, 조선, 조선중앙 등이 동시에 손기정이 우승 트로피를 받는 사진을 실으면서 손기정의 가슴에 붙어있는 일장기를 지워버립니다. 이것이 그 유명한 '일장기 말소사건'입니다. 일종의 '민족주의적 뽀샵photoshop'인 셈이죠. '뽀샵'이 이토록 거대한 역사적 거사가 되는 일도 있군요. 이 때문에 당시 '신문 3사'는 동시에 일제에게 폐간을 당하게 되고 석송도 이 때 신문사를 나와 오랜 낭인浪人의 위치로 되돌아갑니다.

1940년 친일신문이었던 매일신보에 잠깐 근무하기도 했으나 1여 년 만에 퇴사한 뒤 함경남도에서 정어리 배를 탔다기도 하고, 안변 산속에 들어가 숯 굽는 일을 했다고도 하고, 텅스텐 광산에서 일했다고도 알려져 있습니다. 아마 함경도 변방에서 일제 말기를 견뎠던 것은 '시대의 역류逆流'에서는 오히려 은둔하겠다는 그의 의지 때문이었을 것입니다.

해방 이후 석송은 자신의 문인기자 이력을 바탕으로 1949년 공보처 차장을 역임합니다. 한국전쟁이 발발하자 북한군에 의해 청운동 인민위원회에 감금되는 등 고초를 겪다 납북되었습니다. 1954년경 북한 출판사에서 교정원으로 근무했다는 기록이 있고, 1956년 함경북도 안주탄광 노동자로 추방당했다고도 알려져 있습니다만, 이들 다 구체적으로 확인되지는 않았습니다. 그 이후의 소식은, 다른 대부분의 월북·납북 문인들, 지식인들과 마찬가지로, 정확하게 알려진 것이 없습니다. '월·납북 → 추방 → 실종'의 과정은 여느 문인, 지식인들의 행로와 마찬가지입니다. 이 궤적은 우리의 분단사나 한국문학사 통틀어 정신문화의 가장 큰 비극으로 보입니다. 그래서 우리들에게 정치적, 경제적 통합뿐 아니라 이 문화적, 문학적 복원이 긴급하게 요구되고 있는 것이지요.

참고로, 보성출신으로 석송과 비슷하게 기자생활을 했던 인물은 이건혁, 박윤석(서울신문 감사) 등이 있습니다. 박윤석은 보성 15회 졸업생으로, 석송보다 보성 8년 후배이고 언론계로는 7년 후배입니다. 박윤석은 자신이 주로 석송의 흔적을 밟아가면서 언론생활을 했다고 밝혔는데, 『조선일보』, 『매일신보』, 공보처에서 근무했던 박윤석의 언론인 행적은 석송이 밟아간 궤적과 유사하군요. 박윤석은, 해방 바로 다음 날 석송을 만나 해방의 감격에 방성통곡放聲痛哭하면서 서로 포옹하면서 손수건으로 서로의 눈물을 닦아 주었다고 후일 회고했습니다. 납북된 뒤 소식이 두절된 석송의 생사를 염려하기도 했습니다. 납북 당시 위장병을 앓고 있었고 체질이 허약했던 석송으로서는 그가 아무리 강단이 있다고 해도 그 육체적인 고통을 이겨내기는 힘들었을 겁니다.

석송과 박윤석의 인연은 석송의 장남 석규와 박윤석의 맏딸 영옥의 결혼으로 이어집니다. 장남 김석규는 1979년 석송의 원고를 모아 『석송 김형원 시집』(삼희사)를 펴내게 됩니다.

3. '벌거벗은 사도(使徒)'로서의 시인

　'시인'으로서의 석송의 모습을 살펴볼까요? 시인은 시대의 예언자이자 선지자인 인도자가 되어야 한다는 것이 그의 신념입니다. 그래서 시인은 과거의 인간도, 현재의 인간도 아닌 미래의 인간이어야 합니다. 석송이 '현재'를 이야기해도 그의 시선은 '미래'에 있습니다. 그가 조선을 이야기해도 그의 시선은 인류 전체의 공존공영共存共榮을 향해 있습니다. 그러니 시인은 자신을 모두 벗어던져야 합니다. 그가 '벌거벗은 사도使徒'라는 말을 쓴 뜻이 이것입니다.

　석송은 미국의 민주, 민중 시인인 휘트먼Walt Whitman(1819~1892)의 영향을 강하게 받았다고 알려져 있고, 석송의 시 또한 휘트먼과 유사한 사상적, 정신적 이념을 견지한 듯 보이기도 합니다. 시가 귀족층의 소유물도 아니며, 엄격한 자구형식을 맞춘 유희물遊戱物도 아니라는 것이 휘트먼의 시관詩觀에 있습니다. 휘트먼은 시를 '미의 예술'이 아니라 '힘의 예술'로 보았습니다. '자유, 평등' 등의 민주주의 가치를 우선시하는 미국 문화적 정체성을 생각하면 '가장 미국적인 시인'이라는 휘트먼의 시의 경향이 짐작이 갑니다. 휘트먼의 유명한 시집 『풀잎』의 이름에서도 유추되는 것이지만, 휘트먼은 자연에서 위대하고 강인한 생명력을 발견합니다.

　석송은, 휘트먼의 생애뿐 아니라 그의 시에서 가난하고 헐벗은 '조선의 청춘들'을 읽었을 것입니다. 인류의 공존공영共存共榮이 인류가 미래로 나아가는 길이라면 그것은 시대에 질식당한 조선 지식청년의 가슴을 불태우는 단 하나의 비전일지도 모릅니다. 개체와 전체의 구별도 없고, 생사의 구별도 없으며, 나와 너의 구분도 없는 세계를 석송은 꿈 꾸었을 것입니다. 그 곳에서는 시간과 공간의 제약도 없고, 영육(靈肉)은 합일되며 만유는 평등할 것입니다. 그러한 세계에서만이 영원히 꺼지지 않는 광명의 등불이 반짝일 수 있다고 석송은 보았습니다. 여기에 일제 강점기라는 현실을 투영한다면 이 '유토피아성'을 허구적이며 관념적인 것이라고 쉽게 폄하하기는 어렵습니다. 석송이 휘트먼의 영향을 받았다고는 해도, 석송이 그린 세계는 서구식 자유평등의 이념에 기초하기보다는 범우주적 생명론에 입각한 자연주의, 신비주의에 가까운 듯 보이기도 합니다.

　그를 '문인'(당시 용어로는 문사文士)이기보다는 '신문기자'로 평가한데는 그의 시의 특성과도 무관하지 않다고 앞에서 밝혔습니다. '이지적이고 객관적이며 감정까지도 통제할 수 있는 듯'한 석송의 성격이 시에도 잘 드러나 있다는 것입니다. 김소월의 시를 생각하면 떠오르는 한없이 서정적인 질서나 리듬, 정지용에게서 느껴지는 우리말 시어의 독특한 쓰임과 음악적인 울림 같은 것들이 석송의 시에는 잘 보이지 않습니다. 무엇인가 우리의 감각을 아름답게 위무하는 그런 특징들이 석송의 시에서는 잘 발견되지 않는 것입니다. 그의 시는 선언하고 진술하고 주장하는 성격이 강합니다. 그런데 당시 경향시들과 다른 점은 이 주장, 선언을 떠받치고 있는 시적 비유입니다. 그 '비유'조차 지금으로서는 지나치게 '산문적이고 끌리쉐cliche적인 스타일'이라 시적 흥취를 맛보기에는 부적절하기는 합니다. 하지만 당시로서는 혁신적인 방법이었습니다.

그의 시는 대체로 '극한'을 말합니다. 삶의 '지옥'이지요. 그 극한의 거주자들은 '벌거숭이, 구더기, 가난뱅이, 관 짜는 목수, 무산자, 죽으러 가는 사람' 같은, 세상의 가장 밑바닥에 떨어진 존재들, 불손한 종족들입니다. 그런데 그는 왜 극한을 말할까요? '극한'이란 '더 이상 물러날 수 없음'을 뜻하는 '절체절명'을 의미합니다. 이 상황을 이해하기가 어려운가요? 하지만 여러분들도 이미 알고 있는 비유입니다. 이육사가 「절정」에서 '한 발 재겨 디딜 곳조차 없는' 그런 '서릿발 칼날' 같은 극한의 고원지대를 상상한 것을 떠올려보십시오. 그러니 '지옥'은 공간적인 범주이기보다는 정신적인 범주에 있습니다. '나는 지옥에 있다'가 어떤 공간적인 곳에 머물러있다는 뜻이 아니라 그런 극한의 상황에 처해있다는 뜻임을 우리는 일상적으로 경험할 수 있으니까요. 프랑스 시인 랭보의 「지옥에서의 한철」이라는 시도 있습니다. 그런 '지옥'에서는 더 이상 물러설 곳이 없으니 방법은 앞으로 나갈 수밖에 없습니다.

그럼 첫 번째 시를 볼까요?

1
나는 벌거숭이다.
옷같은 것은 나에게 쓸 데 없다.
나는 벌거숭이다.
제도 인습은 고인의 옷이다.
나는 벌거숭이다.
시비도 모르는, 선악도 모르는.

2

나는 벌거숭이다. 그러나 나는
두루마기까지 갖추어 단정히 옷을 입은
제도와 인습에 추파를 보내어 악수하는
썩은 내가 물썬물썬 나는 구도덕에 코를 박은,
본능의 폭풍 앞에 힘없이 항복한 어린 풀이다.

3

나는 어린 풀이다.
나는 벌거숭이다.
나에게는 오직 생명이 있을 뿐이다.
태양과 모든 성신이 운명하기까지,
나에게는 생명의 감로가 내릴 뿐이다.
온 누리의 모든 생물들로 더불어,
나는 영원히 생장의 축배를 올리련다.

4

그리하여 나는 노래하려 한다.
만물의 영장이라는 감투를 쓴 사람으로부터
똥통을 우주로 아는 구더기까지.
그러나 형제들아,
내가 그대들에게 이러한 노래를
(모순되는 듯한 나의 노래를)

서슴지 않고 보내는 것을 기뻐하라.

새로운 종족아! 나의 형제들아!

그대들은 떨어진 옷을 벗어던지자.

절망의 어둔 함정을 벗어나고자 힘을 쓰자.

5

강장한 새로운 종족들아!

아침 해는 금 노을을 친다.

생장의 밭은 아직도 처녀이다.

개척의 괭이를 들었느냐?

핏기 있는 알몸으로 춤을 추며,

굳세인 목소리로 합창을 하자—

나는 벌거숭이다.

우리는 벌거숭이다.

개성은 우리가 뿌릴 〈생명의 씨〉이다.

우리의 밭에는 천재지변도 없다.

우리는 오직 어린 풀과 함께

햇빛을 먹고 마시고 입고,

길이길이 노래만 하려 한다.

—「벌거숭이의 노래」

'벌거숭이'는 어떤 제도나 인습, 구도덕에 오염되지 않은 가장 원초
적인 상태에 있는 존재입니다. 어린아이와 같이 순수하고 깨끗한 존

재, '생명의 풀'과 같은 존재입니다. '나에게는 오직 생명이 있을 뿐'이라고 쓰고 있군요. 그에게는 오직 영원한 생장의 미래만이 존재합니다. '생명있는 것'들만이 태양과 함께 할 수 있고, 또 저 스스로 자신의 궤도로 돌 수 있는 존재이지요. 석송이 왜 잡지 이름을 '생장'이라고 붙였는지 이해가 되는 대목입니다. 석송은 이 시에서 '새로운 종족들'인 미래의 청년 세대에게 말하고 싶었을 것입니다. 인습, 제도, 구도덕의 남루한 옷을 벗어던지고, 절망의 어둔 함정을 벗어나라고 말입니다. 현재 여러분들에게 적용해도 여전히 유효하지요?

다음 시를 볼까요? 제목이 조금 낯설군요. '목내이木乃伊'라는 단어는 '미라mirra'를 뜻하는 중국식 한자어입니다.

　　오, 나는 본다!
　　숨 쉬이는 목내이를

　　〈현대〉라는 옷을 입히고
　　〈제도〉라는 약을 발라
　　〈생활〉이라는 관에 넣은
　　목내이를 나는 본다.

　　그리고 나는,
　　나 자신이 이미
　　숨 쉬이는 목내이임을
　　아, 나는 조상(弔喪)한다!

　인습, 제도, 구도덕을 비판했으니 반대로 '모던'한 것, 그러니까 신식을 옹호했을 것 같은데, 그것이 아니었군요. 석송은 여전히 '현대'로 치장한 겉멋이나 형식을 비판하고 있습니다. 물질적이고 형식적이며 제도적인 것에 얽매인 정신을 그는 '목내이'라 부르고 있습니다. '숨만 쉬는 것'은 생명 있는 것은 아니라는 투로 말입니다. 그리고 석송은 그런 정신을 비추는 '거울'을 타인에게만 강요하는 것이 아니라 자신을 비추도록 해 두었군요. '나는 조상弔喪한다'고 쓰고 있습니다. 타인을 비판하기는 쉽지만 자신을 성찰하는 것은 쉽지 않지요. 대체로 세상일이 그렇습니다. 석송은 늘 자신을 돌이켜보고 또 이 세상을 직시했을 것입니다. '나는 본다'는 대목이 인상적입니다. 보는 것은 깨닫는 것입니다. 정신의 강골이자 타협을 쉽사리 하지 않았던 석송은 무심결에 '나는 본다!'라는 구절에 자주 손이 갔을 것입니다.

　그리고 마지막으로 또 한편의 시를 인용하고자 합니다. 석송이 오늘의 보성 후배들에게 들려주고 싶은 시가 아니었을까 짐작하면서 말입니다.

　　(…전략…)
　　그러나 동무야 나의 동무들아!
　　오기도 같이오고 놀기도 같이하고,
　　가기도 또한 같이할 동무들아!
　　우리의 가는 곳은 과연 어디인가?

역사의 책장속인가 허무의 어둔 방인가
아니다 우리의 돌아가는 곳은
언제든지 생명의 꽃이 만발하는
모든 개념이 한데 뭉쳐지는
지상에서는 상상도 못할 낙원이다

그곳에서야 비로소 우리는 영주할 것이다
사기, 질투, 모해, 전쟁, 살육이 없는
가장 평화한 사회는 그곳에 비로소
우리의 손으로 세워질 것이다

아! 동무야 나의 동무들아!
그대들은 잔을 마시었는가, 생명의 잔을,
이제는 일제히 일어나서 노래부르자—
생의 찬미! 오 생장의 찬미!

— 「생장찬미」

'동무'는 친구보다 더 감성적으로 가까운, 일종의 아날로그적인 냄새가 풍기는 호칭입니다. 일제 강점기뿐 아니라 1970년대까지는 남한에서도 썼던 단어입니다. 북한에서 쓰는 특수한 용어였던 탓에 남북분단이 고착화되면서 남한에서는 '금기단어'이자 잊혀진 단어가 되었습니다. '이념'이 어떻게 우리말을 금지시키고 제약하는지 잘 보여주는 예가 될 것입니다.

'동무'는 같이 하는 존재라는 것, 같이 인류공동의 생명을 찬미하는 존재라는 것, 그러기에 '동무'는 '생명의 존재'라는 것입니다. 아마 '진리'는 오직 '책 속'에서만도, 혹은 '고독한 사유'를 통해서만도 찾아지지는 않을 듯합니다. '모든 개념이 한 데 뭉쳐지는' 같은 대목에서는 어떤 '통합된 사상' 같은 암시적인 뜻이 떠오르기도 합니다. 요즘 말로 '융합'인 것일까요?

  '생生'은 혼자 가는 것이 아니라 같이 가는 여정이라는 뜻을 전하고 있다는 생각도 드는군요. 석송의 보성 후배 여러분, 각자 자신의 곁을 돌아보세요. 혼자 고독하게 점심을 먹고 있는 친구는 없는지, '나'도 모르게 어떤 친구를 '왕따'시키고 괴롭히고 있는 것은 아닌지, '공부의 지존'인 친구에게도 청소년기의 감수성을 나눌 '친구'가 필요한 것은 아닌지 말입니다. 석송은 마지막에 '생장을 찬미'하는 축배를 여러분에게 권하고 있습니다. 그의 목소리가 근 100년의 시간을 건너 보성 후배들에게 전해지고 있군요. 하지만, 이 '술잔'은 비유적인 것이지 '리얼'은 아니겠지요! 어쨌든 저의 마지막 이 멘트는 이 글을 읽는 보성 후배들에게는 지나치게 썰렁했을 것 같습니다. '아재(아줌마) 개그'가 되어버렸군요!

4. 석송의 영원성, 항상 '거기'에서 말해지다

여러분의 선배, 석송 김형원은 1920년대 조선에서 '벌거숭이'에 지나지 않았던 지식 청년들에게 '생명'과 '공존공영'과 '생장'을 이야기했습니다. 한 줌 희망조차 꿈꾸기 어려웠던 시대에 지식 청년들이 자신의 미래를 개척할 것을 일깨웠습니다. 그의 시를 읽으면 '힘'이 느껴지는 이유가 바로 여기에 있었군요. 보성 100년이 아니라 200년 때도 석송의 시가 의미 있게 읽힐까요? 다른 말로 하면, 그의 시에 '영원성'이 있을까요? 이 '영원성'이란 단어 저에게도 참 어려운 말입니다. 하지만, 어떤 철학자의 아포리즘aphorism이 도움이 될 것 같습니다. 그는 '영원성이란 항상 거기에서 말해지는 것'이라고 하더군요. 석송의 시가 오늘 여러분의 정신을 일깨웠다면 그의 시는 현재도 여전히 유효하다는 뜻입니다. 석송의 시는 1920년대에도 '말해지고 있었고', 오늘도 여전히 '말해지고 있으니까요.'

연극인 서항석의
보성학교 재학 경험

전지니
한국항공대학교 교수

1. 민족적 자긍심의 발현으로서의 학창시절

언론인, 연출가, 그리고 극작가로 활동했던 경안耿岸 서항석徐恒錫 (1900~1985)의 이력은 대한민국 연극사가 형성되는 과정과 맞닿아 있다. 이와 관련하여 『서항석 전집』(1987)의 발문을 쓴 김근수는, 서항석에 대해 "한국 연극계의 반세기도 넘는 동안의 산 증인이었다."[1]고 정리한 바 있다.

연극인이기 이전에 개인으로서 서항석을 들여다 볼 수 있는 자료로는 『서항석 전집』 5권에 수록된 「나의 이력서」, 「연극사적 자서전」 외에 서라벌예대 퇴임 후 실향의식을 드러낸 인터뷰 「내 고향 지금은…」[2]

---

1   김근수, 「跋」, 『서항석 전집』 6권, 1987.

이 있다. 그는 이 인터뷰에서 이북의 고향과 어린 시절에 대해 회고하면서 대지주였던 자신의 집안, 소설가 강용흘과의 인연 등에 대해 언급한 바 있다. 여기서 서항석은 해방 후 연극협회 활동 중 공산당 사람들 때문에 고통스러웠다고 술회하며, 고향에 남아있던 그의 가족들이 공산당에게 재산을 몰수당했고 분단 과정 속에서 가족은 생이별을 하게 됐다고 밝힌다. 서항석의 회고에 따르면 그가 처음 고향을 떠나 경성으로 이주한 것은 1915년이며, 그는 경성 보성중학교 2학년에 보결 입학을 했다. 그리고 당시 70대 중반에 접어든 서항석이 술회하는 자신의 생애 속에서, 일본인 선생의 처사에 분노하여 집단행동을 감행한 보성학교 재학 경험은 매우 구체적으로 드러나 있다.

훗날 서항석이 서술하는 보성학교 시절은 식민주의 질서에 반발해서 벌어졌던 동맹 휴학과 친구들과의 우정으로 정리할 수 있다. 그가 본격적으로 문학에 관심을 갖게 된 것은 중앙고보로 전학을 간 이후로, 예정대로라면 1918년 보성고보를 졸업했어야 했다. 하지만 서항석은 4학년 재학 중인 1917년 동맹 휴학 사건으로 인해 제적을 당하면서 보성에서 학업을 마칠 수 없었다.

1974년 『북한』지와의 인터뷰 및 이듬해부터 1년여에 걸쳐 『한국연극』에 연재한 자서전에 따르면, 서항석은 당시 제적 상황에 대해 다음과 같이 설명하고 있다. 그가 보성학교 4학년에 재학 중일 때 2학년들의 체조시간에 어느 학생의 시계가 없어지자 일본인 교사는 종로경찰서 형사과에 범인 수색을 의뢰했고, 내막을 알게 된 학생들은 격분한다. 4학년 재학생 중심으로 학생들의 동맹휴학이 확대되자 당시 보성

---

2   서항석 인터뷰, 「내 고향 지금은…」, 『북한』 1974년 3월호, 112~117쪽.

학교 교장이었던 최린은 서항석과 이여성을 포함한 동맹휴학의 주동 학생 8명에게 정식으로 사과한 후 계속 학교에 다닐 것을 권유했다. 그러나 이들은 일본인 선생에게 사과하는 것을 받아들이지 않았고, 학교에서는 이들을 퇴학 처리했다. 사태가 이렇게 되자 최린은 이 학생들을 구제하기 위해 중앙학교 교장이었던 김성수에게 전화를 걸어 퇴학당한 학생들을 받아줄 것을 요청했다. 그리고 김성수가 이를 수용하면서 서항석 등은 1917년 5월에 중앙고보로 전학을 하고, 이듬해 졸업을 하게 된다.[3]

서항석은 훗날 보성학교에서 퇴학을 당했지만, 중앙학교로 가게 된 것을 "전화위복"이라고 말했다. 그는 중앙학교로 전학 후 당시 학교에 재직 중이던 송진우宋鎭禹를 만났고, 송진우로부터 자신이 쓴 여행기를 격찬 받은 일을 통해 문학의 길로 마음을 정하게 된다.[4] 분명한 것은 개인으로서 그리고 연극인으로서 서항석에게 학창시절은 아름답게 기억되고 있고, 보성학교 재학 경험은 민족적 자긍심을 발휘한 계기로 인식되고 있다는 점이다. 그는 자서전을 통해 보성학교 시절의 동맹 휴학 경험을 수차례 회고한 것 외에도, 재학 당시 영생중학에 다니던 강용흘과 서신을 주고받았던 경험 등에 대해 술회했다. 이외에도 하숙을 같이 하던 학생들과의 "유쾌한 학창생활"에 대해 서술했다. 특히 연극, 영화에 대한 별다른 관심이 없었던 보성학교 재학 중, 우미관에서 상영하던

---

3   서항석 인터뷰, 위의 글, 115~117쪽; 서항석, 「나의 이력서」, 『서항석 전집』 5권, 1974, 1748~1749쪽. 『북한』지와의 인터뷰는 『서항석 전집』 5권에 재수록되었다. 서항석의 자퇴 경험은 『중앙백년사』(2008)에도 실려 있으며, 최근 서항석의 회고를 토대로 화가 이여성의 보성고보 시기를 논의한 김인혜(「이여성의 보성고보 시기 자료」, 『근대서지』 14, 2016, 255~262쪽)의 글이 발표됐다.
4   서항석, 앞의 글, 1749쪽.

영화 〈명금名金〉을 보고 열광적인 팬이 되었다고 밝히기도 했다.

현재 보성고등학교에 남아있는 서항석의 학적부를 확인해 보면, 원주소는 출신지인 함남 홍원으로, 보증인에는 서항석의 친부 서재철의 이름이 적혀 있다. 서항석은 인터뷰와 자서전을 통해 신문학을 찬성하지 않았던 조부로 인해 경성의 학교에 입학하기까지 여러 애로가 있었다고 밝히고 있는데, 학적부에 기재된 전학 기록은 이 같은 배경을 반영하고 있다. 서항석이 2학년으로 보결입학을 했고, 동맹 휴학 사건으로 인해 보성학교를 졸업을 하지 못했기에 학적부에는 2학년, 3학년의 기록만 남아 있다. 그는 자서전에서 보성학교에 2년여를 다니는 동안 시험 때마다 수석을 차지하여 애초 신문학에 우호적이지 않았던 조부를 기쁘게 할 수 있었다고 적기도 했다.[5] 이와 관련하여 학적부상에서는 성적이 매우 우수한 가운데 수학과 과학 분야 성적이 좋은 것이 눈에 띈다. 다만 3학년으로 진급한 후 결석 일수가 확연하게 늘어나는 것도 확인할 수 있다.

이후 중앙고보로 전입한 서항석은 문학에 본격적인 관심을 가지게 되고 동경으로 유학을 가서 독문학을 전공하게 된다. 여기서 식민지 조선의 문인으로서의 정체성이 형성되는 데 중요하게 기여한 것이 보성학교와 중앙학교 재학 경험이었음을 감안한다면, 연극인 서항석을 논의하기 위해서는 그의 학창시절을 눈여겨볼 필요가 있다.

물론 학적부상에 남아있는 자료와 그의 주관적인 회고를 통해 학창시절 전모를 확인하는 것은 불가능하다. 다만 남아있는 정보를 조합해 보면, 일제 말기 친일문제로부터 결코 자유롭지 않았던 서항석이 수차

---

5   서항석, 「연극사적 자서전」, 『서항석 전집』 5권, 1974, 1825쪽.

례 보성고보 시절의 경험을 소환하고 있다는 점이 흥미롭다. 훗날 서항석은 학창시절 일본인 교사에 대항해 파업을 했으며, 자존심을 굽히지 않고 기꺼이 자퇴를 결정한 경험을 다분히 민족주의자의 입장에서 서술하고 있기 때문이다. 이처럼 학창시절의 회고는 해방 이후 줄곧 '반일'과 '반공'을 고수했던 연극인 서항석의 정체성이 구성되는 방식을 보여준다는 점에서 주목할 수 있다.

2. 한국 연극계의 '산 증인'으로서의 명암

중앙학교 재학 당시 갖게 된 문학에 대한 관심은 일본 유학으로 이어졌고, 이후 서항석은 동경제국대학에서 독문학을 전공한다. 그는 졸업 후 『동아일보』 학예부장으로 활약했고, 애초 독일 유학을 떠날 계획이었으나 윤백남의 권유에 의해 극예술연구회에 합류하여 번역극 공연에 앞장선다. 이후 연극 활동에 매진하면서 유치진의 사실주의극과 국민연극을 연출했으며, 일제 말기 「견우직녀」, 「은하수」 등의 가극을 잡지 『춘추』에 발표하고 직접 연출을 맡기도 했다. 설화를 소재로 한 서항석의 가극은 전시체제와는 일견 거리가 먼 것처럼 보이지만, 그는 조선연극문화협회 이사 등의 주요 보직을 거치며 훗날 친일인명사전에 등재됐다. 전쟁 중 2대 국립극장장으로 취임한 서항석은 그의 오랜 연극 파트너 유치진이 국민연극 〈대추나무〉(1941)를 개작한 〈왜 싸워?〉(1957)를 무대에 올리는 과정에서 대립하지만, 이후 각자의 길을 걸었던 두 사람은 해방 이후 남한 연극계의 형성에 지대한 공헌을 했다. 무엇보다 서항석은 전후 국립극장 재건에 결정적인 기여를 했다.

부고 이후 서항석의 작업을 망라한 『서항석 전집』이 발간되었다. 이 전집에는 그가 쓴 희곡, 평론, 수필, 연극사 등이 수록되어 있는데, 흥미로운 것은 당시 신문기사에서 '비非문인 전집 출간 활기'의 사례로 『서항석 전집』을 소개하고 있다는 점이다. 여기서 문인과 비문인을 구분 짓는 경계가 모호하다는 문제는 차치하고, 해방 이후 남한 연극의 또 다른 축을 마련했던 유치진에 비해 서항석에 대한 연구는 소략한 편이라는 점을 짚어둘 필요가 있다. 이는 기존 연극 연구가 연출가의 연출 작업보다는 극작가가 남긴 텍스트 중심으로 이루어지고 있다는 점, 그리고 반공 연극의 거두로서 드라마센터 건립에 기여했던 유치진의 자리가 여전히 무겁게 인식되고 있다는 점을 감안할 수 있을 것이다. 동시에 정통 연극과 가극을 넘나들며 극작과 연출을 겸했던 서항석의 다양한 활동을 망라하는 것이 쉽지 않다는 점도 염두에 둘 수 있다.

이제까지 서항석에 대한 논의로는 극예술연구회 활동 시기 독문학자로서 독일 표현주의의 수용 방식을 논한 연구, 그리고 라미라가극단과 반도가극단에 대해 파악하며 서항석의 대본과 안기영의 자작곡으로 이루어진 1940년대 악극의 특성을 분석한 연구 등이 이어졌다. 이외에 1950년대 서항석의 활동에 대한 연구는 주로 국립극장장으로 활동하며 벌어진 유치진과의 갈등에 주목하고 있다. 이 중 통시적으로 서항석의 연극 활동을 개괄한 연구로는 김태희의 석사논문[6]이 유일하

6   김태희, 「서항석 연구—생애와 작품 활동을 중심으로」, 고려대 석사논문, 2013.

다. 김태희는 서항석에 주목해야 하는 이유에 대해 초창기 신극 운동에 매진했고, 1940년대 악극 분야를 개척했으며, 이후 오페라의 부흥과 국극 정립에 영향을 미친 점을 거론하고 있다.[7]

일제 말기 일본에 협력했던 여타 문인들과 마찬가지로, 서항석 역시 과거 자신의 행적에 대해서는 별다른 언급을 하지 않았다. 다만 그는 「나의 이력서」에서 조선연극협회에 관여하고 〈대추나무〉 연출을 맡게 되면서 "신체제에 끌려들어, 안한 짓이 없게 된 셈이다."[8]고 비교적 담담하게 토로했다. 이어 자신의 협력 행각을 "구차스럽게 살아남을 수밖에 없었던" 상황에서 벌어진 일이라 서술했다. 서항석은 1957년 유치진의 희곡 〈왜 싸워〉와 관련한 논쟁에서 초연 연출자로서 일제 말기 국민연극 경연대회에서 수상한 작품을 해방 이후 대학생들에게 공연하게 한다는 것은 부적절하다는 의견을 표시했다. 그리고 작고 전한 인터뷰에서 '친일인사는 분수를 알아야 한다.'며, 그 자신은 연극일을 한다고 적극적인 항일운동은 못 했지만, 친일 행적이 있는 사람이 민족적 대의명분이 있는 사업에 참여하는 것은 옳지 못하다는 의견을 피력하기도 했다.[9]

이 글에서는 서항석의 생애 속에서 학창시절의 경험이 어떤 의미를 가질 수 있느냐에 대해 소략하게 논의했다. 따라서 그의 친일 행적 및 이후의 발언과 관련하여 어떤 적극적인 의미부여를 하거나 판단을 하기에는 무리가 있다. 그리고 앞서 언급한 것처럼, 식민지시기는 물론 해방 이후 남한 연극계에 미친 영향력을 감안할 때 서항석에 대한 논

---

7   위의 논문, 9~10쪽.
8   「나의 이력서」, 1808쪽.
9   「"친일인사 분수 알아야" 원로 연극인 서항석 옹」, 『동아일보』, 1982.9.11.

의는 매우 부진한 실정이다. 서항석의 학창시절에 대해 주목한 이 글이 앞으로 서항석의 생애와 연극 세계를 재구하는 데 조금이라도 도움이 될 수 있기를 바란다.

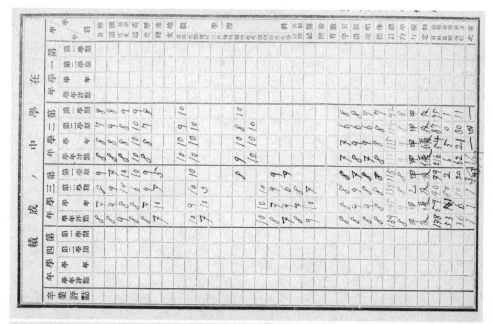

서항석의 사립보성학교 학적부

현진건

박헌호

고려대학교 민족문화연구원 교수

1. 허공에 낸 발자국

현진건의 호號는 빙허憑虛다. 직역하자면 '허공에 기대는' 것이요, '없음에 의거하는' 것이다. 공간으로 '텅 비어 있음'이요, 실재로는 '없음'이며, 가치로는 '허무에의 의지'다. 작명에 삶의 허무에 붙들린 청춘의 치기가 배어있지 않음은 아니나, 그의 삶 또한 허공에 발자국을 내며 살아온 것이기에 아주 터무니없는 명명은 아니리라. 호가 그의 삶을 예시한 것일까? 운명이 호를 빙자하여 천기의 한 자락을 엿보여준 것일까?

모든 출발은 남루한 법. 한국 근대문학의 출발 또한 그랬다. 사실대로 말하자. 한국 근대문학은 남루는커녕 '아무 것도 없음'을 자각하지 않고서는 출발조차 불가능했다. 『보성』은 그 길에 혁혁한 공헌을 남긴 많은 작가들의 산실이었으니, 현진건이나 염상섭 같은 작가들이 대표적이다. 이들은 『보성』과 함께 한국 근대문학사에 길이길이 기억될 것이다. 기억이야말로 '허공'과 '없음'과 '허무'를 도리어 정신의 결에 새기어 역사로, 의미로 바꾸려는 인간적 의지이므로.

숫자와 특징적 사건으로 요약되는 연보年譜는 무료하다. 한 인간의 삶에서 빛나는 눈물과 쓸쓸한 웃음을 털어낸 채, 뼈다귀로만 그/녀를 상상하라 하니. 비유컨대 생선살을 다 발라내고 가시만 보고 그를 상상하라 함과 같지 않을까. 허나 그 앙상함이 도리어 상상력을 자극하여, 완전체를, 원래는 오묘하게 구성돼 있었을 삶의 조각과 풍미들을 전해주기도 하는 법.

'현진건은 1900년 8월 9일陰 대구에서 아버지 연주延州이씨 경운擎運과 어머니 완산完山이씨 정효貞孝 사이에서 4남으로 출생했다.'와 같은 진술이 그러하다. 그는 대구에서 대대로 역관驛館을 역임한 가문에서 태어났다. '역관'이란 무엇인가? 오늘날의 통역사, 외교관이고 무역중개인의 역할까지 수행한 국가행정의 중추다.[1] 그들은 거들먹거리는 문벌양반이 아니오, 잡과를 통해 벼슬을 대대로 전담했던 행정인, 실재의 인간들이었다. 19세기 말부터 20세기의 조선에서, 중인 가문에서 새 시대의 기수들이 숱하게 배출된 것은 그러므로 우연이 아니다. 그들은 지켜야 할 과거가 엷고 얕으며, 실재에 즉한 인간들이며, 새로움

---

1   현진건 집안의 내력과 그에 대한 자세한 연보는 현길언, 『문학과 사랑과 이데올로기—현진건 연구』, 태학사, 2000을 참고할 수 있다. 그러나 그 뒤에도 많은 사항들이 발굴되어 고쳐졌다. 대표적으로 박현수, 「문인-기자로서의 현진건」, 『반교어문연구』 42권, 2016; 「현진건 소설의 체험적 요소와 사소설론」, 『대동문화연구』 97집, 2017 등을 참조할 수 있다.

을 수용하는데 적극적이고, 누구보다 외국 사정에 밝았다. 여기에 1910년 6월 13일에 생모가 돌아가셨다는 사실을 겹쳐보자. 10살배기 아이가 엄마를 잃었다. 근대적 의미의 사랑과 연애가 이 시기 작가 모두에게 정언명령이었지만 그들이 또한 어려서 어미를 잃은, 아무렇게나 세상에 '던져진 자들'이란 사실도 놓치지 말자.

1913년 서울에 올라와 근대학문에 입문한다. 1915년 사립보성학교에 입학하였는데 11월 13일에 입학한 것으로 보아 전입轉入한 것으로 보인다. 그리고 보성에서 지낸 시간은 채 1년이 못 된다. 1916년 7월(또는 9월?) 1일 '가사家事'를 이유로 자퇴하고 말았는데 이것이 국내에서 확인할 수 있는 현진건의 유일한 학력이다.

현진건은 1915년에 결혼하는데, 물론 구식결혼. 대표작 「빈처」나 「희생화」 등에 보이는 구식여자와 신교육을 받은 남자 사이의 정신적 갈등 문제는 시대정신이라는 지점과 함께 직접적인 체험에 기반한 것이다. 결혼 후 유학을 떠나는데, 이 지점에서 연구가 나누어진다. 일본에 먼저 갔다 중국에도 갔다는 것이 과거의 학설이라면, 새로 밝혀진 바로는 중국을 먼저 가고(1915년) 1917년에 일본 동경 성성成城중학교에서 들어갔다고 한다. 혼란의 원인은 현진건 자신이 제공했는데, 사회주의 계열의 독립운동에 매진했던 셋째 형 현정건과의 관계를 드러내지 않으려는 의도로 추정된다. 형에 대한 그리움과 존경심은 훗날 장편『적도』를 통해 그려진다. 주목할 점, 일본유학이 거의 유일한 지적 원천이던 당시 많은 작가들과 달리 현진건은 형과의 관계 속에서 중국유학을 경험함으로써 지적 원천의 다양성과 체험적 배일사상을 가지게 됐다는 점.

현진건의 사회생활은 기자와 소설가라는 두 단어로 요약된다. 그는 1920년 11월에 조선일보사에 입사한 뒤『동명』(1922~23년 6월), 『시대일보』(1924년 3월~26년 8월), 『조선일보』(1926년 8월~27년 8월)를 거쳐 유명한 '일장기 말소사건'으로『동아일보』(1927년 10월~36년 9월)를 퇴직할 때까지 '기자'로 살았다. 소설가로서는 1920년 11월에『개벽』에 단편「희생화」를 발표하면서 시작한다. 대표작이 주로 20년대 초반기에 몰려 있고 기자를 그만둔 뒤에야 다시 작품 활동에 매진하는 것은 현진건이 그만큼 기자생활에 충실했다는 뜻이다. 현진건은 명 '사회부장'이자 명 편집인으로 이름이 높았다. 그의 손만 거치면 신문이 달라진다는 평을 받을 정도였다.

그러나 '개인적인 삶은 불행했다'고 해야 한다. 존경하던 형 정건이 만기 출옥(1932년 6월)하여 얼마 뒤 죽고(32년 12월 30일) 두 달 뒤에는 형수가 따라 자결하는 사건이 발생하기 이전부터, 그는 너무 많이 죽음과 대면했다. 거듭되는 자식의 죽음. 첫딸 숙경卿淑은 생후 10달 만인 1920년 10월 21일에 죽고 둘째 딸 애경愛卿은 갓 돌(22년 9월 11일)을 채우고 죽었다. 셋째 딸의 이름이 '화수和壽'(1925년 11월 9일생)인 것은 그래서일 것이다. 수명과 조화를 이루라는, 부디 이번에는 명줄과 화합해보자는 아비의 소망이 아프게 새겨져 있다. '화수'는 훗날 육당의 주례로 월탄 박종화의 아들과 혼례를 치르는데(1943년 3월 25일), 현진건은 딱 한 달 후에 죽는다. 나는 예전에 이 분(현화수)과 인터뷰를 한 적이 있는데, 혼수는커녕 집에서 입던 옷을 빨아 입고 시댁에 갔다 한다. 현진건이 처절한 가난 속에서 병고에 시달리던 때였다. 월탄이『백조』시절부터의 친구였던 빙허의 마지막 '여한餘恨'을 혼례를 통해 풀어준 것이 아닌가 하는 짐작을, 인터뷰 당시에 혼자 되뇌던 기억이 새롭다. '걱정 마라, 너의 하나뿐인 딸은 내가 맡을 테니'하는 말이 마치 월탄의 말인 양, 내 입 속에서 웅얼거려졌다.

　이제는 우리 역사의 한 페이지가 된 '일장기 말소사건'은 그의 강직함을 보여줄지언정 삶의 정점은 아니다. 퇴직 당하고 감옥살이를 한 뒤 미두와 양계, 역사소설 집필 등으로 생계를 위해 고군분투하던 현진건은 실패를 거듭했고 변두리로, 변두리로 집을 줄여가야 했다. 결국 지독한 가난 속에서 폐결핵과 장결핵이 겹쳐 1943년 4월 25일에 숨을 거둔다. 시신은 화장해 한강물에 뿌리고 일부를 지금의 서초동 서울교대 근처에 묻었다 하나, 따님조차 그 흔적을 알 수 없다 했다. 허공에 길을 내기로, 허무에 발자국을 찍기로 했으니 땅 위에는 흔적을 남기지 않고자 함이었나? 지금도 한국 근대문학사에 선연히 남은 그의 족적에 눈길이 자꾸 머무는 까닭이다.

2. 현진건의 발자국에 의미를 보태면

　현진건을 말하는 자, 반드시 '사실주의'를 들고 '기교의 천재'를 꼽는다. 대표작 「운수 좋은 날」의 '아이러니'를 들어 분석의 수위를 구조적, 사상적 차원으로 승화시키는 논의도 존재하지만 대중적 차원에서 현진건은 사실주의문학의 수립자 혹은 단편기교의 천재 정도의 타이

틀에서 크게 벗어나지 않는다. 논의의 흐름도 정형화돼 있다. 초기 소설은 체험에 기반한 신변소설인데 점차 사회현실을 고발하는 정통 사실주의 소설을 창작했고, '일장기 말소사건' 이후에는 민족의식을 고취하는 장편과 역사소설(『무영탑』, 『흑치상지』, 『선화공주』 등)을 창작했다는 식의.

교과서에도 실려 현진건의 대표작 중의 대표작으로 꼽히는 「빈처」를 보자. 가난하나 자존심 강한 소설가 남편을 위해 장롱에서 전당잡힐 옷을 찾는 첫 장면은 소설사에 길이 남을 명장면이다. 체험인가? 앞서 말했듯, 빙허의 유일한 딸을 며느리로 들이는 월탄이 말하길, "빙허는 「빈처」를 써서 출세를 했지만 실상 그의 아내는 대구 부잣집 딸이었으며 남편을 위해서 전당포까지 가서 옷을 잡"히지 않았다고. 어쩌면 체험여부를 따지는 것이야말로 이데올로기로서의 '근대소설'을 우리가 여전히 관념적으로 받아들이고 있다는 사실의 표현일지도 모른다. '체험이 아니고서야 어찌 이렇게 생생할 수 있는가?'라고 독자들은 감탄했던 것이다. '리얼리티=체험/경험'이라는 등식으로 세상을 파악하는 이데올로기가 앞서니 사물이 그리 보이는 것. 바꾸어 말하면 현진건은 자신의 소설을 작가의 체험이라 생각하게 할 만큼 구성과 묘사에 뛰어났다. 그를 기교의 천재라 칭함은 이를 이름이다.

현진건은 한국 단편소설의 개척자라 평가받는다. 탄탄한 짜임새와 객관적인 서술능력에 뛰어난 묘사솜씨를 지녀서, 여전히 주관적인 감정을 그대로 드러내는 다른 작가들과 차원이 다른 경지를 보여주었다. 김동인이 이를 두고 '기교의 천재'라 칭했는데 이는 폄하의 뜻으로 사용된 것이다. 즉 기교는 뛰어나나 사상적 가치는 글쎄? 라는 식. 오늘날의 관점으로는 몰라도 당대적 관점으로는 그렇지 않다. 「운수 좋은 날」이나 「고향」과 같은 대표작들이 보여주는 바, 민중에 대한 열렬한 애정과 현실에 대한 날카로운 파악은 상찬 받아 마땅하다. 묻노니, 오늘날 김동인이 현진건만큼 널리 읽히는가? 그가 입만 열면 외쳤던 '최초주의'에 우리의 문학사도 독자도 침윤돼 있기 때문이 아닐까? '최초주의'란 후발 근대화 국가였던 식민지 조선의 열등감의 표현이다. 21세기에도 그러한 잣대로 우리의 작가와 작품을 평가할 이유란 없다.

현진건은 신변소설적인 '방식(!)'을 통해 작품의 구조가 허황되게 확대되는 것을 차단하면서 완결성을 높였다. 익숙한 세계 속에서 문제를 찾아내고 이를 구성해 내는 능력이 뛰어났다는 것이다. 그런 점에서 「빈처」는 진정한 의미에서 한국 근대단편의 시작이다. 이를 통해 빙허는 근대예술을 이해하지 못하는 속물화된 세계를 비판하는 한편, 예술가로서의 자부심을 드러냈다. 이러한 이항대립구도는 선악과 명암처럼 선명하게 문제를 드러내는데 유용하나 그만큼 현실의 다면성을 담아내기에는 그릇이 작다. '여성'이 주체화되지 못하고, 남편을 이해할 때는 '천사'가 되었다 이해하지 못할 때는 속물 취급을 받는 것처럼. 의미는 오로지 많이 배운 남성으로 발신된다는 암묵적 전제는 시대적 한계로 지적돼야 한다.

작품구성의 측면만이 아니라 빙허는 심리묘사의 영역에서도 새로운 경지를 보여주었다. 예컨대 「운수 좋은 날」에서 불안지만 불안을 확인하기도 두려워 집에 가는 것을 주저하는 김첨지의 심리를 인력거의 무게와 반비례로 표현한다든지, '추적추적 내리는 비'와 같은 자연묘사을 통해 대유의 형식으로 표현하는 것 등이 그러하다. '마음'을 마음으로 묘사하는 것이 아니라, 자연과 물건과 대상물을 통해 간접적으로 드러내는 것인데, 이로써 '의식의 흐름'으로서의 심리를 물질화/대상화/형상화할 수 있었다. "흐리고 비오는 하늘은 어둠침침하게 벌써 황혼에 가까운 듯하다"라는 구절은 불안감에 떠는 김첨지의 마음 그 자체이며 작품의 비극적 결말의 예시다. 즉 '심리/정신/의식'을 감각의 영역 안에서 포획 가능한 어떤 것으로 실체화한 것이다. 이로써 보이지 않는 정신을 보이는 어떤 것으로 묘사해내는 기법을 한국 근대문학이 갖게 됐다. 이러한 성과는 지식인의 내면을 직접적으로 토로하는 작품으로 넘쳐나던 당대 문단을 고려한다면 아무리 고평해도 지나치지 않다.

빙허가 초기작에서 보여준 성과와 수준이 후기작에도 이어지는가에 대해서는 평가가 엇갈린다. 앞서 말했듯, 빙허는 문명文名을 얻은 뒤에는 주로 기자의 삶을 살았다. 기자란 식민지의 지식인이 민족을 위해 사명감을 가지고 할 수 있는 몇 안 되는 직업이었다. 그 귀결이 일장기 말소사건이며, 그 이후에는 역사소설을 중심으로 한 장편을 주로 창작했음은 이미 밝혔다. 그를 지사志士로 고평하는 일도, 소설가로서 충분한 성과를 낸 작가로 평가하는 일도 논자에 따라 다를 수밖에 없다. 식민지 조선에서 '근대에의 열망'과 '민족에의 헌신'이 언제나 행복하게 만나지는 않았다는 사실을 되새기는 것으로 대신하자. 현실을 좀 더 합리적으로 좀 더 인간적으로 바꾸는 일에 문학이, 글 쓰는 것이 어떤 의미를 지닐 수 있는가 하는 질문은 빙허가 활약했던 시절에도 오늘날에도 여전히 계속 질문되어야 할 질문으로 남아 있으니. 보편적으로 동의할 수 있는 업적으로 빙허의 발자국에 의미의 주석을 새기는 것으로 짧은 글을 마감하는 까닭도 이와 다르지 않다.

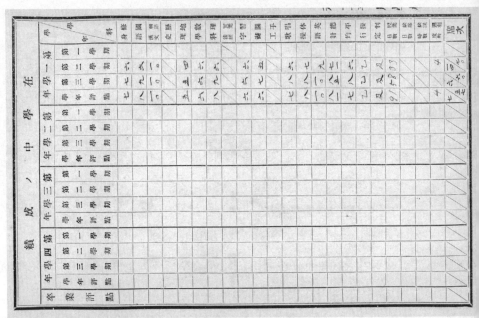

현진건의 사립보성학교 학적부

연극인 김춘광의 학창시절과
연극사적 업적

전지니
한국항공대학교 교수

1. 중단된 학업과 미완의 예술 활동

연극인 김춘광金春光(1900~1949)이 대중극 창작에 몰두했던 기간은 대략 15년으로, 극단 예원좌부터 청춘극장 시절에 이르는 극작가로서의 활동 기간은 대중극단이 가장 성행했던 대중극의 전성기와 겹쳐진다. 연구자에 따라 신파극으로도 명명되는 대중극은 흔히 연극사에서 신극, 사실주의극과 구분되는 흥행 지향적 연극을 통칭할 때 사용된다. 김춘광의 본명은 김조성金肇聲으로, 그의 차남 김차봉에 따르면 예명 김춘광은 예원좌 활동을 시작한 이후 평소 존경하던 춘원 이광수李光洙와 춘사 나운규羅雲奎의 이름을 조합해 만든 것이다.[1] 여기서 이광수

---

1   이경희, 「신파연극인 김춘광」, 『태릉어문연구』 2, 서울여대 인문과학대학 국어국문학과,

와 나운규를 동경해 만들었던 예명은 대중 연예 활동에 대한 김춘광의 작가적 신념을 보여주는 것이기도 하다. 알려진 것처럼 김춘광은 나운 규의 〈아리랑〉을 재차 각색해 무대에 올렸고, 해방 후에는 이광수의 『단종애사』를 비롯한 몇 편의 소설을 참고해 수차례 무대화했다. 그리 고 이광수와 나운규가 각각 문단과 영화계에서 확보했던 상징성은 가 질 수 없었지만, 적어도 김춘광은 해방 전후 이들 못지않게 대중을 웃 고 울렸던 극작가이자 연예인이었다는 점에서 주목할 필요가 있다.

앞서 언급한 것처럼, 상대적으로 짧은 연극 활동과 대중극에만 투신 했던 이력으로 말미암아 김춘광은 연극사 내에서 충분하게 평가되지 못했다. 개인으로서 김춘광의 삶에 대해 이해할 수 있는 자료는 해방 기 발행된 『영화시대』에 '산小說'로 구분되어 연재된 김석정金夕汀의 「아름다운 인생─일명 어느 극작가의 반생」,[2]과 김춘광의 유족의 증언 을 바탕으로 작성된 이경희의 논문 「신파연극인 김춘광」,[3]이 유일하다. 전자의 경우 해방 이후 정점에 있던 김춘광을 영웅화시키고 있는 자료 이며, 후자는 김춘광에 대한 첫 번째 본격적인 연구 논문이자 대중극 에 대한 폄하적 시선이 두드러지는 글이다. 그리고 해방기 김석정이 서술한 김춘광의 이력과 이후 유족이 언급한 그의 삶 사이에는 상당한 간극이 존재한다.

이 중 '산小說'이라는 명칭으로 연재되었으나 실상 김춘광의 위인전 에 가까운 「아름다운 인생」에 따르면, 김춘광은 보성학교에 재학 중이 던 때 교문을 나서면서 학교를 졸업하면 해설계로 진출해 특출한 인물

1983, 86쪽.
2 김석정, 「아름다운 인생─어느 극작가의 반생」, 1~2회, 영화시대 1947.9~11.
3 김차봉의 회고는 위의 이경희의 논문에 실려 있다.

이 될 것을 다짐했다. 여기 부분적으로 실린 김춘광의 학창시절 회고를 보면, 그는 평북 곽산 출신이며[4], 서울에서 보통학교를 다닐 때부터 영리하고 민첩했다. 그리고 16세에 보성학교를 우수한 성적으로 졸업했다. 김석정에 따르면 "김은 모-든 것에 조달早達했"던 인물이었다.[5]

또한 「신파연극인 김춘광」에 실린 김춘광의 차남 김차봉의 증언에 따르면, 김춘광의 아버지는 독립운동가 출신의 김동영金東榮이다. 김춘광은 평양에서 국민학교를 다닌 후 경성에서 보성학교를 졸업했다. 그는 일본으로 유학 후 메이지대학明治大学에서 연극을 공부했으며, 결혼 후 가족의 생계를 위해 변사 생활을 시작했다. 김춘광의 누나 김정숙은 1930년대 이름을 날렸던 가수였으며, 김정숙은 훗날 김춘광과 함께 극단 예원좌를 결성하게 되는 전세종全世鐘과 결혼했다.

이처럼 그나마 김춘광의 생애를 파악할 수 있는 두 자료 사이에는 일치되지 않는 부분이 많다. 「아름다운 인생」에서는 김춘광이 해설계로 입문한 시점을 보성학교를 졸업한 16세로 적고 있으나, 그의 아들 김차봉은 아버지가 유학을 마치고 귀국해 가족의 생계를 위해 변사 생활을 시작했다고 술회하고 있다. 곧 두 자료가 말하는 김춘광이 변사로 입문한 시기는 대략 10여 년의 간극이 있다. 또한 전자에는 김춘광의 유학 경험이 서술되어 있지 않으며, 그를 천재이자 '민족 예술인'으로 배치하고자 하는 목적이 두드러지게 나타난다. 김춘광의 변사 생활 시작 시점을 1920년대 후반으로 단정하고 있는 후자 역시, 김춘광이 이미 1920년대 초반 주목받는 변사였다는 점을 감안하면 사실과 다른

---

4   학적부에 기록된 원적은 평북 초산이다.
5   김석정, 앞의 글, 1회, 101쪽.

부분이 많다. 이를 감안하면 향후 김춘광의 작품 세계를 재조명하는 과정에서 그의 생애를 재구하는 작업 또한 필요해 보인다.

다만 두 자료 모두 김춘광이 보성학교를 졸업했다고 적고 있다는 점에서 학창시절에 관한 서술은 일치한다. 하지만 김석정이 쓴 일대기 및 차남의 증언과 달리, 실제 김춘광은 보성학교를 졸업하지 못했다(3 장 관련 자료 중 보성고보 학적부 파일 참조). 그의 학적부에는 대정大正 5년 9월 30일 2학년 2학기 재학 중 '가사家事'로 인해 학업을 중단한다고 적혀 있다. 학적부에 그의 입학 시점이 같은 해 5월로 표기되어 있는 것을 감안하면, 실상 그가 보성고보에 다닌 것은 4개월 남짓이다. 그 럼에도 김석정은 김춘광이 학교를 졸업한 나이를 16세, 곧 그가 중퇴한 시점으로 기록하고 있다. 김춘광의 학적부상 성적 역시 전체 55명 중 28등으로, 「아름다운 인생」에서 설명한 것과 달리 별다른 두각을 나타내지 못했다.

여기서 김춘광의 정확한 학업 중단 사유를 파악하기는 어렵다. 상대적으로 분명하지 않은 행적과 급작스러운 요절로 인해 그의 학창시절을 보여줄 다양한 자료가 부재하기 때문이다. 그럼에도 알려진 것이 많지 않은 연극인 김춘광의 생애를 파악하기 위해서, 현재 보성고교에 남아있는 학적부는 좋은 참고자료가 된다.

2. 대중극에 대한 일관된 신념

언급한 것처럼 남아 있는 자료 간에 서술이 일치하지 않은 부분이 있지만, 이 자료들은 공통적으로 대중 연예에 대한 김춘광의 신념을 보여주고 있다. 김춘광의 생애를 파악할 수 있는 김석정의 기고에 따르면, 김춘광은 학창시절부터 해설계로 진출할 다짐을 했다. 그리고 16세 때 우미관優美館에서 영화 〈군사람정의 죽엄〉의 해설을 담당함으로써 일약 스타로 떠오르게 된다. 김춘광은 19세에 조선극장의 지배인이자 해설주임으로 올라서게 되고, 최고의 변사가 된 후 물밀듯이 밀려오는 외화에 맞서 동아문화협회東亞文化協會를 결성한 후 주연 및 감독을 겸직하며 영화 〈춘향전〉을 완성한다.[6] 이후 그는 극단 민립극단民立劇團을 조직했고, 극단 토월회의 공연이 자신이 지배인으로 있던 조선극장에서 이루어질 수 있도록 노력했다. 이 과정에서 토월회를 주도했던 박승희와 함께 조선의 신극운동에 매진할 것을 약속하기도 했다. 김석정의 기고에 따르면 김춘광은 나운규와도 친분을 가지고 있었고, 백남프로덕션의 영화 〈심청〉의 제작에도 기여했다. 이후에도 김춘광은 해설 활동을 게을리 하지 않아 경성방송국JODK 스피커를 통해 영화 해설을 봉송했고, 극단 예원좌를 결성해 자신의 연극적 신념을 실현했다. 해방 이후에는 극단 청춘극장을 조직해 "진정한 연극예술의 절대

---

6   한상언은 김춘광이 조선극장 주임변사가 된 시기를 조선극장이 시설 정비를 마친 1924
    년으로 보고 있다(한상언, 「조선극장의 주임변사, 흥행극의 작가가 되다」, 『오마이뉴스』,
    2007.7.28. http://star.ohmynews.com/NWS_Web/OhmyStar/at_pg.aspx?CNTN_
    CD=A0000425071&CMPT_CD=TAG_PC).

자유"를 제창하며 〈안중근 사기〉, 〈김상옥 사건〉, 〈미륵왕자〉, 〈대원
군〉, 〈이차돈〉 등을 상연해 만도滿都의 인기를 독점하게 된다.

　재차 강조한 것처럼 김춘광의 예찬론에 가까운 이 기고의 모든 부분
을 신뢰하기는 어렵다. 먼저 이 글을 쓴 김석정이 누구인지 파악하기
어려우며, 「아름다운 인생」이 실린 것도 극단 청춘극장과 상당한 친연
성이 있었다고 판단되는 업계지 『영화시대』였다. 특히 "〈아리랑〉이란
영화가 만들어지게 된 그 배후에는 조성의 힘이 반 이상은 뭉쳐지게
되었다"는 서술은 지극히 주관적이며, 김춘광이 신극활동을 적극적으
로 나서서 지원했는지에 대한 확인 역시 필요하다. 그럼에도 불구하고
이 기고는 김춘광이 1920년대 동아문화협회의 영화 제작에 관여했으
며, 동시기 조선극장을 운영했다는 사실[7]과 관련해 영화사적으로도 참
고해 볼 만한 가치가 있다.

　김석정은 김춘광을 '극작가'로 규정하고 있지만, 정작 극단 예원좌
활동 및 김춘광의 극작품에 대해서는 간략하게 소개하고 있다. 현재
김춘광이 쓴 많은 대본 중 전문을 확인할 수 있는 것은 해방 전 작품
2편(〈검사와 여선생〉, 〈촌색시〉)과 해방 후 작품 4편이다(〈안중근 사기〉 전
후편, 〈대원군〉, 〈단종애사〉 〈미륵왕자〉 전후편). 김춘광의 연극은 늘 신극과
비교해 폄하 대상이 됐지만, 관객은 당대 대중의 감성과 맞닿아 있었
던 그의 연극에 열광했다. 특히 해방 이후 발표한 일련의 역사극은 당
대 '양심적인 연극인'을 자처하던 이들의 우려와는 달리, 관객의 큰 사
랑을 받았다.

　해방 직후인 1945년 10월, 김춘광은 예원좌를 청춘극장으로 재탄생

7．위의 글.

시키고 창작활동에 매진한다. 그리고 이 시점부터 역사를 소재로 한 연극 창작에 몰두하기 시작한다. 이때 무대에 올라 상연되는 극장마다 인산인해를 이루었던 작품이 〈3・1운동과 김상옥 사건〉, 〈안중근 사기〉 전후편, 〈단종애사〉, 〈미륵왕자〉, 〈대원군〉 등이다. 당시 김춘광의 인기는 실로 대단하여, 동양극장에서 〈안중근 사기〉를 공연할 당시 김구가 직접 공연을 관람하기도 했다. 그리고 김춘광의 희곡 중 1930년대 발표한 〈검사와 여선생〉은 해방 이후 3차례 영화로 제작되었으며(1948, 1958, 1966), 〈촌색시〉 역시 2차례 영화로 만들어지면서(1949, 1958) 시대에 국한되지 않는 신파의 영속성을 증명하기도 했다.

김춘광은 돈벌이에만 급급하다는 세간의 비난을 강하게 의식했던 것으로 보인다. 김춘광이 『영화시대』에 발표한 「극단 청춘극장의 그 성격과 「대원군」의 희곡화」에는 이 같은 내면이 잘 드러나 있다.

흘너간 藝苑座 時節 — 그때에 다른 사람들은 돈벌기만 爲主하고 眞正한 文化를 돌보지 안는다고 — 좀 甚하면 不純한 團體라고까지 排擊을 했었다. 그러나 이와가치 甚 한 言辭를 常套的으로 쓰고 잇는 그 사람들은 도리혀 倭敵의 走狗가 되거나 그러치 안으면 그것을 利用하는 허울조흔 興行團體도 업지 안엇섯다. 그네들은 오히려 나를 배암과 가치 보고 좀 심하면 密告까지 하는 사람도 업지 안앗섯다. 이 反動的 勢力의 總本營이 오날엔 자최도 업비 사라지고만 朝鮮演劇文化協會인 것이다. 이 協會膝下 억매인 數千의 會員들은 搾取를 當하고 蹂躪을 바더서 形言할 수 업는 酷使의 챗쭉을 免치 못햇든 것만은 세상이 다—아는 뚜렷한 事實이다. (…중략…) 解放後에도 亦是 다른 사람들은 나의 등뒤에 숨어서 解放前과 똑가튼 步調를 取하고 잇다고 이러케 非難하고 잇는 것을 나는 잘 알고 있다. 그러나 나는 내 올바른 精神을 찍으려트리지 안고 오직 똑바른 路線을 向해서 前進하고 잇슬 뿐이다.[8]

그는 이 글에서 연극적 신념을 강조하며, 식민지시기 자신을 비판하던 신극 단체와 중간극 성향의 극단이 전시동원체제 하에서 제국에 봉사하는 국민연극을 무대에 올렸음을 강하게 비난한다. 이어 해방 후 역사극을 만드는 자신의 연극적 신념을 역설하고 있다. 관련하여 차남 김차봉에 따르면, 김춘광은 신파 혹은 상업극에 대한 연극계 주류의 비판에 대해 "대중이 보아주지 않는 연극은 실패이다.", "연극은 대중예술이며 대중이 보아주는 연극이어야 한다"고 말하기도 했다.[9]

김춘광은 1949년 그의 창작 활동의 또 다른 구심점이었던 나운규의 원작 〈풍운아〉를 공연하던 중 뇌염에 걸려 사망한 것으로 알려진다.[10] 그간 김춘광의 극작 세계는 신파극-대중극에 대한 부정적인 평가를 비롯해 연극계의 주류에서 밀려나 있던 극단 예원좌의 활동, 그리고 작가의 친일 이력 등과 관련하여 평가 절하되었다. 그리고 대중극 활동과 관련해 김춘광의 작가적 한계를 지적한 이경희의 논문 이후, 비교적 최근의 김춘광에 대한 연구는 특정 텍스트 혹은 해방 이후 활동에 국한해서 이어지고 있다.[11] 그러나 당대 대중이 보여준 적극적인 호응과 관련해 대중극작가로서 김춘광의 면모는 연극사에서 주목을 요한다. 극작

8 김춘광, 「극단 청춘극장의 그 성격과 『대원군』의 희곡화」, 영화시대 1946.6, 76~77쪽.
9 이경희, 앞의 글, 94~95쪽.
10 한상언에 따르면 사망 당시 공연하던 작품은 〈괴도 일지매〉이다(한상언, 앞의 글).
11 김춘광 관련 연구는 다음과 같다. 이경희, 앞의 논문; 이경희, 「김춘광 희곡 연구」, 서울여대 석사논문, 1983; 전지니, 「해방기 역사소재 대중극연구」, 『한국연극학』 44, 한국연극학회, 2011; 이승희, 「계몽의 감옥과 근대적 통속의 시간」, 『상허학보』 37, 상허학회, 2013.

가로서의 면모 외에도, 짧은 생애 동안 변사이자 영화제작자로 활동했으며, 극단 예원좌와 청춘극장을 이끌며 해방 전후 대중문화를 선도했던 예술인으로서 김춘광의 업적은 재평가되어야 할 것이다.

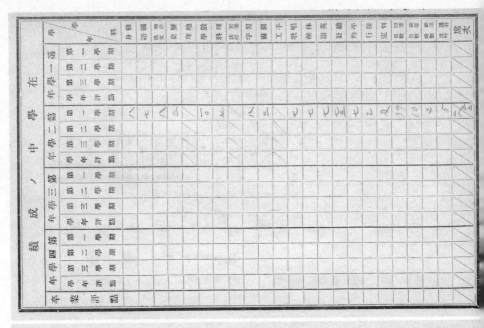

김춘광의 사립보성학교 학적부

아동문학가 고한승

생애를 중심으로

박금숙
고려대학교

1. 고한승의 생애와 문학 활동

고한승은 1902년 8월 27일 개성 지정 246번지 충교 부근에서 인삼밭을 소유한 부호 고도후高燾厚의 장남으로 태어났다. 그의 부모는 8명의 자식을 낳았지만 어렸을 때 홍역으로 모두 죽고 고한승과 딸 하나만 남게 되었다. 하지만 나중에 그 딸마저 죽는 바람에 고한승은 독자가 되어버렸다.

고한승의 집안은 할아버지(고준경)때부터 대대로 인삼밭을 많이 소유하고 있었기 때문에 살림이 넉넉하였다. 고한승의 아버지는 인삼을 만주와 북경으로 가서 팔기도 할 정도로 큰 상인이기도 했다.

고한승은 1913년인 12살에 경성에 사는 김거복金巨福과 결혼을 했고, 1914년 개성 제1공립보통학교를 졸업하고 1917년 보성고등보통학교에 진학하여 1920년에 졸업하였다. 그리고 1920년 연희전문학교에 입학하여 서울로 상경, 같은 개성출신 사람들과 돈의동 28번지에서 하숙 생활을 하였다. 고한승과 함께 하숙을 한 개성출신 최성진崔成鎭은 『송도민보』에 고한승이 음악 감상도 좋아하고 바이올린도 만질 주 알았던 멋쟁이였고, 연애 사건으로 마음 아파할 때 마해송이 다방으로 데려가 마음을 달래주기도 했다고 회고하였다.

연희전문 입학 후 고한승은 같은 개성출신들인 마해송, 진장섭 등과 함께 1920년 4월에 『여광』 동인으로 활동을 하며 그곳에서 편집부장 일을 맡았다. 이때 서원署園이라는 호를 써서 『여광』 1호에 「친구의 묘하」와 「웃음」을, 『여광』 2호에 「야마구치山口 C형에게」란 글을 발표했다. 또 『폐허』에 단편소설 「젊은 봄날」을 발표하여 염상섭의 주목을 끌기도 했다. 이때 그의 나이 18세로 고한승의 문학적 열정과 재능을 볼 수 있는 대목이라 생각한다.

고한승의 전 생애의 활동을 살펴보면 대체로 연극관련, 동화관련, 기타 사회단체 관련된 활동이 대부분이다. 고한승은 1921년 일본으로 유학 가서 우리나라 최초의 학생극인 극예술협회劇藝術協會 창립회원으로 가입했다. 동양대학 문학과東洋大學 文學科에 입학한 그는 그해 여름 개성 출신 동경유학생단체 송경학우회松京學友會를 이끌고 귀국하여 개성좌에서 각종 연극을 상연했다. 또 스스로 각색한 「불쌍한 사람」을 공연했는데, 특히 〈과거의 죄인〉이라는 각본에서는 광산감독鑛山監督 역할인 '짝크'라는 역을 맡고 진장섭이 광산주인의 딸 '애리쓰'라는 여자역을 맡아 박수갈채를 받기도 하였다. 그 후 고한승은 '형설회순회 연극단螢雪會巡廻演劇團'을 발족하는 등 연극에 많은 관심을 나타냈다. 그는 진장섭·공진태·김학형 등과 더불어 극장 개성좌에서 3일간 「백파의 울음」과 빅토르 위고의 「레미제라불」 등의 주역으로 출연하여 상당한 인기를 끌었다. 또 고학하는 학생을 위하여 기숙사를 증축하고자 모금을 위해 1923년 7월 21일에 단성사에서 「4인 남매四人男妹」, 「개성의 눈뜬 뒤」를 공연하고 22일에는 자신이 직접 쓴 「장구한 밤」을 공연하였는데, 배우로 등장한 고한승은 "꽃딸기"를 기증받을 정도로 인기를 한 몸에 받기도 했다.

1923년 1월 1일 고한승은 처음으로 쓴 동화 「옥희와 금붕어」를 『동아일보』에 발표하였는데 아동문학으로 방향을 돌린 그는 1923년 방정환方定煥 등과 함께 5월 1일 '색동회'를 조직하였다. 이 무렵부터 고한승은 자신이 쓴 동화 「보석 속에 공주」, 「엄마 없는 참새」, 「우는 갈매기」, 「백일홍 이약이」 등을 본격적으로 『어린이』에 발표하기 시작하였다. 「백일홍 이약이」는 구연동화로 작가 자신이 직접 구연하기도

색동회 창립 멤버인 고한승

하였다.

1924년 2월에 심대섭沈大燮과 함께 『신문예』 창간호를 발행하고 5월에는 마해송馬海松과 더불어 '개성 소년회開城少年會'를 조직했다. 6월 17일에 동화회 겸 가극회를 열어 마해송, 전수창과 함께 동화를 들려주었고, 〈숨박질〉, 〈물망초〉란 두 가지 가극을 보여주기도 했다.

2. 고한승의 결혼생활

부모님의 강요로 서울에 사는 부잣집 딸 김거복과 어린 나이 철모를 때 결혼을 한 고한승은 점점 세월을 보내면서 부인 김거복과 불협화음이 커졌다. 결국 이혼소송을 냈는데 고한승의 유명세 때문인지 이 일은 당시 「人形의 家를 나서자」라는 제목으로 신문의 기사거리로 나오기도 했다.

다음은 1924년 3월 27일자 『동아일보』에 난 기사의 한 대목이다.

"예술가 고씨의 리혼 소장 내용—(…중략…) 원고는 대정 이년에 피고와 결혼한 후 두 사람이 경성과 일본으로 다니며 상당히 수양을 하엿스나 두 사람 사이의 사랑은 별로히 깁지 못한 중 피고는 항상 원고를 보고 하는 말이 리해 업는 결혼으로써 부부가 되야 사랑 업는 생활을 하는 것은 人形의 살림이나 다름이 업고 따라서 두 사람을 위하야 모다 불행이라고 리혼을 주장하든바 작년 륙월에는 돌연히 원고의 집을 떠나 자긔 친가로 간 후에 도라오지 아니함으로 필경은 리혼 소송을 데긔한 것이라더라"

입센의 작품『인형의 집』에서는 부인 '노라'가 집을 나갔는데, 여기서는 남편인 고한승이 집을 나갔다.

그런 와중에도 고한승은 「나븨와 장사꼿」, 「로-레라이」, 「아름다운 라인강–저주바든샘물」, 「노래부르는 꼿(상하)」 등 많은 동화를 발표하고, 『신여성』에 라인 전설 「라인강 미화–사랑과 맹세」를 쓰기도 했다. 고한승은 다음해인 1925년 4월 19일에 경성제일고녀학교에 재학중인 김숙자와 자신의 집에서 조선식으로 결혼식을 올렸다.

부인 김숙자와 함께 한 고한승의 가족사진

이후 고한승은『아희生活』3월호인 창간호와 4월호에「백조왕자」
라는 번역동화를 상·하로 나누어서 실었다. 그 외『어린이』,『문예시
대』,『조선일보』,『매일신보』,『시대일보』등에 동화 및 영화평을 실었
으며 번역서『주일학교 유치원 동화집』을 개성 반월상회 서점에서 냈
다. 1927년에는 잡지와 신문에 발표한 자신의 글 중 동화 10편과 극동
화 1편을 모아 창작동화집『무지개』를 출판한다. 이것이 우리나라 최
초의 창작동화집이다.

3. 쓸쓸한 죽음

1930년 4월 15일 개성 중심의 신문『고려시보』가 창간되었다. 그
는 이곳의 서무를 맡으면서 고한승이라는 자신의 본명과 포빙抱氷, 고
마부 등 여러 가지 필명을 써 글을 발표했다.

1934년에는『조선중앙일보』신춘문예에 '고마부'란 이름으로 희곡
「명암2중주」가,『별건곤』에서 주최한 '제1회 당선 유행소곡'에 '고마
부'란 필명으로「나도 몰라요」가, 이어서 두 달 간격으로 벌어진 같은
잡지의 '제2회 유행소곡'에서「베짜는 처녀」(4월 1일)를 응모해 각각
당선되기도 하였다.

1936년 4월 14일에는『중외일보』와 3월 11일『조선 중앙일보』에
「조춘우음早春偶吟」이라는 시조를 발표하였는데, 이즈음에 그는 다카

야마 기요시高山淸라는 일본식 이름을 썼다. 이후 해방될 때까지 각종 사업, 단체의 일로 바빴는지 발표한 작품은 보이지 않는다.

광복이 된 지 3년이 지난 1948년 고한승은 『어린이』 복간에 힘을 기울여 드디어 5월 5일 발행인 이응진李應辰, 편집인 고한승高漢承의 이름으로 『어린이』를 복간했다. 그러나 그 기쁨도 얼마 가지 않고, 1949년 2월 20일 친일부역자로 체포된 그는 반민특위법 제4조 1항 6호 해당자로 공민권 정지 5년에 처한다는 언도를 받게 되었다. 태평양전쟁이 막바지에 이를 때, 일본은 우리나라에서 전쟁에 쓸 만한 물건들은 모두 빼앗아 가고 어린학생들마저 징병으로 끌고 갔다. 유명한 문인들을 시켜 지원병에 나가라는 선동적인 글을 쓰라고도 하였다. 큰 기업체를 가진 사람들에게는 군수용품을 사기 위한 돈을 강제로 내라고 했다. 고한승은 해방되기 바로 전해인 1944년에 송도항공기주식회사 사장직을 맡게 됐다. 그리고 그는 회사를 유지하기 위해 일본에 비행기 한 대를 헌납했다. 그 다음해 광복이 되었다. 식민지 시기가 끝나자 일제의 잔재를 없애고 친일파들을 몰아내기 위해 1949년 반민특위가 조직되었다. 비행기를 일본에 헌납한 고한승 역시 친일파로 몰리게 되었다.

친일파로 몰리자 고한승은 마음의 병을 얻었다. 그는 화병을 앓으면서 술로 마음을 달래다가 부산에서 1949년 10월 29일에 갑자기 쓰러져 세상을 떠났다. 향년 47세의 아까운 나이였다. 처음에는 비석에 고한승의 호를 쓴 '포빙거사제주고공지묘'라고 쓴 묘지가 있었으나 나중에 후손들이 파묘하여 지금은 무덤조차 없다.

4. 맺는 말

이제껏 사람들은 아동문학가 고한승과 다다이스트 고한용이 동일 인물이라고 생각했다. 그래서 고한승을 소개하는 여러 글을 보면, 고한승은 아동문학가 겸 다다이스트이며 고한용, 고마부, 고따따라고 부른다고 소개하고 있다. 그래서 필자는 「두 작가를 동일인물로 혼동한 문학사적 오류―아동문학가 고한승과 다다이스트 고한용의 생애 고찰 중심으로」(『아동문학연구』, 2012)이라는 논문에 고한승, 고한용의 가족 사진과 호적 등을 올려서 같은 인물이 아님을 밝혔다. 두 사람 모두 개성에서 태어나 일본에 유학 간 것은 같지만, 고한승은 보성고교 출신이고 고한용은 양정고교 출신이다. 고한용은 고한승보다 더 오래 살았다. 인터넷에 '고한승'을 검색하면 사망연도가 '1950년'으로 나온다. 그러나 조사 결과 1950년이 아니었다. 고한승의 아내인 김숙자의 제적등본을 보면 정확히 1949년 10월 29일이라 기록되어 있다. 고한승의 사망년도는 '1949년'으로 시정되어야 한다.

고한승은 부잣집 도련님으로 태어나 시대적 암흑기에 처한 조선의 어린이들에게 좋은 일을 아주 많이 했다. 하지만, 마지막 한 번의 잘못으로 인생이 뒤엎어졌다. 마지막에 친일파로 몰려 화병을 얻을 만큼 고민하던 그는 죽음 바로 앞에서 무슨 생각을 했을까? 조선의 어린아이들의 얼굴을 떠올리며 미소를 지었을까? 아니면 한 번의 잘못으로 모든 잘못을 뒤집어씌운 사람들의 얼굴을 떠올리며 증오에 찬 얼굴로 죽음을 맞았을까? 그 일만 없었더라면 광복된 조국하늘 아래서 어린

이들을 위해 더 많은 좋은 일을 하였을지도 모르는데 말이다.

　세익스피어는 "결과가 좋으면 다 좋다!"고 말했다. 이것을 거꾸로 말하면 '결과가 나쁘면 모두 다 나쁘다'라는 이야기일 수 있다. 고한승의 인생이 바로 이러했다. 암흑기 조선의 어린이들을 위해 물심양면으로 노력했지만 마지막에 저지른 친일 행위 하나로 모든 것을 잃고 말았다. 역사적인 평가가 어떠하든 간에 그가 조선의 어린이들을 위해 애쓴 것은 틀림없는 사실이므로 그 공로만큼은 우리 아동문학사에서 그의 자리를 인정해 주어야 한다고 생각한다.

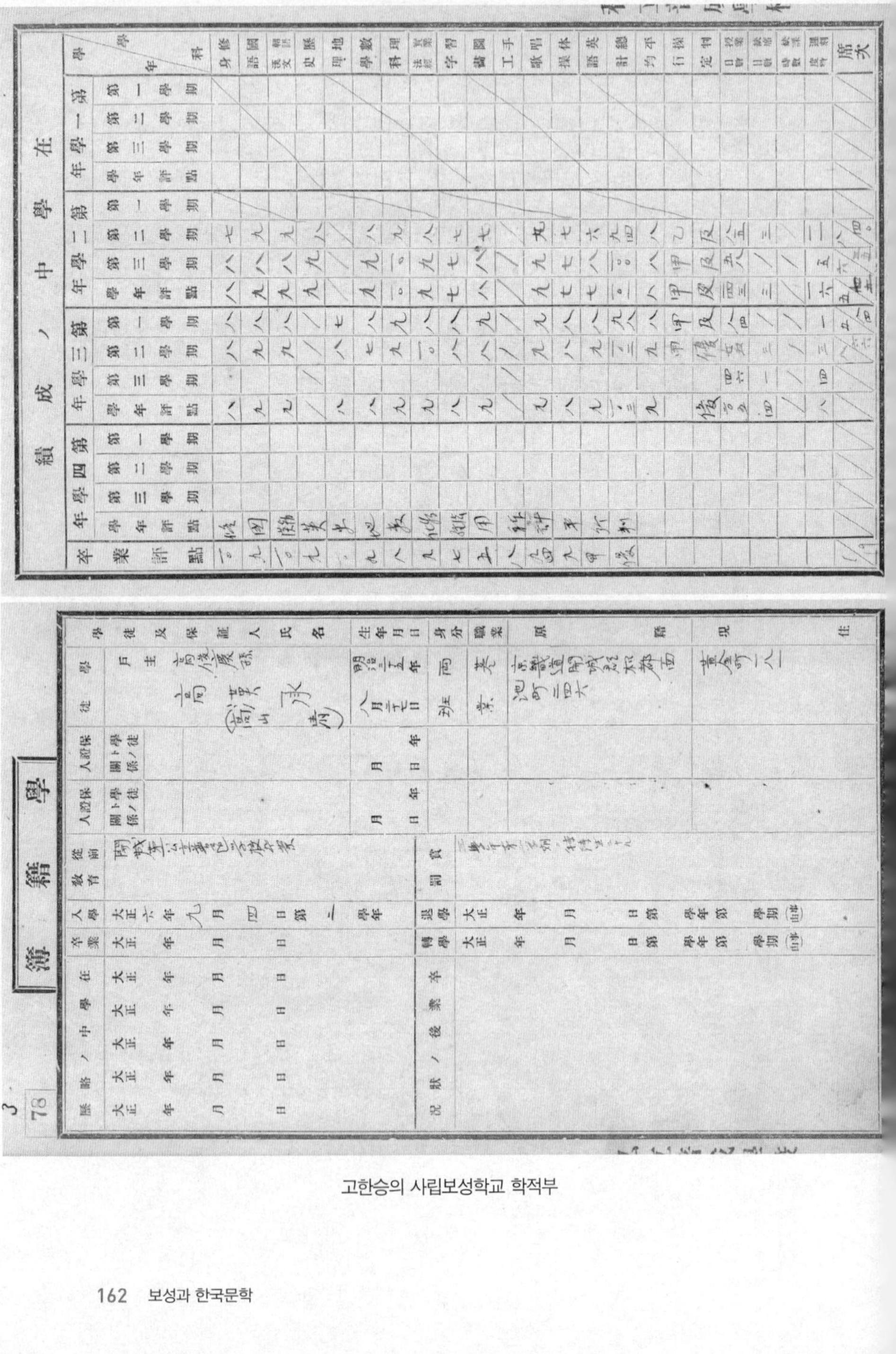

고한승의 사립보성학교 학적부

제11회

보성고와 진장섭과의 만남

생애를 중심으로

김경희
건국대학교 인문학연구원

2014년 1월 17일 보성고등학교 4층 역사자료실, 『근대서지』 8호 발간모임에 참석하게 되었다. 그간 『근대서지』 소식을 듣고 있긴 했지만, 직접 찾아가 본 것은 처음이었다. 4층 역사자료실의 좁은 공간에 모인 진지하고 호기심어린 눈빛들과 마주하게 되었다. 낡고 허름한 4층 역사자료실은 새로운 탐험의 공간이 되어버렸다. 그간 찾지 못했던 자료들을 오영식 선생님을 통해서 구하고 박사논문의 비어있는 자리를 메울 수 있었다. 어렵사리 찾은 자료가 있었지만 모두 복사본이라서 원본을 보고 싶은 열망이 컸는데 그 소망이 그 자리에서 이루어졌다. 매번 4층 역사자료실에 갈 때마다 먼지에 쌓인 새로운 자료를 만나면서 그 자료들도 누군가의 손길이 닿길 기다리고 있지는 않을까 하는 생각이 들곤 했다.

진장섭秦長燮(1903~1975)은 근대 시기 아동문학을 연구하는 과정에

휘문고보 제7회 졸업사진(1929)

서 간혹 눈에 들어오는 인물이었다. 방정환과 함께 일본에서 어린이 소년운동 단체인 '색동회'를 조직하고 활동하였기 때문이다. 근대 시기 동화구연가에 관심을 가지고 있던 터라 그도 그 탐색 대상 중의 한 명이었다. 그러던 중에 오영식 선생님의 퇴임에 '보성과 한국문학'이라는 주제로 보성고 출신 작가에 대한 탐색을 하게 되었다. 예전부터 관심을 가지고 있었던 인물이었지만, 이렇게 뒤늦게 그를 만나게 되었다. 보성고 4층 역사자료실의 문을 어렵게 열었던 것처럼, 진장섭을 만나는 일도 그러했다. 조금만 관심을 가지면 쉽게 만날 수 있는 그 문을 바라만 보고 있었기 때문이다.

경기도 개성 출신의 어린이 문화운동가

지금까지 알려진 진장섭의 이력에는 다소 문제가 있었다. 일반적으로 1904년 출생으로 되어 있었는데, 1903년 출생이었다. 다음은 정인섭이 출판한 『색동회 어린이 운동사』에 남아있는 기록과 신문기사를 참고하여 작성한 진장섭의 이력이다.

1903년 개성 출생

1916년 개성 제1 공립보통학교 졸업

1917년 개성학당(일어중심보습교) 졸업

1917년 간이상업(야간)학교 졸업

1917년 서울 보성고보 2학년 편입

1919년 기미독립운동 당시 최연소 학생대표로 독립운동에 참가, 동년 3월
　　　5일 남대문역전 결사대에 참가, 부상을 입고 2개월 만에 완치, 동
　　　년 8월 29일 도일

1919년 도일하여 산구(山口) 홍성중학(鴻城中學)에서 1년 수학

1923년 동경 청산학원(靑山學院) 중학부 졸업

1926년 동경고등사범학교 영문과 졸업

1926년 휘문고등보통학교 교원

1929년 교장과 충돌 후 사임. 청주공립고등보통학교에 취직이 확정되었으
　　　나 교단에서 배일 선전을 했다는 혐의로 일제 학무국의 불인가로
　　　취임하지 못하고, 당시의 학무국장과 담판하였으나 무효. 이 일로
　　　해방할 때까지 교권박탈.

1933년-35년 동경에서 일본문학과 언어학연구

1942년 중국 북경에서 3년 동안 중국어 공부

1945년 해방으로 귀국

1946년 동광실업주식회사 설립

1950년 6·25 동란으로 회사 해산

1951년 1·4 후퇴 때 부산으로 피란

1953년 진주해인대학 부교수로 취임

1957년 진주해인대학 문학부장 취임

1959년-65년 서울고등학교 영어과 주임

1961년 한국외국어대학 일어과 신설에 참여 초대과장(서리) 이후 칠년 간
　　　　　재직, 그 동안 성균관대학교 국학대학에서 각 1년 동안 영어과 강사

1972년-73년 제3대 색동회 회장.

1975.7.14. 서울시 성동구 행당동 311의 13 자택서 별세

　오영식은 『보성교우회보』에 대한 글에서 "11회(고보3회) 명부에
1920년에 졸업한 이 기수들은 삼일운동 때문에 실제 인원인 22명이
아닌 19명의 졸업생밖에 배출하지 못하였고, 현재 명부에는 없거나 추
천교우로 올라가 있는 공진항, 이철, 진장섭 세 사람이 추가로 등재되
어 있어서 이 책의 명단과 여타 명부와의 대조 작업이 반드시 필요하
다"[1]고 밝히고 있다. 이 의문점은 진장섭의 「소파와 나」라는 글을 통해
해명된다.

　소파와 나는 1918년 10월경부터 알고 지냈다. 그 당시 내가 학교(보성고
보)는 지금 조계사가 자리 잡고 있는 바로 그 자리에 있었다. 9월 초순의
어느 날 점심시간에 느닷없이 나를 찾아온 젊은 친구가 있었다. 어떻게 이름
을 알고 왔느냐니까 그 당시 보성교장이던 고우(古友) 선생에게 들었다고
했다. 「고우」는 최린 교장의 아호였다. 나는 심중에 짐작되는 바 있어 더
추궁하지 않았다. 그 후 둘이는 친한 친구가 됐다. 둘이서 뜻이 맞았다. 한

1 　오영식, 「『보성교우회보』 창간호에 대하여」, 『보성─보성중고등학교 110주년』 통권26
호, 보성중고등학교, 2016, 372쪽.

달에 두서너 번 서로 찾아다녔다. 그 때 나는 열여섯 살이었고, 방정환은 스무 살이었다. 그 이듬해가 바로 기미년이다. 3월1일에 독립운동이 일어 났다. 소파도 나도 독립운동에 직접 참가했다. 그러나 둘이서 속해 있는 단 위가 달랐다. 그래서 둘이는 약 한 달 동안 소식을 몰랐다. 나는 3월 5일 오전 열시에 남대문 역(현재의 서울역) 앞 광장에서 있은 결사대의 집합에 나갔다. 그러나 그 날은 이미 발검령(拔劍令)이 내려져 무력의 제지로 집회 는 개회 전에 해산되고 다수한 학생이 체포되고, 경찰의 첨검(尖劍)에 의해 허다한 학생이 부상되었다.

(…중략…)

그해 (1919년) 8월 29일에 나는 개성을 떠나 일본 산구(山口)로 가서 그 곳 홍성중학(鴻城中學)에 편입학했다. 내가 다니던 보성교에서는 9월말부 터 등교하라는 통지가 왔으나, 독립운동 때 함께 움직이던 동지가 대개 입감 중이라, 나 혼자만 등교하여 공부하기가 미안했던 점과 독립운동이 실패가 되고 보니 우선 나는 일본을 알아야겠다는 주제 넘는 생각으로 무조건하고 일본유학을 뜻하고 도일했던 것이다.[2]

진장섭이 3·1운동이 일어나기 전에 방정환과 만나게 되었고, 3월 5일 남대문 역에서 거행된 제2차 독립운동에 참가한 내용, 보성을 졸 업하지 못하고 일본으로 가게 된 배경이 기록되어 있다. 이후, 방정환 과 진장섭은 일본에서 만남을 이어가고 어린이 운동 단체인 '색동회' 를 조직한다. 1922년 10월 중순에 방정환은 동경에 있는 진장섭의 하 숙을 찾아와 만나고 이후 1923년 3월 16일 방정환의 하숙에서 강영

---

2   정인섭, 「소파와 나」, 『색동회운동사』, 학원사, 1975, 34~35쪽.

호, 손진태, 고한승, 정순철, 진장섭, 정병기가 모여 아동문학을 통해
서 아동운동을 하자는 결의를 맺는다. 색동회와 함께 진장섭의 활동에
기반이 되는 것은 그의 고향인 개성출신 아동문학가들과의 교유이다.

함께 활동했던 고한승은 1902년생으로 개성 제1보통학교를 거쳤
고, 1905년생 마해송 역시 개성 제1보통학교를 거쳐, 개성학당, 개성
공립간이상업학교를 졸업하였다. 진장섭은 고한승, 마해송과 어린 시
절을 같이 보내고 이후에도 동인지를 결성하여 활동할 만큼 각별한 사
이였다. 1920년 문예잡지 『여광』의 동인이 되었고, 1922년 마해송,
공진항, 고한승, 진장섭 씨 등과 함께 문학클럽 녹파회를 조직하여 활
동하였다.

동지적 반려자 최의순과 결혼

진장섭은 1927년 5월 1일 최의순崔義順(1904~1969)과 결혼하였다.
최의순은 1921년 3월 본과 우등생으로 숙명여학교를 졸업하고 조선
여자 최초로 동경여자고등사범학교에서 화학을 전공하였다. 진장섭
과 최의순이 결혼한 날짜인 5월 1일은 어린이날이다. 이 날 결혼한 것
은 이들이 평생의 반려자이면서 동지로서의 출발이 무엇을 의미하는
지를 잘 보여준다. 이후 여성잡지를 만들고 싶었던 최의순은 1928년
9월 동아일보에 입사해 신문기자가 되었다. 1928년 10월 2일 조선에

서 처음 열리는 세계아동예술전람회 준비에서 남편인 진장섭은 진열부에서 부인인 최의순은 선전부에서 각각 활동하면서 동지적 반려자로서의 부부애를 보였다.

여성의 사회활동이 어려운 시기였지만 최의순은 현장 취재에 나서 1928년 12월 13일부터 육당 최남선, 춘원 이광수 등을 인터뷰한 '서재인書齋人 방문기'를 12회 연재했다. 이러한 활동은 이후에 진장섭이 휘문고보를 그만두고 1929년 6월 3일부터 6월 14일까지 「단상편편斷想片片 한인閑人의 서재잡초書齋雜草」라는 글을 기고하는 계기가 되었을 것으로 보인다. 이처럼 진장섭은 최의순과 함께 동지적 삶을 꾸려나갔다.

조선교육에 대한 평생의 열망

진장섭은 1919년 3월 5일 2차 독립운동에 참여하여 부상을 입고 고향으로 돌아와서 보성고로 돌아가지 않고 1919년 8월 일본으로 떠났다. 한 학기만 다니면 졸업할 수 있었지만 감옥에 간 친구들이 돌아오지 않은 학교가 아닌 일본 유학길에 올랐다. 일본 유학 생활 도중, 보성고 시절부터 교유하던 방정환과 개성 고향 출신의 고한승, 마해송과 더불어 색동회를 만들어 아동운동에 참여하였다. 이들이 아동운동에 심혈을 기울인 것은 암울한 조선의 현실과 무관하지 않다.

그는 1926년 동경고등사범학교 영문과를 졸업하고 바로 휘문고보에 교사로 들어갔다. 그러나 1929년 교장과의 충돌을 빚으며 학교를 떠났고, 교단에서 배일 선전을 했다는 혐의로 해방까지 교권을 박탈당했다. 그가 학교를 나온 즈음 쓴 조선교육에 대한 열망은『동아일보』에 1929년 6월 3일부터 6월 14일까지 연재한「단상편편 한인閑人의 서재잡초書齋雜草」에 고스란히 담겨있다.

> 내가 교단을 떠나 내 족으마한 서재로 돌아온 지금에도 내 머리를 떠나지
> 안는 것은 조선의 교육문제이다. 나의 학창생활의 최종사연간이 교육을 목
> 적으로 하는 곳에 잇섯고 또 그 후 삼년간을 실지로 조선의 교육에 종사하얏
> 기 때문이다.[3]

그가 학교를 벗어나서도 끊임없이 고민하고 있는 문제는 '조선의 교육'이다. 사범학교에 다니는 4년 동안, 3년간의 교직생활 동안 조선 교육에 대한 열망과 그 문제에 대한 해결이 좀처럼 쉽게 이루어지지 않았기 때문이다. 어쩌면, 그가 연이은 독립운동에 실패하고 일본으로 떠나는 시기에도 색동회를 조직하여 아동운동에 투신했던 순간에도 조선의 아동과 교육에 대한 소망이 간직되었기에 가능한 일이었다.

> 정말 조선의 보배로운 교육자란 어떠한 표준으로 정하야질 것인가 그것
> 은 교육에 종사한 연한으로도 정할 수 업노니 기만의 십년은 진실의 단일일
> 을 당하지 못하기 때문이다. 또 그가 속하야 잇는 학교의 정도로도 정할 수
> 업는 것이니 진실한 태도의 한 보모나 소학교의 한 선생님은 자아를 기만하

---

3   진장섭,「단상편편 한인(閑人)의 서재잡초(書齋雜草)2」,『동아일보』, 1929.6.4.

고 그날그날을 보내는 중학이나 전문학교의 한 선생님보다 얼마나 더 조선의 젊은 영에 힘을 부어주는지 모르기 때문이다.

그러면 무엇으로 그것이 정하야질가 그것은 조선 사람으로의 의식이 분명한 사람, 피교육자를 자기생명보다 더 사랑할 수 잇는 사람이여야 한다. 그리고 통할적으론 조선의 교육이란 그것에 최선의 성의를 가질 수 잇는 사람이여야 한다.[4]

어떻게 참 교육자의 기준을 정할 수 있을 것인가? 그는 조선 사람으로서 의식이 분명하고 학생들을 사랑하고 조선 교육에 최선을 다할 수 있는 사람을 기준으로 뽑고 있다. 교육자로서의 자질을 갖추고 학생과 교육에 노력하는 자만이 조선의 교육 문제를 해결할 수 있다고 믿고 있다. 당시 조선의 교육은 일제의 탄압 속에 정상적으로 이루어질 수 없었다. 일제는 제국신민을 양성하기 위한 발판으로 교육에 힘썼고, 조선 역시 독립을 위한 방안으로 교육에 헌신할 수밖에 없었다. 그 누구보다도 참 교육자로서의 자질을 갖추고 학생들을 가르치고자 노력한 진장섭은 1929년 교단에서 배일 선전을 하였다는 이유로 영구적으로 교권을 박탈당했다. 조선 교육에 대한 열망으로 가득한 그에게 교권박탈은 사망선고나 마찬가지였을 것이다. 그 힘겨운 시간에 일본과 중국에서 언어에 대한 연구를 진행하였고, 동화작품 발표와 강연을 이어나갔다. 해방 이후, 대학 강단에서 그리고 서울고등학교에서 교직생활에 복귀하면서 교육에 대한 열망을 실현할 수 있었다.

보성고에서 만난 진장섭에 대한 탐색은 동화구연가로서의 진장섭

---

4 진장섭, 「단상편편 한인(閑人)의 서재잡초(書齋雜草)4」, 『동아일보』, 1929.6.7.

에 머물던 연구자의 관심을 식민지 치하에서 조선 교육에 대한 열망으로 전 생애를 치열하게 살아 온 한 교육자에 대한 만남으로 이어졌다. 앞으로 그가 남긴 동화, 동요, 잡문 등에 대한 고찰이 필요하다.

이제 보성고 4층 역사자료실의 문은 잠기게 될지 모른다. 그 자리를 묵묵히 지키고 있던 오영식 선생님의 퇴임이 바로 코앞이기 때문이다. 하지만 그 문을 매일 열고 닫았던 오영식 선생님과 그 문을 바라보았던 많은 연구자들의 열망은 그치지 않고 지속될 것이라 믿는다. 오영식 선생님의 퇴임에도 그 문이 닫히지 않길 바라며 그 공간에 모였던 시대를 넘나드는 만남이 앞으로도 지속되길 기원한다. 그 동안 우리들의 만남을 주선해 주신 오영식 선생님께 깊이 감사드린다.

월파 김상용

자연 친화와 고향 회귀, 그리고 정신적 무위의 세계

유성호
한양대학교 국어국문학과 교수

1. 생애

월파月坡 김상용金尙鎔은 자연 속에서 삶을 관조하며 살아가고자 하는 정신 자세를 잘 표현하고, 동양인의 오랜 전통 정신을 소박하고 친근한 민요조로 표현함으로써 개성적인 시세계를 보여준 1930년대의 대표적 시인이다. 그는 1902년 8월 27일(음력), 경기도 연천군 남면 왕림리에서 한의사이자 지주였던 아버지 김기환과 어머니 나주 정씨 사이의 2남 2녀 가운데 장남으로 출생하였다. 1908년 연천공립보통학교에 입학하여 1912년 졸업하였다. 1917년에는 경성제일고등보통학교에 입학하여 1919년 3·1운동이 일어난 것과 동시에 학생운동에 가담하였고, 그 이유로 학교에서 제적당하였다. 그 후 낙향하여 한 살 위인 박애

봉과 결혼하였고, 다시 서울로 올라와 보성고보로 전학하여 1921년 보성고보 제12회로 졸업하였다. 1922년에는 일본 도쿄로 건너가 릿쿄대학 예과에 입학하였다. 1924년 릿쿄대학 영문학과에 진학하였고, 1926년에 시 「일어나거라」를 『동아일보』 10월 5일자에 발표함으로써 시인으로서의 삶을 시작하였다. 1927년 릿쿄대학 영문학과를 졸업하고 귀국하여 보성고보 영어교사로 부임하였다. 보성고보 교사 재직 기간은 1928년 이화여자전문학교 교수로 부임할 때까지의 1년 남짓이었다. 1930년 가족을 데리고 경기도 연천에서 서울 성북동으로 이사하였고, 1932년에는 서울 서대문구 행촌동으로 다시 이사하였다. 이 해에 시 「무제無題」 및 투르게네프의 산문시 번역을 『동아일보』와 『동방평론』 등에 발표하였다. 1935년에는 논문 「오오마아 카이얌의 루바이야트 연구」를 『시원詩苑』 1호부터 5호까지 연재하였으며, 시 「나」를 『시원』 1호에 발표하는 등 『시원』에서 집중적으로 작품을 발표한다. 1936년에 시 「그대들에게」를 『신동아』 3월호에 발표하였는데, 이 해에 구인회에 가담하여 구인회 기관지 『시와 소설』에 시 「눈 오는 아침」을 발표하였다. 1939년에는 시 「어미소」, 「추억」을 『문장』 창간호에 발표하였고, 이 해 5월에 모두 27편의 시를 수록한 유일 시집 『망향望鄕』을 문장사에서 간행하였다. 1941년 시 「병상음이수病床吟二首」를 『춘추』 12월호에 발표하였다. 1943년 일제의 탄압으로 영문학 강의가 철폐되어 이화여전을 사임하였고, 해방이 될 때까지 종로 2가 장안빌딩 자리에서 장안화원을 김신실과 공동 경영하였다. 1945년 해방을 맞아 군정 때 강원도 도지사로 발령받았지만, 수일 만에 사임하고 다시 이화여자대학교 교수로 부임하였다. 1946년 미국으로 건너가 보스턴

대학에서 영문학을 연구하다가, 1949년 귀국하여 이화여자대학교 학무처장을 맡는다. 1950년 2월 풍자적 내용의 수필집『무하 선생 방랑기』를 수도문화사에서 간행하였고,『망향』을 이화여대 출판부에서 재간행하였다. 9·28 수복 후 공보처 고문, 코리아타임즈 사장을 역임하다가 1951년 부산으로 피난해 6월 20일쯤 김활란의 부산 대청동 집 필승각에서 식사한 후 식중독에 걸려 몸이 상하였고, 그 후유증으로 이틀 후 부전동 57번지 셋집에서 49세를 일기로 타계하였다. 1955년 부산에 가매장하였던 유해를 이화여자대학교에서 마련한 비용으로 서울 망우리 묘지로 이장하였다. 그의 묘비에는 시「향수」가 새겨져 있다.

2. 시세계와 문학사적 의의

김상용은 그의 유일 시집『망향』(1939)으로 대표되는 1930년대 자연 탐색과 지향의 시풍을 완성한 시인이다. 그의 시편들은 생래적인 자연 친화와 고향 회귀에 대한 시적 탐색으로 그 초점이 모아지는데, 이러한 친자연적이고 원형 지향적인 속성은 1930년대 우리 시사의 중요한 한 양상을 대변하는 것이다. 특히 1920년대 시에 나타난 감상 과잉이나 1930년대 모더니즘에 나타난 서구 편향을 극복하면서, 밝고 아름다운 삶과 자연에 대한 일관된 지향과 노장老莊사상에 가까운 무위의 세계를 추구한 점은 김상용만이 거둔 시적 자산이다.『망향』에는 이러한 정신적 본향에 대한 지향과 무위의 감각들이 빼곡하게 담겨 있다. 그의 시에 나타나는 1차적 특징은 '나'와 '자연'이 한 몸을 이루고 있다는 일종의 "동일성 인식"(이승훈)에 있는데, 따라서 그의 시에서 '자연'은 시의 단순한 배경이 아니라, 그의 시가 원천적으로 태동하고 생성하고 다시 귀의하는 공간이 아닐 수 없다. 이러한 친자연적 세계는 한정閑情의 무無를 지향하는 노장사상에 일정하게 근접하는데, 그의 대표작 「남으로 창을 내겠오」는 간결한 시행, 단순한 호흡, 일상어 사용, 한국인의 정서와 어울리는 여유와 여백의 미학을 보여줌으로써 이러한 속성을 담은 명편名篇으로 길이 기억될 작품이다.

南으로 窓을 내겠오.
밭이 한참가리
괭이로 파고
호미론 풀을 매지오.

구름이 꼬인다 갈 리 있오
새 노래는 공으로 드르랴오
강냉이가 익걸랑
함께 와 자셔도 좋소.

왜 사냐건
웃지오.

—「남으로 창을 내겠오」 전문

이 시편은 삶에 대한 독특한 달관의 경지를 표현하고 있다. 소박한 전원생활을 소재로 하면서 자연 친화적인 삶의 자세를 드러낸 일종의 전원시편이라고 할 수 있다. 창을 남쪽으로 내겠다는 제목부터가 생활의 건강하고 낙천적인 면을 잘 보여준다. 그리고 이러한 생활에 대한 굳은 신념을 강요하는 것이 아니고, 다소의 여유와 해학을 섞어 노래하는 것만 보더라도 달관의 어조는 매우 선명해진다. 첫 행 "南으로 窓을 내겠오"는 소박한 경어체로 독자에게 친근한 느낌을 준다. 특히 이 시의 어조는 종결형에서 그 특징이 나타나는데, '내겠오, 매지오, 있오, 익걸랑, 좋소, 웃지오'에서 보듯이 소박한 자연 생활을 희원하는 화자의 개성이 은근한 경어체 속에 잘 구체화하고 있다. 특히 "왜 사냐건/웃지오"라는 마지막 두 행은 일상적 언어로는 설명하기 힘든 화자의 마음을 미묘한 어조로써 암시하고 있다. 유머러스한 낙관과 소박함이 묻어 있는 이 구절은 안빈낙도와 단표누항의 의지를 이어받은 자족의 세계를 보여주면서, 명리의 유혹으로부터 초연한 시인의 정신적 자세를 강조하고 있다. 하지만 노동 후의 웃음이나 생활의 체취가 나타나지 않는 점에서 이러한 정신 자세는 현실적이라기보다는 어느 정도 관조적이고 초월적인 것이라고 할 수 있다. 그런데 이러한 자연 탐색과 지향의 성격은 김상용 시편에서 고향을 그리는 것과 그 층위가 고스란히 겹치게 된다.

人跡 끊진 山속
돌을 베고
하늘을 보오.

구름이 가고,

있지도 안은 故鄕이 그립소.

—「향수」 전문

　인적이 모두 끊긴 심산에서 화자는 '돌'을 베고 '하늘'과 '구름'을 바라본다. '산/돌/하늘/구름'이 어울리는 풍경 자체가 이미 자연 지향의 속성을 약여하게 다시 한 번 보여준다. 그때 문득 떠오르는 것은 "있지도 않은 故鄕"에 대한 강한 그리움이다. 1930년대 시인들이 고향 상실감과 그에 대한 그리움을 보편적으로 노래한 것처럼, 김상용 역시 고향을 그리워하는 시편을 쓴 것이다. 그런데 공교롭게도 그것이 "있지도 않은 고향"이다. 이제는 훼파되고 멀어져서 현실 속에는 존재하지 않는 고향, 바로 그곳을 향한 그리움은 자연의 원형적 가치와 의미를 종내 탐색해 왔던 그의 시편이 가 닿은 궁극적 성소聖所이기도 할 것이다. 여기서 우리는 성리학적 보편성의 전통에 침윤해 있던 전통적 자연 형상을 갱신하고 확충한 예로 김상용 시편을 만날 수 있다. 그동안 자연 형상이 주로 문명 비판, 전원 취미 등의 모습으로 나타났던 전통적 맥락에서 김상용 시편이 그려낸 자연 형상은 그 창조적 굴절을 보여주는 대표적 실례라고 할 수 있을 것이다. 이러한 원형 지향의 상상력이 그로 하여금 다음과 같은 달관과 관조의 밝은 감각을 노래하게 하였다고 할 수 있다.

눈 오는 아츰은

가장 聖스러운 祈禱의 때다.

純潔의 언덕 우

水墨빛 가지가지의

이루어진 솜씨가 아름다워라.

연기는 새로 誕生된 아기의 呼吸

닭이 울어

永遠의 보금자리가 한층 더 다스하다.

—「눈 오는 아츰」 전문

　　눈 내리는 아침을 "가장 聖스러운 祈禱의 때"로 받아들이고 있는 시인의 태도는, 눈 내리는 풍경이야말로 "純潔"하고 "水墨빛"을 띤 자연의 가장 아름다운 "솜씨"라고 노래하는 생성 지향의 상상력과 충실하게 이어진다. 더불어 시인은 피어오르는 연기가 "새로 誕生된 아기의 呼吸"이고, 이렇게 한 몸이 된 '눈/아침/연기'를 배경으로 만들어지는 "永遠의 보금자리"를 다스한 품으로 받아들인다. 이렇게 김상용 시편에서 삶은 매우 긍정적이고 생성 지향의 속성을 띠면서 나타나며, 시인은 감상 과잉을 일관되게 억제하면서 무위 지향의 상상력으로 나아간다. 이 점, 우리는 그의 자연이 알레고리적 대상이 아니라 시인의 존재론과 한 몸을 이룬 육체임을 알게 된다.

　　오고 가고

　　나그네 일이오.

그대완 잠시

동행이 되고.

　　　　　　　　　　　　　　　　　—「마음의 조각 6」 전문

　인생을 '나그네길'이라고 은유하는 이 소품은, 그 오고 가는 나그네
의 일 속에서도 '그대'와 이루는 잠시의 "동행"을 희원하고 고백한다.
그 고백 안에는 반려자와 잠시 결속하고 궁극적으로는 홀로 나그네가
되어 다시 오고 갈 수밖에 없는 삶의 속성이 간결하게 나타나 있다. 김
상용 시편에는 이처럼 삶의 선험적 기율이나 당위적 이념에 대한 강박
이 전혀 보이지 않고, 다만 삶을 궁극적으로 긍정하는 인생론적 휴머
니티가 곡진하게 나타난다. 그러한 긍정에도 불구하고 김상용 시인은
'나'라는 존재에 대한 간단없는 질문을 던짐으로써 깊은 존재론적 성
찰을 수행하고 있다.

　나를 반겨함인가 하야
　꽃송이에 입 마추면 戰慄할 만치 그 觸感은 싸늘해—

　품에 있는 그대로
　理解 저편에 있기로
　'나'를 찾을가?

　그러나 記憶과 忘却의 거리
　明滅하는 數없는 '나'의

어느 '나'가 '나'뇨.

—「나」 전문

　"戰慄"과 싸늘한 "觸感"을 가진 '나'는, 결국 "理解 저편에" 있는 존재다. "記憶과 忘却의 거리"에서 명멸하는 수없는 '나'라는 존재에 대해 시인은 후천적으로 생겨난 분별지分別智를 지워가는 과정을 통해 성찰하고 탐구한다. 이러한 성찰과 탐구가 정신적 무위와 만나 그 특유의 목가적 성격과 미적 관조의 성격을 생성하고 있는 것이다. 이처럼 김상용의 시편들은 자연 지향과 정신적 무위의 세계를 선명하고도 일관되게 보여줌으로써 1930년대 우리 시사적 지형에서 가장 근원적이고 보편적인 시세계를 이루었다고 할 수 있다.

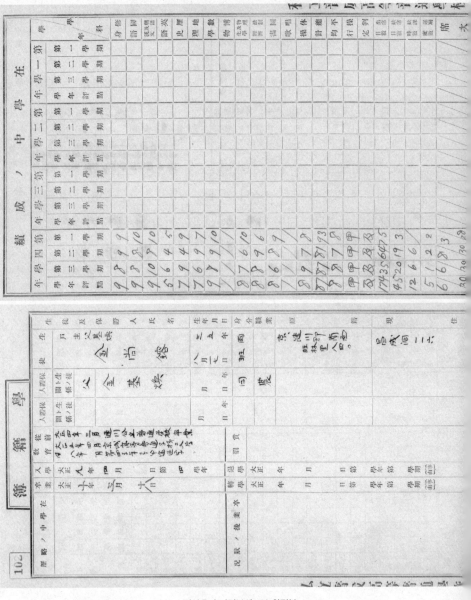

김상용의 사립보성고보 학적부

김해강의 생애와 문학

이동순

조선대학교 교수

김해강金海剛(1903.4.16~1987.5.21)의 본명은 김대준金大駿이다. 그는 전북 전주시 전동 182번지에서 천도교 전주교구 종리원장인 김성엽의 장남으로 태어나 성당에서 한학을 배우다 천도교에서 설립한 4년재 창동학교를 다녔다. 창동학교에서 애국사상을 고취시키는 교육과 한국의 역사를 배우면서 "4학년 때 우등 상품으로 받은 『아이들보이』라는 잡지에 동요·동시가 실려 있었는데 그렇게 재미있을 수가 없었으며, 이때부터 시의 정서를 향한 가슴앓이가 시작"되었다. 그는 창동학교를 졸업하고 "80 인생의 중대한 좌표를 심는 계기가 된", "거칠고 거센 호흡으로 살아야만 했던 일제의 암흑기에서 나의 고모부가 교장으로 있던 보성학교"에 입학하였다. 당시 보성학교 교장은 고모부인 최린이었다. 김해강은 그 시기를 이렇게 적었다.

최린과 의암 손병희는 부자의 의를 맺은 사이였고, 최린이 명치대를 졸업하고 귀국하자 천도교에서 운영하고 있던 보성전문학교를 맡아달라고 하였으나 나이가 어리다고 사양하고, 보성학교를 맡기로 했다.

최린은 "대준아! 오늘부터 너의 방을 사랑으로 옮기거라"해서 방을 옮긴 뒤부터 "내가 기거하던 공부방엔 인촌, 육당, 현상윤 등의 출입이 잦아졌다. 또 다른 방에선 바둑알 놓은 소리와 가야금 소리가 매일같이 흘러나오고 있었"는데 후일 알고 보니 "내 방에서 역사적인 「독립선언서」 골자를 작성하기 위해 위장한 일이었으며, 육당에 의해 기초된 「독립선언문」이 밤낮으로 사용하던 나의 책상에서 씌여졌음을 알았다."

천도교 지도자 손병희 선생을 위시한 33인의 민족대표자가 선정되어 거사 일정이 1919년 3월 1일로 결정되던 해 내 나이 17세였다. 보성학교 3학년이었고, 그날은 3학기 말 시험이 있던 날이었다.

나는 상급생에 이끌려 파고다공원까지 왔고, 그 자리엔 낯설은 학생들이 불안한 눈으로 웅성거리며 초조한 시간만 보내고 있을 뿐이었다. 정오가 되자 어디선가 독립선언문이 낭랑하게 귓전을 때리고 사방에선 목이 터져라 조선독립만세 소리가 하늘을 찢어 놓은 듯 들려왔다.

"아, 이것이었구나……" (…중략…)

그동안 나의 공부방에 드나들던 사람들의 얼굴이 떠올랐다가 사라지곤 물밀 듯 내려오는 군중 속에 휩싸였다. (…중략…) 얼마 후 기마병이 출동하고 콩 튀는 듯한 총성이 여기저기서 들려왔다. 총성에 군중은 흩어지고 나는 가가스로 일경의 눈을 피해 제동의 고모부집에 도착하였을 땐 고모부는 이미 체포되어 가고, 고모님만 나의 귀가를 애타게 기다리고 있었다. 그 후

약 1주일을 머리에 캡을 쓰는 등 변장을 하고 다니다가, 3월 8일 전주로 내려오게 됐다.(722)

김해강은 3·1운동 직후에 보성고등학교에선 4학년으로 진급하라는 통보가 왔으나 상경할 것을 포기하고 전주신흥학교 고등과에 진학, 많은 잡지를 탐독하면서 시인의 꿈을 꾸었다. 특히 김동환의 『국경의 밤』을 읽고 "조국이 직면한 숨가쁜 상황을 노래한 파인의 시 정신에 나도 모르게 심취해 들어", "나라를 빼앗긴 피압박민족만이 갖게 되는 울반한 정서와 미래를 동경하는 명일에의 기원에서 새벽을 외치는 열정적인 시를" 쓰기 시작했다. 습작한 시 「달나라」를 『조선문단』(1925.11)에 발표하고, 주요한이 시 「흙」을 "사사건건 공노를 유발시켜주는 시"로 평가하자, 1926년 『동아일보』 신춘현상에 투고하여 「새날의 기원」이 당선되면서 본격적인 작품 활동을 시작했다. 이 시기에 발표한 작품들로 인해 그는 조선프롤레타리아예술가동맹을 중심으로 한 때 '신경향파작가'로 분류되기도 한다.

그는 전북 진안을 시작으로 전주제2보통학교, 군산제일보통학교 등에서 교사로 재직하면서 김창술과 각 20편의 시를 모아 시집 『기관차』를 출판하려 하였으나 조선총독부가 출판을 불허하는 바람에 첫 시집을 내지 못하였고, 이후 『시건설』의 편집과 제자, 장정을 맡아 발행했다. 1940년 김익부와 공동시집 『청색마』(명성출판사)를 발간했다.

그리고 전북도청 이재과를 거쳐 전주임업주식회사에 근무하던 중 해방을 맞았고, 전주사범학교 교사로 재직하게 되었는데 보성고보 재학 시절 담임선생님이었던 김순배 선생이 전주사범의 교장으로 부임하면서 일제 암흑기에는 가르치지 못했던 한글과 시작법 강의에 열중하였다. 이후 조선프롤레타리아문학동맹에 가입하는 한편, 1947년에는 채만식, 이병기, 김창술, 신석정 등과 '전라북도문화인연맹'을 창립하였다. 1952년부터는 전주고등학교 교사로 부임하였고, 1968년 정년퇴임기념 시선집『동방서곡』을 냈다. 그는 1930년대 후반부터는 자연과 인간의 교감을 통한 한국의 전통적 서정 세계를 주로 작품에 담았다. 이후 1984년에 시집『기도하는 마음으로』를 발간하였다.

전주의 덕진공원에는 시비「金剛의 달」이 있다.

고운산
고운 달
밤 姿態가 맑으니
산 나그네 졸음도 밝아

달을 베고 누우니
물소리 銀河처럼
窓가에 더욱 맑다

눈을 뜨면
山 이마에 뚜렷한 얼굴
눈을 감으면
물에 채어 부서지는 달 소리
차마 잠을 이룰 수 없어

말없이 호올로 앉아

달을 바라다 본다

거울처럼

화안히 트이는 마음

이 한 밤

부처인 양 받들어 보리

—「金剛의 달」 전문

그는 한국시문학사에서 크게 조명받지는 못했지만, 그를 가리켜 백철은 '예언의 시인', '태양의 시인', 이운룡은 '학의 시인'이라 칭했던 만큼, 그의 문학적 위상은 분명한 자리를 차지하고 있다.

그는 일제에 저항하는 시편으로 민족혼을 지키기 위해 애썼으나, 임종국이 『친일문학론』에 「아름다운 태양」(『조광』, 1942.6), 「돌아오지 않은 아홉 장사」(『매일신보』, 1942.3.13), 「濠洲여」(『매일신보』, 1942.3.27~28) 등 3편의 친일시를 쓴 것을 밝히면서 민족문제연구소 친일인명사전 수록예정자 1차 명단에 들기도 하였다.

김해강의 시는 초기에는 주로 정열적으로 암울한 시대상과 자연 친화를, 중기에는 주로 자연과 학교 교정을, 후기시는 인생을 관조하는 특징이 있다. 서울에서 보성고보를 다닌 이후 그는 줄곧 고향인 전주에서 생애를 보면서 교육자로, 시인으로 여생을 마감했다.

* 인용문에서 ( )안의 숫자는 인용한 글의 페이지이며, 인용문은 최명표가 엮은 『김해강시전집』(국학자료원, 2006)이다.

『시건설』 편집시 중강진에서 김람인과(40세)

제13회

보성과 마해송의 동화문학

장정희
동화작가, 한국아동문학학회 부회장

1. 마해송과 보성과의 인연

마해송(1905~1966)은 경기도 개성 출생 동화작
가·저널리스트이다. 본명은 상규湘圭, 아명은 창록
昌祿이다. 방정환과 함께 '색동회' 활동을 하며 우리
나라 초창기 어린이 문화운동을 가꾸는 데 중요한
역할을 담당했으며, 동화 창작으로는 「바위나리와
아기별」, 「토끼와 원숭이」, 「떡배 단배」 등 뛰어난
작품을 남겨 우리 아동문학사에서는 방정환 다음
으로 그 독보적 위상을 얻은 인물이다.

마해송은 개성 제1공립보통학교를 거쳐 개성학당開城學堂, 개성공립

간이상업학교開城公簡易商業學校를 졸업하고 서울에 와서 1919년 9월 중앙학교를 다니다가 퇴학, 이듬해 1920년 보성고보로 전학을 가게 된다. 여기서 보성과 마해송의 인연은 시작된다.

마해송이 보성에 적을 둔 기간은 약 '8개월' 정도.『보성普成』50주년 기념호에 마해송은 「己未年 다음 해」라는 글을 발표하며, '보성고등학교 교우회원명부'에서 자신이 '추천 교우'로 인쇄되어 있는 것을 확인하고 퍽 반가웠노라는 짧은 단상을 남긴다.

　　3·1운동 후 9월에 개학한 것이라 경계도 엄했지만 동맹 휴학이 자주 있었다. 학년 말에는 큰 일이 일어났다. 우리 학문은 높으지만 총독부에서 규정한 고등보통학교 교원 자격이 붙어 있지 않다고 해서 좋은 교원 7,8인이 학교를 그만두게 되었다는 소문이 돌았다. 그것이 틀림없는 사실임을 알게 되자 학생들은 크게 동요했다.

　　그 틈에 30여 명과 같이 보성 고등보통학교로 전학을 하게 된 것이었다. 다른 고등 고통학교로 전학한 사람도 많았다. (…중략…)

　　그 해 연말, 그러니 2학기 말이 된다.

　　달마다 한 두 번석은 동맹 휴학이 있었는데, 한 학급이나 한 학교만의 동맹 휴학은 드문 편이었다. 하게 되면 사전에 연합해서 동정(同情) 동맹휴학을 몇 학교에서 하기도 하고 대개는 여러 학교가 같이하는 것이었다. 2학기 말의 동맹 휴학은 학교 근처 절(寺)깐에서 보였는데 아주 짐 싸가지고 일단 시골로 내려가서 대기하자는 것이었다.

　　자주 한 동맹 휴학은 항일 투쟁이었지만 공부는 되지 않았다. 그 해 12월에 일본으로 유학을 떠났다. 1920년이다.

마해송이 보성고보에 다니던 때는 그의 나이 16세 무렵이다. 달마다 한두 번씩 관례적으로 치러졌던 '동맹 휴학 사건'을 마해송은 '항일 투쟁'의 일환이었다고 쓰고 있다. 불의에 저항하려는 그의 젊은 몸부림과 비판정신, 민족주의적 기질은 이 때부터 생동하여 앞으로 전개될 그의 문학에 저변의 기류로 작용하게 된다.

　마해송은 보성고보 동맹 휴학으로 학교를 중퇴하고 일본으로 건너가 일본대학 예술과에서 수학, 졸업했다. 청년 마해송의 문학 여정은 참으로 치열했다. 자필 연보에 의하면, 그는 고한승, 진장섭 등과 1919년 문예잡지 『려광麗光』 동인이 되었다. 1920년 일본으로 건너가 일본대학 예술과에 입학한 후, '동경유학생 동우회극단' 일원으로 김우진, 홍난파, 윤심덕, 오상순, 황석우 등과 국내 각 지방을 순회 공연하기도 하며, 1922년 공진항, 이기세, 김영보, 고한승, 진장섭 등과 '녹파회綠波會'를 조직하여 동인 활동을 했다. 1923년 개성 박홍근朴弘根이 주간으로 있던 『샛별』에 기고하고 '송도소녀가극단'을 도우며 각 지방을 순회하였는데, 이 때 구연된 동화가 바로 「어머님의 선물」, 「바위나리와 아기별」, 「소년 특사」 등이다. 그리고 그가 일본의 저명 잡지 『문예춘추』를 편집하고, 『모던니혼』을 발행한 것은 너무나 잘 알려진 사실이다.

　마해송이 남긴 저서로는 소설 『홍길동』(1927), 동화집 『해송동화집』(1934), 『토끼와 원숭이』(1947), 『떡배 단배』(1953), 『모래알 고금』(1958), 『멍멍 나그네』(1961), 『마해송아동문학독본』(1962), 『비둘기가 돌아오면』(1962), 그리고 수필집 『아름다운 새벽』(1961), 『편편상片片想』, 『속편편상』, 『전진戰塵과 인생』, 『씩씩한 사람들』, 『요설록饒舌錄』, 『오후의 좌석』(1962) 등이 있다.

2. 최초의 '본격' 창작동화로서 「바위나리와 아기별」

우리나라 최초의 '본격 창작동화'로 평가되는 마해송의 「바위나리와 아기별」은 발표 시기와 수록 지면의 문제로 학계의 이견이 있지만,[1] 마해송의 자필 연보에는 1923년 개성에서 박홍근이 주간하던 『샛별』이라는 어린이 잡지에 「어머님의 선물」, 「바위나리와 아기별」, 「복남이와 네 동무」를 발표했다고 기록하고 있다.

마해송의 초기 작품들에는 눈물 감상주의적 요소와 아울러 탐미주의적 경향이 혼재되어 나타난다. 「어머님의 선물」에서는 죽은 어머니를 잊지 못하고 꿈에서 만나는 어린 소년 상봉이의 슬픔을 다룬다. 꿈을 통한 환상세계 속에서 소년은 비단옷을 입고 아름다운 꽃상자를 든 선녀의 모습으로 다가온 어머니의 가슴에 얼굴을 파묻고 눈물을 쏟는다. 어머니의 부재는 곧 보호받을 공간마저 없었던 조선 어린이의 슬픈 현실을 보여준다. 「바위나리와 아기별」은 바닷가 외로운 오색꽃 바위나리와 천상계의 아기별이 주고받는 사랑에 대해 그린다. 이 짧은 단편은 '천상-지상-바다밑'이라는 신화적 공간을 구조화하고 그 문체

1 현재 실물로 확인할 수 있는 「바위나리와 아기별」의 수록 지면은 1926년 1월호 『어린이』 잡지이다. 1934년 마해송은 개벽사에서 『해송동화집』을 내면서 작품마다 발표 지면을 명기해 놓았다. 이 때 「어머님의 선물」과 「복남이와 네 동무」는 『샛별』에 발표한 것으로, 「바위나리와 아기별」에는 『어린이』 1926년 1월호에 발표한 것으로 해 놓은 것이 결국 논쟁의 빌미가 되었다. 개성에서 발행된 『샛별』이라는 잡지 현물이 발굴되지 않는 한, 이 문제는 미궁의 과제로 남겨질 수밖에 없다. 그러나 1923년 마해송이 이 작품을 순회 구연했다는 것은 어떤 형식으로든 작품 발표가 그 당시에 이루어졌을 가능성을 배제할 수 없다고 보는 것이 필자의 소견이다. 「바위나리와 아기별」은 『어린이』 발표 이후에도 한 차례 개작이 이루어지는 만큼, 마해송이 『해송동화집』에 그 출처를 표시할 때 개작 후의 『어린이』 수록 지면을 밝혔을 가능성도 염두에 두어야 한다. 어쨌거나 이 문제의 실증적 해명은 개성에서 발행된 『샛별』이라는 잡지 실물만이 증언해 줄 것이다.

에서는 탐미주의적 경향마저 보인다. 마해송은 당시 조혼의 풍습으로 12세 소년의 나이에 집안의 강요에 의해 결혼을 했는데, 순이라는 연상의 여인을 만나 사랑에 빠지게 된다. 순이 역시 조혼의 악습으로 고통을 받던 터였다. 두 사람은 일본 유학 기간 동거를 시작한다. 이 사실이 아버지의 귀에 들어가 마해송은 강제로 귀환되어 집안에 감금되는 처지가 된다. 이 작품은 부성의 절대적 권력 앞에서 자유로운 사랑이 파괴되어 버리는 어린 영혼의 아픔을 다룬다. 초창기 한국 아동문학에서는 드물게 사랑을 주제로 아픔의 깊이를 미적으로 표출한 아름다운 작품이라고 평가하고 싶다. 이렇듯 마해송은 초기 작품에서부터 시대성을 함유한 동화의 완결미를 선취하기 시작하였다. 이는 오로지 치열한 그의 창작의식에서 비롯된 결과이다.

3. 「토끼와 원숭이」, 탈식민주의적 관점으로 제국주의 비판

마해송이 방정환의 '색동회' 동인이 된 것은 1924년 9월이다. 이 때부터 그는 『어린이』, 『신소년』을 무대로 다수의 동화를 본격적으로 발표하기 시작했다. 이 무렵의 작품으로 「두꺼비의 배」(신소년, 1926), 「장님과 코끼리」(어린이, 1925)가 있다. 마해송은 『어린이』의 편집에 대해서 방정환의 '눈물주의'와 '영웅주의'를 맞서 비판하기도 하였으며, 특히 성인의 관점에서 성숙한 아동관의 태도를 견지하는 등 어린

『해송동화집』(1934)

이의 현실 자각과 비판 의식을 적극적으로 작품 속에 용해시키고자 했다. 또한 그는 「소년 특사」, 「호랑이 곶감」과 같이 전래동화의 화소를 동화 창작에 적극 원용하여 우리나라 초창기 동화의 형성과 발전 과정을 작품 자체로 구현해 낸 작가였다고 해도 과언이 아니다.

마해송 동화 세계의 중요한 전환은 『어린이』에 발표하기 시작한 「토끼와 원숭이」(1931.8~1933.1·2)에서 선명하게 감지된다. 그는 이 작품을 통해 식민치하 조선의 현실과 고통받는 민족의 현실을 풍자적 알레고리 수법으로 형상화하였다. 이 시기 마해송은 일본에 체류하면서 『모던 니혼』의 사장으로 일본 사람을 직원으로 거느리고 잡지사를 운영하며 일본 언론계에서도 상당한 위치에 있었다. 특히 일본인 가운데 조선인으로서 위치를 늘 자각해야 했던 마해송의 입장에서 보면, 「토끼와 원숭이」는 조선인으로서 탈식민주의적 시각을 과감하게 드러낸 작품이라고 하겠다. '큰 개울을 사이에 두고 동쪽에는 원숭이 나라, 서쪽에는 토끼의 나라가 있었다'는 공간 설정 자체가 침략국 일본과 식민지 조선의 관계를 노골적으로 드러내는 데다, 비록 동물의 의인화 수법으로 터치하였지만 역사적 상황을 그대로 풍유했던 까닭에 결국 일제의 원고 검열로 압수당해 연재가 중단되고 만다.

마해송은 해방 후 『자유신문』에 그 후반부 「토끼와 원숭이」(1946~

1947)를 연재하여 비로소 작품을 완결한다. 그러나 해방 후 연재한 내용에서는 미군정하의 정치적 상황을 풍자한 내용이 빌미가 되어 군정청에 연행되어 다시 한 번 필사 사건을 겪게 된다. 마해송은 수필 「산상수필」에서 "이 동화는 현금의 나의 사상과 입장을 확실히 하고, 나의 현금의 아동 지도의 정신을 구체화한 것이니, 어린이들과 함께 지도자들의 애독을 바라는 바이다"라고 쓴 바 있다. 「토끼와 원숭이」는 마해송이 가장 오랜 기간을 두고 퇴고하며 완성한 동화일 뿐만 아니라 자신의 문학 사상을 공들여 투영한 작품이라고 할 수 있을 것이다.

마해송의 「떡배 단배」는 「토끼와 원숭이」의 자매격 작품으로 해방 후 1948년 신년호 『자유신문』에 20일간 연재한 동화이다. 마해송은 「토끼와 원숭이」 후반부를 완결하면서 바로 그 후속으로 「떡배 단배」를 발표한 것이다. 이 작품은 강대국이 약소국을 어떻게 경제적으로 착취하여 노예 상태로 전락하게 하는지 풍자하고 있다. 주체의식 없이 개인의 물욕만 채우는 갑동이는 당시 외세에 약소국 위정자로 묘사된다. 돌쇠는 소박한 농민으로 등장하지만 뚜렷한 주체의식으로 외세에 맞서 나간다. 이러한 일련의 마해송 동화를 살펴보면, 미래의 주체가 될 어린이가 어떤 의식을 갖고 시대에 맞서 살아가야 하는지 동화를 통해 제시한 것으로 파악된다.

4. 6 · 25 전쟁 후 마해송의 동화, 반공 이념과 현실 비판의식

마해송은 6 · 25전쟁 때 종군문인단으로 전선에 참가한다. 그는 이 때의 체험을 바탕으로『전진戰塵과 인생』이라는 수필집을 펴냈다. 1950 년 이후 마해송은『떡배 단배』(1953),『앙그리께』(1954),『모래알고 금』(1958),『멍멍 나그네』(1961) 등 동화집은 연달아 펴낸다. 마해송은 흔히 '수필가'로 더 많이 알려져 있지만, 그의 문학적 본령은 바로 '동화' 였다.

전쟁의 참혹함을 겪은 마해송은 초기의 환상적 경향에서 탈피하여 『모래알고금』이나『멍멍 나그네』같은 고발적인 동화를 씀으로써 동 화가 미칠 수 있는 사회적 기능과 역할에 대해서도 적극적으로 관심을 기울였다.

『멍멍 나그네』(1961)

『모래알고금』(1958)

『앙그리께』(1954)

『모래알고금』에서 '고금'이라는 모래알은 임인식이라는 아이의 호주머니에 들어가 친구들의 소꿉놀이를 통해 정치가, 은행가, 사장의 부조리한 관계를 관찰한다. 모래알이라는 광물성 무생물의 눈을 통하여 세상에서 일어나는 어두운 부정과 부패는 낱낱이 드러난다. 모래알의 의인화, 화자의 이동 방법, 마치 옴니버스 식으로 연결되는 이야기 구조를 시도한 것은 근대 동화문학사에서는 새로운 단계의 실험이었다고 할 수 있다.

마해송의 동화뿐만 아니라 전후 한국 아동문학이 정치 이념과 유착되어 나타난 반공주의적 이념에 대해서는 최근 활발한 논의가 이루어지고 있다. 마해송 1954년에 낸 『앙그리께』는 그의 반공주의를 대표적으로 볼 수 있는 작품이다. 6·25전쟁이 끝나고 휴전 직후 간행된 배경도 그렇지만, 마해송은 의용군에 끌려가지 않으려고 숨어 살던 사촌들의 죽음을 맞는 과정 등에 대한 가족체험으로 자연스럽게 반공주의 작가가 되었다. 이러한 마해송의 반공주의는 전후 정권에 아첨, 부합하여 이념을 뒤따르는 종류의 반공주의 작품과 구분되어 논의될 필요가 있을 것이다. 마해송은 부패한 정치에 대해 '동화'의 암유적 표현으로 오히려 비판의 날을 세우기도 했던 것이다. 바로 「꽃씨와 눈사람」이 그러한 예이다. 눈사람은 자기 밑에서 싹을 틔우려는 꽃씨를 힘으로 억압하려고 하지만 마침에 꽃씨가 자람으로써 쓰러지고 만나는 내용이다. 이 작품은 4.19 직전 자유당 독재 체제의 붕괴를 예견한 짧은 작품으로 마해송 동화의 풍자성과 현실 인식을 단적으로 보여주고 있다.

5. 영원한 마해송 할아버지

한편 마해송은 아동문화운동에도 진력하여 1957년에는 <대한민국 어린이헌장>을 기초하여 발표하고 이듬해 1958년에는 '어린이헌장비'를 대구에 처음 건립하기도 했다. 1959년 『모래알 고금』으로 제6회 자유문학상을, 1964년 『떡배 단배』로 제1회 한국문학상을 수상했다. 1965년 마해송 회갑 기념 아동문학집 《마해송할아버지》가 출간되었으며, 1967년 1월 '해송동화상'(새싹회, 2회까지 운영)이 제정되었다. 마해송은 1957년 천주교에 귀의한 후 금곡 가톨릭 묘지에 묻혔다. 유족과 문인들이 세운 묘비에는 '어린이 위하는 마음, 나라 사랑하는 마음'이라는 글귀가 있다.

경기도 파주 출판도시에 가면 '마해송아동문학비'가 있다. 2005년 한국아동문학인협회 주최로 파주 출판도시 내에 건립한 것이다. 문학비를 설계한 건축가 승효상에 의하면, '주변 땅 위에는 별자리를 새기고 그 위에 '별 기둥'을 세운다. 61개의 작은 불빛이 새어 나오는 서로 다른 크기의 별 기둥들과 쇠로 만든 바위가 만드는 공간, 별빛과 물빛, 풀벌레소리, 이들이 모여 마해송문학비가 된다.'고 한다.

세상에 제일 가는

어여쁜 꽃은

그 어느 나라에

무슨 꽃일까.

먼 남쪽 바닷가

감장돌 앞에

오색꽃 피어 있는

바위나리지요.

　편안히 누운 듯한 마해송문학비 그 곁에 앉으면 그의 대표작 「바위
나리와 아기별」에 나오는 바위나리의 노래가 울려나올 듯하다.

　서울 강남에 있는 국립어린이청소년도서관에는 마해송 선생의 개
인 문고가 있다. 유족 마종기 시인이 아버지 마해송의 물품과 도서를
기증하여 조성되었다. 『토끼와 원숭이』(상·하), 『전진과 인생』, 마해
송의 초기 동화의 특징을 엿볼 수 있는 미발표 원고와 일기장, 자필 원
고, 유언장, 편지, 사진 모음집 등이 보관되어 있다.

　마해송의 동화를 읽는 일은 사랑과 시대, 불의에 대한 저항을 읽는
일이다. 민족사학 보성의 이름 위에 '마해송' 문학 정신은 가히 올곧은
하나의 별 기둥이 되어줄 것이다. 마해송 수필을 읽는 일, 마해송 동화
를 읽는 일, 마해송 문학 유적을 찾아 답사하는 일, 보성의 후예라면 마
땅히 뜻과 정성을 모아 '추천 교우' 마해송을 추념해야 할 것이다.

『선풍시대』의 작가 한인택

김영애
청주대학교 겸임교수

1. 생애

한인택韓仁澤은 1903년 2월 6일 함경남도 이원읍에서 한상학의 독자獨子로 출생하여 1939년 5월 13일 사망했다. 호는 보운步雲이며, 이원에서 보통학교를 다닌 후 보성고등보통학교를 졸업한 것으로 알려져 있다. 그는 중학시절부터 문학에 탐닉한 것으로 알려져 있으며, 특히 톨스토이의 소설을 희곡으로 각색해 공연을 준비하기도 했다고 한다. 1924년 동경유학을 계획했으나 집안의 만류로 포기하고 '성우회星友會'라는 문학동우회를 조직하여 활동했다. 고향으로 돌아온 후 결혼을 했고 가업을 이어받기도 했으나 상업에 큰 관심을 두지 않았다. 그는 1927년 '종합예술회'를 만들고 이후 카프 활동에 가담했다. 1931

년 『조선일보』 현상 공모에 당선되어 등단했다. 1933년 가족을 이끌고 서울로 돌아와 『전선』 편집기자를 지냈다. 이때 사상성 문제로 잡지가 폐간되자 생계를 위해 화신연쇄점주식회사和信連鎖店株式會社의 편집계에 잠시 근무하기도 했다. 1939년 생업과 창작활동 등에 대한 부담으로 36세에 요절했다.

2. 문학적 성과

한인택은 1930년 처녀작 「동무를 위하여」를 『동아일보』에 연재하였으며, 1931년 장편소설 『선풍시대旋風時代』로 『조선일보』 현상 공모에 1등 당선되면서 본격적인 작품활동을 시작했다. 『선풍시대』는 1931년 11월 7일부터 1932년 4월 23일까지 160회 『조선일보』에 연재되었다. 신문소설의 새로운 경지를 개척하였고, 황금이 지배하는 현실과 배금주의에 대한 문제의식을 다룬 작품으로 평가된다. 그 뒤 단편 「고향」(『비판』, 1932), 「파탄」(『여성조선』, 1933), 「모자母子」(『전선』, 1934), 「문인과 거지」(『조선문학』, 1934), 「월급날」(『신가정』, 1934), 「구부러진 평행선」(『신동아』, 1934), 「상흔傷痕」(『신동아』, 1934), 「노선생老先生」(『조선일보』, 1934.12.5~12.15) 등을 발표하였고, 『선풍시대』의 속편이라 할 수 있는 『선풍이후旋風以後』(『신동아』 42, 1935.4)를 게재했으며, 「모반자」(『농민』, 1935), 「불우여인不遇女人」(『신동아』, 1935.6), 「잃어버린 여우」(『신문학』, 1935), 「마희魔戲」(『신동아』, 1935.5), 「해직사령解職辭令」(『신동아』, 1936.2), 「탈출이후」(『신동아』, 1936.9), 「크러취의 비가悲歌」(『조광』, 1936.12) 등 주로 경향문학적 성격의 작품을 다수 발표하였다. 이밖에도 「잃어버린 고향」(『동아일보』 1937), 「괴로운 즐거움」(『조광』, 1938.2), 「여사감女舍監과 송서방宋書房」(『야담』, 1939.4) 등의 작품을 발표하면서 1930년대 전반에 걸쳐 활발하게 작품 활동을 전개했다.

한인택의 대표작으로 꼽히는 장편소설『선풍시대』는 1931년『조선일보』에 160회 연재된 이후 1934년, 1936년 한성도서주식회사에서 단행본으로 출간되었다. 이 소설은『조선일보』현상공모 1등 당선작으로 상금은 삼백 원이었다. 『조선일보』연재본에는 마지막 회가 159회로 되어 있으나 실제로는 160회로 완료되었다. 실제 탈고 시기는 1931년 4월 28일로 알려졌다. 『선풍시대』의 속편으로 알려진『선풍이후』는 현재까지 정확한 서지사항이 알려지지 않았으나, 1935년 4월『신동아』에 처음 연재되었다. 농촌 청년들의 사랑과 갈등, 아픔을 다루고 있는 소설로 평가된다. 또한『잃어버린 고향』은 1937년 7월 17일부터 8월 27일까지 36회 연재 완료된 작품이다. '유년소설'이라는 타이틀에 맞게 성인 독자가 아닌 아동을 대상으로 한 소설로, 황금만능주의에 대한 거부감과 소년들의 자립심을 촉구하려는 의도가 용철의 행동을 통해 표현된 작품이다.

한인택에 관한 논의는 대부분 당대 평론가들에 의해 단편적인 수준에서 이루어졌다. 김기진은 한인택에 대해 '동반자 작가'로 규정한 바 있다. 실제 한인택은 1930년을 전후로 카프문학에 관심을 가졌으며, 작품에서도 이러한 경향성을 표출했다. 또 막심 고리키의 작품을 탐독하면서 사회주의문학에 대한 관심을 드러내기도 했다. 『전선』지의 편집에 관여하는 과정에서 한인택은 이무영, 민병휘, 이흡 등과 친분관계를 맺었다. 또한 당대 현실을 과장 없이 작품에 반영하는 리얼리즘 작가로 분류되기도 한다. 형식면에서 엄흥섭은 그의 소설이 "묘사보다도 서술에 특장이 있고 단편 작품 대부분에 평면적 요소가 많다"는 평가를 하기도 했다. 김환태는 그를 경향파 작가로 분류하고, 그의 작품 중 「상흔」, 「흑점」, 「해직사령」, 「오빠」 등에 관해 "인물 성격에 통일성이 없고 그 행동에 심적 필연성이 없으며 스토리와 인물 사이에 유기적인 관련이 없이 언제나 독자의 저급한 감상에 호소하는 작품"이라 혹평했다. 『선풍시대』에 대해서는 대체로 통속소설, 신문소설의 대중성을 중심으로 평가가 이루어졌다.

한인택은 생전 총 45편의 소설, 평론, 수필 등을 발표했으나 당시 문단의 큰 관심을 받지 못했다. 그의 소설은 지식인의 방황과 갈등, 농어민의 참상, 노동자의 비애 등을 주로 다룬 리얼리즘 작품으로 평가된다.

제16회

소천 이헌구

경계를 횡단한 넓힘과 열림의 문학적 실천

표정훈
출판평론가

1. 생애

여기에만 즉자적卽自的으로 매몰되지 않고 외부에 대한 적극적 지향을 통해 내부를 대자적對自的, 역동적으로 재구축하였다는 것. 해외문학연구회를 통해 문예운동에 뛰어들어 활동한 소천 이헌구李軒求(1905~1982)의 이러한 문학적 지향은 그의 삶 속에서 단초를 확인할 수 있다.

1905년 4월 함경북도 명천에서 태어나 7세에는 사립 광진 보통학교에 입학하였다. 그의 부친은 광진 보통학교의 교감으로, 아들을 자신의 학교에 입학시켰던 것이다. 그가 졸업할 즈음 이헌구의 부친은 무슨 이유에서인지 간도로 떠나버리고, 이헌구는 모친과 함께 살며 보통학교를 졸업하였다. 그는 이러한 상황에서도 학문에 대한 열망을 그치지 않았다. 서당을 다니며 한문을 배우면서도 와세다 대학 중학 강의록을 구해 2년 간 독학하면서 저 멀리 바깥 세계에 존재하는 학문과 사상의 흐름에 관심을 가졌던 것이다.

이후 13세에 그 즈음의 관례가 그렇듯 조혼早婚을 하고, 15세가 되던 1920년에 드디어 상경하여 중동학교 중등과에 입학한 뒤 1년 만에 마치고, 보성고등보통학교 3학년에 편입하였다. 당시 보성고보와 그의 인연은 순탄하지만은 않았다. 같은 해 12월에 병환으로 인해 학업을 중단하게 되었던 것이다.

그가 학업을 중단한 배경으로 알려진 것은 병환이었다. 하지만 학업 중단의 진짜 이유는 학비 조달의 어려움과 생계 곤란이 아니었을까 추측해볼 여지가 있다. 고향인 명천으로 귀향하여 요양하면서 1년가량 교사로서 아이들을 가르치고 영천소년회를 조직하는 등, 그 사이에도 다양한 활동에 나섰기 때문이다. 단지 병환 때문이었다면 그러한 활동에 적극적으로 나섰다는 점을 설명하기 어려워진다.

그는 1923년에 다시 상경하여 보성고보에 재입학하였다. 이 무렵 그는『동아일보』창간 1000호 기념 현상응모에 동요「별」을 응모하여 당선되었다. 예전 아이들을 가르치고 소년회 활동을 하였던 것과 동요 창작을 연결 지어 생각해볼 수 있다. 그가 처음으로 문학에 대한 뜻을 품게 되었던 계기도 바로 이 현상응모 당선과 관련되어 있었을 것이다. 그는 경성에서 계속 가정교사 등을 하면서 학업을 이어가다가 1925년에 보성고보를 졸업하였다.

이후 그는 고보를 졸업한 것에 만족하지 않고, 강의록을 구해서 독학했던 와세다 대학에 진학하였다. 그는 와세다대학 제1고등학원 문과에 입학하여, 1931년에 문학부 불문학과를 졸업하였다. 성실한 독학자로서 꾸준히 노력한 끝에 대학 아카데미즘의 학문적 세례까지 받게 된 것이다.

와세다 재학 시절을 통하여 이헌구는 평생의 문학적 여정을 좌우할 수 있는 여러 중요한 사건을 경험하였다. 동요 현상응모에 당선된 것에서도 볼 수 있듯이 아동 문학에 지속적인 관심을 갖고 있던 그는, 일본인 학생들과 아동예술연구회를 만들고 아동문학과 농민문학에 매진하였다. 당시 유학생들은 방학 때 조선으로 건너와 강연회 등을 하면서 계몽활동을 펼치는 것이 일반적이었다. 그는 세계 아동예술에 관한 수천 점이 넘는 자료를 들고 와 경성과 부산 등지에서 개벽사와 함께 세계아동예술전람회를 개최하기도 하였다. 이런 주제 성격의 공개적인 전시회, 즉 전람회로는 사실상 최초였다고도 볼 수 있다. 아동 문학에 대한 그의 열망은 일찍부터 꽤 깊게 부조되어 있었던 것이다.

또한 그는 같은 함경도 출신 동갑내기 시인 김광섭과 함께 백광회를 조직하여 문학활동을 활발히 전개하였다. 김광섭도 중동학교를 다녔고 와세다대학(영문과)을 다녔다. 이헌구는 그의 향후 그의 행보를 좌우할 수 있는 중요한 문학단체인 해외문학연구회에 가입하였는데, 당시 이 연구회에는 김진섭, 손우성, 장기제, 정인섭, 이선근, 김명엽, 김온, 서항석, 조희순 등이 참여하고 있었다.

그가 각별한 관심을 갖고 있던 또 다른 분야는 연극과 영화였다. 그는 와세다 대학을 졸업하던 1931년에 홍해성, 유치진 등과 같은 이들과 함께 극영동호회를 조직하여 연극영화전람회를 개최하였다. 나아가 그해 7월에는 극예술연구회를 창립하여 불란서예술극장이라는 제목으로 강연회를 갖기도 하였다.

불문학을 전공했던 그는 이처럼 문학 내외에 걸친 다양한 관심 영역들을 불문학이라는 내용적 규정으로 묶어냈다. 와세다 재학 중에는 프랑스 대혁명이 문학작품에 끼친 영향을 관심 있게 공부하였다. 잔다르크에 대해 감동하여 그에 대한 애착을 드러내기도 하였으며, 결국 에밀 졸라를 연구하여 졸업논문을 작성하였다.

일본에서의 학업과 다양한 예술활동을 일단락하고 귀국한 그는 경성보육학교에서 교직활동을 하는 한편, 『조선일보』에 해외문학인들에 관한 평론을 발표하면서 비평가로서도 활발하게 활동하기 시작하였다. 1931년에 발표된 그의 평론들은 흥미롭게도 자신과 보성고보 16회 동기였던 임화에 의해 적극적으로 논박되었다. 이헌구는 임화를 비롯한 신경향파 문학비평가들과 논쟁을 끊임없이 이어가면서, 식민지 조선에서 해외문학을 소개하고 이를 통해 새로운 예술적 지향을 발견한다는 독특한 자리를 확보하기 위해 다방면에서 분투하였다.

해외문학을 표방하는 대표적인 평론가로서 다양한 국면에서 자신의 예술적 지향성을 펼쳐나가던 이헌구는, 1936년『조선일보』 학예부 기자로 부임하여 활동하였으나 몇 년을 이어가지 못하고 1940년에 그만두었다. 일제의 총동원체제에서 식민지 조선의 문화예술인들은 암흑 시기를 겪어야 했다. 이 시기 이헌구는 앙드레 지드의 소설을 번역하여 출판하려 하거나, 조선영화주식회사 기획부장을 맡아 안석주와 같이 활동하기도 하였다. 광교에 종로화방鐘路花房이라는 꽃집을 내기도 하고, 김환기와 함께 종로화랑鐘路畵廊이라는 갤러리를 열기도 하였지만 대부분 금방 폐업하였다. 이 무렵, 조선문인협회와 조선문인보국회에 참여하여 몇 편의 친일 저작물을 게재하는 등 몇 가지 오점을 남기기도 하였다.

태평양 전쟁으로 일본이 패망하는 어지러운 정국 속에서 그는 어머니를 여의고, 다시 경성으로 상경하여 해방의 기운 속에서 새로운 문학예술 활동을 전개한다. 그는 중앙문화협회를 결성하여 기관지『중앙순보』를 창간하였고, 『해방기념시집』(중앙문화협회, 1945.12)을 출간하는 등 활동을 전개하였다. 그는 이 시집의 서문을 썼으며 자작시 '素朴한 노래'를 상재하였는데, 서문에서 다음과 같이 새로운 출발의 각오를 밝히기도 하였다.

"이제 우리는 아름답지 못한 과거를 불 질러 버리고 우리 혈관 속으로 흘러들던 불순한 피의 원소를 모조리 씻어낸 다음, 우리의 심경을 일점의 흐림도 없이 재생하는 조국의 광복만을 비추어볼 것 아닌가?"

그밖에도 전조선문필가협회 창립 발기인을 맡았고, 문학뿐 아니라 고희동 같은 미술인과 유치진 같은 연극인들을 모두 아우르는 전국문화단체총연합회 등을 결성하여 총무부장에 피선되어 활동하였다. 그 사이에 언론에도 종사하였는데, 『민주일보』 편집국장을 담당하다가 『민중일보』 부사장 겸 편집국장을 함께 하였다. 1948년 그는 기자로서 여순반란사건을 취재하여 그 보고서를 『서울신문』에 연재하기도 하였다. 해방 이후 이러한 활발한 활동은 정부 수립 뒤 대한민국 공보처의 차장으로 취임하여 공직을 맡으면서 그 정점을 찍게 되었다.

6·25전쟁 동안 그는 이화여자대학교에서 문학개론 강의를 맡고

첫 평론집『문화와 자유』를 전쟁의 중에 발간한다. 전쟁이 끝날 무렵 그는 공보처 차장을 사임하고 이화여대 전임교수로 부임하여 교직에 몸담았고, 1954년에는 이화여대 문리대학장을 지냈다.

대외적으로 문총이 개편되면서 최고대표위원으로 활동하였고, 국제 P.E.N 클럽 창립동인, 자유문학가협회 창립동인이자 부회장, 대한민국 예술원회원 등으로 피선되었다. 이화여자대학교에 재직할 동안 그는 평론집『사색의 도정』을 냈고, 이화여대에서 정년퇴임하면서 공적 활동의 대부분을 그만두었다. 1973년에는 예술원의 공로상을 받았고 1982년에 별세하였다.

2. 문학적 성과

이헌구를 어떻게 규정할 수 있을까? 그는 문학을 전공하였으면서도 문학이 갖고 있는 비정치성의 정치성을 최대한 활용하고자 하였던 비평가다. 와세다 유학시절부터 그에게 문학적 장場이란, 분과예술의 통념적 경계를 뛰어넘는 인간적인 것들의 총체적 결합 그 자체였다. 이러한 인식은 연구회나 협회를 끊임없이 조직하면서, 당시 식민지 조선에 펼쳐져 있던 문학예술의 장을 역동적으로 이끌어가고자 했던 활동 상황에서 잘 엿볼 수 있다. 그는 아동예술, 극예술, 미술 등 다양한 예술적 현상에 관심을 기울였다. 그 다양한 예술적 움직임의 핵심에서

'회'의 형태로 사람들을 조직하고 단체를 주재主宰하여 나가는 오거나 이저organizer 역할에 이헌구는 누구보다도 능했다.

또한 불문학을 전공했던 이헌구는 민족과 계급으로 분화된 사상적 지형도에 충격을 주는 방식으로 해외문학을 사유하였다. 해외문학이 제공하는 자유로운 예술의 시각 등을 식민지 조선에 다양한 방식으로 지속적으로 도입하고자 애썼다. 그는 임화를 정점으로 하는 계급주의 기반 문학비평계에 대해, 해외문학을 기반으로 하는 문학 중심주의를 통해 대립 구도를 형성해가면서 당시 조선 평단의 다양성을 높이고 지평을 확대해나갔다.

이헌구는 자신이 그토록 아꼈던 평론가 김환태와는 어떤 의미에서 정반대의 방식으로, 즉 이론적 높이를 세우기보다는 예술적 장 속에 존재하는 인간들을 묶어내는 방식으로 문학의 지평을 넓히기 위해 애썼다. 수직과 심화의 방향보다는 수평과 확장의 방향을 취한 셈이었다. 인간의 다양성이 곧 문학과 예술의 다양성이라는 것, 그 다양한 인간들을 포괄해내는 다양한 현실적 장이 필요하다는 것. 이러한 다양성에 대한 인식을 바탕으로 문학 장을 확대해 나아갈 때 문학가 개인 각자의 독자적인 위치도 열어줄 수 있다는 것. 이헌구가 보여준 넓힘과 열림의 인식과 실천은 당대 문단에 지속적으로 새로운 공기를 제공해주었다.

일제 강점 말기 이후 이헌구가 보였던 몇 가지 문학적 행로에 대해서는 여러 방식과 관점으로 재음미해볼 필요가 있다. 특히 친일 경력이라든가 광복 이후 우익 문단에서 적극적으로 활동한 경력 등은, 단정적이고 이분적인 포폄褒貶의 대상이기보다는 좀 더 다양한 관점 속에서 이해의 시도가 이루어져야 할 것이다. '이헌구라는 주제' 또는 '주제로서의 이헌구'는 하나의 관점으로 재단되기 어려우며, 다각적 접근이 필요한 다양성 그 자체다.

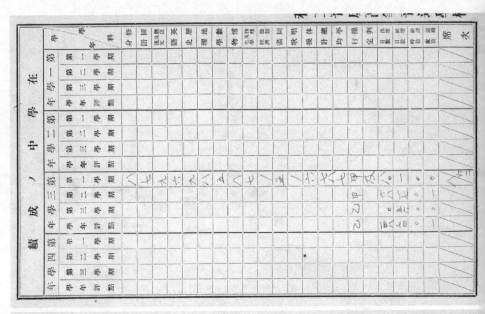

이헌구의 보성고보 학적부

프롤레타리아 영화의 기수, 김유영

한상언
영화평론가

1. 영화를 꿈꾸다

1920년대 조선은 러시아혁명과 3·1운동의 영향을 크게 받고 있었다. 특히 문학예술부문은 프롤레타리아 계급의 문제를 다룬 사회주의 계통의 작품들이 다수 발표되었는데, 이중 다수는 조선프롤레타리아 예술동맹(이하 카프)의 조직적인 활동으로 이루어졌다.

문맹자가 많던 당시 상황에서 영화는 가장 중요한 투쟁의 도구였다. 영화를 통해 계급투쟁에 나선 대표적인 인물로는 보성고등보통학교(이하 보성고보) 출신의 김유영金幽影(1907~1940)이 첫 손가락에 꼽힌다. 그는 카프의 영향 하에 만들어진 5편의 영화(〈유랑〉, 〈암로〉, 〈혼가〉, 〈화

류〉, 〈지하촌〉) 중 3편의 영화(〈유랑〉, 〈혼가〉, 〈화륜〉)를 연출한 인물이었
다. 이뿐만 아니라 1933년에는 경향적 예술에 대항한 순수문학단체인
구인회九人會를 조직한 바 있었다.

1907년 9월 22일 경북 선산에서 김현묵金賢黙의 삼형제 중 맏이로
태어난 김유영의 본명은 영득榮得으로, '철哲'이라는 다른 이름을 사용
하기도 했다. 교육에 관심이 큰 그의 부모는 김유영이 보다 넓은 세상
에서 활약하기를 바랐다. 그래서 구미공립보통학교를 마치고 대구공
립고등보통학교를 다니던 김유영을 서울로 올려 보냈다. 아마도 서울
에서 기자 생활을 시작한 네 살 위의 숙부 김승묵金承黙이 김유영의 서
울생활을 책임졌던 것 같다. 김유영이 전학한 보성고보에는 훗날 시인
으로 이름을 떨친 임화林和를 비롯해 공산주의운동가 이강국李康國, 미
술사학자인 고유섭高裕燮 등이 동기로 함께 수학했다.

서울의 밤은 휘황한 불빛으로 반짝였다. 김유영은 도시의 밤이 뿜어
내는 매력에 점점 빠져들었다. 밤이 되면 으레 단성사, 우미관, 조선극
장을 다니며 영화를 즐겼다. 조금씩 영화광이 되어갔다. 영화에 대한
매력으로 김유영은 본명인 영득 대신 유영幽影이라는 새로운 이름을
사용하기 시작했다. 유영이라는 이름은 스크린 위로 쏟아지는 빛이 만
들어내는 이미지를 형상화한 것이었다.

1926년 가을, 나운규羅雲奎의 〈아리랑〉이 단성사에서 개봉되었다.
이 영화는 6.10만세운동의 여운이 채 가시지 않은 서울거리에 벼락같
은 충격을 안겨주었다. 김유영을 포함하여 젊은 지식인들에게 〈아리
랑〉은 영화가 문학만큼이나 큰 영향력을 줄 수 있다는 것을 실감하게
해준 작품이었다.

2. 프로영화의 깃발을 들다

1925년, 조선일보사에 근무하던 숙부 김승묵은 대구로 내려와 문예 잡지인 『여명』을 발행하였다. 김유영은 문학에 뜻을 두고 『여명』에 「꽃다운 청춘」이라는 소설을 발표했다. 하지만 시간이 지날수록 문학 인이 되기보다는 영화인이 되어야겠다는 생각이 커갔다. 이때 만난 이 가 안종화安鍾和였다.

안종화는 부산의 조선키네마주식회사에서 제작한 〈해의 비곡〉(1924), 〈운영전〉(1924)과 같은 영화에서 주인공으로 출연하여 이름이 높았다. 김유영은 그를 스승으로 삼아 영화계와 인연을 맺었다. 그 처음은 1927년 안종화, 이경손李慶孫, 김을한金乙漢 등이 만든 조선영화예술협회에서 영 화교육을 시작하자 연구생으로 들어간 것이다.

영화는 어느 예술보다 매력적이며 20세기적인 최첨단의 예술이었 다. 영화에 대한 관심으로 조선영화예술협회 연구생 모집에는 많은 이 들이 지원하였다. 연구생으로 뽑힌 이중에는 보성고보 동기생이던 임 화를 포함하여 서광제徐光霽, 추민秋民, 강호姜湖 등 훗날 카프영화의 중 심인물들로 활약하는 인물들이 포진해 있었다. 이들의 리더는 평론가 로 이름이 난 윤기정尹基鼎이었다. 김유영은 윤기정을 통해 카프에 가 입했다.

몇 달간의 연구기간이 끝난 후 연구생들은 협회를 이끌던 안종화를 몇 가지 이유를 들어 제명시키고 연구생들이 중심이 된 영화제작에 나 섰다. 김유영의 보성고보 동창인 이종명李鍾鳴이 신문에 연재하던 소설

〈유랑〉을 영화로 만들기로 한다. 김유영은 〈유랑〉의 연출을 맡으며 영화감독으로 데뷔했다.

〈유랑〉(1928)을 시작으로 김유영은 서울키노에서 제작한 〈혼가〉(1929)와 통영의 삼광영화사에서 제작한 〈화륜〉(1931)을 연거푸 만들었다. 수준은 미미했지만 카프의 영향 하에 조직적인 활동으로 만들어진 영화로 의미가 있었다. 세 편의 영화를 만든 김유영은 일약 카프영화의 중심인물로 떠올랐다. 1931년에는 『대중공론』이라는 잡지의 주간을 맡기도 했다.

그러나 얼마 지나지 않아 김유영은 카프를 장악한 소장파들과 갈등을 빚는다. 카프를 중심으로 카프영화부의 역량을 강화시키려 했던 카프중앙은 신흥영화예술가동맹을 해산하고 카프영화부를 신설하기로 한다. 김유영과 영화평론가로 이름을 떨치던 서광제는 이러한 명령을 거부하고 신흥영화예술가동맹을 고수하겠다고 나섰다. 이 문제는 안석영安夕影, 김기진金基鎭 등 카프의 선배들이 나서 봉합되긴 했지만 카프의 서기장이자 보성고보 동창생 임화, 카프영화부 책임자 윤기정 등과 갈라서게 되는 원인이 된다.

카프 소장파와의 갈등으로 김유영은 카프와 거리를 둔 채 자신만의 방식으로 프롤레타리아예술운동의 길을 걷는다. 이동식소형식극장운동을 제창하고 그 실천으로 영화제작소인 중외영화사(1931.4)를 설립하고 이동식소형극단(1931.11)을 조직했다. 분주하게 움직였지만 발을 내딛는 곳 마다 언제나 큰 벽이 가로 막혀 있었다. 경찰의 탄압으로 공연은 불허되고 극단은 해산되기 일쑤였다.

소설가 최정희와의 결혼생활도 평탄치만은 않았다. 일을 추진하기 위해 매일 사람들을 만나러 다녔고 술에 취해 집에 들어왔다. 하려는 일마다 잘 풀리지 않았다. 부부싸움이 잦았다. 둘 사이는 쩍쩍 소리를 내며 금이 갔다. 결국 얼음장 같았던 결혼생활은 파경으로 끝났다.

김유영은 탈출구가 필요했다. 카프맹원들과의 긴장관계는 새로운 인간관계를 꾀하게 만들었다. 〈유랑〉의 원작자이자 보성고보 동창인 이종명, 〈화륜〉의 시나리오를 함께 썼던 이효석李孝石과 함께 카프와는 다른 비정치적 문예단체를 조직하기로 마음먹고 동인들을 모았다. 이태준李泰俊, 이무영李無影, 유치진柳致眞, 김기림金起林, 정지용鄭芝溶, 조용만趙容萬이 뜻을 같이 했다. 아홉 명의 문학예술인을 모이자 이름은 구인회가 되었다. 그러나 구인회의 조직에 정력적으로 나섰던 김유영은 곧 큰 흥미를 잃었다. 여전히 프롤레타리아계급을 위한 예술이 그의 예술 활동에 중요한 동기였다. 서로 간에 큰 인식 차이를 확인하게 되자 김유영은 비정치적 문인들과 교류를 이어가가지 못한다고 판단하고 이종명, 이효석과 함께 구인회를 탈퇴했다.

김유영은 다시 프롤레타리아영화운동의 전면에 나서기 위해 카프의 맹원들과 손잡고 조선영화제작연구소(1934.5)를 창립한다. 그러나 1934년 8월, 제2차 카프검거사건(일명 신건설사건)으로 체포되어 1년여의 기간을 영어囹圄의 몸으로 지냈다. 재판에서 김유영은 징역 2년 집행유예 3년을 언도받고 1935년 12월 석방되었다. 수형 기간 동안 몸은 크게 망가져 있었다.

3. 영화와 함께 살다

　김유영은 1년여의 기간을 몸을 추스르며 보내고 중일전쟁 발발 직전인 1937년부터 다시 영화계에 복귀했다. 몇 번의 제작 기획이 실패하고 가까스로 〈애련송〉을 연출할 기회를 얻는다. 이 작품은 『동아일보』 시나리오 현상공모에서 당선된 최금동崔琴童의 시나리오 〈환무곡〉을 이효석이 각색한 것이었다. 제작은 유치진, 서항석徐恒錫이 이끌던 극연좌 영화부에서 맡았다. 연극인들이 중심이 되어 영화를 제작하다 보니 제작비 부족 등 많은 문제가 터져 나왔다. 결국 작품완성에는 근 1년 가까운 시간이 걸렸다.

　〈애련송〉을 완성한 김유영은 이익李翼의 시나리오 〈처녀호〉를 영화로 만들기로 한다. 이번에는 가장 큰 영화제작회사인 조선영화사가 제작을 맡았다. 조선영화사에서는 당시 의정부에 스튜디오를 완성하고 본격적인 영화제작에 시동을 걸고 있던 상황이었다.

　검열이 문제였다. 통상 총독부에서만 하던 검열은 전쟁이 장기화되면서 조선군 보도부에서도 하게 되었다. 뿐만 아니라 시나리오단계에서 사전검열을 받도록 했다. 〈처녀호〉는 시나리오 사전검열에서 대대적인 개작 명령을 받았다. 결국 조선군 보도부의 지침에 맞춰 내용과 배경이 크게 바뀌었으며 제목도 〈수선화〉로 바꾸었다.

　극심한 스트레스는 지병인 신장염을 키웠다. 김유영은 제작부장과 친지들의 만류에도 불구하고 촬영장을 떠나지 않았다. 매일 매일 들것에 실려 촬영장으로 나와 연출을 하고 다시 들것에 실려 돌아갔다. 유

작이라 생각하고 엄청난 투혼을 보여주었다. 결국 김유영은 촬영시작
한 달 만에 쓰러져 세브란스병원으로 실려 갔다. 입원 즉시 수술을 시
작했지만 더 이상 가망이 없었다.

병석의 김유영을 보기 위해 친구들이 급하게 모였다. 냉면을 먹고
싶다는 그를 위해 냉면을 주문해 왔다. 김유영은 몇 젓가락을 뜨더니
곧 혼수상태에 빠졌고 결국 그렇게 숨을 거두었다. 1940년 1월 4일이
었다. 그때 그의 나이는 서른을 조금 넘겼을 뿐이다.

프롤레타리아 영화의 연출과 구인회 조직이라는 어찌 보면 이율배
반적이며 문제적인 행동이 보여주듯 김유영은 민족해방과 계급투쟁에
대한 신념이 그의 육신을 지배하기도 했지만 시대와 불화하며 우울과
절망에 대항해 싸워야 했던 나약한 존재였다. 이렇듯 짧은 생을 살다
간 보성고보 출신의 한 젊은 영화인의 삶을 돌아보는 것은 영화가 보
여준 희망과 영화를 통해 세상을 바꿔보겠다고 생각했던 수많은 조선
영화인의 의지를 확인하는 것이다. 그런 의미에서 김유영의 죽음은
1940년대 들어 본격적인 친일의 길로 들어섰던 조선영화인의 죽음을
상징한다고 볼 수 있다.

〈수선화〉 광고

『유랑』의 작가 이종명

김영애
청주대학교 겸임교수

1. 생애

이종명은 1905년(명치 38년) 10월 15일 이두규李斗圭의 차남으로 출생했으며, 1920년(대정 9년) 4월 보성고등보통학교 16회로 입학했다. 학적부 기록에 의하면 이종명은 보성고보 2학년까지 수학한 후 잠시 학업을 중단했다. 원적 및 거주지가 서울 종로구 필운동 206번지로 기록된 것으로 보아 이곳에서 태어나 성장한 것으로 추측된다. 현재까지 정확한 사망 시기는 알려져 있지 않다.

2. 문학적 성과

이종명은 방인근 추천으로 문단에 나온 이래 1925년 『조선일보』에 「노름군」을 발표하며 창작활동을 시작했다. 이후 그는 1933년 8월 김기림, 이효석, 김유영, 유치진, 조용만, 이태준, 정지용, 이무영 등과 함께 문학 단체 '구인회九人會'를 창립하는 데 핵심 역할을 담당했다. 그의 작품으로는 「노름군」(『조선일보』 1925), 「주림에 헤매이는 사람들」(『조선일보』 1925), 「두 남매」(『동아일보』 1926), 「기아」(『동광』 1926), 「삼월」(『현대평론』 1927), 「오전백동화」(『문예시대』 1927), 「우정」(『조선지광』 1928), 「배신자」(『조선지광』 1929), 「우울한 풍경」(『중외일보』 1930), 「시네마의 노파」(『철필』 1930), 「두 젊은이」(『동방평론』 1932), 「방황하는 사람들」(『비판』 1932), 「최박사의 양심」(『삼천리』 1932), 「아마阿麻와 양말洋襪」(『조선문학』 1933), 「애욕지옥」(『매일신보』 1933~1934), 「우울한 그들」(『동광』 1934), 「소설가의 안해」(『중앙매신』 1934) 등 단편소설이 주를 이루며, 대부분 1920년대 중반부터 1930년대 중반까지 집중적으로 발표되었다.

이종명의 작품 가운데 영화소설 『유랑』은 1928년 1월 『중외일보』에 21회 연재되었고, 같은 해 박문서관에서 동일 표제의 작품집으로도 출간되었다. 또한 이 작품을 원작으로 한 영화 〈유랑〉은 김유영이 감독하고 임화가 주연을 맡아 1928년 4월 1일 단성사에서 개봉하였다. 1930년 『중외일보』에 11회 연재한 「우울한 풍경」은 폐병에 걸린 희곡작가의 번민과 갈등을 아내와의 관계를 통해 묘사한 작품이다.

중편소설 「애욕지옥」은 1933년 『매일신보』에 55회 연재된 것으로, 자유연애와 인습 사이에서 갈등하는 여성인물을 형상화한 작품으로 평가된다. 1934년에 발표한 「우울한 그들」은 일종의 지식인 소설로, 실직한 지식인의 번민과 방황을 그리고 있는 작품이다.

그의 창작 경향에 대해서는 1930년대에 이르러 "가벼운 유모어에서 취재를 하면서도 사건과 작중인물에 사로잡히지 않고 객관적인 입장에서 인생의 전폭을 여실하게 그리고 있다"는 평가가 있기도 하지만, 대체로 그의 작품에는 깊이와 진지함이 결여되어 있다는 평가가 내려진다. 즉 작가적 책임을 느끼지 못한 상태에서 현실에 대한 절망과 도피, 소시민적 인텔리의 애수를 그리고 있다는 것이다. 소설집으로 『유랑』(1928)이 있으며 평론으로는 「탐정문예소고」(1928), 「문단에 보내는 말─새로운 성격의 창조와 새로운 관념에 대하여」(1933), 「창작상의 경향문제」(1934), 「문학 본래의 전통」(1934) 등이 있다. 특히 「문단에 보내는 말─새 감각과 개념」에서는 그의 소설과 일본 신감각파와의 관련을 드러내기도 하는데, 새로운 문학의 창조를 위해서는 관념과 감각의 혁신이 요구된다는 주장을 내세운 점에서 구인회 그룹에 속했던 그의 문학적 태도를 엿볼 수 있다.

이무영은 1933년 6월 『조선일보』에 게재한 평론 「이종명 소론─그의 작가적 생활에 대하여」에서, 이종명을 '노력 없는 작가', '심각미'가 없는 작가로 평가했다. 이무영은 이종명의 작품이 "역경에 있는 조선의 현실과는 괴리된 불문학에서 흔히 볼 수 있는 경쾌한 문학"에 그친 것이라 비판하는 한편으로, "이 작가에게는 어떠한 재료를 가지든지 큰 실패는 없을 것"이라 호평하기도 했다. 이종명은 구인회 결성 무렵인 1933년 『조선일보』에 「문단에 보내는 말―새로운 성격의 창조와 새로운 관념에 대하여」를 게재하며 당시 이분화된 문단 상황과 문인들의 자세를 성토했다. 그는 "순수예술파의 작가들은 부질없이 곰팡내 나는 자연주의 속에서 고사할 날을 기다리고 있고, 그렇다고 '프롤레타리아' 작가들 역시 소극적인 사회현상이나 하소연 같은 불평을 나열하기에 여념이 없는 모양"이라며 비판했다. 그는 "좀 더 시대에 착안하고 분위기에 민감한" 새로운 작가와 작품이 나와야 한다고 역설하기도 했다. 또한 그는 위대한 문학작품의 요건으로 '구성의 妙, 표현의 아름다움, 새로운 성격 창조'의 세 가지를 제시했다. 이러한 인식은 그의 낭만주의적 문학관을 드러내는 근거로 평가된다.

이종명은 1920년대와 1930년대 영화소설, 통속소설적 성과와 더불어 지속적으로 논의되는 작가이다. 그는 당대 주류 문학과는 다소 거리를 유지한 채 새로운 소설 실험에 관심을 가졌던 작가로 평가된다.

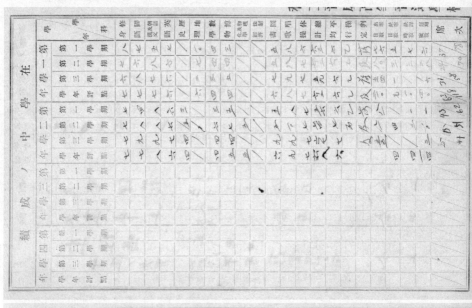

이종명의 보성고보 학적부

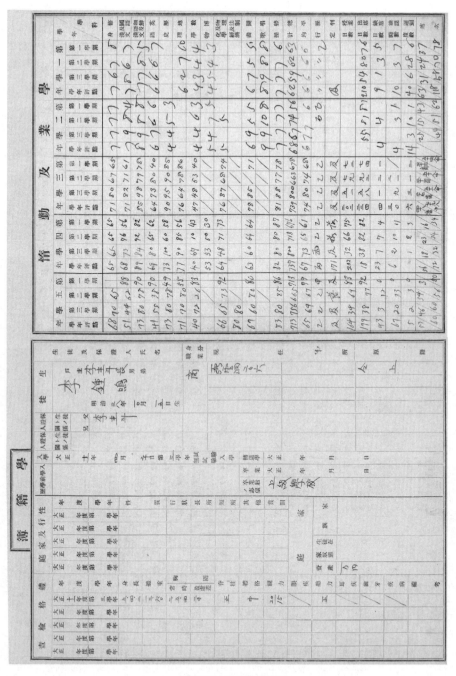

이종명의 보성고보 학적부

임화를 통과하는 빛과 그림자,
그 주변

박성모

소명출판 대표, 『근대서지』 편집위원

1. 임화라는 기호 또는 암호

1926년 10대 후반에 성아星兒라는 필명으로 시와 수필 평론을 발표하면서 문학계에 등장한 문제적 인물, 만 45세를 채 못 살다간 임화를 간단히 요약하기는 불가능에 가깝다. 이미 그에 대한 평전격의 저술은 물론, 임화라는 한 인물에 대한 두툼한 연구서가 여럿 존재하고 있다는 사실에 기초해서도 그렇다. 그럼에도 임화라는 화두는 여전히 문제적이며, 재해독하고 복기해 봐야 할 그의 문학적 유산과 생의 전반은 미답의 영역이 남아있다. 어쩌면 임화라는 대상은 영영 근대문학(화)사에서 끝없는 되새김질의 대상으로 남을지도 모를 일이다. 필요에 따라 그의 몇몇 문맥만을 따옴표로 가두어서 단정 짓는 속류적 해석들이 용인되지 않는 그의 사유와 문체적 특성도 그렇지만 그가 일찍이 서술한 문학사 방법론은 현재적 관점에서도 풀어놓기가 녹록치 않다. 신두원(「변증법적 문학이론의 전개—비평가로서의 임화」, 『한국문학평론』, 2000년 봄호)에 따르면 임화의 서술은 변증법적 회로를 거쳐서야 가능할 수 있는 성질의 텍스트이자 대상이기 때문이다. 그 가늠마저 그가 서술한 문학사 방법론 자체가 완성된 것이 아닌 진행형에서 중단되어 온전한 독해를 더욱 어렵게 하고 있다. 우선 그의 시대가 한치 앞을 내다보기 어려웠던 억압과 불치, 난망의 시대였다는 것을 고려해야 하는 점은 두말할 나위가 없다. 그런 시대에 어떻게 진득하니 책상에 앉아 문학사를 완성할 수 있었겠는가.

잘 알려져 있듯이 임화는 1908년 10월 13일 '서울' 낙산 아래서 나서 1953년 8월 6일 '평양'에서 처형당한 것이 그가 산 생의 전부다. 그가 나고 죽은 분단의 수도가 서울과 평양이라는 상징성만큼이나 그의 생은 파란만장하다. 논자에 따라 다른 견해가 있을 수 있겠지만 그가 온전한 삶을 향유한 것이래야 고작 해방 직후의 잠깐이었고, 식민지 시대였다는 점을 상기하면 그의 삶은 비극의 시대를 온몸으로 떠앉은 근대의 상처 그 자체다. 뿐만 아니라 그는 현재진행형인 분단의 희생양이다. 이 아물 수 없는 상처는 임화에게만 적용되는 것은 물론 아니다. 그러나 임화만큼 문제적인 인물을 손꼽기도 어렵다.

임화는 요약 불가능하다고 말했거니와, 그가 남긴 삶의 족적을 세세히 말하는 것은 나의 영역도 아니고 간단치도 않다. 그가 생전에 내놓은 그 모든 글, 시와 비평과 산문이 그렇거니와 그의 문학사 방법론은 새로이 따져보고 가려봐야 할 밝은 눈을 가진 이의 독해 영역에 놓여

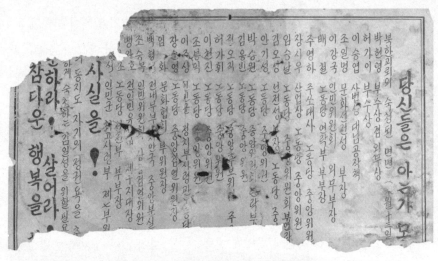

1953년 8월 13일자 남로당계 및 임화 숙청을 알리는 빨치산 투항 권고 삐라.

있고, 그의 활동 영역도 필설에만 그치는 것만도 아니다. 무엇보다 그는 행동가였다. 시인이자 평론가, 문학사가, 북 디자이너, 배우, 영화평론가, 극작가, 번역가, 출판기획자⋯⋯. 식민지하 전투적 문화운동가로서 그의 면모는 한 인간이 해내기 불가능할 정도로 문화부문 거의 모든 영역에 걸쳐있다. 이 모두를 아우르는 작업은 방대한 임화론들이 축적되어 있는 것과 별개로 이제 시작이라고 해도 틀린 말은 아닐 것이다. 게다가 세상에 알려지지 않은 임화의 새 자료들이 아직도 속속 발견되고 있는 실정이고 보면, 애초부터 문제적 인물이었던 임화에 대해 보완해야 할 숙제가 남아있는 셈이다. 임화를 건너뛴 근대문학사는 상상할 수 없고 그 틈새를 채우는 일은 그래서 더욱 절실한 것이기도 하다. 그가 생의 마감이 다가오는 시점, 즉 포화를 껴안고 한국전쟁 종군기자로서 남해가 보이는 낙동강 전선에 다가갔던 족적까지 후대가 더듬는 것은 결코 쉬운 일도 몇 줄 줄거리로 던져 내놓을 수 있는 것도 아니다. 하여 이미 잘 알려진 임화를 재론하거나 설명하는 일은 포기하고 그간 간과했던 한두 가지를 적시하는 것으로 임화라는 생의 뼈에 살덩이 한 조각을 덧붙이고자 한다.

2. 조명희·임화·최인훈

최인훈의 소설 『화두』는 조명희의 「낙동강」 서두를 인용하면서 시작하는 자전적 소설이란 것은 익히 알려진 사실이다. 「낙동강」에 등장하는 '로사'는 사회주의 혁명가 로자 룩셈부르크에서 딴 이름이다. 흔히 최인훈을 분단과 이념 대립, 군사독재라는 현대사를 횡단하면서 딱히

치우침이나 나무랄 지점이 발견되지 않는 무결점(?) 작가로 손꼽기도 한다. 냉전과 이념의 시기에 내놓은 평판작 『광장』이 그렇거니와 『화두』는 어쩌면 『광장』의 연작 앞뒤 편으로 읽어도 크게 어긋나지 않는 작품이라 말해도 좋을 듯하다. 조명희는 1928년 『낙동강』을 상재하고 청량사에서 몇몇 문우들과 출판기념회를 열고는 첫 소설집 출간의 기쁨을 누릴 틈도 없이 일제의 억압을 피해 곧바로 사회주의 모국 러시아로 망명했다가 스탈린 체제하에서 처형당한 작가다. 오늘날 용도폐기된 이른바 제도권 사회주의가 식민지하에서는 일제에 대한 저항과 대안으로서 하나의 이념적 틀이었다는 점을 간과하지 않는다면 조명희 역시 무결점의 작가로 꼽지 않을 수 없다. 스탈린 체제하에서 자행된 소수민족 탄압과 강제이주, 대학살에 대한 반성이 공식적으로 이뤄진 건 흐루시초프 체제가 들어선 후의 일이다. 조명희가 일제 간첩이란 누명을 쓰고 총살형을 당하고 묻힌 것으로 알려진 러시아 하바로프스키 외곽에 있는 거대한 공동묘지의 초입에는 이를 명시화하는 비석이 하늘을 바라보듯 누워있다. 비에는 다음과 같은 문구가 황금색으로 쓰여 있다.

스탈린의 불법무도가 판을 치던 때 죄 없이 총살당한 자들의 주검 앞에 고개를 숙이라.
여기, 그리고 묘지의 다른 곳에는 수천의 순교자들이 잠들어 있다!
기도를 올려라!
죄 없이 죽어간 자들의 영혼이 편히 잠들 수 있도록 기도를 올려라!
여러분을 기억하리라!
그대들의 이름이 역사로 돌아왔도다.

공동묘지로 들어서자마자 왼쪽 편에 작은 성당이 있고, 그 앞에 이 공동묘지에 묻힌 수많은 사람들의 이름이 빼곡하게 새겨져 있다. 거기 서 서편을 향한 비석을 치켜보면 상단 세 번째 줄에 러시아어로 조명 희의 이름이 또렷하게 각인돼 있다. 1956년에 조명희는 복권되고 그 의 처남 황동민에 의해 러시아에서 묵직한 『조명희선집』이 한글판으 로 간행된다. 1959년의 일이다. 1990년 한러수교(수교 당시는 소련, 그러 나 소비에트 연방은 1991년 12월 31일 해체됨) 이후 이런 일련의 상황들은 고스란히 국내 언론에 의해 앞 다퉈 다큐멘터리로 제작되었고, 취재를 통해 알려지기도 했다. 『화두』는 공교롭게도 이후 이때다 싶을 간극을 두고 적시에 출간된다. 최인훈의 자전적 소설의 주축에 조명희가 놓여 있다는 점은 『광장』을 다시금 곱씹어보게 하는 바가 있다.

더불어 최인훈이 『화두』 제2부(민음사, 1994, 69면)에서 언급하고 있 는 핵심 인물이 바로 임화다. 임화에 관한 최인훈의 문맥은 일찍이 신 두원을 필두로 최근에 권성우에 이르기까지 몇몇 비평가에 의해 거론 된 적이 있다. 옮기면 이렇다.

국내의 좌파문학은 30년대에는 완전히 억압당했다. 다만 임화 개인이 도달 한 지점은 놀랄 만하다. (…중략…) 그의 「조선신문학사」 연작은 그의 최고의 달성임이 명백한 듯싶고, 그 저작이 해방 직전의 시점에서 쓰이고 있다는 것은 그의 이성이 얼마나 깨어 있었고, 논리의 형식으로 역사에 봉사하겠다는 결의 속에 있었음을 간단히 증거하고 있다. 이 마지막 지적 걸작을 포함해서 그의 전 작품 — 시편들과, 실천평론들과 문학사 서술에 전제되고 있는 이론적 체계 로 구성된 의식의 생산물은 해방 전 우리 문학의 최고의 업적이다. 사람은 노예살이를 하면서, 폐병쟁이 노릇을 하면서도 이런 내면을 유지할 수 있다는 것은 그 이상 위안이 없고, 그가 동업의 선배라는 것은 그렇게 즐거울 수 없다. 그러나 그 조차도 그의 재능을 다 꽃피우지는 못하였다. 망명자들의 활동은 이론 이전에 스스로 정당했으나, 그 활동의 내면적 이론화가 활동 자체의 사실적 위대성만큼은 병행된 것은 아니었기 때문에, 이 사정은 '사실'의 일방적 독주에 주박(呪縛)당할 소지가 되었다. 그가 해방 후 이태준을 설득했던 논리 ─정치적으로는 자본주의를 포섭한 사회주의라는 논리를 미학적으로도 이론화하는 작업이, 어쩌면 그에게 더 좋은 환경이 보장되었다면 가능하지 않았을까, 하는 꿈을 꾸어 본다.

3. 임화의 학력

사석에서 나온 말이지만, 몇 해 전 임형택 선생께서 '임화는 신기의 인물이다. 이른바 보성고보 중퇴라는 학력이 전부인 그가 어떻게 제도권 상급학교에서 공부한 사람들도 쓰기 어려운 학술적 글쓰기, 그것도 동서고금을 넘나드는 탁월한 글쓰기가 가능했는지 납득이 잘 되지 않는다'는 요지의 말씀을 하셨다. 임화의 학력은 그가 『삼천리문학』(1938.1)의 요청에 의해 쓴 「작가단편자서전」에서 "중학교를 5년급에 집어던지고"라고 휘갈기듯 내뱉은 내용에 근거한 것으로 보인다. 그도 그럴 것이 보성고보 중퇴라는 학력을 뒷받침하는 공식 자료는 아직까지 어디서도

발견된 바가 없다. 한국전쟁기에 남쪽으로 급히 후퇴하면서 학적부를
땅에 묻어두고 떠났다 돌아와 보니 학적부가 썩어서 그 존재 자체가 사
라졌다는 게 보성학교의 해명이다. 그런데 꽤 여러 해 전부터 임화의
학력을 추론할 수 있는 몇몇 자료들이 나오기 시작했다. 이른바 보성고
보의 『교우회원명부』다. 이 『교우회원명부』는
현재 1937년도, 1940년도와 1942년도판을 확
인할 수 있다. 임화가 툭 내뱉듯 말한 보성고보
중퇴는 수정되어야 할 처지에 놓였는데, 이를 명
시화하는 일은 어떤 연유에선지 이 근거를 내보
여도 학계에서 외면하고만 있다.

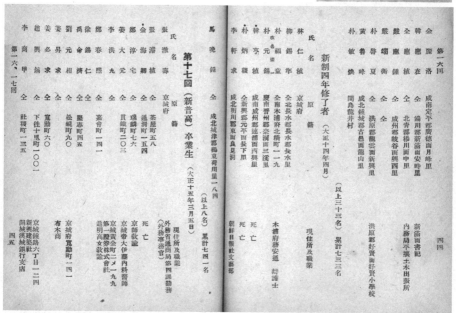

보성중학교에서 발행한 『교우회원명부』(1939년 11월 현재)의 '신제4년수료자' 명단에 임화의 본명 임인식(林仁植)이 첫
번째로 기록되어 있다. 다음 쪽에는 '제17회(신고보) 졸업생'으로 1937년 사망한 이상의 본명 김해경(金海卿)도 눈에 띈다.

다만, 임화의 경우『교우회원명부』들에 공히 '졸업'이 아닌 '수료'로 적시되어 있는 것이 특기할 점인데, 이는 제2차 조선총독부령으로 발표된 개정조선교육령(1922년 2월에 공포되고 4월부터 실시)에 근거할 때 구제 4년이었던 고보의 수업연한이 4년에서 5년으로 개정되면서 4년은 수료가 되고 5년은 졸업이라는 규정에 따른 것으로 보인다. 임화는 신제를 택하지 않고 구제인 4년을 수료한 것으로 명부에 표기되었기 때문이다. 이는 비단 임화뿐만 아니라, 다른 유수한 인물들 가운데서도 상당수가 구제를 선택함으로써 일종의 신제(일본학제와 동등)에 대한 저항적 의미로도 읽힐 수 있는 부분이어서 좀 더 세밀한 검토가 필요하다. 물론, 이런 정황은 따로 논의한다 하더라도 임화는 보성고보『교우회원명부』상 4년 수료가 정확한 학력이다. 다른 사실을 뒷받침할 만한 근거가 없는 상태에서 공간한『교우회원명부』들에 적시된 내용을 도외시하기 어렵다는 것은 인정해야 할 부분이다. 이제는 임화의 학력이 구제 졸업 또는 신제 수료로 공식 수정되어야 할 것으로 보인다. 학력이 중요하냐고 따질 수 있겠지만, 명시적인 자료가 있는 한 고보 중퇴는 바로잡는 것이 옳다.

4. 임화와 '양남수'

잘 알려져 있듯이 임화의 필명은 여럿이다. 그간 알려지지 않았던 임화의 또다른 필명으로 양남수를 거론한 것은 김재용의 글「임화와 양남수」(『한국근대문학연구』, 한국근대문학회, 2001.4)에서다. 그런데 어인 까닭인지 주변의 근대문학연구자 몇몇에게 물어봐도 양남수는 금시초 문이라는 답이 어렵지 않게 돌아온다. 남과 북에 미소 군정이 들어서 면서 임화가 북으로 넘어간 시기는 1947년경이라는 데는 이론의 여지 가 없어 보인다. 그 시기 임화가 남쪽에 있을 것이라는 설도 있어왔지 만 양남수라는 필명으로 활발하게 활동했다는 게 김재용 글의 요지다. 남로당 기관지였던 『노력자』에 양남수의 글이 발표되는데, 이는 임화 가 김남천이나 오장환과 달리 평양이 아니라 해주에서 활동하고 있다 는 것, 다시 말해 남쪽에서 암약하고 있다는 것을 알리려는 남로당의 전략이었다는 것이다.

그런데 1951년 5월 문화전선사에서 발행한 임화의 마지막 시집 『너 어느 곳에 있느냐』에는 모두 8편의 시가 실려 있는데, 같은 시기에 쓰인 시이면서도 여기에 실리지 않은 또 한 편의 시가 발견된다. 표지 와 판권면을 제외하고 본문만 100쪽에 이르는 이 시집에 8편의 시가 실렸다는 것은 굳이 장편시라고 정의하지 않더라도 전체적으로 긴 시 들이라는 얘기다. 흥미로운 점은 시집 말미에 실린 「흰 눈을 붉게 물들 인 나의 피 위에」라는 시 마지막에 「영웅전」에서라는 덧글이다. 뿐만 아니라 제목에도 "1950년 12월 25일 황해도 신계부근 602고지 전투 에서 적 화점을 몸으로 막아 전사한 김창권 동무를 위하여"라는 설명 이 덧붙어 쓰여 있다. 이로 볼 때 「영웅전」이라는 별도의 더 긴 시나 연 작이 있을 수 있다는 얘기가 된다. 김재용은 아마도 이 지점에서 양남 수와 임화를 동일인물로 판단하였던 것 같다. 이 「영웅전」의 전문이 궁금했다.

최근 확인한 박달朴達 편, 『조선항쟁시선집』(在日朝鮮人敎育者同盟文化部, 조선문고 2, 1951년 이른 봄)이라는 손 글씨로 쓰이고 일본에서 인쇄 배포한 시집을 보면, 양남수의 「영웅정('전'의 오기)」과 함께 임화의 「노호하라 洛東江!」이라는 시가 나란히 실려 있다. 이 「노호하라 낙동 강!」은 아직 세상에 알려지지 않은 시로, 시기적으로는 1951년 5월 발행한 그의 시집 『너 어느 곳에 있느냐』에 실렸어야 할 만한 시다. 「영웅전」이라는 시 제목에 이어 역시 작은 글씨로 "대숲 어득히 흔들리는 거기 1949년 11월 9일 전라남도 장흥군 유치면 전투에서 전사한 호남

박달(朴達) 편, 『조선항쟁시선집』, 在日朝鮮人敎育者同盟文化部, 조선문고 2, 1951년 이른 봄

권 구 유격대 총사령 최현 동무를 위하여"라는 문구가 마치 부제처럼 적혀 있다. 김재용의 앞의 글(「임화와 양남수」)에 따르면, 이 시는 『노력자』167호에서 가져온 것이고, 실제 실린 것은 『노동신문』1950년 3월 21일자이다. 『노력자』는 남로당 기관지로 1947년 9월 무렵부터 5일에 한 번씩 발행하는 신문 형태의 기관지이다. 실제로는 해주에서 발행했지만 마치 서울 종로에서 발행한 간행물인 것처럼 위장해 미군정의 탄압을 피하면서 남로당의 위상이 건재함을 과시한 것으로 보인다. 다만 여기서 주목할 점은 그럼에도 불구하고 왜 양남수의 시가 굳이 북로당의 주력이었던 『노동신문』에 실렸는가 인데, 그 이유는 부실한 남로당이 북로당과의 관계를 고려하여 전략적 차원에서 남로당이 운신의 폭을 넓힐 필요가 있었다는 것이고, 이 점은 후일 그의 숙청과도 연계하여 생각해볼 문제로 남는다.

5. 임화와 김사량, 그 긴 그림자

『조선항쟁시선집』에는 박산운(2), 김광현, 김상훈, 이용악, 설정식(2), 유진오(2), 조기천, 최석주, 민병균(2), 양남수, 박남수, 임화 등 빨치산 활약과 종군시편에 이르는 17편의 시가 실려 있다. 그럼에도, 태생적 순결주의자(?)였던 임화는 미제 스파이라는 혐의로 숙청당했고, 이보다 앞서 김사량은 낙동강 전투에서 퇴각하다 병이 깊어 낙오한 끝에 강원도 원주 인근에서 실종, 그 이후는 아무도 모른다. 임화의 시 「노호하라 洛東江!」, 그리고 지금까지 알려진 김사량의 마지막 글 「바다가 보인다」(종군기)가 담고 있는 순정의 속살은 어떤 운명으로 이 어졌을까? 지하에서 조우하기나 했을까? 임화는 북에서 숙청되었고, 김사량은 퇴각의 길에서 병으로 낙오, 실종(사망)됐다. 불과 3년 남짓 시간차를 두고 그들은 운명적인 순간에 이르렀다.

하지만 그들이 남긴 빛과 어두운 그림자는, 예의 전선시편과 종군기 가 그렇듯 선동적 구호를 제거하고 나면, 뜨겁다 못해 조국의 산하 정 경을 보듬는 애처로운 서정이 주조를 이룬다. 어느 한쪽으로 치우치지 않고 고요의 시간에 앉아 새겨보면 지금 여기 살아남은 자들이 되새김 질해야 하는 무거운 유산이 아닐 수 없다. 이 고요를 배회하는 유산은 아직도 넘지 못하는 큰 산의 5부 능선 갈피 어디쯤에서 정오의 해를 머 리에 이고 머뭇거리는 것만 같다. 임화와 김사량, 아래 두 편 글에 드리 운 그림자는 선뜻 그 답을 건네지 않는다. 그들이 생의 마지막 글에 담 았을 영혼은 분단의 해진 옷을 입고 이 긴 그림자 밑에 누워있는 것은 아닌지.

七백리 긴 하상의 높고 낮은 길을
여울처럼 소리치며
숱한 산굽이와 계곡을 박차고

밀양으로 부산으로 진해로
해일로 넘쳐 바다로 흐른다

늦은 가을 등불 껌벅이는

박아지와 기름병을 찬

어머니 아버지의 손길을 잡고

먼 북간도 낯선 일본으로

떠나가던 우리 사랑하는 형제들이

돌아보며 돌아보며 눈물짓던 강이여

산천과 인정이 모두 다 서투른 외마당

조국의 그리움이 뼈에 사무치던 슬픈 날에

우리의 사랑하는 동포들이

천년을 산들 꿈엔들 잊으리냐

노래 부르며

울음 울든 강이여

(…중략…)

달빛 아름다운 금호강가

경주 영천 대구로부터

물소리 구슬 같은 위천수가

진주 남강 협천 황간으로 감돌아

락동강으로 모아드는 창녕 랭산을 지나

섬과 바다가 호수처럼 잠잠한

진해 마산 통영으로 뚫고

밀양 동래 부산 부두로

—임화, 「노호하라 洛東江!」 일부

바다가 보인다. 거제도가 보인다.

바로 여기가 남해바다이다.

진해만을 발아래 굽어보며 마산을 지척간에 둔 남쪽하늘 한끝 푸른 바닷가의 서북산 700고지 우에 지금 나는 우리 군대동무들과 같이 진중에 있다. 바윗돌을 파내고 솔가지를 덮은 은폐호 속에서 저 멀리 서남쪽으로는 통영반도의 산줄기가 굼실굼실 내다보이며 정면에 활짝 트인 바다 한가운데 거제도가 보인다.

그리고 올숭달숭 물오리 떼처럼 흩어져 있는 조그만 섬들은 안개 속에 가물거린다.

흐드러지게 아름다운 바다—

— 김사량, 「바다가 보인다」 일부

6. 문학이라는 불편, '역사적' 인간과 '문학적' 인간

임화를 얘기하는 이 짧은 지면에서 근현대문학사의 종축에 굵직하게 자리 잡은 작가들을 과감하게 호명하였다. 이는 임화를 위한 변론이기도 하면서 그들의 행로가 자못 유사한 까닭이기도 해서다. 조명희가 그렇고 김사량이 그렇고, 한 발짝 떨어진 최인훈도 그렇다. 이들의 명시적 공통점이라면 공히 문제적 작가라는 점이다. '작가는 오직 글로서 말한다'는 오래되고 진부하면서 그럴듯한 물음에 직면하면 글(문학)의 본질이 시든 소설이든 비평이든, 하다못해 어느 편에 서야만 하는 종군기라할지라도 판이하게 달라질 수도 있음에 주목하는 것은 새로운 것이 아니다. 임화를 중심에 놓고 이야기하는 마당에 이런 물음은 어쩌면 더더욱 당연한 것일 수도 있겠는데 그간 이런 물음이 있었냐 하면, 필자의 영역권내에서는 아는 바가 없다. 조명희가 그랬고 임화가 그랬고 김사량이 그랬다. 이들의 또다른 함의는 문학 자체에만 머문 것이 아니었다는 점이다. 이들은 무엇보다 이들 스스로 문학과 실천을 한 몸으로 묶어 역사라는 장강에 뛰어들었다는 사실이다. 이름하여 '역사적' 인간들이라 할 것이다. 다시 최인훈의 글을 호출해 보자.

> 망명자들의 활동은 이론 이전에 스스로 정당했으나, 그 활동의 내면적 이론화가 활동 자체의 사실적 위대성만큼은 병행된 것은 아니었기 때문에, 이 사정은 '사실'의 일방적 독주에 주박(呪縛)당할 소지가 되었다.

인용의 문맥은 틈이 보이지 않는 서늘한 냉철함이 가히 현존하는 대작가의 평이 아닐 수 없다. 최인훈은 작가임과 동시에 스스로 비평적 작업을 해온 문예비평가이기도 하다는 사실을 상기해도 그렇다. 인용의 문맥에 따르면 조명희나 김사량, 임화는 그들의 문학과 활동 사이에서 주박당할 소지의 인물들이다. 소지에 머무는 것이 아니라 명확하다. 그러나, 식민지와 해방공간 한국전쟁기에 이들이 활동하고 선택해온 역사에 대한 평가는, 오늘 그 어떤 지혜의 언어를 끌어들여 설명하더라도 사건 이후을 더듬는 것이며, 보다 자유로운 처지에 서 있는 오늘을 사는 자의 입장에서의 판단이라는 점은 분명히 밝혀둘 필요가 있다.

방대한 저작들로 두 번에 걸쳐 전집이 간행된 대작가 최인훈의 위치 또한 명확하다. '문학적' 인간의 대표적 표상이라 할 만하다. 분단과 이념 대립, 군사독재시절을 거쳐 온 그의 무난한 행보가 그렇게 가리킨다. 그렇지 않고서 이 시기 역사에 자신을 투신한 수많은 작가들, 이념의 덫에 씌워져 갖은 고문과 심지어 문학적 죽임을 당하고, 살아도 산 것 같지 않은 실천적 인물들을 달리 설명할 방도가 떠오르지 않는다. 분단된 나라에서 문학적 인간과 역사적 인간이라는 두 축은 이미 의식을 넘어선 자연스러운 시선이고 일견 부당하면서도 일견 선명한 분별의 방법이다. 우울한 고착이 아닐 수 없다. 이 틈새를 온당하게 메우는 일은 후일의 문학사가들에게 맡겨야 할 만큼 일부 당사자들이 생존해 있는 시점에서 기술하는 것은 민감하고 난감한 일이다. 무엇보다 임화를 중심에 놓고 문학을 말한다는 것은 매우 힘겹고 고통스런 일인 동시에 문학이란 무엇인가를 다시 묻는 근원적이면서도 아주 어리석은 질문을 던지는 일일 수밖에 없다. 건들거리며 "나는 보성고보 중퇴"라고 내뱉었던 10대의 문단 신출내기에서 단박에 한국 근대문학사에서 떼어놓을 수 없는 태산이 되어버린 임화는, 문학이란 무엇인가를 다시 묻는 그 무게이며 그 불편함이다.

박제가 되어 버린 천재, 이상

염철
경북대학교 초빙교수

1.

김해경金海卿, 아니 이상李箱은 음력으로 1910년 8월 20일, 아버지 김영창金永昌과 어머니 박세창朴世昌 사이에서 장남으로 태어났으며, 그의 밑으로 남동생 김운경金雲卿과 여동생 김옥희金玉姬가 있다. 아버지 김영창은 활판소에서 일하다가 손가락이 잘린 이후에 이발소를 운영하여 근근이 생계를 이어가야 할 정도로 가난했다. 이와는 달리 백부 김연필金演弼은 총독부의 관리로서 어느 정도 재산의 여유가 있었지만 슬하에 자식이 없었다. 이러한 사정으로 이상은 세 살이 되던 해부터 통인동 154번지에 있는 백부의 집으로 옮겨 가 살았다.

그가 다시 친가로 돌아온 것은 1932년 5월 백부가 사망하고 나서였다. 이상은 수필 「슬픈 이야기」에서 친가로 돌아온 소회를 다음과 같이 서술해 놓고 있다.

> 젖 떨어져서 나갔다가 이십삼 년 만에 돌아와 보았더니 여전히 가난하게들 사십디다. 어머니는 내 다님과 허리띠를 접어 주셨습니다. 아버지는 내 모자와 양복저고리를 걸기 위한 못을 박으셨습니다. 동생도 다 자랐고 막내 누이도 새악시 꼴이 단단히 백였습니다. 그렇건만 나는 돈을 벌 줄 모릅니다. 어떻게 하면 돈을 버나요. 못 법니다. 못 법니다.[1]

백부의 뒷바라지를 받다가 이제는 장남으로서 한 가족의 생계를 책임져야 하는 위치에 서게 된 이상의 진솔한 심경이 드러나는 대목이다. 여동생 옥희에게 보낸 편지에서도 이러한 장자의식은 매우 분명하게 확인된다.

> 나도 한번은 나가야겠다. 이 흙을 굳게 지켜야 할 것도 안다. 그러나 지켜야 할 직책과 나가야 할 직책과는 스스로 다를 줄 안다.
> 네가 나갔고 작은오빠가 나가고 또 내가 나가버린다면 늙으신 부모는 누가 지키느냐고? 염려 마라. 그것은 맏자식된 내 일이니 내가 어떻게라도 하마. 해서 안 되면……. 혁혁한 장래를 위하여 불행한 과거가 희생되었달 뿐이겠다.[2]

---

1 이상, 「슬픈 이야기」, 『조광』, 1937.6. 이 글에서는 김윤식 편, 『이상문학전집 3 수필』, 문학사상사, 1993, 63쪽에서 인용하였으며, 맞춤법은 현재의 표기를 따르고 한자는 노출하지 않았음. 이하 이상의 수필과 편지 인용 쪽수는 이 책의 쪽수를 가리킴.
2 이상, 「사신(1)」, 위의 책, 220쪽.

19세기적 관습으로부터 필사적으로 탈주하고자 했지만, 가족을 부양해야 하는 의무감으로부터 자유로워지기는 어려웠던 이상, 김기림에게 보낸 편지에서 스스로 표현했듯이, 그는 "19세기와 20세기 틈사구니에 끼어 졸도하려 드는 무뢰한"이었던 셈이다. 이 편지에서 그는 "완전히 20세기 사람이 되기에는 내 혈관에는 너무도 많은 19세기의 엄숙한 도덕성의 피가 위협하듯이 흐르고 있소그려."[3]라고 절규하고 있다.

아무튼 이상은 성장기의 대부분을 백부의 집에서 보냈다. 이곳에서 그는 4년제였던 신명학교를 졸업하고 견지동에 있는 동광학교에 입학했다. 동광학교는 조선불교중앙교무원에서 운영하던 교육기관이었는데, 교육 환경이 매우 열악했다고 한다. 이 때문에 이상이 4학년이 되던 해에 이 학교에 다니던 학생들은 모두 수송동에 있던 보성고등보통학교에 편입된다. 당시 조선불교중앙교무원이 보성고보를 인수함으로써 가능하게 된 일이었다.

당시 이상과 보성고보를 함께 다녔던 인물로는 김상기, 이헌구, 원용석 등이 있다. 그 중에서 이상과 가장 친했다는 원용석은 다음과 같은 증언을 남긴다.

> 그와 나는 동광학교 때부터의 죽마지고우(竹馬之故友)란 말씀이야. 게다가 그도 나도 자라난 곳이 다같은 서울 장안이요, 그는 통인동에 살았고 나는 광교 옆 장사동에 살아 집도 가까워서 서로 왕래가 잦았답니다. …… 그는 보기만 해도 가난이 철철 흐르는 몰골이었답니다. 모자며 양복은 다 해지

---

3 이상, 「사신(7)」, 위의 책, 235쪽.

고 운동화 하나 제대로 새것을 사 신지 못했지요. 그렇지만 해경은 폐의파모(敝衣破帽)를 조금도 창피해 하거나 그러진 않았어요. 그런 내색을 안 했다기보다는 외관 같은 것엔·아예 무관심했던 거죠.[4]

백부의 가정 형편을 생각하면 조금 이해가 안 되는 내용이기는 하지만 보성고보 재학 시절 이상이 가난한 학생처럼 보였다는 것은 어느 정도 수긍할 만한 듯하다. 이상 자신이 '월사금'을 생부로부터 지원받았으며, 신발도 생부모가 사 주었다고 진술한 점으로 미루어 보아 학비와 생활비 전체를 백부가 지원하지는 않았을 것이라는 추론이 가능하기 때문이다.[5] 이처럼 어려운 형편이었지만 그는 화가가 되겠다는 꿈을 꾸면서, 여동생 옥희에게 5전을 주고 한 시간 동안 모델을 서게 하거나, 친구인 원용석을 모델로 삼아 그림을 그렸다. 그의 그림 솜씨 또한 보성고보 3학년 때 교내 미술전람회에서 「풍경」이라는 작품으로 1등상을 수상할 만큼 뛰어났다. 한국인 최초의 서양화가이면서 당시 보성고보의 미술 교사였던 고희동도 그의 그림 솜씨를 매우 아꼈을 정도라고 한다.

하지만 그는 미술 전문학교에 진학하지 못하고 경성고등공립학교 건축과에 진학한다. 이러한 선택을 한 데는 백부의 권고가 결정적인 이유로 작용했다. 그런데 경성고공 시절 동창이었던 일본인 대우미차랑大隅彌次郎의 증언을 참조하면, 그림을 그리고자 하는 꿈을 포기할 수 없었던 이상의 욕망도 주요한 원인이었던 것으로 보인다.

---

4   김승희 편저, 『이상』, 문학세계사, 1993, 28쪽. 김상기의 증언에 따르면 이상은 학비를 벌기 위해 빵떡(현미빵)을 팔기도 했다고 한다.

5   이상, 「슬픈 이야기」, 앞의 책, 63쪽 참조.

김해경이 경성고공을 지망한 건 오로지 그림을 그리기 위해서였습니다. 이건 나중에 그 학교 건축과 미술부에 함께 소속되면서 그가 나한테 그렇게 언명한 확실한 사실이지요. 회화를 배울 전문학교로 가는 건 경제 사정으로 가질 못하고, 한국 내엔 그런 학교도 없었지요. 당시 학교에서 그나마 미술을 할 수 있는 곳은 경성고공뿐이었거든요.[6]

경성고공을 졸업한 이상은 1929년에 총독부 내무국 건설과에 취직하고, 이 해 12월에는 조선건축학회의 기관지『조선과 건축』표지 도안 공모전에 응모해 당선되기도 하였다. 이를 계기로『조선과 건축』지와 인연을 맺은 이상은 1931년 7월호에 시 장르로는 첫 번째 발표작인「이상한 가역반응」을 게재한다.

이때를 전후하여 각혈을 시작한 이상은 폐결핵이 악화되면서 1933년 3월 총독부 관방회계과 영선계에 사표를 제출하고 배천 온천으로 여행을 간다. 이곳에서 만난 기생 금홍과 사랑에 빠진 이상은 나중에 다방 제비를 경영할 때 그녀를 이곳의 마담으로 앉힌다. 그러나 금홍이 1935년에 가출하여 돌아오지 않자, 이상은 친구 구본웅에게 소개받은 변동림과 1936년에 결혼식을 올린다. 이 결혼은 얼마 지나지 않아 파국을 맞게 되는데, 그 이유는 동경에 갔던 이상이 1937년 4월 17일 동경제대 부속병원에서 사망했기 때문이다.

---

6   김승희 편저, 앞의 책, 36쪽.

2.

　이상의 최초 발표작은 총독부 관방문서과에서 발행하는 월간종합
지『조선』(1930,2~9)에 연재한 장편소설『12월 12일』이다. 이후 이
잡지에 1932년 3월과 4월에 「지도의 암실」, 「휴업과 사정」 등을 발표
하기는 하지만 활동 초기에 이상이 더 많은 관심을 기울인 것은 일본
어 시 창작이었다. 동갑내기 친구 문종혁의 증언에 따르면, 이상의 백
부 집에서 그를 처음 만났던 18세부터 이상은 시 창작에 열을 올리고
있었다고 한다. 그러다가 2년쯤 후에는 화가의 꿈을 접고 문학을 하겠
다는 포부를 밝히기도 했다고 한다.[7] 그러니까『조선과 건축』1931년
7월호에 「이상한 가역반응」이라는 시를 최초로 발표하기 이전에 이미
여러 편의 일문시를 창작하고 있었던 것이다. 「선에 관한 각서」 연작
8편(1931.10), 「건축무한육면각체」(1932.7) 등은 그 결과물들이다.
　1933년 7월이 되어서야 이상은 한글로 쓴 시 「꽃나무」, 「이런 시」,
「1933, 6, 1」 등을『카톨릭청년』에 게재한다. 이 시기를 전후하여 이상
은 박태원, 김기림, 정지용 등과 활발한 교류를 갖기 시작한다. 그러한
인연으로 그는 1934년에 '구인회'에 가입하였으며, 이 모임의 동인지
『시와 소설』의 편집을 도맡기도 하였다. 그리고 구인회의 일원이었던
이태준의 소개로 한글 시 「오감도」를『조선중앙일보』(1934.7.24~8.8)
에 연재한다. 원래는 30편을 연재할 계획이었지만 독자들의 비난이 빗

7　문종혁, 「몇 가지 이의」, 『문학사상』, 1974.4, 347~348쪽 참조. 참고로 문종혁의 학적
　　부를 참조하면, 문종혁의 본래 이름은 문종욱이었던 것으로 보인다.

발치자 15편을 끝으로 연재가 중단되고 말았다. 이와 관련하여 이상은 「산묵집—오감도 작자의 말」을 남겼다.

왜 미쳤다고들 그러는지 대체 우리는 남보다 수십 년씩 떨어지고도 마음 놓고 지낼 작정이냐. 모르는 것은 내 재주도 모자랐겠지만 게을러빠지게 놀 고만 지내던 일도 좀 뉘우쳐 봐야 아니 하느냐. 여남은 개쯤 써 보고서 시 만들 줄 안다고 잔뜩 믿고 굴러다니는 패들과는 물건이 다르다. 2천 점에서 30점을 고르는 데 땀을 흘렸다. 31년 32년 일에서 용대가리를 딱 꺼내어 놓고 하도들 야단에 배암 꼬랑지커녕 쥐 꼬랑지도 못 달고 그냥 두니 서운하 다. 깜빡 신문이라는 답답한 조건을 잊어버린 것도 실수지만 이태준, 박태원 두 형이 끔찍이도 편을 들어 준 데는 절한다. 철(鐵) — 이것은 내 새 길의 암시요 앞으로 제 아무에게도 굴하지 않겠지만 호령하여도 에코 — 가 없는 무인지경은 딱하다. 다시는 이런 — 물론 다시는 무슨 다른 방도가 있을 것이 고 위선 그만둔다. 한동안 조용하게 공부나 하고 따는 정신병이나 고치겠다.[8]

위의 진술에서 확인할 수 있는 것처럼, 당시 이상은 서구의 초현실 주의 문학 같은 것을 발전된 형태의 문학으로 인식하였고, 이를 따라 잡기 위해서는 조선의 문학인들이 좀 더 분발해야 한다는 생각을 지니 고 있었다. 1930년대 식민지 조선에서 이와 같은 생각이 받아들여지 기는 어려웠다. 이상은 새로운 시 형식을 개발함으로써 이러한 난국을 헤쳐 나가려 했다. 그리하여 『조선일보』에 1936년 10월 4일부터 10 월 9일까지 총 11편의 「위독」 연작을 연재한다. 그리고 김기림에게 보

---

8   이상, 「산묵집－오감도 작자의 말」, 앞의 책, 353쪽.

내는 편지에서 이 「위독」 연작에 대해 "요새 조선일보 학예란에 근작시 '위독' 연재 중이오. 기능어, 조직어, 구성어, 사색어로 된 한글문자 추구시험이오. 다행히 고평을 비오. 요다음쯤 일맥의 혈로가 보일 듯하오."[9]라면서 낙관적 전망을 드러낸다.

「위독」 연재를 마친 이상은 20세기식 도덕과 문화를 배우기 위해 동경으로 향한다. 하지만 이상이 이곳에서 읽은 것은 '긴좌'로 대표되는 '허영독본'일 뿐이었다. 그는 김기림에게 "동경이란 참 치사스런 도십디다. 예다 대면 경성이란 얼마나 인심 좋고 살기 좋은 '한적한 농촌'인지 모르겠습디다"라면서 편지를 보낸다. 이어서 "위독에 대하여도 — 사실 나는 요새 그따위 시밖에 써지지 않는구려. 차라리 그래서 철저히 소설을 쓸 결심"[10]이라는 심경을 토로한다. 이는 「위독」 연작을 통해 19세기식 도덕관념을 청산하고 새로운 시 형식을 완성시키려 했던 그의 계획이 실패했다는 것을 자인하는 셈이다.

이와는 달리 그가 철저하게 소설을 쓰겠다고 밝힌 것은 1936년 9월 『조광』에 발표한 단편소설 「날개」가 주위의 호평을 받은 데 기인한 것으로 보인다. 실제로 이 무렵 이상은, 자신의 표현대로 하자면 '지상 최종의 걸작' 「종생기」를 집필하고 있기도 했다. 그런데 이 작품은 말 그대로 그의 '종생기'가 되고 말았다. 1937년 2월 12일 불령선인, 즉 사상불온자로 오인되어 경찰에 구속된 그는 34일 간의 구속을 마치고 석방되었지만, 건강이 악화되어 동경제대 부속병원에서 만 27년이 채 안되는 짧은 생애를 마감해야 했다. 「종생기」에서 스스로 예언한 종생

9   이상, 「사신(5)」, 앞의 책, 231쪽.
10   이상, 「사신(7)」, 위의 책, 235쪽.

일자 1937년 3월 3일에서 한 달이 좀 지난 4월 17일 그는 실제로 죽음을 맞이했던 것이다.

생전에 이상이 문학 작품을 통해 탐구하고자 했던 거의 유일한 주제는 19세기적인 도덕과 문화를 부정하고 20세기에 맞는 새로운 도덕과 문화를 발견하는 것이었다. 그것은 아버지로부터, 가족으로부터, 모조기독으로부터, 모든 불합리한 것들부터 벗어나고 싶은 욕망에서 비롯한다. 그는 수필 「단지斷指한 처녀」에서 말한 대로 '단지'처럼 사회와 인습이 강요하는 효도의 형식이 사라진 세상, 여동생에게 보낸 편지[11]에서처럼 사랑을 위해서라면 무모하게 집을 떠나는 일도 가능한 세상, 수필 「이 아해들에게 장난감을 주라」에서처럼 아이들이 장난감을 가지고 놀 수 있는 세상—권태의 대척점에 있는 세상, 그러나 "계집을 가두에다 방매하고 부모로 하여금 기갈케"[12] 하지 않는 세상을 꿈꾸었다.

그런데 이상의 꿈이 실현되기에는 식민지 조선의 현실이란 턱없이 열악했다. 심지어 동경조차도 그의 꿈과는 한참이나 거리가 먼 곳이었다. 그리하여 그는 '박제가 되어 버린 천재'로 남게 되었지만, 이상은 자신의 작품을 통해 현대의 독자들에게 끊임없이 질문을 던지고 있다. 네가 살고 있는 시대는 모든 불합리한 도덕이 사라진 세상이냐고? 혹시 그곳에도 나처럼 '박제가 되어 버린 천재가 살고 있지는 않은가라고? 이 질문을 더 이상 던지지 않아도 되는 세상이 오지 않는 한, 이상 문학은 언제나 그 빛을 잃지 않을 것이다.

---

11 이상, 「사신(1)」, 위의 책, 215~222쪽.
12 이상, 「사신(9)」, 위의 책, 241쪽.

이상이 짓고 그린 작품들

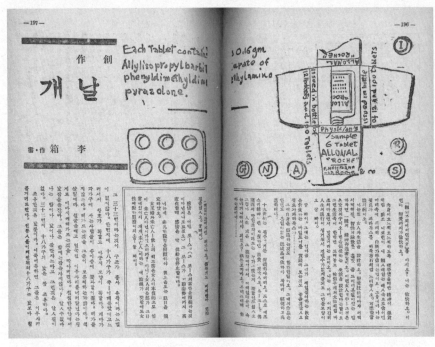

『조광』, 1936.9

『조광』, 1937.5

0163

生徒學籍簿

建築學科　氏名　金海卿　　番號

昭和　年　月　日調成

注意		

本籍	京城府通洞一五四番地	族籍身分	長男	明治43年8月20日生
居所及其ノ關係	留學 全 仝			
	136			
入學	昭和15年4月17日	入學前ノ履歷	大正十二年三月普成高等普通學校卒業	
	詮衡試驗成績 502 席次 63 命 23			
退學	昭和　年　月　日 事由	徵兵事故		
修業卒業	昭和2年3月19日 第一學年修了	學年記事		
	昭和3年3月19日 第二學年修了			
	昭和4年3月19日 第三學年修了			
	昭和4年3月19日 卒業			

保證人	氏名	職業	生徒トノ關係	住所
第一	金演弼	官吏	伯父	通洞一五四
第二	申明均	官吏	知己	嘉會洞三三番地

京城高等工業學校

C164

在學中ノ狀況			卒業後ノ狀況		

成績

	一年	二年	三年		一年	二年	三年
操行	甲8		乙				
修身	85.0	83.3	90 甲				
體操	76.0	76.7	74 乙				
國語・朝鮮語	84.0						
英語	71.3	90.3	95				
數學	71.3 乙						
物理學	甲						
建築材料		甲					
應用力學	75.0	76.7					
建築構造	75.0						
建築		71.0 乙	86	學年成績	72.62 82.71 甲 82 甲		
建築史	91.0	92.5 甲		授業日數	223 219 216		
衛生工學			75 乙	出席日數	223 215 215		
建築計畫		84.7 甲	87	卒業論文			
建築裝飾法		86.7	甲	卒業成績	81		
施工法			85 甲	席次	12人中 7番		
測量		83.5 甲					
自在畫	86.7 甲	85.3		人物			
工業經濟			82 乙	性質 溫順			
工業法令			82 乙	素行 良			
製圖及實習	93.7 乙	90.3 乙	82 乙	長所其他 課業熱心ニシテ良シ		

體格		
身長	167.6	胸圍 82.0
體重	51.7	概評 丁

卒業後ノ狀況（右欄）

現住所	電話　　移轉　年　月　日	
	電話　　移轉　年　月　日	
	電話　　移轉　年　月　日	
勤務場所	朝鮮總督府内務局建築課	轉任　年　月　日
		轉任　年　月　日
		轉任　年　月　日
		轉任　年　月　日
備考	학적카-드작성 (1993.10.11)	

注意

이상의 경성고공 학적부

동생 김운경의 보성고보 학적부

친구 문종혁의 보성고보 학적부

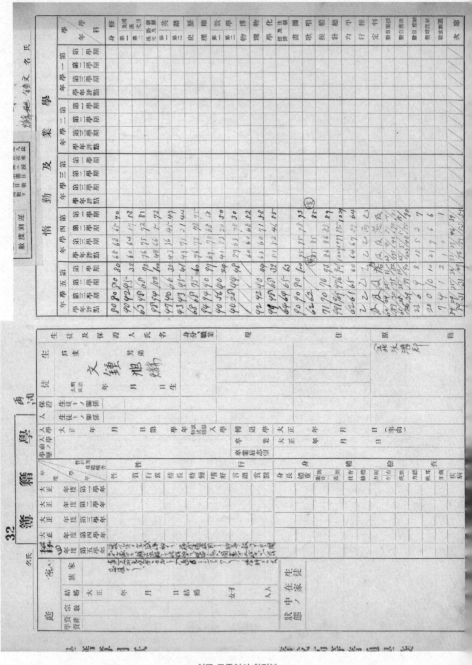

친구 문종혁의 학적부

제18회

나비는 종생토록 바다 위를 날았다

김기림

손종업
선문대학교 국어국문학과 교수

　김기림은 근대주의자다. 이상도 그렇고 임화도 그렇다면 김기림에게는 그 포즈도 극적인 성격도 없다. 대신 삶의 끝에 가서야 겨우 보이는 운명이 있다. 시인이자 평론가로 많은 업적을 남겼지만 그의 삶에 대한 기록은 의외로 많지 않다. 최근에 세상을 떠난 김학동은 "현시점에서 김기림의 전기적 국면을 다룬다는 것은 무척 어려운 것 같다. 그가 태어난 고향이 이북인 데다, 또 그의 전기적 자료를 수집한다는 것이 그리 쉽지가 않다. 더구나 그의 유족들의 희미한 기억을 통해서 얻어진 정보조차도 불확실할 뿐만 아니라, 그것을 액면 그대로 수용하기에는 그의 자전적인 글들과 상치되는 점이 제법 발견되고 있기 때문"이라고 밝힌 바 있는데 이는 지금도 크게 다르지 않다.

　김기림이 한국문학사에 그 존재를 드러내는 것은 주지하다시피 '9인회'를 통해서라 할 수 있다. 9인회는 그 이름에서 짐작할 수 있듯이 당대 문단을 양분하고 있던 KAPF의 계급주의 문학이나 민족주의 문학과는 달리 특별한 이념적 지향이 없이 각 개인의 독자적인 문학적 취향을 공유하려는 집단이었다. 그 창립과정에 대해서는 이견이 없지 않다. 김기림은 지나친 확대해석의 가능성을 다음과 같이 경계했다. "몇몇이 9인회를 한 것도 적어도 우리 몇몇은 문단의식을 가지고 했다느니보다는 같이 한번씩 50전씩 내가지고 아서원에 모여서 지나요리支那料理를 먹으면서 지껄이는 것이─나중에는 구보仇甫와 상箱이 그 달변으로 응수하는 것이 듣기 재미있어서 한 것이었다." 하지만 적어도 김기림은 9인회를 통해 스스로의 문학세계를 구체화했다.

그의 삶을 대략적으로 살펴보면 다음과 같다. 본명은 김인손寅孫. 1908년 5월 11일 함경북도 학성군 학중면 임명동臨溟洞 276번지에서 태어났고 거기서 자랐다.

과수원을 하는 다소 유복한 집안에서 자라났으며 가假 본적이 경성(종로구 이화동 196번지)에도 있었다는 점에서 고향-경성-일본의 차원에서 당대의 세계를 인식할 수 있었음을 알 수 있다. 이러한 삶이 그에게 바다 내지는 세계에 대한 깊은 동경을 주었던 것으로 보인다.

1921년에 보성고보普成高普를 중퇴했는데 학적부가 존재하지 않는 탓에 그 정확한 이유를 알 수는 없지만 건강상 이유로 알려져 있다. 다만 바로 도일하여 릿쿄중학立教中學에 편입하고 1926년에는 니혼대학日本大學 문학예술과에 입학했다는 사실로 미루어 짐작하건대, 좀 더 제대로 공부해보고 싶었던 때문이 아닐까 싶다.

1930년에 귀국하여 『조선일보』 기자로 입사하여 학예면 담당기자로 활동하게 된다. 따로 등단을 하지는 않았는데 김기림 자신의 술회에 따르자면, 애초에 문학에 꿈을 두었다기보다는 학예면을 담당하면서 기행문 몇 편을 실으면서 문단에 발을 들여놓았다. 거기에 9인회가 자리잡고 있다.

그 면면을 조금만 들여다보면 9인회는 단순한 친목단체라고 하기 어려움을 깨닫게 된다. 9인회 멤버 중에서 이상과 박태원, 이효석, 김유정 등이 젊은 작가라 한다면 결성 당시에 이태준은『조선중앙일보』, 김기림은『조선일보』, 조용만은『매일신보』의 학예부장이었으며 이무영은『동아일보』의 객원기자, 정지용은『카톨릭청년』의 문예면을 담당하고 있었으며 뒤에 가담하게 되는 박팔양 역시『조선중앙일보』의 사회부장을 지낸 바 있다. 이는 그들이 명백한 결사의 목적을 지니지 않았다 하더라도, 당시 문학적 담론의 흐름에 꽤 민감한 집단이었는지를 알게 해준다.

이들이 가장 민감하게 그리고 지속적으로 1930년대 모더니즘 문학의 가능성과 한계를 드러내는 이유가 여기에 있다. 김기림도 이 9인회의 자장 안에서 자신의 세계를 펼쳐나가며 나름대로 독자성을 개진해 간다. 그리하여 1936년 7월에 시집『기상도』를 통해 이러한 세계의 한 극단을 드러낸다. 김기림은 이렇게 말한다. "시라고 하면 곧 서정시를 연상한 것은 오래인 동안의 우리의 비좁은 습관"이라고. 『기상도』는 시 형식의 새로운 시도였다.

이를 위해 그는 「황무지」를 쓴 T.S. 엘리어트나 S.스펜서, W.H. 오든 등과 같은 영미 주지주의의 도움을 받는다. 논리적으로는 타당하다. 그러나 그 논리만을 문학으로 밀고 나갈 때 불가피하게 문제가 발생한다.

김동석이 그의 시를 두고 "논리적 산문이 시가 될 수 있을까 보냐"라고 물을 때 이는 그가 생각했던 것보다 훨씬 더 중요한 문제를 내포하게 된다. 이는 최재서가 그의 두 번째 시집 『태양의 풍속』에 대해 제기한, 다음과 같은 지적과도 닿아있다. 이 시집에는 상당히 많은 여행시편이 자리잡고 있는데 이에 대해 그는 "김기림의 시 가운데서 시정신이 비교적 순수하게 나타나는 부분이며, 도시의 현장에서 비뚤어지려는 시정신이 산과 바다에선 자유롭고 순진하게 노출된다"고 말한다.

물론 김기림 자신도 어느 정도는 이러한 문제를 인지하고 있었음이 분명하다. 1932년의 문단을 전망하면서 "오늘날 시를 주무르고 있는 것은 시인의 개인적 취향 때문이지 그것을 요구하여 성장시킬 사회적 가능성은 어떠한 곳에서도 보이지 않는다"고 그가 말할 때, 그는 이미 당대문학의 근대지향성이 어떠한 한계를 지니는가를 지적하고 있는 셈이다. 거기에는 근대성의 빈곤이 자리잡고 있는 것이다.

> 그러면 도대체 나의 서울에는 그런 의미의 물질문명이나 기계문명이라도 진행되고 있는 것일까. 무엇보다도 저 19세기의 헤어진 선로를 달리는 박람회 퇴물같은 깨어진 전차를 보라. (…중략…) 승강기 하나, 에스칼레이트 하나 구경할 수 없는 서울―그러면서도 국제정국의 사나운 바람이란 바람은 모조리 받아들여야만 하는 벅찬 도시―낙관론도 비관론도 끌어낼 수 없는 기실은 말할 수 없이 딱한 도시―
>
> ―「나의 서울 설계도」 중에서

이런 점에서 볼 때, 그의 문학은 오로지 근대적 인식의 문학적 불가능성에 다다를 수밖에 없다. 1936년에 김기림은 다시 도일하여 토오호쿠제대東北帝大 영문학과에 입학하는데, 이는 좀더 깊이 있게 문학이나 세상을 공부해보겠다는 의지로 읽힌다. 그러나 이러한 시도는 그의 뒤를 따라 일본으로 건너온 이상이 1937년 2월 일경에 피검된 후에 비극적으로 죽음에 이르면서 좌절하고 만다. 사실, 이 시기에 이르면 일본에서도 근대지향성이란 명백히 한계에 봉착하게 된다.

해방 이후에 그는 그의 마지막 시집인 『새노래』(1948.4)에 "나는 새 도시와 새 백성들을 노래하는 걸세"라는 칼 샌드버그Karl Sandburg의 시를 인용하며 새로운 희망을 노래하지만, 그 희망은 곧 엄청난 폭력에 의해 압살되어 버린다. 해방된 조국이 분단과 전쟁에 이르는 시기 동안에 그는 현실의 압박에 시달린다. 문학가동맹에서 활동하는가 하면 이원조에게 귀순을 종용하는 편지를 보내기도 한다. 그러다가 한국전쟁 발발과 함께 납북되면서 최후를 맞이하게 된다.

그리고 이러한 삶이야말로 논리적인 형태에 불과했을지도 모르는 그의 시를 하나의 성취로 만들어낸다. 주지하다시피 그의 운명을 그대로 드러낸 시는 세 번째 시집 제목이기도 한 「바다와 나비」(『여성』1939.4)라 할 수 있다. 이 시에는 시인 자신의 모더니스트로서의 삶에 대한 깊은 통찰과 비극적 인식이 잘 드러나 있다. 전근대적인 식민지 경성에 근대성(합리성)을 성취하고자 했기에 그는 문학 이외에도 『과학개론』(을유문화사, 1948.6.30)을 번역 출판하기도 했다. 여기서는 일제 말기에 그가 남긴 또 다른 시 「못」을 살피는 것으로 끝맺고자 한다.

　　　모─든 빛나는 것 아롱진 것을 빨아버리고

못은 아닌 밤중 지친 동자처럼 눈을 감았다

못은 수풀 한 복판에 뱀처럼 서렸다
뭇 호화로운 것 찬란한 것을 녹여 삼키고

스스로 제 침묵에 놀라 소름친다
밑 모를 맑음에 저도 몰래 으슬거린다

휩쓰는 어둠 속에서 날(刃)처럼 흘김은
빛과 빛깔이 녹아 엉키다 못해 식은 때문이다

바람에 금이 가고 빗발에 뚫렸다가도
상한 곳 하나없이 먼동을 바라본다

—「못」 전문

그의 시들이 지닌 한계들은 명백하다. 이원조가 "시보다는 시론이 더 진보적이고 시론보다는 대화가 더 진보적"이라고 말하거나 임화가 그의 시편들에는 그가 지닌 정치적인 식견이 제대로 담겨있지 않다고 아쉬워하는 것은 그러므로 일면으로는 타당한 말이지만 동시에 시의 본질에 이르지 못한 것이라 할 수 있다. 인식이 곧바로 시가 될 수는 없는 것이다. 그것은 임화에게도 마찬가지다.

삶의 어느 순간에 김기림은 서정시의 세계로 돌아와서 자신을 응시한다. 그것은 '못'이 아닌가. 물론 이 '못'은 자연의 일부가 아니라 '뭇 호화로운 것 찬란한 것을 녹여 삼킨 못'이었다. 그러므로 결코 자연으로 돌아가서 머물 수 없다. 그 황홀한 빛이 언제 그에게 스며든 것인지는 확실하지 않다. 빛을 향한 이 강렬한 욕망이 그를 한 마리 나비가 되어 날아오르게 하고, 마침내 날개를 잃고 차가운 바다 속으로 빠져들게 하지 않았을까?

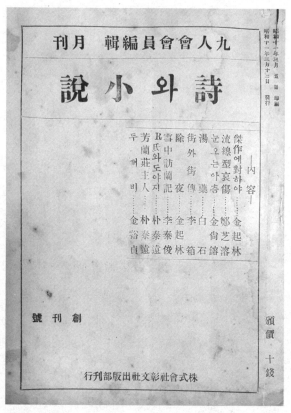

구인회 유일한 회보 『시와 소설』. 1936년 창간호이자 종간호.

눌인 김환태

김동식
인하대학교 한국어문학과 교수

1. 생애

말더듬이, 자신의 호를 굳이 '말더듬이'라고 붙였던 김환태金煥泰(1909~1944)는 1909년 11월 29일 김종원의 장남으로 전북 무주군 무주면 읍내리에서 태어났다. 그는 7세가 되던 무렵인 1916년에 무주에 있는 무주보통학교에 입학하여 졸업하였다. 하지만 졸업한 다음해인 1922년 2월에 그의 모친이 별세하고, 4월에 전주로 나와 전주고보에 입학하였으나 곧 서울로 이주하여 이듬해 4월에 보성고보로 전학하였다.

그 당시 보성고보에는 그가 문학을 전공하기 위한 인적 바탕이 잘 갖춰져 있었다. 보성고보의 18회 졸업생이었던 그는 김기림과 동기였고, 1년 선배에 이상이 있었고, 2년 선배로는 임화와 이헌구가 있었다. 게다가 당시 교사로는 시인 김상용(12회)이 있었으니 김환태가 문학을 전공하기에는 당시 보성만한 곳은 없었던 것이다.

그는 1927년 18세로 보성고보를 졸업하였고, 그 뒤 일본 유학을 결정하였다. 그는 자신의 유학지로 일본 교토의 도지샤대학을 선택하였는데, 그는 사실 교토가 아니라 도쿄에 갈 마음이 있었으나 같이 유학을 떠난 고향 친구와 떨어질 수 없어 도쿄행을 포기하고 도지샤대학 예과에 자리 잡게 된 것이었다.

하지만 자의든 타의든 도지샤에 머물게 된 것은 김환태의 문학에 있어서 운명과도 같은 인연을 부여하였는데, 바로 당시 도지샤대학 영문과에 재학하고 있으면서 이미 시인으로서 문명을 드높이고 있었던 정지용과 교유하게 되었던 까닭이다.

이후 김환태가 『조선중앙일보』를 기반으로 하며 평론가로 활동했던 것이나 이후 구인회에 가담하게 된 것, 그리고 역시 잡지 『문장』을 통해 활동하게 된 것은 모두 이 시기 정지용과 만나 그와 문학적 친분을 나눴던 것에서 비롯된다고 할 수 있다. 물론 구인회에 참여하게 된 것에는 보성에 재학할 시절 만났던 이상의 영향이 없지 않았겠지만 말이다.

눌인은 정지용의 시를 대단히 높게 평가하여 그의 시를 많이 읽었고, 후에 식민지 조선으로 돌아가 비평가로 활동할 때에는 『삼천리문학』 1938년 4월호에 「정지용론」을 쓰기도 했다. 꾸밈이 적고 담백한

성격이었던 김환태는 자신이 높게 평가하는 대상에 대해서는 늘 고평
高評하는 등 비평가로서의 천생의 자질을 갖고 있었다.

그는 도지샤대학 예과 3년을 마치고 난 뒤, 아마도 정지용의 영향이
었겠지만, 영문학을 전공하고자 규슈 후쿠오카로 건너가 규슈제국대
학 영문과에 입학한다. 1934년 25세의 나이로 규슈제국대학 영문과
를 졸업한 그는 졸업논문으로 「Matthew Arnold and Walter Pater as
Literary Critics」(문예비평가로서의 매슈 아놀드와 월터 페이터)라는 제목의
논문을 작성한다. 그는 학교 도서관의 도서분류 목록 중 미학과 예술
철학의 항목에 있는 서적을 전부 독파하려고 했으나 그 계획을 지키지
못하고 매슈 아놀드와 페이터를 얽어서 졸업논문으로 내었다고 졸업
할 당시를 술회하고 있다.

그는 1934년 규슈대학을 졸업한 뒤, 귀국하여 식민지 조선에서 평
론가로 활동하기 시작하였다. 그가 귀국하자마자 신문에 실은 글은 당
연하게도 자신의 졸업논문을 요약한 「문예비평가의 태도에 대하여」
(『조선일보』, 1934.4.21~4.22)였다. 이 무렵은 앞선 시대 평단을 풍미했
던 카프 중심의 예술 비평의 흐름이 다소 완만해졌던 시기였고, 해외
문학파들의 활동이 두드러져 점차 식민지 조선 내의 문학적 다양성과
국제성의 움직임이 강화되었던 시기였다. 김환태는 이론가인 월터 페
이터를 한국에 본격적으로 소개한 최초의 인물로서, 운율을 따지는 시
의 음악성이란 낡은 형태학에 불과하며, 시는 회화성에 본질적인 것이
있다는 새로운 미학을 따라 이미지를 중시하는 모더니즘 계열의 자유
시의 예술적 성격을 밝혀나갔다.

최초의 평론을 쓰고 난 뒤, 그는 춘원 이광수 등 당시 문단의 원로들

과 교분을 나누기 시작하여 도산 안창호 등을 소개받고 친한 관계를 유지해 나간다. 이 시기 그는 매슈 아놀드나 프란시스 그리슨, 올더스 헉슬리, 월터 페이터 등 지금까지 식민지 조선 문단에 충분히 소개되지 않았던 이들을 다룬 평론들을 써 나갔다. 그는 한동안 신문 등에 자주 등장하여 해외 평론가들의 논의를 정통한 관점에서 다루는 글을 연이어 다양한 매체에 기고하였다.

그는 이 무렵 평론 집필 이외에는 다른 직업을 거의 갖지 않았으나 간혹 전문학교의 강사로 나가곤 했으며, 비슷한 시기 활동했던 비평가이자, 그의 보성 2년 선배였던 이헌구와 각별하게 친하게 지냈다. 이헌구는 후에 비교적 어린 나이에 세상을 떠난 김환태의 죽음을 안타까워하면서 그에 대한 글을 여러 편 쓰기도 했다.

김환태는 초창기 해외 비평가들에 대한 소개 차원을 벗어나서 1935∼36년 무렵에는 조선의 작가들의 작품에 대한 본격적인 비평 활동에 돌입하게 된다. 그는 앞서 다양한 해외 비평가들의 논의들을 원용하여 다양한 관점으로 대상 작품의 내용을 평가하고 비판하였다.

1936년 3월에는 김환태는 구인회에 입회하게 된다. 구인회는 1933년부터 계속적으로 이어져왔던 모임이지만, 구체적인 활동보다는 친목 모임으로서의 성격을 강하게 드러내었고, 이태준과 정지용, 김기림 등이 이끌어갔던 이 모임은 단지 겉으로 드러난 면모 보다는 훨씬 큰 의미를 갖고 있는 회였다. 김환태는 김유정과 함께, 앞서 유치진과 조용만이 탈퇴한 자리에 들어가게 되었고, 이상이 편집한 구인회 기관지 『시와 소설』 1호에 회원으로서 이름을 올릴 수 있었다.

이후 김환태는 평론활동을 계속 하면서도 황해도로 내려가 재령에 있는 명신중학교의 교사로 일하게 된다. 1940년에는 명신중학을 나와 경성의 무학여고 교무주임으로 근무하게 되었는데, 그는 무학여고에서 일하면서 총독부의 총동원 체제 및 국어 말살 정책에 항의하면서 절필하였다. 그는 실제로 이후 전혀 글을 쓰지 않고 갑자기 고등고시 준비를 열심히 하다 몸이 쇠약해져 병에 걸렸고, 실제로 시험은 보지도 못하고 무학여고를 그만두었다. 34세가 된 이후에는 귀향하여 무주로 내려가 요양을 하였고, 35세였던 1944년에 무주군 무주면 당산리에서 한국의 독립을 보지 못하고 사망하였다.

2. 문학적 성과

'여㶸는 예술지상주의자. 사람도 그렇게 칭하고 여도 그렇게 자처한다.' 전문적인 문학비평가였던 김환태는 대담하게 자신의 예술적 지향성을 순수문학으로 규정하고 있다. 그는 게다가 자신이 졸업논문을 썼던 비평가들인 매슈 아놀드와 월터 페이터의 영향을 받아 인상주의 비평을 주장했다. 그에 따르면 문학은 순수하며, 비평의 힘으로는 설명할 수 없는 자율성과 천재성을 갖는다는 것이다. 따라서 비평가는 처음 작품을 읽었을 때 인상으로 평가하여야 하며, 마찬가지로 작가도 독자들에게 쾌적한 인상을 남기는 작품을 쓰는 것이 중요하다는 논리를 전개하였다.

'예술지상주의' 내지는 '인상주의 비평'이라는 지금은 다소 부정적으로 쓰이는 비평적 관점을 김환태는 당시 식민지 조선의 평단에 선명하게 정초하였던 것이다. 이러한 김환태의 선명한 문학관은 그에 앞서 평단을 좌우하고 있던 카프를 중심으로 한 경향문학의 지향성들을 비판하는 관점에서 형성된 것이었기 때문에 문단에 큰 호응을 받았다. 하지만 그에 앞서 그는 사상이나 이론, 심지어 비평보다도 '문학'을 자신의 사유에 중심에 두었기 때문에 그의 입장에 많은 이들이 공감할 수 있었던 것이었다.

비록 한 권의 단행본도 내지 않은 채 34세의 나이로 세상을 떠난 김환태를 우리가 그토록 명확하게 기억하고 있는 것은, 문학사에 오롯한 위치로 자리매김하고 있는 것은, 그가 보였던 치열한 비평의식이 한국문학의 역사적 도상에 뚜렷이 남겨져 있기 때문일 것이다.

역사 앞에 서서, 역사의 저편으로

저항시인 이흡李洽의 편린들

엄동섭
『근대서지』 편집위원, 창현고등학교 교사

1. '무명초'의 삶

이흡李洽은 1908년 3월 19일 충청북도 충주군(현 충주시) 신니면 신청리 490번지 신의실 마을에서 이기종李起鍾과 단인순段仁順의 1남 5녀의 중 셋째로 태어났다. 위로 전실 소생의 누이가 있어 실제 형제자매는 7남매였다. 본명은 이강흡李康洽이고, 아명은 용안龍安을 사용했다.

1916년 향리의 사립 용문학당(현 용문초등학교)에 입학하여 1922년 졸업했는데, 동년배의 동향, 동문으로 소설가 이무영이 있다. 용문학당 졸업 이후 이무영은 휘문중학교에, 이흡은 보성중학교에 입학했다 그러나 1923년 이흡은 윤명한尹明漢과 결혼하면서 보성중학교를 이른 시기에 중퇴한 것으로 추정된다. 또한 결혼 직후에는 단신으로 일본

유학을 갔으나 노령의 부친이 종용하여 얼마 되지 않아 귀국한 것으로 전해진다. 1925년부터는 1930년대 초반까지는 성북동과 돈암동 등에 거주했다.

1931년 수필 「창기서회滄磯書懷—여름은 갑니다」를 발표한 후, 1932년 조선문필가협회에 가입하면서부터 문단에 이름을 알렸다. 1933년 2월 동향의 이무영, 조벽암 등과 『문학타임스』를 발간했으며, 동년 5월에는 역시 동향의 이무영, 정호승, 지봉문 등과 『조선문학』을 창간하였다. 동년 6월 군포로 이주하여 1939년 재상경하기까지 이곳에 거주했는데, 이 무렵 군포로 이주한 이무영과 함께 과수원을 운영한 것으로 알려졌다. 1936년에는 세 번째로 감옥에 갇히게 되었고, 아내와도 이혼하게 된다. 세 번에 걸친 옥살이의 이유는 밝혀진 바 없지만 사상 문제일 것으로 짐작된다.

해방 이후 1945년에는 조선문화건설중앙협의회, 1946년에는 조선문학가동맹에 가입하여 좌파 문단의 맹원으로 활약했다. 또한 좌파 문단의 계열 출판사인 건설출판사 창립(1945.10.24)에 관여하여 『문학신문』의 책임자를 맡았고, 1946년부터는 『신문학』의 발행소인 신세대사에 근무하기도 했다. 한국전쟁 이전 남로당 활동과 관련하여 서대문형무소에 수감되었으며, 전주교도소로 이감된 직후 전쟁이 발발하자 총살된 것으로 전해진다. 그의 최후에 대해서는 빨치산 활동 중 사살당했다거나 월북했다는 설도 있으나 어느 것도 신빙성 있는 근거를 지니지는 못한다. 다만 1950년 이후 남북한 어느 곳에서도 그의 행적이 묘연한 것으로 보아 한국전쟁 발발 직후 실종된 것만은 분명하다.

2. '오늘과 내일'의 시혼

이흡의 문학 작품은 서범석(1994)에 의해 시 39편과 산문 12편이
조사된 이후, 정종진(2008)에 이르러 시 43편과 산문 13편까지 정리
된 바 있다. 이에 따르면 이흡이 발표한 최초의 시 작품은 『전선』 창
간호(1933.1)에 실린 「피에로의 노래」와 「바다를 저주하는 어부」가
된다.

하지만 필자는 여러 문헌들을 살펴봄으로써 정종진의 조사보다 시
1편과 산문 6편을 더 찾을 수 있었다. 그리고 비록 갈래가 시조이기는
하지만 이흡의 시 등단작이 「춘소몽春宵夢」(1932.3)임도 알게 되었다.
현재까지 필자가 확인한 이흡의 문학 작품, 시 44편과 산문 19편의 목
록을 제시하면 다음과 같다.

분류	작품명	발표지면	발표연월일	비고
시1	춘소몽(春宵夢) [시조]	영화시대 2-3호	1932.3	발굴
시2	피에로의 노래	전선 창간호	1933.1	
시3	바다를 주저하는 어부	전선 창간호	1933.1	
시4	힘찬 거름	문학타임스	1932.2	
시5	취중음	전선	1933.3	
시6	허무	전선	1933.3	
시7	힘을 노래하자	전선	1933.4	
시8	상아탑에 잠든 여인	전선	1933.5	
시9	송우사	조선문학 1-3호	1933.10	
시10	경희야!	동아일보	1933.10.10(조간)	

시11	가을의 울분	동아일보	1933.12.5(조간)	
시12	올뱀이 우는 밤	신가정 2-1호	1934.1	
시13	조도곡	신동아 4-1호	1934.1	
시14	오늘과 래일	조선문학	1934.1	
시15	도시의 방랑자	신동아 4-2호	1934.2	
시16	무숙자의 노래	동아일보	1934.2.4(조간)	
시17-1	만가를 타는 비파	신동아 5-2호	1935.2	
시18	영춘곡	동아일보	1935.2.27(석간)	
시19	파조의 노래	신동아 5-7호	1935.7	
시20	경마풍경	신동아 5-8호	1935.8	
시21	미완성의 비극	신동아 6-1호	1936.1	
시22	실제	신동아 6-1호	1936.1	
시23	단상소곡	신동아6-2호	1936.2	
시24-1	호들기	조광 2-4호	1936.4	
시25	무제	조선문학	1936.5	
시26	명일의 시	조선문학	1936.6	
시27	무명초	신동아 6-7호	1936.7	
시28-1	고향의 노래	신동아 6-9호	1936.9	
시29	불안	조광 2-11호	1936.11	
시28-2	신의실	조선문학	1937.5	[고향의노래] 개제
시30	그 녀자의 부르는 노래	동아일보	1937.6.19(조간)	
시31-1	고향	동아일보	1938.9.8(석간)	
시32	산비알	동아일보	1938.10.11(석간)	
시33	새 아츰	동아일보	1939.1.12(석간)	
시34-1	꿈(過去)	조선문학	1939.3	
시24-2	호들기	신찬시인집	1940.5	재수록
시34-2	추억	신찬시인집	1940.5	[꿈] 개제
시35	불안	신찬시인집	1940.5	29와 제목만 같음
시36	종백(동백)	춘추 2-5호	1941.6	

시37	팔월 보름날	해방기념시집	1945.12	
시38	재배하오리	삼일기념시집	1946.3	
시39-1	뒤따르리라	우리문학 1-2호	1946.3	
시40	독백	한성일보	1946.3.10	
시39-2	뒤따르리라	횃불	1946.4	재수록
시41-1	파리와 딱터	횃불	1946.4	
시41-2	파리와 딱터	민성 2-5호	1946.5	재수록
시42	조사	신문학 1-2호	1946.6	
시43-1	별을 안고	조선일보	1947.2.28	
시17-2	비파	백민 3-2호(통7호)	1947.3	[만가를타는비파] 개제
시39-3	뒤따르리라	1946년판 조선시집	1947.3	
시31-2	My Native Place(고향)	대한현대시영역대조집	1948.8	[고향] 재수록
시43-2	별을 안고	조선문학전집10 시집	1949.4	재수록
시44	마냥 서 있는 밤이 있다	조선문학전집10 시집	1949.4	
수필1	창기서회-여름은 갑니다	신생 4-9호	1931.9	
수필2	젊은 야학교사의 수기	비판 2-5호	1932.5	발굴
수필3	사월 일기에서	신동아	1935.7	
수필4	빵과 사랑	동아일보	1936.1.16(석간)	
수필5	신의실아! 그리워	신동아6-2호	1936.2	
수필6	얼골은 닭알 형 눈섭은 3일월 뺨에 볼우물 지는 여자	조광 2-2호	1936.2	발굴
수필7	동성애와 절연장	신동아 6-5호	1935.5	
수필8	첫여름에는 낙시줄을 느리고	신동아 6-6호	1936.6	
수필9	일기에서	조선문학	1936.6	
수필10	문인들의 일기	신동아 6-7호	1936.7	발굴
수필11-1	삼보정을 소요하며	신동아 6-9호	1936.9	
수필11-2	삼보정을 소요하며	조선문인서간집	1936.11	재수록
수필12	구월 어떤 날	동아일보	1938.9.28(석간)	발굴
수필13	오월의 묵상	동아일보	1939.5.24(석간)	

평론1	학생과 영화	영화시대 2-1호	1932.1	발굴
평론2	200자 단평	신동아 5-7호	1935.7	발굴
평론3	호외비평가에게	신동아 6-6호	1936.6	
평론4	대담한 무영(無影)	조선문학	1937.5	
평론5	이무영 저 「명일의 포도」	동아일보	1938.11.15(석간)	
평론6	포석(抱石)을 생각하며	문화창조	1947.3	

현재까지 작성된 이흡에 관한 연구 논문은 3편 정도이다. 서범석의
「이흡의 생애와 시 세계 고찰」(『대진논총』(인문·사회과학편) 제2집, 대진
대학교, 1994), 정종진의 「이흡(이강흡)의 시 연구」(『비평문학』 제29호,
한국비평문학회, 2008), 김외곤의 「시대적 고민의 천착과 유토피아 지향
성」(『한국 근대 문학과 지역성-충청북도의 근대 문학』, 역락, 2009) 등이 그것
이다. 이흡의 시 작품에 대해 서범석은 망향과 고향 상실의 불협화음
이 빚어내는 세계를 형상화한 것으로 평가했고, 정종진은 해방 전 작
품들을 항일시로 보는 한편 해방 후 작품들을 이념 문제에 대한 고뇌
와 관련지어 해석했다. 그리고 김외곤은 진보적 문학 운동과 관련하여
시대의 아픔에 대한 지속적인 관심을 일관되게 드러냈다고 분석한 바
있다.

이 논의들의 공통적인 접합은 현실 저항성의 시 정신으로 수렴된다.
일제강점기에 창작된 「오늘과 래일」(1934.1)은 이 시기 이흡의 현실
저항성이 얼마나 강렬했는지를 여실히 보여준다.

　　3.1이란 이날이되 되곱하 드날제
　　묵상에 젖어 몇 번이나 웃고 울엇든고.

힘이 없든 오늘을

바람 없는 래일을

구지 오늘과 래일을 갈러놓고 색임질하는 어리석음이여!

화장터로 가고마할 오늘이라거든

좀먹은 뿌릿채 미련없이 싸가거라

삼백예순 장 속에서 까마케 속아사는 인간!

카렌다와 같이 무(無)로 돌아가는 인간!

제 아모리 속엿기로

제아모리 악착스런 현실이기로!

무를 찾는 인간은 굽힐 줄 몰르나니—

원통하든 어제는 오늘을 오늘은 래일을

나날이 싸호든 싸훔은 끝장날 대도 있으리니.

지저분하게 눈물 흘리며 쌓은 체험은

래일의 앞날을 밝히리니

또 한번 래일을 경윤하는 맘.

희망의 불타는 태양! 새아츰을 맞는 삶!

보다 더 아리땁고 보다 더 값 있으리니.

밤 열두시!

오늘과 래일에 경계를 타고 앉아.

두 번 생각하고 세 번 결심하는 성스런 때여!

—「오늘과 래일」 전문

시적 화자는 '밤 열두 시'를 '힘이 없던 오늘'과 '희망의 불타는 태양! 새아침'의 경계로 인식한다. 그리고 '두 번 생각하고 세 번 결심'함으로써 일본 제국주의와의 대결에서 이길 신념을 거듭 다짐하고 있다. 「오늘과 래일」은 일제강점기를 통틀어 3·1운동 정신의 계승을 다룬 거의 유일한 시 작품인 것이다.

「오늘과 래일」에서 제시된 '생각(성찰)'과 '결심'이라는 밤의 시간성은 해방기의 「마냥 서 있는 밤이 있다」(1949.4)에서도 거듭 제시된다. 해방기 현실의 당면 과제는 일제강점기와 마찬가지로 민족국가 건설에 있었기 때문이다. 이 작품에는 혁명적 로맨티시즘을 체화한, 역사 앞에 올곧게 서려는 시인의 운명이 잘 구현되어 있다.

거믄 구름은 떠돌아 어지러이 떠돌아
푸른 하늘이 우는 날이 있다

사뭇 태양은 슬퍼
푸라타나 그림자도 외로워

……별은 랑랑히

내일의 시를 노래하고……

조용 조용 혈맥을 타고
노상
구비치는 성난 강물이 있다

……해는 청 높여
내일의 시를 읊고……

하나를 위한 숱한 젊음은 쓰러져
불꽃은 장미보다 아름다워

산모롱이 으젓이 서잇는 장승을 닮어
입 담을고 마냥 서 있는 밤이 있다

—「마냥 서 있는 밤이 있다」 전문

　　시적 화자는 일단 밤의 현실 위에서 '산모롱이 의젓이 서 있는 장승'
처럼 '입 다물고 마냥 서 있'을 뿐이다. 그러나 그 서 있음의 본질은 '내
일의 시', 즉 '구비치는 성난 강물'을 예비하는 과정으로 이해된다. '내
일의 시'를 써야한다는 시인의 결심은 어둠을 밝힐 '불꽃'이 되려는 행
동으로 구체화된다는 점에서 현실 저항적이다. 이 시에서도 밤은 현실
에 대한 저항성과 관련하여 '생각(성찰)'과 '결심'의 시간으로 형상화
되고 있다.

현재로서는 이 작품의 원 발표지를 알지는 못한다. 하지만 다른 지면에 게재되지 않고 『조선문학전집 10 – 시집』에 처음 수록되었다면, 이 작품은 이흡이 발표한 마지막 시 작품이 된다. 1930년대 식민지에서도, 그리고 해방기 현실에서도 그는 언제나 역사 앞에 올곧이 서려 했다. 그러나 '하나를 위해 숱한 젊음이 쓰러'졌던 것처럼 그 역시 역사의 저편으로 흔적 없이 사라짐으로써 그의 문학도 '오늘'과 '내일' 사이에서 정처를 잃고 만다.

3. '미완성의 비극'에 갇히다

시집은 시인의 존재 근거이다. 그러나 이흡은 자신의 존재 근거인 시집을 한 권도 남기지 못했다. 이점만 보더라도 그는 쉬이 잊힐 수밖에 없는 운명의 시인인 것이다.

그렇다고 이흡이 시집 간행에 별 뜻이 없었던 것은 아니다. 생전에 그 자신도 몇 차례 걸쳐 시집 발행을 꾀하였다. 「신의실信義室」(1937.5)의 말미에는 '시집 『종백棕栢』에서'라는 출전이 부기되어 있으며, 『시학』창간호(1939.3)의 「시단풍문」에는 "이흡 씨 그동안 써 모은 작품 20여 편을 골라 『경마』라는 이름으로 출판 허가까지 맡았으니 쉬이 점두에 나올 듯"이라는 기사가 게재되어 있다. 한편 「조사弔詞」(1946.6)의 끝에서는 '시집 『미완성의 비극未完成의 悲劇』에서'라는 출전이 확인되

고, 『신문학』 제3호(1946.8)의 뒤표지에는 시집 『종백』의 간행 예고가
실려 있다. 또한 동지사에서 간행한 현대시인전집 제2권 『노천명
집』(1949.3)의 판권지 이면에는 제3권 『이흡집』 출간 예고가 수록되어
있기도 하다.

이흡은 1930년대 말에는 『종백』과 『경
마』라는 제목으로, 해방기에는 『미완성의
비극』, 『종백』, 『이흡집』의 제호로 시집 발
행을 지속적으로 도모했다. 이중 1939년
의 『경마』, 1946년의 『종백』, 1949년의
『이흡집』은 거의 발행 직전까지 갔을 것으
로 짐작된다. 그러나 이것들을 포함하여
이흡의 시집은 실제로 간행된 바 없다. 그
의 삶도 문학도 끝내 '미완성의 비극'에 갇
혀 버리고 만 것이다.

현대시인전집 제3권 『이흡집』 출간 예고(『노천명
집』(1949.3)의 판권지 이면)

윤곤강의 삶과 문학

김현정
세명대학교 교양대학 교수

1. 윤곤강의 생애

곤강 윤붕원尹朋遠은 1911년 9월 24일에 충남 서산군 서산읍 동문리 777번지에서 아버지 윤병규尹炳奎와 어머니 김안수金安洙 사이의 3남 2녀 중 장남으로 출생하였다. 부친은 서산과 당진에서 1,500석을 거두던 대지주였고, 서울 종로구 화동에 기와집을 지어 파는 등 상업적 수완이 좋았다. 윤붕원의 처음 이름은 '혁원赫遠'이었으며, 필명으로 '태산泰山'을 쓰기도 하였다. 아호 '곤강崑崗'은 『천자문』에 나오는 "금생려수金生麗水 옥출곤강玉出崑崗"에서 유래되었다.

그는 보통학교를 다니지 않고 독선생을 통해 한문을 배웠고, 의금부 도사를 지낸 조부에게 한학을 배웠다. 14세 되던 해인 1924년에 3세

연상인 온양의 이용완李用完과 결혼하였고, 이듬 해에 부친을 따라 상경하여 서울시 종로구 화동 90번지에 거주하였다. 이후 김기림, 이상 시인 등과 연고가 있는 보성고보에 들어간다. 그가 보성고보에 정확히 몇 년도에 들어갔는지는 알 수 없다. 당시 보성고보 학적부가 소실되었기 때문이다. 다만 1931년 보성교유 명부 5년 졸업생 명단에 그의 이름이 기재되어 있고 보성고보 졸업기념사진첩에 그의 사진이 실려 있는 것으로 보아 그가 1931년 3월 3일에 졸업했음을 알 수 있다.(졸업 기념사진첩에는 윤혁원으로 되어 있다) 이를 통해 볼 때 윤곤강은 1925년에 보성고보에 입학하여 1931년에 졸업한 것으로 추측된다.

이후 그는 일본 센슈專修대학으로 유학길에 오르게 된다. 동년 11월 종합지『비판批判』(7호)에 시「옛 성터에서」를 발표하여 문단에 데뷔한다. 이후『비판』을 비롯해서『조선일보』,『우리들』,『중앙』,『조선중앙일보』등에 시를 지속적으로 발표한다. 1933년에 일본에서 귀국한 그는『신계단新階段』(8호)에 평론「반종교문학의 기본적 문제」를 발표해 비평활동도 하게 된다. 1934년 2월 10일 현실 비판적인 작품 활동을 해 오던 윤곤강은 카프(조선프롤레타리아예술동맹(KAPF))에 가입한다. 그러나 몇 개월 뒤 제2차 카프 검거 사건에 연루되어 7월에 전북경찰부로 송환되었다가 전북 장수長水에서 5개월간 옥살이를 하고 12월에 석방된다. 당시 옥살이의 고된 모습은 시「향수 1」,「향수 2」,「향수 3」,「창공」,「일기초」등에 잘 묘사되어 있다. 그리고 이 시기 처음으로『형상』(1호)에 소설「이순신」을 발표한다. 이후 그는 부모님이 머물고 있는 충남 당진읍 시곡리로 낙향한다. 일제의 고문과 힘겨운 수감 생활로 인한 심신을 달래고 일제의 감시로 인한 아버지와의 갈등을 해결하기 위해 내려간 것이다.

시곡리 집에 머물러 있던 그는 1936년에 상경해 본격적인 작품 활동에 들어간다. 윤곤강은 아버지와의 갈등을 해소하려는 듯 1937년에 서울의 사립학교인 화산華山학교에서 교편을 잡는다. 이 시기 첫 시집 『대지大地』(풍림사)를 발간한다. 일제 강점기의 암울하고 불안한 현실을 비판적으로 보여주고 있으며, 아울러 우리의 대지와 자연에 대한 소중함을 표출하고 있다. 또한 이 해에 같은 학교에 근무하는 김원자 교사와 제정동에서 동거생활을 하게 된다. 1938년에 제2시집 『만기輓歌』(동광당서점)를 펴낸다. 식민지현실의 부정적인 모습이라 할 수 있는 불안과 절망 등을 표출하고 있는 동시에 유년시절의 고향을 '기억'의 방식으로 드러내고 있다. 그리고 1939년에는 제3시집 『동물 시집』(한성도서주식회사)을 발간하게 되고, 다음해에 제4시집 『빙화氷華』(한성도서주식회사)를 출간하는 등 4년 동안 왕성한 시작활동을 보여준다. 『동물시집』은 나비, 올빼미, 원숭이, 낙타 등 동물을 대상으로 일제강점기의 슬픔을 우화적으로 그리고 있다면, 『빙화』는 탈출구가 보이지 않는 칠흑같이 어두운 현실을 '얼음꽃'으로 비유하여 식민지현실의 고통과 혹독함을 상징적으로 표출하고 있다. 1943년에 명륜전문학교(성균관대학교 전신) 도서관에서 근무하였고, '조선문인보국회朝鮮文人報國會' 시부회詩部會 간사로 활동하기도 하였다. 1944년에 동거하던 김원자와 사별하게 된 그는 충남 당진읍 읍내리 368번지로 낙향한다. 그리고 일제의 강제 징용을 피하기 위해 면서기로 근무하게 된다.

1945년 8월 15일 충남 당진에서 해방을 맞이한 그는 상경하여 조선프롤레타리아문학동맹 중앙집행위원으로 활동한다. 일제강점기 카프

에 가담해 식민지 현실을 비판적으로 표출하던 작품 세계가 해방 이후
에도 이어진 것이라 할 수 있다. 1946년에는 모교인 보성중학교 교사
로 근무하게 된다. 그는 교사로 근무하면서 교지『인경』을 창간한다.
교지명 '인경'은 윤곤강이 해방을 맞이하여 종로 보신각에서 울려퍼지
는 인경 소리를 듣고 감격해서 지은 시「잉경」에서 가져온 것으로 보
인다. 잉경은 조선시대 밤에 통행을 금지하기 위해 종을 치던 일을 의
미하는 '인정人定'에서 온 말로, '인경'이라고도 한다. 이 시기 그는 조
선문학가동맹 시부위원으로 활동하다 탈퇴한다. 문우들과 함께 해방
기념 시집인『횃불』을 발간한다. 그는 틈틈이 옥잠화가 피어있는, 당
진 읍내에 위치한 커다란 기와집으로 내려가 음악을 듣고 그림을 그리
며 심신의 피로를 풀기도 하였고 시를 쓰고 대학 강의를 준비하기도
하였다. 1947년에 그는 성균관대 시간강사로 출강하면서 편주서『근
고조선가요찬주近古朝鮮歌謠撰註』(생활사)를 출간한다. 1948년에 중앙대
학교 교수로 부임한 그는 고독과 신경쇠약에 시달리면서도 왕성한 작
품 활동을 보여준다. 동년 1월에 제5시집『피리』(정음사)를 출간한 뒤
8월에 제6시집『살어리』(정음사)를 펴낸다. 그리고 그는 시뿐만 아니
라 비평활동도 활발하게 하여 시론집『시와 진실』(정음사)을 발간했으
며, 찬주서『고산가집孤山歌集』(정음사)도 출간한다. 1948년 한 해에 시
집 2권과 시론집 1권, 찬주서 1권 등 총 4권을 출간하는 초인적인 힘을
발휘한 것이다. 고독과 신경쇠약에 시달리면서도 창작에 매진하던 그
는 건강이 악화되어 1950년 1월 7일 서울 종로구 화동 138-113번지
에서 생을 마감하게 된다. 충남 당진군 순성면 갈산리에 안장된다. 제
주 조각공원과 보성고교, 그리고 충남 서산시 서산문화회관과 그의 묘

소 입구 등에 시비가 세워져 있다. 이후 『윤곤강 전집』(2권, 다운샘)과 『윤곤강 시선』(지만지) 등이 발간되었다.

2. 윤곤강 시의 특징 및 시문학사적 의의

윤곤강은 일제의 군국주의가 노골화되던 1930년대 초반 문단에 등장해 왕성한 문학활동을 보여준 시인이자 비평가다. 1931년 「넷 성터에서」(『비판』 7호)를 발표한 이후 6권의 시집 『대지』(1937), 『만가』(1938), 『동물시집』(1939), 『빙화』(1940), 『피리』(1948), 『살어리』(1948)를 꾸준히 상자했고, 한국의 근대시문학사에서 김기림의 『시론』 이후 두 번째로 나온 시론집 『시와 진실』을 펴냈다.

그는 식민지 현실과 자아의 대립관계를 '고독'을 통해 형상화하고 있다. 그의 '고독'은 외로움 자체라기보다는 식민지현실이 가져다 준 "주검 같은 고독", "슬픔의 빈터"와 같은 고독이다. "지리지리한 절눔바리 놈 세월"(「창공」)인 식민지현실에서 탈출하려는 욕망이 내포된 고독이다. 따라서 그의 고독은 1920년대 백조파 시인들이 보여 준, 퇴폐주의적 감상주의에서 파생된 고독과 차별된다.

그의 시세계는 시적 변모 과정에 따라 세 시기로 나눌 수 있다. 문단데뷔 시절부터 시집 『대지』, 『만가』를 간행한 시기까지와, 『동물 시집』, 『빙화』를 간행한 시기, 그리고 해방 이후로부터 『피리』, 『살어리』를 발간한 시기까지이다.

윤곤강의 등단작은 1931년 11월에 나온 「넷 성터에서」(『비판』 7호)
다. 이후 「황야荒野에 움 돋는 새싹들」, 「아츰」, 「폭풍우를 기다리는 마
음」, 「가을바람 불어올 때」 등을 지속적으로 발표한다. 이 시들은 프로
시의 특징인 진취적이고 격렬한 내용을 통해 프롤레타리아 리얼리즘
의 면모를 잘 보여주고 있다.

첫 시집 『대지』에서 시인은 생명의 뿌리가 되는 대지에 대한 지대한
관심을 표출하였다. 모든 생명의 근원은 대지의 풍요성과 연관된다.
자연의 모든 것은 대지로부터 나와 생명이 다했을 때는 대지로 회귀한
다. 대지는 생명이 다한 것을 정화하고 갱신하여 재생할 수 있도록 돕
는다. 이처럼 대지는 어머니의 자궁처럼 무한한 생명력을 잉태하고 있
는 매개물이다. 시인은 일제의 잔학한 만행과 탄압에도 굴복하지 않고
그것에 저항해 대지의 생명력을 회복하려 하고 있다. 비록 일제에 의
해 "明太같이 말라붙"(「갈망」)은 척박하고 푸석푸석한 대지일지라도
그것에는 생명의 근원이 존재하기에 시인은 그 대지를 쟁취해야 한다
고 역설하고 있다.

제2시집 『만가』에서 주로 표상하고 있는 것은 첫 시집 『대지』와는
달리 '죽음'에 대한 이미지이다. 식민지 현실을 살아가는 시인의 몸은
이미 살아 있는 것이 아니다. 즉 그의 육체는 "운명의 영구차를 타고 /
검푸른 그림자를 길게 누운 / 음달 진 묘지를 부러워"(「육체」)하고 있는
것이다. 또한 "주문을 외우리라! / 얼굴은 죽은 송장의 표정을 하고"
(「주문」) 있는 것처럼 생기가 없다. 이렇듯 『만가』에 죽음과 절망 등이
주조를 이루는 이유는 『만가』가 발간되던 시기(1938)의 객관적 정세

가 첫 시집을 냈던 시기보다 더 악화되어 자신의 내면적 목소리를 내기가 쉽지 않았기 때문이다. 그럼에도 불구하고 시인은 절망하거나 포기하지 않고 암울한 현실을 극복할 새로움을 추구하기에 이른다. 즉 그는 "아아, 새로운 것아 / 무엇이고 좋을지니 / 아무것이고 가리지 않을지니 / 어서 오려무나"(「상념」)라든지 "우렁차게 들려오는 새봄의 행렬…"에서처럼 새로운 것을 생성하고 있다.

1930년대 말기에 이르면서 일제의 군국주의는 점점 더 노골화된다. 이러한 어두운 현실 속에서는 앞의 두 시집에서 보여주던 리얼리즘적 경향의 시를 발표하는 일이 거의 불가능하게 된다. 이때 그는 '동물'을 소재로 '생(生)'의 절실함과 소중함을 드러내기 시작한다.

> 비바람 험살궂게 거처 간 추녀 밑—
> 날개 찢어진 늙은 노랑나비가
> 맨드래미 대가리를 물고 가슴을 앓는다.
>
> 찢긴 나래에 맥이 풀려
> 그리운 꽃밭을 찾아갈 수 없는 슬픔에
> 물고 있는 맨드래미조차 소태맛이다.
>
> 자랑스러울손 화려한 춤 재주도
> 한 옛날의 꿈 쪼각처럼 흐리어,
> 늙은 「舞女」처럼 나비는 한숨진다.
>
> —「나비」 전문

이 시는 국어교과서에도 수록되었고, 서산에 위치한 시비에도 새겨져 있는 우리에게 널리 알려진 작품이다. 일제강점기에 꿈이 좌절된 시적 화자의 모습을 '나비'를 통해 상징적으로 보여주고 있다. '찢긴 나래' 때문에 더 이상 비상하지 못하고 추락한 시적 화자는 그렇다고 하여 좌절과 절망에만 빠져 있지 않는다. "반쯤 생긴 저 날개가 마저 돋으면 / 저놈은 푸른 하늘로 마음껏 날 수 있"(「굼뱅이」)는 매미처럼, "흉측스런 털옷을 벗어 던지고 / 희망의 나라 높은 하늘로 / 고은 옷을 갈아입고 단숨에 / 푸르르 날라"(「털버레」)가는 나비처럼 미래를 준비한다. 이처럼 시인은 '동물'들을 통해 희망을 표출하고 있다.

제4시집 『빙화』에서는 시적 대상과 일정한 거리를 유지하면서 간결한 응축과 절제를 보여주는 형식을 띠고 있다. 일제의 탄압이 점점 심해지고 있는 상황 속에서 모든 것을 얼게 하는 '빙화'의 현실을 표출하고 있다. "구름은 감자밭 고랑에 / 그림자를 놓고 가는 것이었다 // 가마귀는 숲 넘어로 / 울며 울며 잠기는 것이었다"(「MEMORIE 1 황혼」)에서 볼 수 있는 것처럼 감정을 절제한, 선명한 시각적 이미지를 사용해 황혼의 풍경을 묘사하고 있다. 그리고 시인은 이 시집에서 『만가』에서 보여준 바 있는 자아분열양상을 극명하게 드러내고 있다. 시 「자화상」에서 일제강점기에 자신의 신념을 지키는 것이 얼마나 힘들고 어려운지를 보여주고 있다. 이러한 면은 "넋에 혹이 돋다 / 달빛 창에 푸른 채 / 생각 가시밭 가슴 풀뿌리 / 밤마다 넋에 혹이 돋다 / 돌혹이 돋다"(「넋에 혹이 돛다」)라고 한 데서도 어렵지 않게 목도하게 된다. 이처럼 『빙화』는 분열된 시적 화자의 극에 달한 모습을 잘 형상화하고 있다.

해방 이후 윤곤강은 잃어버린 주권을 되찾고 민족 주체의 동질성을 회복하기 위해 안간힘을 쏟는다. 제5시집 『피리』와 제6시집 『살어리』에서 이러한 모습을 엿볼 수 있다. 『피리』의 머리말에서 그는 "헛되인 꿈보다도 오히려 허망한 것은 죄다 버리고 나는 나의 누리로, 나의 누리를 찾아, 돌아가리로다"라고 적고 있다. 민족의 전통을 계승하고 민족 언어를 되찾기 위한 의지의 표명으로 읽을 수 있다.

> 아으 비로소 나는 깨달았노라
> 서투른 나의 피리 소리언정
> 그 소리 가락가락 온 누리에 퍼지어
> 메마른 임의 가슴속에도
> 붉은 피 방울방울 돌면
> 찢기고 흩어진 마음 다시 엉기리
>
> —「피리」 부분

'피리'는 우리 민족을 상징하는 하나의 매개물이다. 시인은 '피리'를 통해 우리 민족의 정기를 회복하고자 한다. 해방 이전 극도의 분열 양상을 보이던 시적 화자는 '피리'를 통해 육체에 "붉은 피 방울방울" 돌게 하고 "찢기고 흩어진" 마음을 추스른다. 분열된 육체와 정신을 합일하려고 모색하고 있다.

제6시집 『살어리』의 시적 분위기는 이전보다 훨씬 안정적이다. 책머리에 "이제야 비로소, 나는 큰 소리로, 씩씩하고 억센 겨레의 노래로 바다보다도 크고 넓은 하늘에 불러 울릴 때가 왔노라! 눈물 대신 웃음을, 슬픔 대신 기쁨을, 괴로움 대신 즐거움을, 이 땅 우에, 꽃다발처럼 꾸며 바치기 위해"라고 밝혀 밝은 이미지로 나아가고 있다. 이 시집에는 어떠한 절망도 슬픔도 보이지 않고 해바라기로 상징되는 긍정과 기쁨이 내재한다. 일제강점기 찢기고 멍든 영혼이 어느 정도 치유되고 있음을 볼 수 있다. 그리고 시인은 지금까지 살아온 자신의 이력을 성찰하면서 유년 시절의 아름다운 고향 체험이 현재의 삶을 가능케 한 자양분이었음을 보여주고 있다.

윤곤강은 일본 군국주의가 노골화된 시기인 1930년대 초기에 문단에 등장해 1950년에 작고할 때까지 20여 년에 걸쳐 왕성한 문학활동을 보여주었다. 이는 식민지 현실이라는 역사적 질곡의 시기를 살아가면서 작품으로 표현하지 않고서는 참을 수 없었던 시대적 사명감과 그의 대쪽 같은 성격, 그리고 근면하고 성실한 면이 어우러진 결과라 할 수 있다. 초기 시에서는 일제강점기 식민지인의 애환과 계급의식을, 중기 시에서는 동물을 소재로 '생'의 소중함과 객관적 정세의 악화 속에서의 희망을 표출했으며, 후기 시에서는 건강하고 미래 지향적인 전통의식과 민족 정서를 보여주었다. 이처럼 윤곤강은 일제강점기와 해방 공간을 살면서 일관되게 '민족'을 생각하고 끊임없이 무언가 새로운 것을 생성하려 했던 것이다. 이러한 점이 우리가 윤곤강을 다시 주목해야 하는 이유이기도 하다.

아동문학가 승응순의 보성고보 시기

박종진
인하대학교

승응순昇應順은 금능인金陵仁의 본명이다. 금능인은 〈타향살이〉를 비롯한 많은 대중가요 노랫말을 지은 작사가로 한국 대중가요사에 큰 발자취를 남겼다. 승응순의 작품세계를 연구한 장유정의 조사에 따르면 대중가요, 극작품, 한시, 동시 등 창작범위가 매우 넓고 양적으로도 많다[1]고 한다. 여기에 승응순이 작사가로 활동하기 이전 아동문학 활동 시기까지 넣어야 비로소 승응순의 작품세계를 온전하게 판단할 수 있고 다양한 활동을 볼 수 있게 된다.

승응순은 보성고등보통학교 시기를 전후해서 신문과 잡지에 동요, 동시, 소년소설, 소설, 산문, 평론 등을 꾸준히 투고하며 창작역량을 키웠다. 창작 경향이 당시 시대를 휩쓴 계급주의의 색채가 짙었던 까닭

---

1   장유정, 『대중가요 작사가 금능인(金陵仁)의 생애와 작품세계』, 한국민요학 제32집, 2011, 179~180쪽.

에 계급주의 작가, 프롤레타리아 작가로 분류되어 있다. 계급주의 문학 연구가 1980년대 이후 활발해지면서 몇몇 논문에서 승응순이 언급되고 있지만 아동문학과 대중가요를 잇는 시점은 아직 찾아볼 수 없다.

이번에 서지학자 오영식 선생님께서 승응순의 학적부와 잡지『학생』관련 자료를 제공해주셨다. 이를 계기로 보성고보 시기를 전후한 승응순의 작품을 찾아보게 되었다.

소년문사 승응순 — 소년소녀잡지에 투고하며 소년문예에 대한 꿈을 키우다

먼저, 금천공보 재학시절 승응순은 당시 쏟아져 나오던 소년잡지에 열심히 작품을 써서 보낸다. 박태일에 의하면 "1925년부터 『신소년』'독자문단'에 꾸준히 작품"을 투고해서, 1927년 졸업 시까지 "열여섯 차례나 동요와 산문"을 발표했다고 한다.[2] 1920년대 소년운동의 구심점이었던 아동문예지『어린이』에 어린이독자로서 원고를 보낸 것 역시 금천공보 재학시절이었다. 『어린이』에서 찾아보면, 작문『할머니 생각』(제3권11호, 1925.11.1)을 시작으로, 선외가작『벼쟁이』(제3권12호, 1925.12.1), 독자담화실(제4권1호, 1926.1.1), 「글자푸리」(부록신문

---

2 박태일 편, 『소년소설육인집』, 경진, 2013, 210~211쪽. 가장 이른 시기의 작품은 산문 「우리 동리」,(『신소년』, 1925년 9월호)라고 하는데, 같은 호에 선외가작 동요 「빨내」, 「봉선화」도 확인할 수 있다. 1929년 12월호에 '소년서사시' 「생각의 고침」,(『신소년』)을 실으며 기성 작가로 대접받기 시작했다고 한다.

『어린이세상』 5호, 1926.3.1), 작문 「선생님전상서」(제4권 4호, 1926.4.10), 선외가작 「버들피리」(제4권 6호, 1926.6.9), 작문 「가을」(제4권 9호, 1926.10.1) 같은 작품을 찾아볼 수 있다. 1925, 26년에 집중되어 있고, 이제 막 글쓰기를 시작한 소년문사의 열정을 확인 할 수 있다. 이때 소년소녀 잡지 매체는 전국 독자들이 서로 소식을 주고받고 자극받으며 커나가던 교류의 장이기도 했다. 승응순의 활동시기와 비슷하게 이원수, 서덕출, 최경화, 신고송, 윤복진 등도 작품을 발표하면서 『어린이』를 풍요롭게 했고 이는 다시 전국 소년문사들을 이끌어내는 계기가 되기도 했다.

승응순이 『어린이』에 투고한 작문 「가을」에는 가을 들판에 무겁게 고개를 숙이고 있는 벼와 조를 보며 풍요로움을 느끼고, 감나무에 '주룽주룽 달닌' 붉은 감이 '행복의 덩이'로 보이는 소년의 감성이 나타나 있다.

> 둥근 달 낫 가치 밝고 풀숩에 버레 우는 밤에 한 닙씩 두 닙씩 다 써러저 나뭇기는 누른 잎이 들창을 슷칠 째 그째처럼 쓸쓸스럽고 그째처럼 생각만히 나고 그째처럼 가을에 몸이 저즐째는 업다.
> 아아 가을! 그러나 나는 그째에 등불을 갓가히하고 글넑는 자미를 안다.
> (62쪽)

"가을처럼 다복하고 가을처럼 션물 만흔 철은 업슬 것"이라고 풍요로움을 만끽하면서 특히 가을에는 "등불을 가까이 하고 글 읽는 재미"를 알게 되고, "세상은 왼통 새로워진 것 갓고 공부는 듯는대로 머리속에 적혀지는 것" 같다는 기쁨을 노래한다. 짧은 문장 속에 풍요로운 가을 이미지와 글 읽는 기쁨을 연결시켜 인생에 대한 기대와 희망을 느끼게 한다. 이런 기대와 희망은 금천공보를 졸업하고 상급학교 진학이 좌절되면서 방향을 달리하게 된다. 이때의 사정은 1929년 『신소년』 12월호에 실린 '소년 서사시' 「생각의 고침」에서 엿볼 수 있는데, 보통학교를 졸업하고 집안 형편이 따르지 못하는데도 상급학교 진학을 졸랐던 생각을 고쳐먹고 아버지 일을 돕기로 마음먹은 심회가 나타나있다.[3]

상급학교 진학을 통해 미래를 꿈꾸지만 가난한 집안 형편으로 좌절하고 마는 개인적 체험은 승응순으로 하여금 사회문제에 대해 관심을 갖고 보다 적극적인 행동으로 나아가는 계기로 작용하게 된다.

보성고등보통학교 시기의 승응순

승응순은 1928년에 보성고등보통학교에 입학하지만 학교를 다 마치지 못한다. 당시 학적부에는 출생, 가족상황, 신체발달사항, 성격 그리고 전 과목 점수 및 석차가 상세하게 기록되어 있다.

원적, 황해도 금천군 금천면 갈산리 457. 1910년 8월 13일 승군창柳君昌의 장남으로 출생했다. 가족은 본인을 포함해서 '9인九人'으로, '부모, 본인, 처, 남동생, 여동생 4인'이 있어 이미 결혼한 몸이라는 것을 알 수 있다. (결혼은 금천공보 재학시절인 1925년 3월). 입학일은 1928년

3　위의 책.

4월 2일로 되어 있는데, 1930년 7월 10일에 3학년을 마치지 못하고 퇴학한 것으로 나타나 있다. 퇴학 사유에는 '맹휴盟休'라는 글자가 확인된다. 시기적으로 1929년 11월에 일어난 '광주학생운동'에 뜻을 같이하며 전국 각처에서 동맹휴학이 이어졌고, 보성고보도 역시 동맹휴학에 적극 참가(『동아일보』, 1930.2.21)하는 시기에 있어서 이와 관련된 조치가 아닐까 짐작된다. 또한 학내적으로 보면 보성고 학생단체인 '이습회而習會'⁴ 활동과도 연관이 있을 것이다. '이습회'는 1927년에 '학생 자치'와 '선생 배척' 문제로 학교와 충돌하고 동맹휴학에 돌입, 주동자들이 퇴학처분 당하는 사건(『동아일보』, 1927.7.10)을 겪은 바 있어서, 승응순이 보성고보에 입학하던 무렵은 학내외적인 동요로 술렁이던 시기였다. 특히 2학년 '면학상황'란에 '사상적 동요'가 관찰된다고 기록되어 있어, 학내 움직임에 관여하면서 눈에 띄는 사상적인 변화가 나타난 것으로 보인다. 흥미로운 것은 성적부분이다. 전체적으로 높은 점수를 받았고, 조선어, 영어, 역사, 실업과목에서 특히 뛰어난 성적을 거두었다. 1학년 때 석차는 거의 최상위권을 유지했지만, 2학년에 들어서 지각, 결석이 많아지고 점수 변동이 심해지는 것으로 보아 이 또한 '사상적 동요'와의 연관성을 짐작할 수 있다.

보성고보 재학시절 승응순은 주로 개벽사에서 발간하는 잡지 『학생』에 작품을 게재한다. 「하기휴가를 마치고」(1권 7호, 1929.4.15), 릴레이소설 「이땅의 젊은이」(2권 2호, 1930.2.1), 「極貧村을 차저서」(2권 4호, 1930.4.1), 「학생의 입장에서」(2권 5호, 1930.5.1) 등을 통해 극한 상황에

---

4   오영식 선생님이 제공해주신 자료 「而習會 中央執行委員 及顧問」 명단에 승응순이 문예부
     위원으로 이름이 올라 있다.

내몰리고 있는 조선 백성들의 현실, 학생들의 인권을 억누르는 학교의 부조리를 고발한다. 풍요로운 가을과 독서의 즐거움을 노래했던 소년 문사는 이제 일제강점기하에서 가난에 고통 받고 억눌리는 현실에 대한 외침을 드러내고 있는 것이다. 눈에 띄는 기사는 1930년 『학생』 제2권4호에 게재된 '학생특집'이다. '학생특집'은 매달 선정된 학교학생이 직접 글을 쓰고 편집까지 해서 잡지에 발표하도록 한 기획으로, 첫 회를 '보성고보편'이 장식한 것이다. 「특집란을 내면서」에서는 특집의 취지를 다음과 같이 설명했다.

> 이번 四月號부터 本誌는 또 한가지 새로운 試驗으로 全朝鮮 各中等學校 特輯欄을 新說하기로 하엿습니다. 이것은 每月 한 學校식 그 學校 學生 自身이 쓴 글을 自由로 모아서 學生 自身이 編輯하야 本誌에 發表하는 것입니다. 이로서 우리는 우리 學生의 思想과 事情을 서로 通할 수 잇고 有機的 親密을 加할 것이라고 밋습니다.
>
> 감히 愛讀하심과 만흔 聲援을 나려주시는 기 바랍니다. 더욱 地方에 잇는 學校로 特輯欄을 내이시기 所願하시면 本誌編輯室로 問議하야 주시면 詳細한 것을 말슴하여들이겟습니다. (社告)

즉 학생들의 사상과 사정을 직접적으로 통하게 하고 친밀을 드높이기 위한 목적이라는 것이다. '보성고보'편 목차를 순서대로 적어보면 다음과 같다.

特輯欄을 내면서 … 편집실

보성고보 학생들이 시, 시조, 소설, 일기 등 다양한 형태의 글을 발표했는데, '학교특집'인 만큼 학생의 사회적인 책임에 대한 자각과 사회 부조리에 대한 고발, 빼앗기고 억눌리는 민중의 현실을 그리고 있다. 승응순은 여기에 '금능인金陵仁'이라는 필명으로 「극빈촌極貧村을 차저」를 게재한다. 『학생』 기고 시에는 승응순과 금릉인이라는 필명을 섞어 사용하고 있는데, 고향 금천에 대한 깊은 애정을 느끼게 해주는 금능인이라는 필명을 보성고보 시절부터 사용하기 시작했다는 점이 흥미롭다. 승응순은 최인준崔仁俊과 함께 학교 대표로 편집까지 담당했다. 편집여언(103쪽)에서는 개벽사에서 청을 받았을 때 시험 기간 중으로 시기적 어려움을 비롯해서 여러 가지 장애가 있었다는 것을 밝혔다.

「극빈촌極貧村을 차저」는, 작중 '나'와 어릴 적 같은 마을에 살다 생활에 쫓기어 정처 없이 떠나간 친구 '김상만'을 찾아갔다 깊은 산중에서 숯을 만들어 파는 극빈촌을 목격하는 형식으로 쓴 소설이다. 극빈촌은 산을 몇 시간이나 올라가야 겨우 찾을 수 있는 한지에 있었다. 숯을 만들어 판돈으로 실낱같은 목숨을 연장하며 사는 극빈촌 사람들. 그들에게 문명의 세계는 '무서워 피해' 다닐 수밖에 없는 곳이다. '자본주의 문명의 20세기는 그들에게 극도의 생활의 궁핍과 기아를 주엇기 때문'이다. 마을을 나서는 '나'는 '몇번이나 뒤를 돌아다보면서 눈물' 짓는다. 문명에서 비켜나고 자본주의로 인해 오히려 생활의 궁핍과 기아를 안게 된 이들에 대한 '나'의 시선은 따뜻하고, 변혁에 대한 의지가 드러나 있다. 위에서 승응순을 계급주의 작가라고 했지만, 결말에서 변혁에 대한 의지가 드러나기는 해도 투쟁적인 행동을 보이는 경우는 쉽게 찾아볼 수 없다. 오히려 현실을 파악하지 못한 자신들의 무지를 깨닫고 정신을 단련하는 일에 무게 중심이 놓인다. (「꿈?」, 『신소년』, 1932.2)

승응순은 1910년에 태어나 1937년에 세상을 떠났으니 불과 28년의 짧은 생애였지만, 아동문학가, 극작가, 신문기자, 대중가요 작사가 등 다양한 모습과 작품을 선보였다. 그 가운데 소년문예에 관심을 갖고 각종 매체에 적극적으로 작품을 투고하던 시기는 주로 금천공보와 보성고보 재학시절에 집중되어 있다. 승응순은 평론 「조선소년문예소고」[5]에서, 시대를 지배하는 것은 사람들의 사상(사조)이며, 좋은 사조를 만들어가는 매체로 문예의 힘을 꼽았다. '소년문예'를 '문예의 싹이요, 떡잎이요, 씨'라고 간주하고 소년문예의 중요성 또한 강조했다. 학

---

5   昇應順, 「朝鮮少年文藝小考」, 『문예광』제1권1호, 1930.10, 32~34쪽. 여기에서 승응순은, 조선소년문예운동에 큰 공헌을 한 잡지로 『어린이』와 『신소년』을 꼽았다.

생시절의 열정적인 글쓰기는 이런 신념의 실천이었다고 할 수 있다. 금천공보를 졸업하고 어렵게 입학한 보성고보 시기에 이상과 현실의 격차에 갈등하고 좌절을 맛보고 그러면서도 끝내 신념에 따라 행동했다는 점에서 보성학교 시절은 승응순에게 매우 중요한 철학과 사상의 기반을 제공해주었던 시기였다고 할 수 있다.

여기에서는 아동문학가 승응순과 대중가요 작사가 금능인을 이어주는 사상적 고리의 일부만을 언급할 수 있겠지만, 금능인이 인간 감정을 깊이 건드리는 투박하면서도 정감어린 노래말로 우리의 마음을 어루만질 수 있었던 것은, 작가 자신이 겪었던 현실에 대한 깊은 통찰과 깨달음, 그리고 실천 활동이 있었기 때문일 것이다. 앞으로 더 많은 발견과 분석을 통해 보다 넓고 깊은 승응순의 세계가 밝혀지기를 기대해본다.

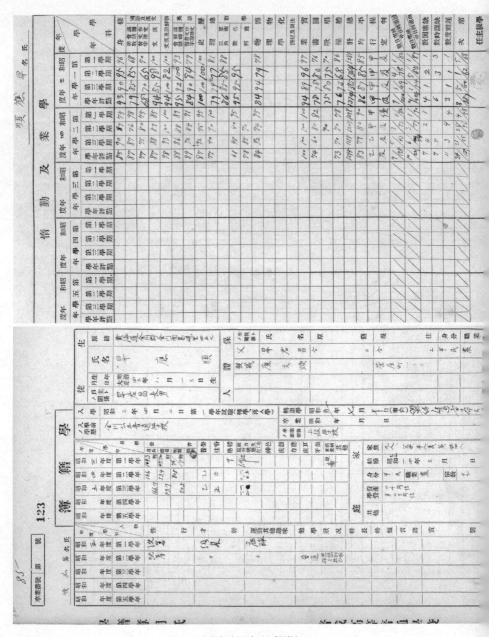

승응순의 보성고보 학적부

시대의 현실을 그린 작가
최인준

김영애
청주대학교 겸임교수

1. 생애

최인준은 1912년(명치 45년) 3월 21일 평양에서 최제동崔濟東의 장남으로 태어났으며, 원적은 강원도 철원군 마장면馬場面 장포리長浦里 38번지, 당시 주소는 계동桂洞 45번지로 기록되어 있다. 소학교 시절을 평안남도 진남포 삼숭학교三崇學校에서 보냈고, 이후 평양 광성고등보통학교光成高等普通學校를 거쳐 보성고등보통학교에 진학했다. 학적부상에는 '광성고등보통학교 3년 재학'이라 표기되어 있으며, 보성고보 2학년 일부, 3학년까지의 성적이 기록으로 남아 있다. 최인준은 보성고보 4년 재학 중 동맹휴학사건에 연루되어 중퇴하였다. 1934년 『동아일보』로 등단하여 다수의 소설과 평론, 희곡을 발표했다. 한국전쟁 당시 월북한 것으로 알려졌으며 정확한 사망 시기는 확인할 수 없다. 단편 「형제」를 발표할 당시 최철崔哲이라는 필명을 사용하기도 했다.

2. 문학적 성과

최인준은 『조선일보』에 「춘보春甫」를 발표한 후, 1926년 『조선농민』에 농민소설 「대간선大幹線」이 2등 당선되면서 문학활동을 시작했다. 이후 중편 「폭풍우전暴風雨前」, 희곡 「신작로」, 단편 「형제」를 발표하였다. 이어 『신소설』에 「양돼지」, 「하나님의 딸」, 「그의 수기手記」 등의 단편을 발표하였으며, 1934년 『동아일보』 신춘문예에 「황소」가 당선되면서 문단에 정식 데뷔하였다. 주로 농촌에서 취재한 작품이 많으며, 당시의 농촌 현실과 젊은이들의 암담하고 비극적인 운명을 주로 다루었다. 특히, 중편 「암류暗流」(『신동아』 1934.9~12), 단편 「안해」(『조선문단』 1935.4), 「통곡하는 대지」(『사해공론』 1936.3), 「춘잠春蠶」(『조선문학』 1936.6) 등에서는 식민지시대 우리 민족의 궁핍한 삶을 그려 역사적 현실에 대한 깊은 관심을 보였다.

이밖에 「폭양暴陽 아래서」(『조선일보』 1935.3.21~4.2), 「상투」(『신동아』 1935.5), 「삼년후」(『신가정』 1935.12), 「밤」(『사해공론』 1936.1), 「수술手術」(『사해공론』 1936.2), 「이른 봄」(『신동아』 1936.4), 「여점원」(『신가정』 1936.5), 「잊혀지지 않는 소년」(『부인공론』 1936.7), 「약질弱質」(『조선문

학』1936.11), 「종국終局」(『사해공론』1936.12), 「우정(『풍림』1936.12), 「셰 퍼드 주인」(『풍림』1937.2), 「두 어머니」(『백광』1937.3), 「호박」(『농업조 선』1938.1), 「제고양지묘예혜帝高陽之苗裔兮」(『문장』1940.7) 등 다수의 단 편소설을 발표했다. 또한 「문학잡지에 대하여」(『신동아』1936.6), 「악령 惡靈에 비견할만한 종생(終生)의 대작을」(『조선일보』1937.1.22~24), 「엄 흥섭론」(『풍림』1937.3) 등의 평론을 게재하기도 했다. 엄흥섭, 현경준 등과 더불어 동반자작가로 평가된다.

그의 작품 가운데 중편 「암류」는 1934년 『신동아』에 연재된 작품으 로, 총 7장으로 구성된 작품이다. 소설 말미에서 겨울 내 흐르는 암류 가 언젠가는 봄을 맞을 것이라고 희망을 예견하는 듯하다가, '봄―그 러나 봄은 아직 멀다'라고 희망이 다가오기 전의 기나긴 고통을 암시 하며 글을 끝내고 있다. 이 작품은 가난한 농촌 출신의 대학생이 귀향 후 겪는 내적 갈등을 비극적으로 묘사하고 있다. 또 다른 중편소설 「통 곡하는 대지」는 1936년 『사해공론』에 연재되었다. 연재 지면에 '중편 中篇 창작創作 통곡慟哭하는 대지大地'(1회), '中篇 慟哭하는 大地'(3회)라 고 표기되어 있다. 현재 『사해공론』 연재분 중 일부만을 확인할 수 있 어 전체적인 작품의 내용을 파악하기는 어려우나, 연재를 시작하면서 "될 수 있는 대로 속임 없는 그대로의 한 농촌農村의 산 현실現實을 좀더 진실眞實한 태도態度를 가지고 그려 볼려고 애를 썼습니다"라는 '작가 의 말'로 미루어 볼 때 당대 농촌과 농민들의 현실을 사실적으로 묘사 하는 데 중점을 두었으리라 짐작할 수 있다. 예를 들어 비료 만드는 법 이 자세히 기술되는 등, 농촌 현실을 구체적으로 기술하려는 작가의 노력이 엿보인다.

최인준의 소설은 식민지 시대 조선 농촌의 궁핍한 삶과 젊은이들의 실의失意를 보여주며, 도시를 배경으로 삼은 작품의 경우 현실적응에 실패한 인텔리 소시민을 다루었다고 평가된다.

최인준의 보성고보 학적부

보성이 낳은 대중가요 작사가, 금릉인과 조명암을 그리다

장유정
단국대학교 교양학부 교수

1.

내 책상은 지저분하다. 글 쓸 때는 항상 이렇다. 깔끔하다든지, 정리 정돈을 잘한다든지, 뭐 이런 말은 나와 어울리지 않는다. 수많은 책들이 좁은 책상 위에 쌓이고 쌓이다 글 하나 끝나면 책상 정리를 한다. 하지만 그것도 잠시 뿐! 새로운 글 작업에 돌입하면 내 책상은 다시 지저분해진다. 그리고 지금도 여전히 내 책상은 지저분하다. 그리고 그 지저분한 책상 위에 네 장의 종이가 다른 책들 위로 펼쳐져 있다. 바로 일제강점기 대표적인 가요작사가 금릉인과 조명암의 보성고 시절의 학적부 복사본이다.

이 학적부들이 세상 빛을 볼 수 있었던 것은 전적으로 보성고등학교

국어 교사이신 오영식 선생님 덕분이었다. 그분은 보성고 출신의 문인과 예술가를 아주 오래전부터 추적해왔고 그 덕분에 조명암의 학적부가 먼저 세상에 공개될 수 있었다. 그 학적부는 현재『조영출 전집』(장유정·주경환 편, 소명출판, 2013)에 실려 있다.

그런데 문제는 금릉인이었다. 그가 보성고 출신이란 것을 알고 몇 년 전부터 오영식 선생님께 그의 학적부 등을 찾아달라고 졸랐으나(?) 그 흔적을 찾는 일이 어려워 선생님께서 난색을 표하셨던 것이다. 그렇게 시간이 흘렀다. 조명암에 대한 자료는 그런 대로 많이 있으나, 너무 일찍 세상을 떠난 금릉인에 대한 자료는 접하기 어려웠다.

그러던 차, 2017년 봄이었던가! 오영식 선생님이 드디어 금릉인의 학적부를 찾았다며 연락을 주셨다. 난 그 순간 오랜 연인의 흔적을 찾은 듯, 너무 기뻐 쾌재를 불렀다. 그렇게 오영식 선생님의 헌신과 도움으로 내 손에, 이 지저분한 책상 위에 두 사람의 학적부가 놓이게 된 것이다.

2.

대중가요 작사가로는 '금릉인'과 '조명암'이란 이름이 알려져 있으나 그들의 본명은 각각 '승응순'과 '조영출'이다. 금릉인이 1910년 8월 13일에 출생했고, 조명암이 1913년 11월 10일에 출생했으니 금릉인이 조명암보다 세 살 더 많다. 입학연도를 보면, 금릉인이 1928년에 보성고보에 입학했고 조명암은 1930년에 입학했다. 즉 금릉인이 조명 암의 보성고보 2년 선배인 것이다. 조명암은 3년 동안의 학적이 모두 기재되어 있으나, 금릉인은 2년 동안의 기록만 남아 있다. 학적부에 따 르면, 금릉인은 동맹휴학에 참여하여 1931년에 퇴학당하면서 결과적 으로 2년 동안의 학적만 남게 되었다. 그리고 그것이 조명암과 달리 금 릉인의 학적부를 이제까지 찾기 어려웠던 이유이기도 하다.

두 사람의 고향과 가족사항을 보면, 금릉인은 승군창劉君릅의 장남으 로 황해도 금천에서 출생했다. 금천공립보통학교를 졸업하고 보성고 보에 입학했던 것인데, 후대에 그의 행적을 기록하는 중에 오류가 발 생했다. 누군가 그의 고향을 '경상북도 김천金泉'이라 적으면서 이것이 사실인 양 인터넷에 유포되었던 것이다. 1차 자료를 확인하지 않은 채, 사람들이 계속 그걸 재인용하면서 금릉인의 고향이 경상북도 김천이 되어버린 것이다.

하지만 학적부에 기록되어 있고, 그가 생전에 스스로 밝힌 적이 있 듯이, 그의 고향은 황해도 금천이며, 그가 나온 학교도 황해도에 있는 금천공립보통학교이다.[1] 여기서 그의 예명도 나왔다. 황해도 금천의 옛 지명이 '금릉'이었고, '금릉 사람'이란 뜻으로 '금릉인'이 되었던 것 이다. 그리고 1928년 당시, 9명이란 대가족이 함께 했는데, 금릉인 본 인 외에 아버지와 어머니, 처, 남동생, 그리고 여동생이 네 명 있었다. 금릉인의 일가친척에 대한 언급은 이제까지 어디서도 찾을 수 없었는

---

1   금릉인의 생애와 대중가요 작품에 대해서는 장유정, 「대중가요 작사가 금릉인의 생애와 작품 세계」, 『한국민요학』제32집, 2011를 참고할 수 있다.

데 학적부를 통해 그의 가족들도 알게 되었다. 금릉인과 아내 사이에 자식이 있었는지, 그의 동생들은 이후 어떻게 살았는지 궁금해지는 대목이다.

반면에 조명암은 9살에 아버지를 여의고 석왕사에 의탁되어 그곳에서 공부했다. 학적부에 따르면, 가족으로는 어머니와 형이 한 분 있는 것으로 되어 있다. 금릉인의 신분이 평민이고 직업은 농사이고 종교가 없는 것과 달리, 조명암의 학적부에는 '종교'를 적는 곳에 '불교'라 적시되어 있다. 실제로 조명암은 11세 때, 대륜 스님께 '중련重連'이란 법명을 받아 건봉사로 출가하기도 했다.

두 사람의 학적부에서 호기심을 자극하는 것 중 하나는 성적이 아닐 수 없다. 예상했던 대로 두 사람 모두 매우 우수한 성적을 보여주었다. 둘 다 오늘날 반장에 해당하는 '급장'을 한 것으로 적혀 있다. 금릉인은 1학년 때 60여 명 중에서 1등을 한 적이 있고 대체로 평균 5등을 하였다. 역사 시험은 내내 100점을 맞아서 최고 점수를 기록했고, 반면에 '가창歌唱'은 평균 75점으로 상대적으로 낮은 점수를 기록했다.

이처럼 금릉인은 1학년 때 매우 성적을 기록하였으나 2학년 때부터 성적이 점점 내려가는 모습을 보여주었다. 또한 학적부 중 2학년 '면학 상황'을 적는 칸에 '사상적 동요'가 있다고 적혀 있다. 정확하게 알 수 없으나 아마도 어떤 계기로 해서 이 시절 금릉인에게 사상적 동요가 일어났던 것으로 보인다. 아울러 성적이 내려간 것도 이와 연관해서 생각해볼 수 있다. 결국 금릉인은 동맹휴학에 가담하면서 퇴학을 당한 것으로 보인다.

조명암은 금릉인보다 더 우수한 성적을 보여주었다. 1학년부터 4학년 때까지 반에서 1등을 놓친 적이 거의 없다 할 정도로 좋은 성적을 보여준 것이다. 수학 점수도 좋고, 금릉인과 달리 가창 점수마저 높다. 전체 모든 교과의 점수 중에서 80점미만의 점수를 찾기 어려울 정도이다. 가히 수재였다고 할 수 있다.

학적부에 따르면, 두 사람의 성격은 모두 차분하고 온화했던 것으로 보인다. 성품을 적은 칸에 금릉인은 '침착沈着'이라 적혀 있고, 조명암은 '온화하고 순량하다'는 뜻의 '온량溫良'이라 적혀 있다. '운동과 기타 취미'를 적는 칸에, 금릉인은 정구庭球, 즉 '테니스'라 적혀 있고, 조명암은 축구蹴球와 문학文學이라 적혀 있는 것을 확인했다. 특기할 것은 금릉인의 '질병이상'에 '완선頑癬'이라 적혀 있는 것이다. 그가 일종의 피부병을 앓았던 것으로 보인다.

겨우 네 쪽의 학적부에도 이토록 많은 이야기들이 있다. 그들의 학적부를 들여다보고 있노라니, 마치 지금 그들을 마주한 것과 같은 착각에 빠지기도 한다. 일제강점기 대표적인 작사가였던 금릉인과 조명암의 흔적을 들여다보는 일이 내겐 이토록 참으로 설레는 일이다.

3.

금릉인과 조명암이 작사한 대중가요는 어떤 작품일까? 〈타향(살이)〉, 〈사막의 한〉, 〈다방의 푸른 꿈〉, 〈바다의 교향시〉 등은 오늘날에도 여전히 애창되는 노래들이다. '가요무대' 같은 프로그램에서는 여전히 종종 들려오는 노래들이다. 〈타향〉과 〈사막의 한〉이 금릉인의 대표곡이라면, 〈다방의 푸른 꿈〉과 〈바다의 교향시〉는 조명암의 대표곡이다.[2]

금릉인은 1926년에 「참새」와 같은 동시를 발표하면서 본격적인 문학활동을 시작했고, 1933년에 〈무명초〉라는 작품으로 포리돌 음반회사에서 작사가로 데뷔했다. 조명암은 1929년에 조선불교학인연맹 기관지인 『回光(회광)』 창간호에 시 「가을」을 발표하였고 1934년에 『동아일보』 신춘현상문예에서 '신시' 부문과 '유행가' 부문에 동시에 입상하며 대중가요 작사가로도 활동하였다. 이때, 입상한 유행가가 〈서울 노래〉이고, 이 노래는 검열에 걸려 두 번의 개작을 거친 후에 음반으로 발매되었다.

두 사람 모두 16살에 본격적인 문학 활동을 시작했다고 할 수 있다. 게다가 대중가요 작사가로 활동을 시작한 시기도 1933년과 1934년으로 비슷하다. 금릉인은 첫 번째 대중가요 작품을 포리돌 음반회사에서 발매했으나 그 이후부터는 줄곧 오케 음반회사에서 작품을 발매했다. 반면에 조명암은 콜럼비아 음반회사에서 첫 곡을 발표했으나 콜럼비아 음반회사를 위시하여, 오케 음반회사, 태평 음반회사, 포리돌 음반회사 등에서 다채롭게 활동했다.

두 사람이 함께 무언가를 했다는 기록 등은 찾을 수 없으나, 두 사람이 서로의 존재는 분명 알고 있었을 것이다. 오케 음반회사에서 활동

---

2   금릉인과 조명암의 작품에 대해서는 위의 글과 장유정·주경환 편, 앞의 책의 내용을 발췌해서 작성했음을 밝혀둔다.

했던 것이 공통적이기도 하고, 둘 다 '보성고보'와 인연이 있었기에 오가는 이야기 속에서 이를 확인하고 같은 학교의 선후배로 남다른 정情이 있지 않았을까 추정한다. 두 사람 모두 차분하고 온화한 성품인지라 드러내놓고 호들갑 떨며 친분을 과시하지는 않았을지라도 비슷한 성격의 보성고보 출신으로 서로가 서로에게 정이 있었으리라 추정하는 것이다.

안타깝게도 금릉인은 1937년에 27살이라는 젊은 나이에 병으로 생을 마감했다. 다시 말해, 대중가요 작사가로 활동한 시간이 길어야 5년 정도였던 것이다. 하지만 5년이란 짧은 기간에도 불구하고 그가 남긴 작품은 약 100편으로 많은 편이다. 반면에 조명암은 1934년부터 해서

〈이어도〉 음반 광고

1948년에 월북할 때까지 약 400여 곡을 남겼다. 약 15년 동안 400여 곡을 작사했으니 그 엄청난 창작열을 가히 짐작할 수 있다. 그 바람에 광복 이전에 대중가요 작사가로 활동하다 월북한 박영호와 더불어 조명암은 대중가요 작사계의 쌍두마차가 되었던 것이다.

역사에 '만약'이란 없지만, 금릉인이 그렇게 빨리 생을 마감하지 않았다면 더 많은 좋은 작품을 냈을 것이다. 그는 죽기 1년 전까지도 제주도를 직접 답사하여 〈이어도〉 같은 노래를 만드는 등의 열성을 보여주었기 때문이다.

水陸二千里! 南海 한가운데는 濟州島라는 情 만코 恨 만흔 섬이 잇습니다.

이 도 노래는 作詩作曲者가 몸소 이 고장을 踏査하야 代表的 情緒를 그려낸
作品입니다. (띄어쓰기는 인용자)

　　　　—〈이어도〉, 금릉인 작가, 문호월 작곡, 이난영 노래, 오케 1777, 1936

〈이어도〉의 음반 가사지에 적혀 있는 내용이다. 위의 인용문을 통해
알 수 있듯이, 금릉인은 작곡자 문호월과 더불어 제주도의 정서를 그
려내기 위해 직접 제주도를 답사하고 그걸 노래로 담아내기 위해 노력
했다. 그만큼 노래 내지 노래 가사에 대한 열정을 지녔던 인물이다. 게
다가 그가 쓴 동시들을 통해 볼 때, 순수한 마음의 소유자였던 것으로
보인다. 하지만 그는 너무 일찍 가 버렸고 그가 쓴 노래만 남았다.

　　4.

금릉인이 작사한 대중가요 가사의 특징으로 크게 세 가지를 언급할
수 있다. '귀소본능과 회귀의 실패', '향토성과 전통성의 획득', 그리고
'상실감과 과거지향성'이 그것이다. 반면에 조명암은 워낙 많은 작품
을 남겨서 당시의 대중가요의 갈래에 따른 특징을 지적할 수 있다. '신
민요에 나타난 향토성', '유행가에 표출된 상실감', '유행가에 드러나
이국성異國性', 그리고 '만요에 표현된 풍자와 해학'이 그것이다.
　지면 관계 상, 모든 내용을 다 살펴볼 수 없으니, 두 사람의 대표적인

작품 하나 정도만 언급해보기로 한다. 먼저, 금릉인은 늘 고향에 대한 그리움을 지니고 있었던 것으로 보인다. 어디 금릉인뿐이겠는가? 모든 사람들이, 특히 고향을 떠나 타향 내지 타국에서 살고 있는 사람들이라면 자연스럽게 향수를 지닐 수밖에 없다. 때로 그 때문에 힘들 때도 있지만, 또 그 덕분에 신산한 삶을 버티기도 한다.

동물이 자신의 서식 장소나 산란·육아를 하던 곳에서 멀리 떨어져 있는 경우, 다시 그곳으로 되돌아가려는 것을 '귀소 본능Homing instinct' 이라 한다. 어디 동물뿐이겠는가? 인간이라면 누구나 귀소 본능을 지니고 있게 마련이다. 자신이 태어난 고향이 언제나 마음 한 자리를 차지하고 있다든지, 죽을 때가 다 되어 사람들이 자신이 나고 자란 고향으로 돌아간다든지 하는 것도 모두 귀소 본능과 관련이 있을 것이다.

금릉인의 작품에서는 이러한 회귀성 내지 귀소성이 매우 중요한 부분을 차지한다. 〈귀향〉, 〈타향(살이)〉, 〈사막의 한〉, 〈향수〉, 〈봄소식〉 등이 모두 이와 관련이 있는 노래이기 때문이다. 노래의 첫 소절을 따서 〈타향살이〉로 더 많이 알고 있으나 이 노래가 처음 나올 때는 〈타향〉이란 제목으로 음반을 찍었었다. 이 노래는 고향을 그리워하는 대표적인 노래인데, 일제강점기는 물론 그 이후에도 대중에게 상당한 호응을 얻었다. 단적인 예로, 1981년 당시 MBC가 시행한 '한국가요 대조사'에서 〈타향(살이)〉는 '남녀별 인기베스트 10곡' 안에 들어 그 오랜 인기를 입증했다.

타향살이 몇 해런가 손꼽아 헤여 보니 고향 떠나 십여 년에 청춘만 늙고

부평 같은 내 신세가 혼자도 기막혀서 창문 열고 바라보니 하늘은 저쪽

고향 앞에 버드나무 올봄도 푸르련만 호들기를 꺾어 불던 그때는 옛날

타향이라 정이 들면 내 고향 되는 것을 가도 그만 와도 그만 언제나 타향
— 〈타향〉, 금능인 작사, 손목인 작곡, 고복수 노래, 오케, 1934

    고향을 떠난 감회를 솔직하고 담백하고 읊고 있는 이 노래는 금릉인의 대표작이자 당대는 물론 이후에도 많은 인기를 얻었던 노래이다. 가사를 보면 알 수 있듯이, 화려한 미사여구보다 그저 자신이 느낀 감정을 솔직하게 표출하고 있다는 느낌을 받는다. 실제로 금릉인은 이 노래를 작사할 때의 심정을 다음과 같이 회고하기도 했다.

    포연히 나의 故鄕 黃海道 金川을 떠나온 지 이제 벌서 十一年! 「他鄕」을 걷던 昨年 가을이 곧 漂泊生活 十一年째 되는 가을이었습니다. 푸른 하눌 흐르는 구름에 애듯한 향추(향수의 오기로 보임, 인용자 주)를 띄우고 旅窓에 기대어 있노라니 째마침 黃昏인데 거리에는 燈불조차 외로운 듯 街路樹에 落葉은 왜 그리 凄凉하였던지 까닭 없이 눈물이 흘러 옷깃을 적시더이라. 이렇게 되어 〈他鄕사리〉의 詩는 純全히 나의 率直한 告白이었읍니다. (…중략…) 이 〈他鄕사리〉마는 詩的 價値는 어떨른지 몰라도 美文妙句를 넣어 놓지 안코 나에 良心대로 썼던 것입니다. (…중략…) 마침 이 「他鄕사리」가 많이 팔인 것만은 나와 같을 漂泊生活을 하는 젊은 사람들이 意外에도 많은 것을 생각할 째 그리 좋은 感想을 가질 수 없읍디다. (띄어쓰기는 인용자)[3]

위의 글은 금릉인이 〈타향(살이)〉를 작사하게 된 배경을 직접 밝힌 것이다. 그 내용을 통해 알 수 있듯이, 금릉인 자신의 타향살이 경험을 양심대로 솔직하게 그렸고, 그것이 의외로 비슷한 처지의 많은 사람들에게 공감을 얻어 노래가 인기를 얻게 된 것이다. 그러면서도 자신과 비슷한 처지의 사람들이 많다는 것을 생각하면 노래가 인기 있는 것을 마냥 좋아만 할 수 없다고 말하고 있다.

주지하다시피, 일제강점기에는 수많은 사람들이 고향을 떠나 외지로 떠돌아야 했다. 나라를 빼앗겼으니 애초부터 고향을 잃은 사람들이 나그네 신세가 되어 정착할 곳을 찾지 못한 채 헤매야 했던 시기가 일제강점기이기도 했다. 그런데 나와 같은 마음을 〈타향(살이)〉가 대변해주었다. 그러다보니, 노래를 들으며 울고 웃으며 위로를 받았던 것이다.

이 노래의 핍진성은 어설픈 긍정이 아닌 세태를 있는 그래도 반영하는 것으로 노래를 마무리한 것에 있다. "호들기를 꺾어 불"었던 것은 "옛날"이고, "가도 그만 와도 그만 언제나 타향"이라 해서 회귀에 실패한 것을 보여주었다. 하지만 때로는 어쭙잖은 위로와 희망보다 현실을 인식하고 수용하는 것이 더 위로가 되기도 한다. 근거 없는 희망으로 포장하지 않고, 금릉인의 말처럼 양심대로 썼기에 많은 사람들의 호응을 받았는지도 모르겠다.

그런가 하면, 조명암은 워낙 많은 작품을 남겨서 어느 하나를 살펴보는 것이 곤란하게 느껴질 정도이다. 다만 금릉인과 다르게 그의 작품에서 주목할 만한 특징 중 하나는 그가 일종의 코믹송comoc song에 해당하는 '만요漫謠' 작사에도 두각을 나타냈다는 것이다.

---

3   「'거리의 쇠꼬리'인 十大歌手를 내보낸 作曲·作詞者의 苦心記」, 『삼천리』 1935년 11월호.

그가 작사한 만요를 열거해 보면, 〈모던 관상쟁이〉, 〈복덕장사〉, 〈세상은 요지경〉, 〈요즈음 찻집〉, 〈앵화폭풍〉, 〈앵화춘〉 등을 들 수 있다. 사설시조나 민요처럼 기존 노래에서 해학적인 요소를 가져와 작사하기도 했지만 당시의 세태를 풍자하는 노래도 만들었는데, 1993년에 신신애가 무표정과 특이한 율동으로 노래해서 상당한 인기를 얻었던 〈세상은 요지경〉의 원곡 작사가도 조명암이다.

> 요지경 속이다 요지경 속이다 세상은 요지경 속이다
> 생글 생글 생글 생글 아가씨 세상 벙글 벙글 벙글 벙글 도련님 세상
> 애 애 야들아 내 말 좀 듣거라 얼굴이 잘 나면 잘나서 살고
> 못난 사람은 제 멋에 산다 얼싸 음마 둥개 둥개 아무렴 그렇지 둥개 둥개
>
> 싸구려 판이다 싸구려 판이다 세상은 싸구려 판이다
> 찰랑 찰랑 찰랑 찰랑 막걸리 술잔 지글 지글 지글 지글 매운탕 안주
> 애 애 야들아 내 말 좀 듣거라 곱배기 한 잔에 웃음이 가득
> 삼팔 수건에 추파가 온다 얼싸 음마 둥개 둥개 아무렴 그렇지 둥개 둥개
>
> 물방아 속이다 물방아 속이다 세상은 물방아 속이다
> 둥글 둥글 둥글 둥글 뜨내기 사랑 생글 생글 생글 생글 숫배기 사랑
> 애 애 야들아 내 말 좀 듣거라 홀애비 사정은 과부가 알고
> 처녀 사정은 총각이 안다 얼싸 음마 둥개 둥개 아무렴 그렇지 둥개 둥개
>
> ―〈세상은 요지경〉, 만요, 조명암 작사, 박시춘 작곡.
>
> 김정구 노래, 오케 12203, 1939

'세상은 요지경'이란 제목에서 짐작할 수 있듯이, 이 노래는 요지경 세상을 익살스럽게 그려낸 작품이다. 의성, 의태어를 반복적으로 활용하여 익살스러운 요소를 강조하고 리듬감을 살리고 있다. 그러면서도 그 배경은 상대적으로 향토적인 분위기가 느껴지는데, "얼싸 음마 둥개 둥개 아무럼 그렇지 둥개 둥개"같은 전통적인 민요의 후렴을 차용하거나, '막걸리'와 '물방아'와 같은 어휘를 사용한 것에서 이를 확인할 수 있다.

금릉인이 대중가요 중 만요를 거의 작사하지 않은 것과 달리, 조명암은 만요를 작사하여 현실을 웃음으로 풀어내려는 시도를 했다고 볼 수 있다. 둘 다 침착하고 온화한 편이라, 조명암이 지닌 해학과 풍자의 근원이 무엇인지 정확하게 꼬집어 말하기 어려우나 대중가요 작사에서 금릉인과 차별되는 부분이다.

하지만 금릉인도 대중가요에서만 만요를 거의 작사하지 않았을 뿐, 극작품 중 〈계란 강짜〉 같은 '넌센스'에서는 익살스러운 면모를 보여준다. 따라서 금릉인이 해학적인 요소를 드러낸 부분은 운문이 아닌 산문에서였다고 할 수 있다.

5.

다시 나의 책상을 본다. 어제보다 더 어지러워진 책상 위로 펼쳐진 금릉인과 조명암의 학적부를 들여다본다. 남다른 재능으로 대중가요 작사에서 두각을 드러냈던 그들의 삶을 짐작해본다. 80여 년 전, 그들의 흔적을 들여다보고 있으려니 만감이 교차한다. 남다른 감수성으로 세상을 살아가는 일은 결코 쉽지 않다. 예민하다는 것은 더 많이 상처에 노출되어 있다는 것을 의미하기 때문이다. 그래서 식민지 시기에 대중가요 작사가로 살았던 그들의 삶이 꽤나 신산스러웠을 것이라 짐작해 본다.

문인이자 대중가요 작사가로 살았던 그들의 작품은 여전히 살아서 움직이는 유기체와 같다. 그리고 우리들이 그들의 작품을 계속 소환하는 한, 그들의 작품은 계속 살아있을 것이다. 요절한 순수 청년 금릉인과 문학적 재능이 뛰어났던 수재 청년 조명암! 그들의 학적부를 통해 그들 삶의 한 단면이 드러났듯이, 그들의 삶과 예술을 추적해가는 작업은 앞으로도 계속 이어질 것이다.

그러므로 오늘 지금 여기에서 그들을 그릴 수 있어 참 감지덕지하다. 그리고 이 모든 일이 가능할 수 있도록 기꺼이 학적부 자료를 찾아서 내어주신 오영식 선생님께 다시금 감사의 마음을 전하며 이 글을 마무리하련다. "감사합니다."

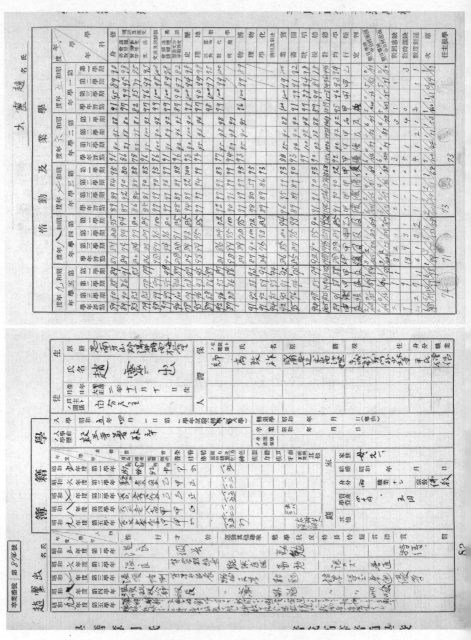

조영출의 보성고보 학적부. * 승응순의 학적부는 이 책 300쪽.

김학철, 20세기 동아시아의 대자유인

한기형
성균관대학교 동아시아학술원 교수

편안하게 살려거든 불의에 외면을 하라.

그러나 사람답게 살려거든 그에 도전을 하라.

　이 두 문장은 2001년 9월 '스무하루'에 걸친 단식 끝에 세상을 떠난 김학철(본명 홍성걸, 1916.11.4~2001.9.25)이 유언으로 남긴 말이다. 한 평생을 항일운동, 인간해방운동, 반권력투쟁에 아낌없이 바친 노대가의 최후 일성 속에는 그가 선택한 삶의 방식에 대한 압축된 설명이 들어 있다. 그의 말은 어떤 추상적인 훈계가 아니라 자신의 삶 자체를 진술한 것이기 때문에 남다른 감동과 커다란 울림을 전해준다.

　김학철은 원산에서 태어나 서울 보성학교에서 수학하면서 항일 독립운동에 뜻을 세웠다. 이 때 이상화의 「빼앗긴 들에도 봄은 오는가」

와 입센의 『민중의 적』에 큰 영향을 받았다고 한다. 1935년 19세의 나이로 임시정부가 있던 상해로 망명 의열단에 가입, 반일 지하테러활동에 종사했다. 이듬해 김원봉이 지휘하던 조선민족혁명당에 입당한 후 1938년 조선의용대 창립대원으로 항일 무장투쟁에 본격적으로 참여했다. 1941년 12월, 하북성 호가장 전투에서 일본군과 교전 중 총상으로 부상당한 후 포로가 되었다. 이후 일본으로 압송되어 나가사키 형무소에 수감되어 있다가 해방을 맞았는데 기적적으로 목숨을 부지했지만 총상 치료를 받지 못해 결국 한 쪽 다리를 절단해야 했고 불구의 몸으로 조국의 땅으로 돌아와야만 했다.

학창시절 소설가를 꿈꾸던 문학청년 기질이 활짝 꽃핀 것이 바로 이 시기이다. 이른바 '해방정국'이라고 불리던 1945~1948년 사이 짧은 시간동안 김학철은 맹렬한 창작의욕을 불태웠다. 1946년 한 해 동안 「균열」, 「남강도구」, 「아아 호가장」, 「야맹증」, 「담배국」, 「상흔」, 「구멍 뚫린 맹원증」 등 10여 편의 단편소설을 쏟아내었다. 이듬해 1947년에도 「정치범 919」, 「선거만세」, 「적구」, 「꼼뮨의 아들」, 「범람」 등의 작품을 지속적으로 발표했다. 한 사람의 소설가로 단단한 입지를 확보하게 된 것이다.

만약 한반도가 '냉전'의 압력 속에서 분단과 전쟁의 소용돌이에 빠져 들어가지 않았다면 김학철은 한국을 대표하는 작가로, 지성인으로, 조국해방에 몸 바친 항일 혁명가로 빛나는 일생을 살았을 것이다. 그러나 운명은 그에게 더 많은 고통과 단련을 요구했다. 한반도에 몰아친 이념대립과 갈등 속에서 중국 공산당원으로 활동했던 그가 서울에 남아있는 것은 불가능했다. 시대의 거인을 만들기 위한 역사의 간계인가? 김학철은 분단의 전쟁의 와중에서 북한을 거쳐 다시 중국으로 넘어가게 된다. 청소년기를 보낸 서울도, 그가 태어나고 자란 원산도 아닌 망명지이자 일본과 전쟁을 치른 격전의 현장으로 되돌아간 것이다. 1951년 당대 중국을 대표했던 작가 딩링丁玲이 소장으로 있던 북경의 중앙문학연구소에서 생활하다가 다음 해 중국 동북지방 조선인 사회를 대표하던 인사인 주덕해, 최채 등의 초청으로 연변에 정착하게 된다. 김학철이 '연변의 작가'로 알려지게 된 것은 이러한 경위가 있었던 것이다.

김학철의 인생 행로를 결정지은 또 한 번의 계기는 중국에서 생겨났다. 1957년 전후 중국사회는 이른바 '반우파투쟁'이라는 심각한 정치적 격변에 휘말렸다. 이 사건은 절대 권력을 구축하려는 마오쩌둥毛澤東이 사회민주화를 요구하는 지식인들을 공격, 섬멸하려는 의도로 시작되었다. 이 사건의 결과로 약 54만 5천여 명이 농촌교화소나 감옥으로 보내졌다. 이들 가운데 반 이상이 20여 년 이상이나 비인간적인 학대를 받아야만 했다. 김학철 또한 이 과정에서 심각한 고난을 겪어야 했다. 개인의 자유로운 의사표현과 민주적 사회질서의 수립을 언급한 탓에 김학철을 비롯한 상당수의 연변작가들이 '우파분자'로 낙인찍혀 탄압과 고통을 겪었다. 그들의 작품은 '반당, 반사회주의 독초'로 처분되어 매장되었다. 더욱 무서운 것은 '우파분자'가 됨으로써 자신과 가족이 사회로부터 격리되는 것이다. 원하는 사람과 결혼도 할 수 없었고 직장에서도 쫓겨났다. 한 인간의 현재와 미래를 완전히 땅 속에 묻혀 버리게 된 것이다.

결정적인 사건은 그가 마오쩌둥 개인숭배를 반대해 집필한 정치소설『20세기의 신화』로 인해 생겨났다. 이 책이 탈고된 것이 1965년 3월이었는데, 문화혁명 당시 그 원고가 발각되어 김학철은 10년 간의 감옥살이를 하게 된다. 이 소설에서 그는 도덕적이고 민주적인 사회주의의 실현이라는 이상을 바탕으로 공산 독재자들을 역사의 법정이 불러내어 공격했다. 그러한 비판은 죽음을 각오하지 않고서는 불가능한 것이었으며 결과적으로 자신의 인생 후반부를 감옥 속에서 지내게 만든 비극을 초래했다. 하지만 내면에서 약동하는 양심이 공포를 이김으로써 인간성을 옹호하는 지성의 최후 승리라는 경지로까지 나아가게 된 것이다.

1967년 겨울, 김학철은 홍위병에 의해 납치 감금되었고 집안에서 발견된『20세기의 신화』원고로 인해 연길시 공안국에 7년 4개월 동안 구류되어 온갖 고초를 겪었다. 1975년 4월에 와서 비로소 '반동소설'을 쓴 행위가 '반혁명죄'에 해당한다는 이유로 10년형이 결정되었다. 세계사에서 유래를 찾기 어려운 미결수였던 것이다. 이후 남은 형기는 추리구 감옥에서 보냈는데 이 10년의 감옥생활이 김학철 문학의 또 다른 자원이 되었음을 말할 필요가 없다.

1977년 12월 19일 김학철은 드디어 만기 출옥했다. '반우파투쟁'에서 시작하여 '문화대혁명'의 광기를 거치는 동안 그에게 가해진 억압의 사슬이 비로소 끝난 것이다. 그리고 그는 승리자로 다시 태어났다. 그를 10년간이나 감옥에 가두도록 한 이른바 반혁명죄가 부당하다고 인정되어 1980년 12월 15일 무죄판결이 내려진 것이다. 물론 이러한 결정의 번복에는 마오쩌둥의 죽음, 4인방의 숙청, 문화대혁명에 대한 역사적 재평가 등 중국사회 전반의 변화가 깔려 있었다.

감옥에서 나온 후 김학철은 인생 최후의 투쟁에 돌입했다. 그것은 자기 삶의 행로와 겹쳐져 있던 시대와 인간의 문제를 기록하는 것이었다. 만년에 들어 오히려 작가로서 가장 활발한 시기를 보낸 것은 격동의 시기에 이름 없이 사라진 무수한 동료들을 대신해 '써야한다'는 책무감을 느꼈기 때문이다. 1983년, 그의 나이 67세에 항일무장투쟁의 경험을 다룬 『항전별곡』이 흑룡강조선민족출판사에서 간행되었다. 1985년에는 『김학철단편소설집』이 연변인민출판사에서, 1986년에는 장편소설 『격정시대』 상하 두권이 요녕인민출판사에서 출간되었다. 이후 그의 소설과 산문집 다수가 한국에도 소개되었고, 83세인 1999년 『김학철문집』 제4권이 연변인민출판사를 통해 세상에 나왔다. 2001년 6월 산문집 『우렁이 속 같은 세상』이 한국의 출판사 창작과비평사에서 간행되었는데, 이 책이 그의 생전 빛을 본 마지막 책이 되었다.

만년의 저술을 통해 그는 20세기의 격란과 모순을 몸으로 부딪치며 헤쳐 간 대자유인의 면모를 유감없이 보여주었다. 일본제국주의자들과의 목숨을 건 전쟁에 참여했던 젊은 날을 거쳐 사회주의 중국이 드러낸 자기모순과 대결했던 중년 이후까지 그는 일관되게 하나의 길을 제시했다. 인간의 존엄과 자유! 이것만이 그에게는 유일한 가치였다. 그리고 그의 문학은 이 유일한 가치를 표현하는 가장 적절한 형식이 되었다. 문학이 가지는 고상함과 위력을 김학철만큼 몸으로 증명한 이도 한국문학의 역사에서 흔치 않을 것이라 확신한다.

| 후기 |

이 글을 쓰면서 김호웅, 김해양 두 분이 함께 쓴『김학철평전』(실천문학사, 2007)을 크게 참고하였습니다. 여러 곳에서 이 책의 내용을 인용하였음을 밝혀 둡니다. 이밖에도『최후의 분대장―김학철 자서전』(문학과지성사, 1995),『김학철문집』제4권(연변인민출판사, 1999),『김학철문집』제5권(연변인민출판사, 2002),『김학철론·젊은 세대의 시각』(김학철문학연구 제3집, 연변인민출판사, 2006) 등의 도움을 받았습니다.

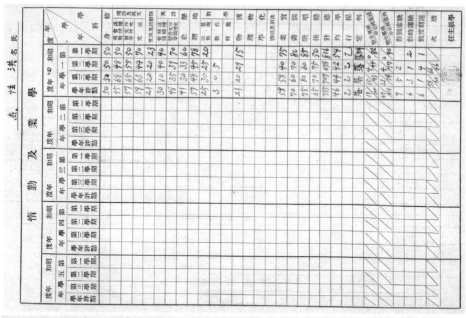

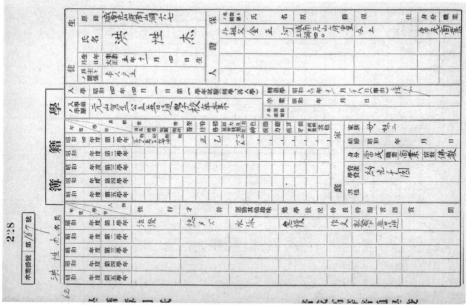

김학철의 보성고보 학적부

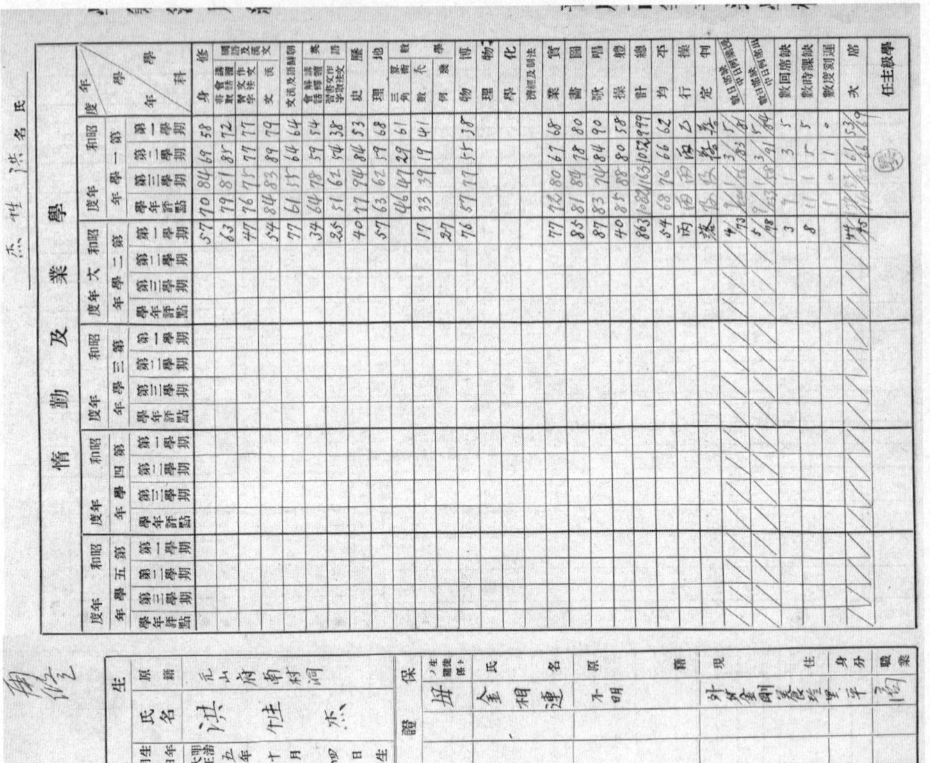

学業成績及勤惰 氏名 洪 傑

學年 科目	昭和一年度 第一學年 第一學期 第二學期 第三學期	昭和二年度 第二學年 第一學期 第二學期 第三學期	昭和三年度 第三學年	昭和四年度 第四學年	昭和五年度 第五學年
修身	58				
國語及漢文	72				
朝鮮語及漢文	77				
英語 讀方文法作文	77 79				
英語 會話及書取	64 64				
歷史	57 54				
地理	53 38				
理科	68				
數學 算術	41				
數學 代數 幾何					
博物					
物理	38				
化學					
實業	77 68				
圖畫	80 80				
唱歌	78 80				
體操	80 58				
縫	102 77				
平均	66 62				
操行					
定例					
出缺席ノ數及事由					
病氣ニ依ル缺席	3 5				
事故ニ依ル缺席	3				
缺勤ノ數及事由	8 11				
遲刻早退					
次席					

保證人 氏名 金 相 連

生徒 氏名 洪 傑
月日年 大正五年十月四日生

原籍 洞 村

入學 昭和元年四月一日 第一學年ニ入學
卒業 昭和 年 月 日（卒業）

家庭 兄弟姉妹 班三人

김학철의 보성고보 학적부

북한문학의 대표작가 황건

오창은
중앙대학교 교수

1. 남한이 주목하는 북한문학 작가

　남한문학에서 황건에 대한 연구가 이뤄지기 시작한 시기는 1990년 이었다. 황건의 대표작인『개마고원』에 주목함으로써, 북한문학을 대표하는 작가로 남한에서 논의가 이루어졌다. 황건은 일제강점기에 만주에서 활동한 작가이다. 북한이 건국된 이후 시기의 문학은 이기영, 한설야, 최명익과 같은 구세대 작가들이 주도했다. 이후에 권정웅, 천세봉과 같은 신세대 작가들이 활동했다. 황건은 구세대와 신세대의 사이에 있는 중간세대 작가라고 할 수 있다.

　그는「불타는 섬」,「월미도」,『아들 딸』과 같은 작품을 남겼다. 특히, 『개마고원』은 북한문학을 대표하는 작품으로 꼽힌다. 황건은『개마고원』 발표 이후, 북한문학사에서 확고한 위치를 차지하게 되었다. 그는 북한에서 최고 영예인 '김일성상 수상' 작가다.

2. 보성에서의 2년

황건(1918~1991)의 본명은 황재건이다. 그는 1918년 4월 28일 함경남도(지금의 북한 량강도)의 갑산군 산남면 유하리 95번지에서 태어났다. 그는 제1동경야간중학교를 3학년까지 다니다가 1934년에 보성고등보통학교에 편입했다. 편입 당시 함경남도 수리조합에서 일하던 형 황재옥이 보호자 역할을 했다. 아버지는 세상을 떠난 상태였다. 황건의 집안은 의생 집안이었다.

황건은 보성고등보통학교 제27회 졸업생이기에, 26회인 김학철(홍성걸), 조영출과 교우했을 가능성이 있는 것으로 추정된다.

황건은 보성고등보통학교를 졸업한 후, 전북사범강습과를 수료했다. 이후, 전북 무주에서 2년간 교원생활을 하다, 만주로 건너가 1년여 동안 신문기자로 활동했다. 그는 만주에서 문학 활동을 시작해, 그곳 문인들과 교우하며 활발한 문학활동을 했다. 길림성에 거주하고 있던 시기에 재만조선인在滿朝鮮人 작품집인 『싹트는 대지』(1941)에 작품 「제화祭火」를 발표했다. 『싹트는 대지』는 염상섭이 서문을 썼으며, 작품을 발표한 작가는 김창걸, 박영준, 신서야, 안수길, 한찬숙, 현경준,

황건이다. 당시 그의 약력에는 「기적汽笛」, 「지연紙鳶」 등의 작품을 이미 발표한 것으로 기재되어 있다.

북한문학사에서 황건이 공식적으로 문단활동을 시작한 것은 해방 이후로 기록되어 있다. 중국 동북 장춘에서 작품을 발표한 것에 대해 북한의 간행물은 "습작품들을 쓰면서 문학수업을 하였다"라고 기록했다. 이는 북한 정권 출범 이후 북한문학의 새로운 전통을 형성한 작가로 황건의 위치를 자리매김 하기 위한 의도로 읽힌다. 북한문학사의 적자嫡子 자리를 황건이 차지하고 있는 것이다.

황건 자신은 공식적 첫 작품으로 「깃발」(『신천지』 1946.3)을 꼽는다. 북한문학사에서는 북한 정권의 성립 과정을 다룬 작품인 「산곡」(『문학예술』 제1호, 1947.10)과 「목축기」(『문학예술』 제2호, 1947.12)를 중요 작품으로 기록한다. 황건의 초기 작품으로 북한문학사에서 비중 있게 다뤄지는 작품은 「탄맥」(『문학예술』 1949.4)이다. 『조선문학사 10』(1994)은 「탄맥」을 "1948년도 인민경제계획을 넘쳐 완수하기 위한 탄광 로동자들의 영웅적 투쟁을 진실하게 그렸다"고 기술했다. 북한문학사의 기록은 황건이 만주 신경(장춘)에서 거주하던 시절의 작품을 모두 지우고, 해방 이후 발표한 작품만을 인정하는 입장을 견지하고 있다.

3. 현장성 강한 북한문학의 대표작가

황건은 실제 체험과 현장 취재에 기반해 소설을 쓰는 작가다. 그는 젊은 시절 만주에서 신문기자로 활동했고, 탄광과 농촌 등에서 생활하면서 현장의 삶을 몸으로 직접 겪기도 했다. 초기 대표단편인 「탄맥」의 경우 그가 가족과 함께 북부 탄전에서 6개월 생활하면서 겪은 일을 그려낸 작품이다. 북한문학사에서 전쟁기 문학의 대표작으로 꼽는 「불타는 섬」도 종군작가로 활동하면서 취재한 내용을 서사화한 것이었다.

북한문학사는 황건이 1959년에 근 5개월여 동안 항일혁명전적지를 답사한 후, '혁명전통주제'의 장편소설을 연달아 발표했다는 사실을 높게 평가한다. 1953년에 이뤄진 첫 번째 항일유격투쟁 전적지 조사단에 참여했던 송영이 『백두산은 어데서나 보인다』(1956)를 발표해 『피바다』『꽃파는 처녀』『한 자위단원의 운명』 등 주체사실주의의 기원이 된 작품 복원의 계기를 마련했다. 황건은 1959년의 두 번째 답사에 참여했는데, 이 답사의 영향으로 『항일빨치산 참가자들의 회상기』(전12권, 1959년부터 간행)가 간행되었다. 황건은 이후 항일무장혁명 전통을 주제로 한 장편소설 『아들 딸』(1965)과 『자라는 대오』(1971)를 창작했다.

1988년 4월 28일(그의 70세 생일)에는 '김일성 상'을 수상했으며, 1991년 1월 19일 73세의 나이로 작고했다. 황건은 『산맥』, 『이향』, 『목축기』, 『폭풍시절』 등의 단편소설집과 『개마고원』, 『새벽길』, 『려명』, 『아들딸』, 『자라는 대오』, 『새로운 항해』 등의 장편소설을 남겼다. 2003년 9월호『조선문학』에 그의 단편「불타는 섬」이 다시 게재될 정도로 황건은 여전히 북한문학사에서 기념비적 작가로 존경받고 있다.

4. 북한문학의 대표소설『개마고원』

황건의『개마고원』(1956)은 북한문학사가 일관되게 긍정하는 작품이다. 이 작품은 1950년대를 대표하는 북한의 장편소설로 해방기 토지개혁을 둘러싼 계급갈등과 북한의 미래에 대한 낭만적 형상화가 돋보인다.

『개마고원』은 작가 황건이 자신의 현장경험을 총체적으로 결집해 발표한 첫 장편소설이다. 이 작품은 그가 해방되기 전에 고향에서 양목축을 했던 것과, 해방 후에 면인민위원회 조직 사업에 뛰어들었던 경험을 녹여낸 현장의 기록이다. 작품에 등장하는 전쟁기의 상황도 종군작가로 활동한 경험을 서사화한 것이다. 따라서,『개마고원』의 사실주의적 성취는 역사의 현장에 작가가 참여하고 기록한 실제 체험의 산물이다.

소설『개마고원』은 북한의 혁명전통에서 중요한 근거지인 '개마고원'이 배경이다. 개마고원은 공간적 상징이며, 역사적 상징으로서 의미를 지닌 장소이다. 총50장으로 구성된 이 소설의 시간적 배경은

1945년 6월부터 1951년 10월까지이다. 내용상으로 구분했을 때는 주인공 김경석이 일제에 의해 징병으로 끌려가다 탈출해 인민위원회에서 활동하다 면당위원장이 된 시기까지가 1부이고(1장~28장), 6·25전쟁이 발발한 후 전선이 삼수갑산 지역까지 밀렸던 시기 후방의 전투상황을 그려낸 것이 2부이다(29장~50장). 이 소설은 지방인민위원회 구성, 토지개혁, 반혁명세력과의 투쟁, 6·25전쟁기 갑산을 중심으로 한 후방의 전투 등 다양한 이야기들을 갈무리 하고 있다. 기본 서사는 해방부터 6·25전쟁까지라는 연대적인 시간의 흐름에 따르고 있지만, 작가의 주제의식은 '인민의 정부로서 북조선의 정통성'을 인민의 시선을 통해 구현하는 것이다. 이를 위해『개마고원』은 시간적 흐름을 따르면서도 개성적 인물들을 계열화해 이들이 갈등하는 양상을 구체적으로 보여준다.

흥미로운 부분은『개마고원』에 나타나는 서사의 이면들이다. 북한 정권 성립과정에서 발생한 지방인민위원회를 둘러싼 갈등, 토지개혁을 둘러싼 갈등, 6·25전쟁 발발을 둘러싼 진술의 모순들, 여성의 남성화를 통한 권위주의적 체제의 확립 등이 그 대표적인 예이다.『개마고원』은 북한문학사가 일관되게 긍정하고 있다는 측면에서 기록적 가치가 있음이 분명하다. 하지만, 그 기록의 이면에 존재하는 욕망을 읽어냄으로써 오히려 북한문학 작품에 대한 풍부한 해석적 지평을 확보할 수 있다.

『개마고원』에 드러난 서사의 이면들은 북한정권 성립과정에서 발생한 지방인민위원회를 둘러싼 갈등, 토지개혁을 둘러싼 갈등, 권위주의적 체제의 성격 등을 보여주었다. 더불어 이 소설은 1950년대 북한 사회가 갖고 있던 자신감과 활력을 여실히 드러낸다. 이는 전후복구시기 북한사회에 내재해 있던 당당함이었고, 문학적 낭만성을 넘어서는 자부심이었다. 『개마고원』은 북한문학사가 일관되게 긍정하고 있다는 측면에서 기록적 가치가 있음이 분명하다.

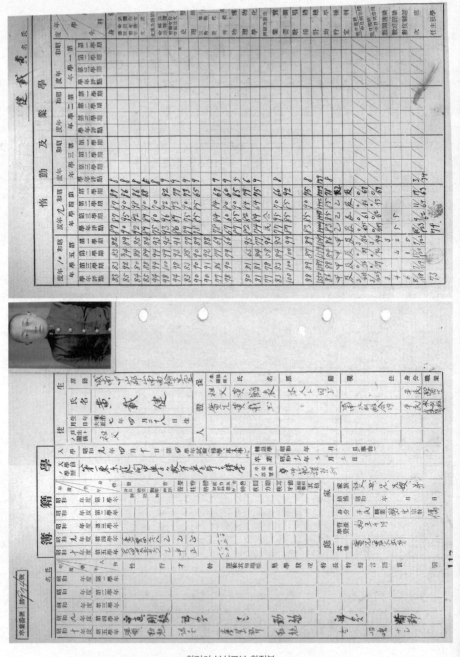

황건의 보성고보 학적부

농촌의 현실을 그린 작가
강형구

김영애
청주대학교 겸임교수

1. 생애

강형구姜亨求는 1912년(명치 45년) 1월 1일 출생했다. 원적은 경기도 광주군 서부면 초이리草二里이다. 보성중학 재학 중 생업으로 인해 학업을 중단하고 전국 각지를 돌아다니다 연희보명학교에서 교원생활을 하기도 했다. 『동아일보』 신춘문예에 낙방 후 재도전하여 1940년 1월 단편소설 「봉두메」로 당선되었다. 당선 소감에서 강형구는 소설 창작의 계기에 대해 "자기표백욕自己表白慾"이라 밝혔으며 "좀 더 진실하게 살아가려는 정신의 고집을 문학정신으로 삼고 선진 작가의 작품을 많이 읽으며 정진해가고자 합니다"라고 포부를 드러냈다. 좋아하는 작가로 일본 근대소설가 학전지야鶴田知也를 꼽았다. 현재 정확한 사망 시기는 알 수 없으며, 해방기 신진작가로 활약하다 월북하여 농민소설 계열의 작품을 발표한 것으로 알려져 있다.

2. 문학적 성과

강형구는 1940년 1월 단편 「봉두메」가 『동아일보』 신춘문예에 당선되면서 등단했으며, 1946년 결성된 조선문학가동맹의 일원으로 활약한 소설가로 알려져 있다. 강형구는 김영석, 박찬모, 지하련, 전홍준 등과 함께 해방기 신진작가로 분류된다. 그는 1940년에 등단했으나, 실제 창작활동을 시작한 것은 해방 이후라 할 수 있다. 1947년 2월부터 1948년 7월까지 『문학』, 『우리문학』, 『협동』 등지에 「연락원」, 「탈피」, 「목석」, 「조춘」 등의 단편을 발표했으며, 1947년 4월 28일부터 30일까지 『문화일보』에 「작가가 본 작가—사숙과 교우의 메모」라는 제목으로 이태준, 박태원, 김남천, 허준 등에 관한 인상기를 게재했다. 1948년에는 황순원 창작집 『목넘이 마을의 개』의 발문跋文을 썼다. 『목넘이 마을의 개』는 황순원 작품 중 발문이 등장하는 유일한 것이다. 이를 근거로 황순원과 강형구의 관계나 친분을 짐작할 수 있다. 두 사람은 1947년 『문학』 임시 호에 각각 「연락원」과 「아버지」를 게재한 인연이 있다.

강형구의 「목석」은 해방기 대표적인 농민소설로 분류, 평가되는 작품이다. 이 소설은 남한의 토지개혁이 미군정에 의해 실패한 후 농민들이 겪는 고통과 좌절을 그린 작품으로 평가된다. 또한 이 작품은 순박하고 부지런한 농민들의 보편적인 심성과 이들이 땅에 갖는 애착을 '문칠'이라는 인물을 통해 형상화하고 있다고 평가된다. 그는 1947년부터 1948년 월북 이전까지의 짧은 기간 동안 주로 농촌과 농민, 노동자를 제재로 한 단편소설을 발표했다. 이러한 경향의 연장선상에서 그는 월북 이후에도 비슷한 제재의 소설을 발표한 것으로 알려졌다. 백철은 1947년 '창작월평' 「전형기의 작품들－전진하는 문학과 퇴보하는 문학」(『경향신문』, 1947.3.13)을 통해 "인민 항쟁을 전 주제로 삼고 대체로 레포트의 형식을 취한" 작품으로 전명선의 「방아쇠」, 김현구의 「산풍」 등과 더불어 강형구의 「연락원」을 거명하며, 이 작품에 대해 "이 소품을 가지고 작가의 재능을 헤아릴 수 없"다는 내용의 짧은 평가를 내린 바 있다.

그가 발표한 작품은 노동소설, 농민소설로 분류되며 해방기 좌익문단에 가담했고 이후 월북했다. 강형구는 월북 이후에도 활발한 작품활동을 한 것으로 보인다. 1957년 5월 조선작가동맹출판사에서 발행한 문학지 『조선문학』에 단편 「봄보리」를 발표해 농민문학의 계보를 이었다고 평가되기도 한다. 월북 이후의 문학 활동에 관해서는 아직 많은 논의가 이루어지지 않았고, 그에 따라 북한에서 그가 보인 문학적 행보에 관해서도 알려진 바가 적다.

강형구는 1940년에 창작활동을 시작해 해방기에 이르러 왕성하게 작품을 발표했으나, 남한에서의 활동 시기가 상대적으로 짧았던 탓에 많은 작품을 선보이지는 못했다. 그가 발표한 작품은 주로 농민이나 노동자를 주인공으로 한 것으로, 이러한 특징은 그가 해방기 조선문학가동맹의 일원으로 참가한 이력이나 이후의 월북과 중요한 인과관계를 형성한다. 그는 당대 하층민이라 할 수 있는 농민과 노동자들의 구체적인 현실을 제재로 삼았고, 이들의 삶을 규정하는 구조와 제도의 문제를 함께 다루었다.

제37회

한국의 디오게네스,
민병산 선생[*]

구중서
문학평론가

청명한 가을, 9월의 어느 날 밤. 나는 인사동의 '누님 칼국수집' 넓은
방에서 민병산閔丙山(본명 민병익) 선생과 마주 앉았다. 소설가 방영웅方
榮雄과 통문관 김형이 동석했다. 화제로 며칠 후에 있을 민 선생 회갑연
의 변죽을 건드렸다. 민 선생은 가까운 주변 사람들이 마련하는 그 회
갑연을 도무지 쑥스러워했다. 그날따라 모처럼 도수가 높게 취한 나는
민 선생에게 말했다.

"한국의 디오게네스인 민 선생님의 회갑을 우리가 어떻게 그냥 지나
칠 수 있습니까?"

언제나 초췌한 듯, 기력이 탈진한 듯하면서도 목소리와 눈빛이 카랑
카랑한 민 선생 앞에서 그날 밤 나는 쓸쓸한 감상에 젖었다.

---

[*]   필자의 양해를 얻어 『철학의 즐거움─민병산 산문집』(신구문화사, 1990)에서 옮겼습니다.

이틀 후 아침녘에 방영웅이 우리 집에 전화를 걸었다.

"민 선생님이 돌아가셨어요."

회갑연을 이틀 앞두고 그는 세상을 떠났다. 그의 성격답게 남들에게 번거로움을 안 끼치려는 듯이 그는 그렇게 갔다.

이날 밤, 서대문 고려병원 영안실 마당에 천막을 치고 문상객들이 모여 앉았다. 오늘 새벽 민 선생이 돌아가신 곳은 이렇게 크고 고급인 고려병원이 아니었다. 심한 천식 때문에 이름도 안 알려져 있고 치료비가 싼 조그만 병원에 들었다가 거기에서 그는 갔다. 문상객들의 편의를 생각해 후배들이 영안소를 이 고려병원으로 옮긴 것이다.

이날 밤, 과연 수많은 문상객이 모여들었다. 소주잔이 돌고 떠들썩한 말싸움 잔치판이 벌어졌다. 민 선생과 가장 가까운 고향 친구인 신동문辛東門 시인이 말했다.

"모두들 오해하지 않을 줄 알구서 하는 말인데, 주위에서 너무 민형을 떠받들구 회갑연을 한다 무얼 한다 하는 바람에 민형이 며칠이라도 더 빨리 죽었어……"

또 술이 취한 박형규朴炯奎 교수가 그 큰 목소리로 말한다.

"민 선생은 길을 제시하지 않았어……"

이 말의 뜻은 민 선생이 어떤 진취적인 행동 대열에 앞장을 서지는 않았다는 뜻인 것 같았다. 박교수의 이 말은 마침 좌중에 젊은 세대의 우상이라고도 하는 어느 교수가 나타나자 그에 대한 치하의 방편으로 무심히 튀어나온 것이다. 그러나 민 선생 주변의 후배들이 그를 떠받든 것을 무슨 세력이나 이권을 위해서가 아니었지 않은가. 다만 60평생을 살면서도 아직까지 분명히 그는 촌사람이었고 '무공해 인간'이었고, 그러면서도 엄정하고 높은 교양인이었다. 그리하여 많은 이들이 마음을 편히 쉬기 위하여 그리고 배우기 위하여 그를 찾았다. 문인, 화가, 장인匠人, 직장의 젊은 여성, 각양각색의 사람들이 그의 주변을 서성거렸다.

또 그가 길을 제시하지 않았다고 말할 수 있을까. 60년대 명동 시절의 어느날 그는 다방에서 나를 앞에 놓고 한 토막의 이야기를 들려주었다. 청년 버너드 쇼가 런던의 어느 공원에서 대중을 앞에 놓고 연설을 했다. 그때 그는 열렬한 페이비언 소셜리스트였다. 연설이 끝나고 군중이 흩어져 돌아갔는데 한 노인이 연단 곁을 떠나지 않고 있었다. 버너드 쇼가 다가가 "선생님은 누구십니까?" 하고 물었다. 그 노인은 대답했다.

"나는 엥겔스요."

버너드 쇼는 깜짝 놀라 몸둘 바를 몰라했다.

민 선생은 왜 이런 이야기를 했을까. 인간이 역사 안에서 일을 하고 길을 걸어가기란 결코 간단한 게 아니라는 뜻이었던 것 같다. 그러나 그는 운명론자가 아니었다. 벌써 60년대 말에 나와 친구들이 어떤 문학 모임을 가져 이른바 리얼리즘을 거론한 것이 신문에 난 것을 보고 민 선생은 "나도 더 젊었더라면 이런 일에 가담했을 것"이라고 했다. 70년대 관철동 시대의 어느날에는 유신독재維新獨裁에 항의하는 학생들의 대열이 종로 거리를 메웠다. 민 선생은 신경림申庚林과 나와 함께 거리에 나섰다가 데모대와 함께 광화문 쪽을 향해 걸어나갔다. 광화문 네거리 가까이에 이르러 붉은 색의 커다란 소방차가 길을 가로막고 데모대열을 향해 세찬 물을 뿜어대는 지점에서 우리도 흩어졌다.

말년에 소요逍遙의 거점을 인사동으로 옮긴 후 그는 말하기를 "관철동보다 인사동이 생산적"이라고 했다. 인사동에 진을 치면서 민 선생은 그 독특한 체體의 서예에 달관한 경지를 보였다. 글씨에 담긴 더 값진 글귀들을 공空으로 숱하게 나누어 주었다.

거리의 철학자로, 그가 좋아하던 키에르케고르와 같은 독신자로, 우리 나라 제일의 제계 위인전기 장서자로, 문필가로, 서예가로, 그리고 칼국수집과 전통차와 목각의 집을 두루 어루만지며 소요하던 인사동의 대부代父가 갔다. 우리 시대의 마지막 로맨티스트, '참 인간'이 갔다.

1988년 9월, 하늘은 푸르고 올림픽이 열리는데, 고 민병산 선생이 한줌의 재가 되려 떠나는 영결식장. 채현국蔡鉉國이 호상護喪을 서고, 구중서가 사회를 보고, 신동문이 고인의 약력보고를 하다가 생애 회고로 넘어가고, 일제 말에 민병산이 '독서회讀書會' 사건으로 옥고를 치르고 해방을 맞아 출옥한 숨은 이야기가 나왔다. 신경림이 조시를 읊고, 민영閔暎이 조사를 읽고, 임재경任在慶이 추도사를 했다. 그리고 그는 갔다. 그러나 우리는 그를 보내지 않았다.

인사동 1

민병산 선생을 애도하며

신경림

허름한 배낭 어깨에 걸고

느릿느릿 걷는 그의 별난 걸음걸이는

이제 인사동에서 볼 수 없게 되었다

귀천 또는 수희재에 앉아

눈을 반쯤 감고 어눌한 말소리로

지나가듯 토하는 날카로운 참말도

더는 인사동에서 들을 수 없게 되었다

사람들이 수없이 도전하고 좌절하고

절망하고 체념한 끝에 비로소 이르는

삶의 벼랑에 일찌감치 먼저 와 앉아

망가지고 부서진 몸과 마음

뒤늦게 끌고 밀고 찾아오는 친구들

고개 끄덕이며 맞는 그 편하디편한 눈은

아무데서도 볼 수 없게 되었다

다만 찻집에 국숫집에 공방에 필방에

누구도 닮지 않은 또 아무도

흉내내지 못할 그의 글씨만이 걸려

고개 외로 틀고 세상 혼자서 살다 간

자유롭고 거침없이 세상을 살다 간

그의 애기를 들려주고 있다

그가 늘 쓰고. 다니던

빛바랜 쭈그러진 모자처럼

조금은 슬프고 또 조금은 외롭게

세상을 살다 간 애기를 들려주고 있다

나의 중학생 시절

1. 그 시절

봄이 돌아오니 새 학년도가 되었다. 이따금 동소문(東小門) 로터리를 지나가다가, 전차나 버스간에서 모교(母校) 학생을 만날 때가 있는데, 그 모표를 보고서는 가슴이 뭉클해지는 것을 느낀다.

내가 그와 똑같은 모습을 하고 이 로터리를 돌던 시절은 어느덧 20년이나 되니 실로 믿어지지 않을 만큼 많은 세월이 흐른 셈이다. 하지만 마음속에서는 여러 가지 일이 바로 언제나 다름없이 기억에 생생하다.

사람의 기억이란 참으로 기묘한 것이어서 엊그제 겪은 일보다 먼 옛날에 겪은 일이 보다 뚜렷하게 보다 감명 깊게 추억이 된다.

내가 서울 성북구 혜화동 1번지에 자리잡고 있는 보성중학교에 입학한 것은 1941년, 그러니까 저 태평양전쟁이 일어난 그 해 봄이었으니, 우리 겨레가 해방을 맞이하기 4년 전이다.

초등학교도 바로 이웃에 있는 혜화국민학교에 다녔으므로, 나로서는 새 학교가 낯설다거나 통학하는 길이 멀어졌다거나 하는 일은 없었다.

하지만 같이 입학한 동급생들 가운데에는 멀리 집을 떠나온 사람이 적지 않았다. 북쪽에서 천리길을 온 사람도 있었고 남쪽에서 천리길을 온 사람도 있었다.

어떻든지 180명이나 되는 신입생이, 하루 아침에 삼각산을 우러러보는 벽돌집 마당에 어울린 것이다.

내가 편입된 1학년 B반 교실은 정문으로 들어가면서 아래층 서쪽 끝이었다.

그 해, 우리들 나이 열세 살. 고루 제복으로 몸을 갖추고, 두 줄기 흰 선을 두른 제모를 머리에 썼다. 그런데 그 양복이나 모자의 빛깔이 온통 누른 색이었으니, 그것을 국방색(國防色)이라고 했다.

그리고 책가방을 군대 배낭처럼 등에 지고 다리에는 각반(행전)을 둘렀다. 물론 그것도 국방색이었다. 일본 군국주의(軍國主義)가 막바지를 향해서 내닫는 무렵이었으므로 모든 것이 그런 형편이었다.

그나마 우리는 비록 국방색이기는 하되 동그란 모자를 썼는데, 다음 학년부터는 더욱 가엾은 꼴을 하지 않으면 안되었다. 이듬해 신입생들은 전투모라고 해서 흡사 일본 병정모자 같은 것을 썼던 것이다.

그래서, 우리는 이태 형님들까지가 검정색 모자를 쓰는 것을 부러워했고, 한 해 아우들에 대해서는 그나마 동그란 모자를 쓸 수 있는 처지를 자랑으로 여겼다.

그리고 지금은 그런 부질없는 풍습이 없으리라고 생각하지만, 그 시절 어떤 학생들 사이에는 좀 이상스러운 풍습이 있었다.

그것은, 새 양복에는 새 단추가 달리기 마련인데 반질반질한 새것을 싫어하여 일부러 헌 단추를 구해서 달았던 것이다. 지금에 와서 생각하면 참으로 기이한 노릇이지만, 그때는 아주 열성으로 낡은 단추를 구하려 애를 썼다. 새 양복에 헌 단추—, 어른들 눈에 얼마나 우스꽝스럽게 보였을까.

나는 배낭과 각반을 싫어했다. 일본식 전투모를 미워하고 상급생들의 검은 모자와 검은 제복을 열렬히 숭배했다. 그리고 낡은 단추를 수집하는 데에도 다른 동급생들 못지 않게 열심이었다. 아무리 지금에 와서는 그 까닭을 모르게 되었다 하더라도—.

2. 신경질 선생님

그런 이상스러운 버릇도 버릇이지만, 나는 학과나 다른 품행에 있어서도 도무지 착한 학생이 못 되었다.

2학년 때에는 벌써, 그날 그날 가방 속에 교과서도 고루 갖추지 못하고, 숙제는 잘 하지 않고, 싫은 학과 시간에는 일쑤 행방불명이 되고 하는, 이른바 '문제의 학생'이 되었다.

아마도 나는 '의무'의 관념이 강하지 못했던 것이라고 생각한다. 한번 의무를 피하기 시작하면 날로 점점 더 멀어져 가게 된다.

학교 공부에는 엄두가 나지 않으므로 분수에 맞지 않는 엉뚱한 책을 읽기 시작했다. 실제로 '인수분해'나 '화학기호'보다는 『셜록 홈즈의 모험』이라든가 『장발장의 일생』이라든가 하는 이야기가 훨씬 더 재미가 있었다. 따라서, 교실에서는 때때로 이런 장면이 벌어졌다.

"너 숙제는 하지 않고, 어젯밤에는 뭘 했지?"

"『아라비안 나이트』를 읽었습니다."

"넌 여태 1차방정식을 풀 줄을 모르니 장차 어떻게 따라갈 작정이냐?"

"톨스토이 전집에는 방정식 따위는 하나도 없던데요."

2학년 여름 어느 날 마침내 나는 훈육실로 호출을 당했다.

그 당시 훈육을 맡은 분은, 해방 후 교장에 취임하신 서원출 선생님이었는데, 별명을 '신경질'이라고 하며, '신경질이 온다' 하면 아무리 떠들썩했던 자리도 지레 겁이 나서 삽시간에 조용해질 만큼, 누구나가 그 위엄을 두려워했었다. 나 역시 가슴이 덜컥하면서 "이제는 다 까불었구나" 하는 생각이 들었다. 게다가, 그분은 아버지와 대학 동창이었기 때문에 더욱 겁이 나지 않을 수 없었다. 나는 슬금슬금 눈치를 살피면서 훈육실로 들어갔다.

"너는 학교 공부는 하지 않고 집에서 무슨 잡지 나부랭이 같은 것만 본다는 소문이 있는데, 그게 사실이냐?"

"네!"

나의 대답은 도무지 기운이 없었다.

"그래, 네가 얘기책을 많이 봤으면, 아는 게 무척 많겠구나? 뉴턴이 어떻게 해서 만유인력을 발견했지?"

"네, 사과 열매가 나무에서 떨어지는 걸 보고서 발견했습니다."

"이 바보야! 사과가 떨어지는 걸 본 사람은 얼마든지 있어. 뉴턴이 훌륭한 것은 그때 언뜻 그런 생각이 들었기 때문이 아니라, 그 의문을 품고 꾸준히 연구를 했다는 데에 있단 말이다. 그러면 뉴턴은 그 의문을 풀기 위해서 어떤 수단을 썼을까? 대답을 해."

나는 가까스로 소리를 내어 대답했다.

"아마, 무슨 계산을 했겠지요."

"그렇다, 네가 늘 낙제 점수를 따는 수학이 필요했던 것이다."

그리하여 서원출 선생님은, 학문의 길에는 순서가 있으므로, 제 취미대로 해서는 아니 되고, 학교에서 가르치는 기초를 튼튼하게 닦아야만 비로소 대성(大成)을 바랄 수가 있다는 것을, 창이 어두워질 때까지 말씀하시었다.

서원출 선생님에 관해서는 한 가지 유명한 전설이 있다. 어느 학부형이 성북동에 있는 선생님댁을 찾아가서 대문을 흔들고 부르는 소리,

"여보세요, 이 댁이 신 선생님 댁인가요?"

"아닙니다."

"보성중학교 훈육주임 선생님댁이 이 댁이 아니세요?"

"서 선생님을 찾으시나요?"

"아니, 아니, 신경질 선생님댁을 찾아요."

이 전설은 훗날 내가 선생님한테 직접 들은 이야기이므로 틀림없는 사실이다. 서 선생님은 지난해에 세상을 떠나셨다.

한번은 채태성 선생님께서 나의 집에 오시어 아버지와 이야기를 하고 가신 일이 있었다. 나를 방에서 쫓아내고, 두 분끼리 오래 계셨는데, 선생님이 가신 뒤에 아버지가 이렇게 말씀하셨다.

"참, 고마운 선생님이시다. 네가 하도 불량을 떨기 때문에 오셨는데, 날마다 책만 들여다보는 것은 몸에 해로우니, 운동을 좀 시켜야 하겠다는 말씀이시더라."

그래서 나에게는 테니스 라켓이 하나 생겼다. 두 분께서 의논하신 것은, 물론 그뿐이 아니었을 것이다. 그후 내가 채선생님께 입은 은혜는 한량이 없는데, 그분도 지금은 만나뵐 길이 없다.

그 시절에 나는 선생님 말씀을 거역하고, 선생님 눈을 피해 다니곤 했다. 그리하여, 학교문을 나온 뒤에 비로소 철이 나기 시작했다. 우둔한 제자가 오늘에 와서 얼마나 선생님을 그리워하는지, 그 인자하신 모습 앞에 엎드려 눈물로 호소를 하자니, 지금은 멀리 계시다.

3. 날마다 성실하게

내가 지금 중학생 시절을 돌이켜보면서 가장 놀랍게 여기는 것은, 우리 인생에서는 만나고 싶은 사람을 언제나 자유롭게 만날 수 있는 게 아니라는 사실이다. 어린 시절에는 미처 그러리라고는 꿈에도 몰랐다.

선생님들뿐이 아니다. 평생을 통해서 같이 가리라 믿었던 동창생 가운데에도 일찍이 세상을 떠난 사람도 있고 한번 헤어진 뒤에 다시 소식을 모르는 사람도 있다.

내가 '성실한 마음'을 바치려 해도, 훗날에 가서는 그 사람이 내 앞에 없다는 것은 참으로 슬픈 일이다. 얼마나 슬픈 일인지, 그때가 오기 전에는 아무도 짐작을 하지 못할 것이다.

나는 소년 시절에 불량했기 때문에, 슬픔도 그만큼 뼈저리게 느낀다.

그러므로 우리들의 '성실'은 결코 훗날로 미루어서는 안된다. 언제나 그날 그날을 성실하게 보내야 한다.

선생님의 가르침에 대해서는, 훗날에 가서 지키려고 할 것이 아니라, 채찍이 머리 위에 떨어지는 지금 이 순간에 명심을 해서 받들어야 한다.

친구에 대해서는, 훗날에 가서 서로 도우려 할 것이 아니라, 모든 순간에 신의를 지키고 사랑을 나타내야 한다.

지금 그 노력을 아끼는 사람에게는, 훗날 반드시 뉘우칠 날이 올 것이며, 또한 그때에 가서는, 나의 뉘우침을 들어주는 사람이 이미 내 앞에 없음을 깨닫게 될 것이다.

끝으로 한 가지 덧붙여둘 이야기가 있다.

내가 자란 보성중학교 마단 서쪽 끝에 큰 빌딩만한 바위가 있는데, 그 바위에 오르면, 금고일반(今古一般)이라고 해서체(楷書體)로 새긴 글씨가 있었다. 글씨 하나가 『학원』 잡지만한 크기이다. 어느 시대에 누가 새긴 것인지는 모른다. 어떻든지 지금도 점심시간이나 방과 후에 거기 오르는 학생들 눈에 띌 터이니, 역시 궁금하게 여기는 학생이 있을 것이다.

금고일반(今古一般) - 글자대로 해석하면, 예나 지금이나 마찬가지라는 뜻이다. 그 어감은 자못 장중한 맛이 있지만, 과연 그렇다고 할 수가 있을까? 나는 그렇지 않다고 생각한다.

예나 지금이나 변하지 않는 건, 변화가 잘 드러나지 않는 면도 있을지 모르나, 사실은 변하는 면이 더 많다고 생각한다. 정말이지, 그것은 우리가 생각하는 것보다도 더 빠른 속도로 변하고 있는지도 모른다.

다시 말하면, 인생은 우리가 노력을 하면 아름답고 풍부한 것으로 변할 것이고, 우리가 게으르면 그만큼 쓸쓸해질 것이 틀림이 없다.

입력 : 정우상 국어교사

제40회

인간과 우주를 꿰뚫은
대자유인의 노래

시인 박희진

조환수
문예비평가

박희진朴喜璡(1931~2015)은 일제 군국주의 자들이 만주사변을 일으킨 지 두 달 반쯤 지 난 1931년 섣달에 이 땅에 태어났다. 당시의 여느 조선 아이들과 마찬가지로 그도 초등학 교 때부터 철저히 '식민지 소년'으로 교육받 았으나 10대 초부터 일본어 번역판을 통해서 나마 구미 문학에 눈뜨게 되면서 점차 자신 의 세계관을 확장시켜 나갔다. 1945년 광복 이후 한국인으로서 다시 학교 교육을 받게 되었을 때, 지적으로 유달리 조숙했던 그는

열다섯 살 소년에 어울리지 않게 이미 릴케, 예이츠, 보들레르, 랭보, 발레리 등 상당수의 외국 시인들에 익숙해 있을 정도로 세계 문학을

폭넓게 흡수한 상태였다. 한국의 문학소년 박희진은 본격적으로 모국어 읽기 능력을 키워 나가며 한국인으로서의 자기정체를 찾아가는 한편 김소월, 한용운, 이상화, 정지용, 윤동주 등 20세기 선배 시인들의 작품을 통하여 한국어의 아름다움을 깨달아 갔다.

초등학교 때부터 막연하게나마 문학가를 동경했던 그의 꿈이 시인으로 구체화되어 영글어 간 것은 보성중학교(6년제) 시절이었다. 시인 윤곤강(1911~1950), 수필가 윤오영(1907~1976), 철학자 김규영(1919~2016) 등이 교사로 있던 보성에서 그는 다양한 현대 문학을 섭렵하며 청소년기의 극심한 우울과 불안감을 견뎌내는 한편 시인을 지향하는 문학 소년으로서 습작에 몰두하였다. 1947년 2월엔 정지용이 논설주간으로 있던 경향신문에 「그의 시」라는 작품을 발표해 그 표현의 원숙함과 사유의 조숙함으로 한동안 문단에서 화제가 되기도 하였다. (이 시는 비평가 김동석이 자기 저서 『뿌르조아의 인간상』(탐구당서점, 1949)에서 김광균의 작품에 대한 비판시라고 자의적으로 해석해 인용함으로써 또 한 번 화제가 되기도 하였음.) 이 시절의 스승 중에서 특히 당시 독일어 교사로 재직하던 철학자 김규영은 첫 만남부터 어린 제자의 시인적 기질과 재능을 꿰뚫어보고 지속적으로 그의 정신적 멘토가 돼 주었는데, 두 사람은 스승과 제자로서, 시인과 독자로서, 나중에는 지성과 감성의 동반자로서 평생을 함께 하였다. 보성중학교에서 그는 동기생으로 시인 성찬경(1930~2013), 시인 조운제(1930~2002)와도 만나게 된다. 특히 성찬경과 그는 언제나 상대방의 천재성을 존중하며 문학적 영감을 아낌없이 나누는 단짝으로서 평생의 도반과도 같이 함께 문학의 길을 걸었다.

한국 전쟁은 그가 시인으로 형성되어 가는 과정에 가장 중요한 전환

점이 된다. 그에게 한국 전쟁은 제2차 세계대전 이후 대립 이념의 각축장으로 전락해 버린 '세계의 하수구', 약소국 한국이 어쩔 수 없이 당해야 했던 역사의 필연 아닌 필연이었다. 초록빛 꿈으로 빛나야 할 스무 살 나이에 전쟁의 소용돌이에 휘말려(그는 제2국민병으로 끌려가 여러번 죽을 고비를 넘기기도 했음) 불안과 공포, 배고픔과 굴욕, 절망과 죽음의 한계상황에 맞닥뜨린 그는 역사와 세계, 인간의 실존과 본질의 문제를 깊이 성찰하면서 정신적으로 몇 단계 비약하였다. 그의 첫 시집 『실내악』(1960)은 바로 그 정신적 성숙의 결과를 담고 있는바, 여기서는 특히 전쟁이라는 실존적 한계상황을 희유의 비범한 초극 의지로 극복하려 노력한 끝에 도달한 드높은 정신세계가 펼쳐진다. 젊은 시인은 무수한 삶과 죽음의 갈림길에서 표피적 · 현상적 · 순간적 가치에 매몰되길 강요당하는, 그리고 거의 모든 사람들이 그 강요에 굴복하고 마는 암흑시대를 헤쳐 가면서도 시대 현실에 단선적으로 반응하기보다는 인간과 세계의 본질에 좀 더 가까이 가고자 하는 놀랍고도 특이한 내면 지향성을 견지한다. '본질'보다 '실존'이 앞선다는 한계상황 속에서 고집스럽게 '실존'보다는 '본질'에 매달린 셈이다. 이미 노년의 성숙을 경험한 20대 시인 박희진은 세상 사

박희진 첫 시집 『실내악』, 1960

두 번째 시집 『청동시대』, 1965

람들이 모두 들떠 있는 어지러운 시대의 심부에서 고독하게 삶의 고요한 중심과 세계 내면 공간을 탐색하였다.

　그의 본질 지향성은 그 정신세계가 불교적 가치관을 바탕으로 형성되었던 것과 연관성이 있어 보인다. 그는 만물을 하나의 자재自在로 파악하는 불교사상의 안목으로, 제2차 세계대전 이래 본질보다는 실존에 집착한 서구 지식인들과는 달리, 실존에 앞서는 본질을 추구하는 데 혼신을 다하는 '시대의 철학적 반골'로서 자신을 자리매김하였다. 1950년대 한국에서도 실존주의 철학이 젊은 지식인들을 사로잡았으나, 그의 통찰력은 실존주의의 상황논리적 한계를 명료하게 꿰뚫어보고 있었다. 불교의 화엄사상에 따르면 '나'와 '너'는 둘이 아닌 하나가 될 수도 있는 것이기에 '너'의 실존과 '나'의 실존을 구별하는 것은 무의미한 이분법의 소산일 뿐이다. 36권의 시집을 펴내기까지 그는 삼라만상의 다양한 실상을 '언제나, 완전히' 긍정하는 눈으로 바라보면서 그 안을 관통하여 흐르는 '다즉일多卽一, 일즉다一卽多', '원융무애圓融無碍'의 묘체를 탐구하는 데 시업 70여 년을 바쳤다.

　그렇다고 시인 박희진의 시가 불교 사상만으로 다 설명되는 것은 아니다. 불교 사상도 그의 광대한 문학세계에서 차지하는 영역은 어느 한 부분에 불과할 뿐이다. 기독교, 힌두교, 유교, 천도교, 풍류도 등 여러 종교의 진리를 찬미하는 마음과 인류 보편의 철학사상 및 예술미학, 인간의 자유의지, 그리고 한민족의 역사와 신화, 설화, 전설 등등이 그가 지닌 거대한 시정신의 상당 부분을 차지하고 있는 것이다.

　지천명의 나이에 접어들 무렵부터 그는 특히 풍류도에 몰입하였다. 천지인삼재天地人三才의 절묘한 균형과 조화를 핵심으로 하는 풍류도

사상은 천지天地 즉 자연이 인간을 낳았고 인간이 문명을 낳았으니 자연과 인간과 문명은 한 생명 선상에서 서로 유기체적 연관성 속에 존재한다고 보고 있다. 시인 박희진은 그와 같은 유기체적 우주론을 시력詩歷 후반기 자기 사상의 핵심으로 삼고 인간과 자연의 일치 의식儀式 속에서 인간·자연 그리고 시공을 초월한 세계를 향해 무한히 확장되는 의식意識이 자연스럽게 뻗어 나가는 상상의 길을 달려 왔다. 창작자의 더 큰 자유를 확보하기 위해 53세에 직장(학교)을 그만둔 그는 56세부터 별세할 때까지 풍광 수려한 북한산 자락에서 날마다 명상의 시간을 보내며 천지자연과 초차원의 신명 세계를 향해 마음을 열고 인간의 영성 진화 가능성을 깊이 있게 탐구해 왔다.

　83년 4개월쯤 지상에 머물며 3천 편이 넘는 방대한 양의 작품을 남기고 간 시인. 분별심을 까마득히 여읜 이 시인의 자유영혼은 감동의 소지가 있으면 무엇이든 소재로 삼아 황홀한 신화적 메타포로 살려 냈다. 제2의 창조주가 되고 싶었던 걸까, 이 세상 만유에 시적 상상력이라는 새로운 기운을 불어넣어 생명의 우주적 변주곡을 연주했던 것이다. 하여 그의 작품을 읽을 때에는 시인의 자유로운 음성을 '있는 그대로' 받아들이고 그 울림에 '그냥 그대로' 반응하려는 순수한 마음가짐이 필요하다. 시어 하나하나에서 사소한 비유나 상징을 찾으려 골몰하기보다는 시 한 편 한 편 또는 시집 한 권 한 권을 하나의 거대한 비유 또는 상징으로 받아들일 때 그 안에서 살아 숨 쉬는 신화를 놓치지 않게 되고 영육의 경계, 시간과 공간의 경계, 현상과 본질의 경계에서 파동 쳐 오는 신비로운 곡조를 듣게 된다.

　시인 박희진의 자유영혼 안에서는 인간과 우주의 온갖 현상들을 '한

방울의 만남'으로 잇는 인드라의 구슬이 빛난다. 이러한 영혼의 기반 위에서 그는 무한히 상상의 나래를 펼치며 형식의 자유, 소재의 자유, 표현의 자유, 이념의 자유를 한껏 향유하였다. 이는 세상 어느 시인도 부려 보지 못한 상상력이요, 그 누구도 누려 보지 못한 자유다. 그의 시를 읽을 때 우리가 광막한 우주로 통하는 새로운 생명의 에너지로 충전되는 까닭이 바로 여기에 있다.

박희진 朴喜璡

아호는 수연水然. 1931년 12월 4일 경기도 연천에서 태어나 2015년 3월 31일 서울에서 별세하였다. 보성중학교(6년제)를 거쳐 고려대학교 영문학과를 졸업하였고, 1955년 이한직·조지훈 추천으로『문학예술』지를 통해 시단에 나왔다. 1961년 시 동인지『육십년대사화집』을 출범시켜 1967년 종간호까지 기획·편집을 주도하며 한국 시단에 새로운 지성의 바람을 불러일으켰다. 1975년에는 미국 아이오와대학교 '국제 창작계획' 과정에 참가하여 1976년 초까지 세계 각국에서 초청돼 온 유수 문인들과 교류하며 한국 문학과 자신의 작품 세계를 소개하였다. 시낭독에 남다른 열정을 지녔던 그는 1965년에 신문회관 강당에서 단독 자작시 낭독회를 연 이래 1970년에는 명동의 까페 떼아뜨르에서 '박희진·성찬경 2인 시낭독회'를 열었고 1979년 4월에는 구상·성찬경과 함께 '공간시낭독회'를 창립해 작고할 때까지 상임 시인으로 참여해 왔다. 월탄 문학상, 현대시학상, 한국시인협회상, 상화 시인상, 펜 문학상, 제1회 녹색 문학상 등을 받았으며, 1999

년에는 대한민국 정부로부터 보관 문화훈장을 받았다. 2007년 대한민국예술원 회원으로 선출되었다. 평생 수도자처럼 독신 생활을 고수하며 명상과 문학에 몰두하여 단행본 시집 36권, 수필집 3권, 1천 쪽이 넘는 시론집을 포함해 50권에 육박하는 책을 남겼다. 시집이 영어, 독일어, 일본어로 번역·출간될 때마다 현지 시인, 비평가들로부터 크게 호평을 받곤 하였다.

시집

제01시집   1960년 『실내악』, 사상계사(1991년 하락도서에서 재간행)

제02시집   1965년 『청동시대』, 모음출판사

제03시집   1970년 『미소하는 침묵』, 현대문학사

제04시집   1976년 『빛과 어둠의 사이』, 조광출판사

제05시집   1979년 『서울의 하늘 아래』, 문학예술사

제06시집   1982년 『사행시 백삼십사편』, 삼일당

제07시집   1982년 『가슴속의 시냇물』, 홍성사

제08시집   1985년 『아이오와에서 꿈에』, 오상사

제09시집   1985년 『라일락 속의 연인들』, 정음사(2011년 시와 진실에서
            증보판 간행)

제10시집   1985년 『시인아 너는 선지자 되라』, 민족문화사

제11시집   1988년 『산화기散花歌』, 불일출판사

제12시집   1990년 『북한산 진달래』, 산방

제13시집   1991년 『사행시 삼백수』, 토방

제14시집   1993년 『연꽃 속의 부처님』, 만다라

제15시집   1995년 『몰운대의 소나무』, 시와 시학

제16시집   1997년 『1행시 7백수』, 예문관

제17시집   1997년 『문화재, 아아 우리 문화재!』, 효형출판

제18시집   1999년 『백사백경百寺百景』, 불광출판부

제19시집   1999년 『화랑영가花郞靈歌』, 수문출판사

제20시집   1999년 『동강 12경』, 수문출판사

제21시집   2000년 『하늘·땅·사람』, 수문출판사

제22시집   2001년 『박희진 세계기행시집』, 시와 진실

제23시집   2002년 『사행시 사백수』, 시와 진실

제24시집   2003년 『1행시 960수와 17자시 730수·기타』, 시와 진실

제25시집   2004년 『꿈꾸는 탐라섬』, 시와 진실(2014년 동서교류에서 개
           정판 간행)

제26시집   2005년 『소나무 만다라』, 시와 진실

제27시집   2006년 『섬들은 외롭지 않다』, 시와 진실

제28시집   2006년 『이승에서 영원을 사는 섬들』, 시와 진실

제29시집   2007년 『이집트 그리스 시편』, 시와 진실

제30시집   2007년 『포르투갈 모로코 스페인 시편』, 시와 진실

제31시집   2007년 『중국 터키 시편』, 시와 진실

제32시집   2010년 『산·폭포·정자·소나무』, 뿌리깊은나무

제33시집   2011년 『까치와 시인』, 뿌리깊은나무

제34시집   2012년 『4행시와 17자시』, 서정시학

제35시집   2014년 『영통의 기쁨』, 서정시학

제36시집   2015년 『니르바나의 바다』(유고 시집), 서정시학

시 선집

1986년 『꿈꾸는 빛바다』, 고려원

1987년 『바다 만세 바다』, 문학사상사

1991년 『한 방울의 만남』, 미래사

2008년 『미래의 시인에게』, 우리글

2013년 『항아리』, 시인생각

2017년 『풍류도인 열전』, 도서출판 한길

수필집

1990년 『투명한 기쁨』, 산방

1991년 『서울의 로빈슨 크루소』, 책세상

2012년 『소나무 수필집』, 황금마루

시론집

2013년 『상처와 영광』, 뿌리깊은나무   * 볼륨 1,154쪽

시화집

1991년 『소나무에 관하여』[그림·이호중], 다스림(2004년 도서출판 솔
숲에서『내 사랑 소나무』로 재간행)

1997년 『삽시간에 붙잡힌 한라산의 황홀』[사진·김영갑], 하날오름

시 전집 (*미완)

2004년 『초기시집』, 시와 진실

2005년 『중기시집』, 시와 진실

2005년 『후기시집 I』, 시와 진실

2005년 『후기시집 II』, 시와 진실

번역 시집

1959년 타고르 시집 『기탄잘리』, 양문문고(2015년 서정시학에서 3차 수
정판 간행 · 시판중)

외국어로 번역 · 출간된 시집

2005년 『Sunrise over the East Sea』(고창수 번역), Homa & Sekey
Books, 미국 뉴저지

2007년 『Himmelsnetz』(최두환 · 레기네 최 공역), Edition Delta, 독일
슈투트가르트

2008년 『一滴の出會い』(고노 에이지鴻農映二 번역), 東京文藝館, 일본 도쿄

2008년 『四行詩集 七月のポプラ』(고노 에이지鴻農映二 번역), 東京文藝
館, 일본 도쿄

수상

1976년 월탄문학상

1988년 현대시학작품상

1991년 한국시협상

1999년 보관문화훈장

2000년 상화시인상

2007년 도봉문학상

2009년 제16회 자랑스러운보성인상

2011년 펜문학상

2012년 제1회 녹색문학상

기타

2007년 대한민국예술원 회원으로 피선

언어의 밀도와 미래의 시

시인 성찬경과 보성중학

이경수

중앙대학교 국어국문학과 교수, 문학평론가

1. 시인의 생애와 보성중학

　성찬경成贊慶은 1930년 3월 21일 충남 예산군 예산읍 간양리 221번지에서 아버지 성낙호成樂浩와 어머니 서연석徐然錫의 3남 1녀 중 장남으로 태어났다. 1938년 예산심상소학교에 입학했고 3학년 때 서울(당시 경성) 미동국민학교로 전학했다. 1944년 공주공립중학교에 입학했다가 1945년 해방과 함께 상경해 보성중학교 2학년에 편입했다. 1950년 보성중학교를 졸업했다. 보성중학교 학적부 기록을 살펴보면 본적은 충남 예산군 예산읍 간양리 221번지로 나와 있고, 보성중학교 입학 당시 주소는 서울시 안암동 산14의 25로 적혀 있다. 입학 전 경력 및 특질을 적는 난에 공주중학교 3학년 재학 중이라고 기록되어 있는 점도 눈에 띈다. 그가 공주중학교 3학년 재학 중 해방이 되면서 서울 보성중학교 2학년으로 편입한 일자는 1945년 11월 6일로 보성중학교 학적부에 나와 있다.

학적부에 보호자로는 부친 성낙호, 보증인으로는 숙부 성낙연의 이름이 적혀 있다. 보호자와 보증인의 주소는 서울시 안암동 산14의 25로 동일하게 기록되어 있으며, 부친 성낙호의 직업은 상업, 숙부 성낙연의 직업은 회사원으로 적혀 있다.

성찬경의 보성중학교 시절 성적은 대체로 우수한 편이었다. 2학년으로 전학했으니 학적부에는 2, 3, 4학년 성적만 적혀 있는데, 전학한 첫 해에도 수신, 국어, 역사, 지리, 물상, 음악 등에서 우수한 성적을 보였고, 3학년 때에는 147명 중 3등을 할 정도로 우수한 성적을 보였다. 특히 사회, 수학, 물상, 음악, 외국어 등에서 90점 이상의 아주 우수한 성적을 기록했다. 성격은 명랑·쾌활하고 통솔력, 향학심도 큰 것으로 기록되어 있으며 신체 건강하다고 쓰여 있다. 다만 출석이 불량하다는 내용이 2학년, 3학년 학적부에 모두 기록되어 있다. 그가 자주 전학을 다닌 것도 집안 사정 때문이었다고 하는 것으로 보아 출석이 불량한 이유도 거기서 찾을 수 있을 것 같다. 4학년 때는 성적 외의 특이사항에 대한 언급은 적혀 있지 않다.

그는 중학 시절에 문학에 관심을 갖게 되었다고 알려져 있는데, 40회 졸업생인 그의 보성중학 동기동창으로는 박희진과 조운제가 있다. 그 밖에도 외종이었던 서기원과 이 무렵 잘 어울렸다고 한다. 당시 보성중학에는 윤오영, 윤곤강 등이 교사로 재직하고 있었다[1]고 하니 이

---

1   이건청, 「강한 투시와 밀핵의 언어—성찬경 시 연구」, 『한국현대시인 탐구』, 새미, 2004,

러한 분위기 속에서 그는 자연스럽게 문학적인 환경에 노출되었던 것으로 보인다.

이후 그는 서울대학교 문리과대학 문학부 영어영문학과에 입학했다. 박희진에 따르면 성찬경은 서울대 영문과에 진학한 후 폐결핵이 발병해 낙향했고, 연이어 6·25전쟁, 투병 생활, 복학, 취직, 재발병 등등의 어려운 시절을 겪고 37세의 나이에 늦게 결혼을 했다고 한다.[2] 서울대 영문과 졸업 후 그는 1964년 서울대학교 대학원 영문과를 졸업하였다. 그 사이 예산농고, 경복중학에서 영어 교사로 재직하기도 했다. 1971년에는 미국 아이오와 대학에 국제창작계획International Writing Program 회원으로 참가하여 아이오와 대학에서 창작명예회원의 자격을 취득했다. 이후 성균관대학교 영문과 교수를 역임했다.

성찬경은 1956년 『문학예술』에 조지훈의 추천으로 「미열」(『문학예술』, 1956.1), 「궁」(『문학예술』, 1956.6), 「프리즘」(『문학예술』, 1956.8)을 연달아 발표하며 시단에 나왔다. 조지훈은 추천사에서 성찬경의 시에 "미묘한 향기", "악기의 음악", "황홀한 빛깔"[3]이 스며 있다고 평하였다. 1961년에는 이경남, 박희진, 박재삼, 박성룡, 이성교, 강위석, 이창대 등과 함께 『60년대 사화집』을 간행하며 『60년대 사화집』 동인으로 활동하였다. 1966년에 첫 시집 『화형둔주곡』을 정음사에서 발간하였다. 그 밖에 『벌레소리송頌』(문원사, 1970), 『시간음』(문학예술사, 1982), 『반투명』(서문당, 1984), 『황홀한 초록빛』(성바오로딸출판사, 1989), 『묵극』(성대출판사, 1995), 『논 위를 달리는 두 대의 그림자 버스』(문학세계사, 2005), 『거리가 우주를

274쪽.
2 박희진, 「성찬경론」, 성찬경, 『소나무를 기림』 해설, 미래사, 1991, 143쪽.
3 조지훈, 「시천기」, 『문학예술』, 1956.1, 123쪽.

장난감으로 만든다』(한국문연, 2006), 『해』(고요아침, 2009), 『바스락 바스락 작업을 한다』(고요아침, 2012) 등의 시집을 발간하였으며, 시선집으로 『영혼의 눈 육체의 눈』(고려원, 1986), 『소나무를 기림』(미래사, 1991), 『나의 별아 너 지금 어디에 있니』(징검다리, 2000), 『풍선 날리기』(시인생각, 2013) 등을 간행했다. 한국시인협회상, 현대시학 작품상, 빛과 구원의 문학상, 월탄문학상, 공초문학상 등을 수상했다. 2013년 2월 26일 심장마비로 세상을 떴다. 성기완 시인이 그의 장남이다.

2. 성찬경의 시세계와 문학사적 의의

성찬경은 조지훈의 추천을 받아 등단할 당시부터 황홀한 색채를 지닌 시로 주목받아 왔다. 시어로서의 한국어가 지닌 가능성을 다각도로 실험해 온 성찬경은 '밀핵시', '우주율', '요소시' 등의 독자적인 시론을 주창하기도 했다. 그의 시는 낯선 이미지와 시어의 비약으로 인해 다소 난해하다는 평을 들어 왔다. 또한 시와 산문, 예술과 과학, 종교와 과학 등 다양한 분야를 융합하는 시를 선구적으로 시도함으로써 한국시의 넓이를 확장하는 데 기여해 왔다.

그는 '밀핵시'에 대해서 "낱말 하나 하나에 가능한 최대한의 의미의 밀도를 넣고", "낱말의 집합체인 센텐스에도 최대한의 무게를 주려는 방법"에 의해 '밀핵'이 살아날 때 성공한 '밀핵시'가 된다고 말했다.[4]

말의 탄력을 한껏 활용하는 시를 쓰자는 그의 시론으로 미루어볼 때 그가 다양한 실험을 통해 한국어의 가능성을 실험하는 데로 나아가는 것은 자연스러운 수순이었다. 핵심적인 요소만으로 이루어진 '요소시'를 추구하면서 그의 시적 실험은 한 글자가 시의 한 행을 이루는 일자일행의 극단에 이르기도 한다.

성찬경의 시는 초기 시부터 종교적인 색채를 띠고 있었다. 독실한 가톨릭 신자이기도 했던 그는 『벌레소리송』에 실린 「성북동의 한국순교복자수도원」 같은 시에서 성북동에 있는 한국순교복자수도원의 설립자이자 원장인 방 안드레아 신부를 기림으로써 종교적 서정시를 완성하였다. 이후에도 신앙시를 묶은 시집 『황홀한 초록빛』을 출간하는 등 종교시에 대한 시적 실천을 멈추지 않는다. "모든 나라의 높은 하늘은 세계의 하늘이다. / 민족의 높은 운율은 세계의 운율이다."(「우주율 2」)라는 '우주율'의 시관과 종교시의 지속적인 추구에서도 드러나듯이 성찬경의 시는 보편성을 지향한다. 흥미로운 것은 한국어와 한국어의 운율에 대한 치열한 탐색과 실험을 통해 보편성을 획득할 수 있다고 본 그의 관점이다. 그가 시어에 대한 탐색, 다양한 분야의 융합의 시도 등 시적 실험을 멈추지 않은 것도 결국은 우리말, 우리 시의 운율을 통해 세계적 보편성에 도달하고자 한 그의 시정신의 표출이었다고 볼 수 있다.

성찬경은 언어 실험을 통해 존재의 근원을 탐구하는 시로부터 문명에 대한 비판적 성찰을 보여주는 시, 신앙체험을 바탕으로 한 종교시에 이르기까지 꽤 폭넓은 시세계를 보여준다. 일찍이 이건청은 한국시

---

4   성찬경, 「밀핵」, 『세대』, 1963.9, 194쪽.

에 형이상적 서정시의 지평을 보여준 시로 성찬경의 시세계를 평가하였다.[5]

시선집 『소나무를 기림』의 서문에서 성찬경은 자신의 시가 "우리말의 밀도와 탄력, 지성과 정열을 하나로 결정시키려는 시도로 일관"[6]해 왔음을 고백한 바 있다. 아울러 "현대시적 방법론과 민족 고유의 전통적 정서를 어떻게 조화시킬 것인가"[7]하는 문제에 천착해 왔다고 말한다. 미래를 향해 시적 실험을 멈추지 않으면서도 우리말의 개성에 지속적으로 관심을 가지며 그것이 보편성을 획득하는 자리에 자신의 시가 놓이기를 그는 바랐을 것이다. 투철한 방법론적 자각을 지니고 시적 실험을 지속해 온 성찬경의 시는 보편성에 대한 추구, 균형과 조화를 중시하는 고전적 감각[8]을 동시에 지니고 있었다. 그의 시적 실험이 말장난으로 떨어지지 않으면서도 미래의 시를 향해 늘 열려 있을 수 있었던 까닭은 바로 여기에 있다.

5   이건청, 앞의 글, 297쪽.
6   성찬경, 『소나무를 기림』 서문, 미래사, 1991.
7   위의 책.
8   박희진, 앞의 글, 141쪽.

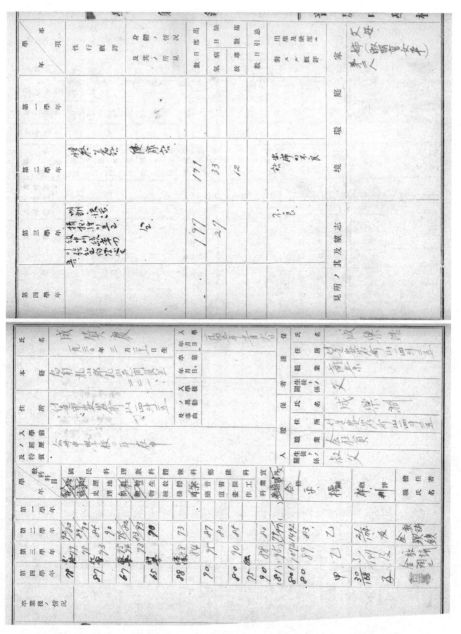

보성중학 학적부 자료. 1945년 보성중학교 2학년으로 편입학해서 1950년에 졸업한 성찬경의 학적부이다. 성찬경은 공주중학교에 다니다 해방이 된 후 상경해 1945년 11월 6일 보성중학교 2학년에 편입한다. 남아 있는 학적부에는 본적, 주소, 보호자 및 보증인, 입학 전 경력 및 특질, 입학일(성찬경의 경우에는 편입학일), 2, 3, 4학년의 과목별 성적과 석차, 성격, 출석사항, 가족사항 등이 기록되어 있다.

조운제 문학에서 한국시의 정체성 탐구

홍승진
서울대학교 박사과정 수료

1. 생애

여석余石 조운제趙雲濟는 1930년 경상북도 예천醴泉에서 태어났다. 6.25전쟁 직전인 1950년 5월 6일, 6년제 보성중학교를 졸업한 그는 서울대학교 문리과대학 영문학과를 졸업하고, 1961년 서울대학교 대학원 영문학과를 수료하였다. 1964년에는 미국 인디애나Indiana대학교 대학원에서 영문학을 공부하였다. 귀국한 이후부터 공주사범대학교와 우석대학교 등에서 영문학을 강의하였으며, 이후 고려대학교 교수로 재직하였고 2002년에 작고하였다.

1967년에 문예지 『현대문학』에 「별」, 「어머니 임종 후」, 「잔디」 등이 추천되어 문단에 나왔다. 시집으로는 『샘물』(청하각, 1967), 『시간時

間의 말』(한얼문고, 1971), 『포석정鮑石亭』(신현실사, 1980), 『조운제시선집』(신기원사, 1986), 『겨울나무』(인문당, 1993) 등이 있다. 1976년에는 서울대학 문리대 독문학과 56학번인 손재준孫載駿, 손재준과 동향(황해도 연백)인 함동선咸東鮮과 더불어 『삼인시집 안행雁行』을 현대문학사에서 출간하였고, 1977년에는 덕문출판사에서 수필집 『흰 목련木蓮』을 간행하였다. 조운제는 영문학 전공자임에도 한국시의 고유한 미학적 특질을 이론적으로 정립하고자 『한국시론韓國詩論』(왕학사, 1975), 『한국시의 이해』(홍신문화사, 1978) 등의 평론집을 냈다. 뿐만 아니라 영문학자로서의 감각과 동양 고전 시가에 관한 연구를 바탕으로, 서구 및 중국 시문학 전통과 변별되는 한국시의 독자적 성격을 규명하기 위하여 『동서비교시론東西比較詩論 ― 한국시韓國詩의 이해理解를 위한』(대제각, 1981)을 집필하였다.

2. 문학 세계의 성격과 의의

조운제 문학에서 우선 주목할 점은 그가 평생 영문학을 탐구하면서 동시에 한국어로 시를 창작하였다는 점이다. 이러한 맥락에서 그의 문학 세계는 경성제대에서 영문학을 공부하였던 이효석李孝石(1907~1942)과 최재서崔載瑞(1908~1964), 시문학으로만 좁혀서 꼽아본다면 도시사同志社 대학에서 영문학을 전공하였던 정지용鄭芝溶(1902~1950)과 토호쿠東

北제국대학에서 영문학을 배워온 김기림金起林(1908~?) 등, 영문학적인
전공 지식과 감각을 지닌 한국 문인의 계보 속에 놓여 있다. 이러한 영문
학과 출신의 선배 문인들은 서구 모더니즘의 세련된 감성을 작품에 녹여
내었다. 하지만 조운제는 선배 문인들과 달리 한국시만의 독특한 개성을
찾아내는 과정 속에서 자신의 영문학 전공 지식을 동원하였다. 이는 해방
후 영문과 출신 한국 문인의 일면을 보여준다는 점에서 주목을 요한다.

　이러한 특성을 살펴보려면 한국시에 대한 조운제의 이론적 정립 작
업부터 살펴볼 필요가 있다. 그는 한국의 전통 속에서 시문학이 한민
족에게 종교의 역할을 하였다는 것이야말로 한국시 고유의 정체성이
라고 일관되게 강조하였다. 조운제가 보기에 황진이黃眞伊의 시는 한민
족의 전통적 정서, 즉 버림받은 여인의 정서를 드러낸다는 점에서 한
국시의 대표작이라고 한다. 조운제는 황진이로 대표되는 한국 전통의
시적 특성이 "죽어서도 이 세상에 있는 임, 즉 우리나라를 사랑하겠다
는" 정서로서, "우리 민족에 있어서 종교의 역할을 대신하여 종교성을
띠었다"고 보았다(「한국시는 무엇인가」, 『동서비교시론』, 82~83쪽). 이러한
입장을 문학사적으로 증명하기 위하여 조운제는 국문학 전공자가 아
님에도 황진이뿐만 아니라 고려가사高麗歌詞, 정몽주鄭夢周(1337~1392)
와 정철鄭澈(1536~1593)의 한시, 일제 강점기 김소월·한용운의 시를
검토하였다. 그에 따르면 "우리 역대 시에 나오는 「님」은 국가와 민족"
이라 할 수 있고, "민족이 딴 어떤 사상이나 종교를 초월하고" 있으며,
이러한 민족의식은 "우리 시 전통의 원천"은 "버리고 간 임을 그리는
여심이라는 정서"로 나타났다는 것이다(「현대의 한국시는 어떻게 쓸 것인
가」, 위의 책, 94~96쪽).

한국시의 정체성을 수립하려는 조윤제의 이론적 노력은 한국문학사를 넘어, 자신의 전공이 속하기도 하는 서구 시문학사 및 중국의 한시漢詩 전통과 한국시를 비교하는 작업으로까지 폭넓게 이루어졌다. 예를 들어 「동양적 낭만주의의 기반」에서는 한국 고전문학의 '낭만시'가 중국 한시漢詩의 아류로 취급되기 쉽다는 점을 강하게 경계한다. 때문에 「한국고시가韓國古詩歌와 당시唐詩의 비교」에서는 실제 작품의 사례를 들어가며 한국 고시가와 중국 '낭만시'의 대표격인 당시唐詩를 철저하게 비교함으로써, 한국 시 전통의 독창성을 증명하는 데 주력하였다. 이러한 토대 위에서 「한국적 낭만주의 시詩」는 영시英詩에서의 낭만주의 시와 그 근원이 되는 희랍·라틴 문학의 낭만주의 시, 동양에서의 낭만주의 시, 한국에서의 낭만주의 시를 대등한 위치에서 조망하였다. 이처럼 자신의 전공 지식까지 포괄한 동서양의 시문학 전통을 비교문학적으로 고찰함으로써 한국시의 독자성을 상당히 구체적이고 능동적으로 밝혔다는 점이야말로 조운제 문학 세계의 문학사적 의의라고 할 수 있겠다.

한국시의 정체성을 탐구하려는 문제의식은 조운제가 실제로 창작한 시 속에서 드러나기도 한다. 「시신詩神에게」라는 작품에서 시적 화자는 '시詩의 신神'을 "당신"으로 호명하면서, 그의 영문학 연구 경력과 같은 "박사의 강의에는 / 당신의 소문만 있고 / 당신이 없었"던 반면에, 진정한 "당신"은 "붉은 사랑을 바쳐도, / 기생이라고, 노리개 삼아 놀다가는 / 버리고 간 님을 그리며 / 눈물 짓는 한 계집의 / 낙엽 지는 칠흑 밤에 있었"다고 고백하였다(『조운제시선집』, 134~136쪽). 뿐만 아니라 「황진이黃眞伊에게」라는 제목의 시는 '황진이'로 대표되는 한국시의 전통이

조운제가 『동서비교시론 – 한국 시의 이해를 위한』을 백사(白史) 전광용(全光鏞)에게 증정하며 속지에 남긴 자필 서명.

"선녀의 눈물로 떨어진/ 빗방울"처럼 "어느 호젓한 웅 달샘에 고여, 먼길에 지친 나그네의/ 목을 축여"준다 고 표현하였다(위의 책, 110~111쪽). 여기에서 "나그네" 는 조운제 자신과 같이 진정한 의미의 한국시를 창조 해내기 위하여 애써 헤매는 현대 시인이라고 읽힐 수 있다. 이때 '황진이' 시의 "눈물"과 같은 한민족 전통 의 시적 정서와 특성은 "나그네" 신세인 현대 시인의 갈증을 해소해주는 '샘물'이 되어준다. 조운제는 자신 의 시론에서 그와 같은 한국의 시적 전통이 "민족의 마 음이라는 샘에 있다"고 강조하며, 한국시가 전통을 계 승하기 위해서는 "이 샘에 도달하려고 노력"해야 한다 고 역설하였다(『동서비교시론』, 94쪽). 조운제가 자기 문 학의 출발이 되는 첫 시집 제목을 『샘물』이라고 붙인 까닭은 여기에 있지 않을까? 따라서 이 글은 그의 첫 시집 표제작인 「샘물」 전문을 인용하며 조운제 문학에 관한 접근의 한 시도를 마무리하고자 한다. 여기에서 "그대"도 '님'과 마찬가지로 한국 전통의 시적 정체성을 가리킨다는 언급은 차라리 군말일 따름이리라.

그대 앞에선
한마디도 못한 그 많은 사연,
그대 간 후에
꿈에 속삭이며 별에 속삭였소.

대야의 가득한 물이라면

한번 버리면 없어지련만,

샘물인가,

버려도 버려도 또 고이네

—「샘물」, 『조운제시선집』, 169쪽

언론계를 주름잡은 보성출신 언론인들

정진석
한국외국어대학교 명예교수

　보성 출신 이상협은 일제 강점기 '신문의 귀재'로 불린 인물이다. 그는 일제 기간에 발행된 3개 조선어 민간 신문에서 발행과 제작을 주도한 신문의 대부였다. 『매일신보』에서 출발하여 『동아일보』, 『조선일보』, 『중외일보』로 옮겨다니면서 신문 제작을 총괄하다가 『매일신보』의 부사장을 맡았다. 신문학新文學 초창기에 소설가로도 활동했다.

　언론계를 주름잡던 보성출신은 많았다. 진학문(『동아일보』 정경부장, 시대일보 편집국장), 차상찬(개벽사), 이정섭(『중외일보』 논설위원, 광복 후 KBS 이사장), 김형원(『조선일보』, 『매일신보』 편집국장.), 현진건(『동아일보』 사회부장)과 같은 화려한 면면들이다. 신문사에서는 퇴직했지만 현역으로 활동 중인 대표적인 보성 출신 논객으로는 류근일(『조선일보』 주필), 임철순(『한국일보』 주필)이 있다. 현역 언론인 가운데는 보성 출신임을 필자가 모르게 때문에 빠뜨린 사람이 많을 것이다. 언론계 경력이 짧아서 언급하지 않은 경우도 있다. 누락된 분들의 양해를 바란다.

1. 식민지 암흑기 언론계를 이끈 보성 출신

이상협 李相協, 호 何夢, 1893.6.11~1957.1.15

보성중학 제1회로 1910년에 졸업하고 잠시 동경 유학을 다녀왔다. 1912년 『매일신보』 기자로 입사(1913년 입사라는 기록도 있다)하여 1915년에는 『매일신보』의 사회부장격인 연파주임軟派主任이 되었고, 1918년 9월 18일부터는 편집장으로 승진하여 발행인 겸 편집인이 되었다. 1910년 8월의 한일합방 후 한국어로 발행되는 일간지는 총독부 기관지 『매일신보』 하나밖에 없던 시절이었다.

이상협은 신문제작의 귀재로 불릴 정도로 편집과 경영에 뛰어난 수완을 보였다. 언론인 생활을 시작하던 초기에는 몇 편의 소설도 발표했다. 「눈물」(『매일신보』, 1913.8.6~1914.1.20), 「정부원貞婦怨」(1914.10.29~1915.5.19), 「무궁화」(1918.1.25~7.27) 등이다. 「눈물」과 「정부원」은 연재가 끝난 뒤에 혁신단革團이 신파연극으로도 공연했다. 알렉산더 듀마의 「몽테크리스토 백작」을 중역하여 「해왕성」이란 제목으로 1916년 2월 10일부터 1년 이상 연재하여 인기를 끌었다. 「해왕성」은 구로이와 루이코黑岩淚香가 「암굴왕巖窟王」으로 번역하여 일본에서 출간한 번안소설이다. 이상협은 언론인인 동시에 소설가이자 극작가였던 것이다.[1]

3·1운동 직후인 1919년 5월 이상협은 『매일신보』에서 퇴사하여 『동아일보』 창간작업을 주도했다. 이 무렵 그는 최남선이 경영하던 신문관新文館에서 여성잡지[가정잡지]를 발간할 계획을 세웠으나 실현을 보지는 못했다. 하지만 이상협은 자신의 명의로 총독부로부터 『동아일보』 발행허가를 받았다.

이리하여 이상협은 『동아일보』의 초대 발행인겸 편집인(1920.4~1921. 11), 편집국장 겸 논설위원을 겸했다. 같은 기간 1920년 4월부터 정리부장(1920.4~21.10), 사회부장(1920.4~1920.8), 정경부장(1921.10~1923. 5)등 편집국의 요직을 거의 도맡아 초창기 『동아일보』의 기틀을 잡았다. 1921년 9월에는 주식회사 『동아일보』가 설립되면서 상무취체역에 취임했다. 1923년에는 처음으로 그가 주선하여 일본의 광고를 개척하는 등 경영에도 수완을 보였다. 창간부터 게재한 칼럼 「횡설수설」은 이상협이 집필하였다.

1924년 1월 이광수가 집필한 연속논설 「민족적 경륜」이 문제되어 『동아일보』가 외부로부터 비판을 받는 동시에 내분에 휩싸이던 때에 이상협은 사장 송진우와의 의견충돌로 퇴사한 뒤 9월에는 신석우와 함께 『조선일보』의 판권을 사서 이상재를 사장으로 추대하고 자신은 편집고문이라는 직책으로 지면과 경영을 일신한 '혁신 조선일보'를 주도하였다.

최초의 조석간제 실시도 이상협이 『조선일보』에서 시작하였다. 그러나 1925년 9월 8일자 논설 「조선과 노국露國과의 정치적 관계」가 문

---

1   조용만, 「문화계의 선구자들」, 『회고 수필집, 세월의 너울을 벗고』, 교문사, 1986, 100~101쪽.

제 되어 신문이 정간 당하고 총독부의 강요로 많은 기자가 해고당하자 이상협도 자진해서 『조선일보』를 떠났다. 이상협은 1926년 9월 18일 『중외일보』의 발행허가를 얻어 11월 15일에 창간했다. 『중외일보』는 이보다 앞서 최남선이 창간했던 『시대일보』가 경영난으로 폐간하자 이상협이 총독부로부터 새로 발행허가를 얻은 신문이다. 『조선일보』, 『동아일보』에 이은 3대 민간지의 하나였다.

『중외일보』는 '가장 값싸고 가장 좋은 신문'을 표방하면서 기존의 『동아일보』와 『조선일보』에 대항했다. 1928년 2월에는 논설위원 이정섭의 「세계 일주기행, 조선에서 조선으로」가 문제되어 이상협은 벌금 1백원, 이정섭은 징역 6개월 집행유예 2년을 선고받았다. 이정섭은 뒤에서 살펴보기로 한다.

같은 해 12월에는 「직업화와 추회醜化」라는 논설로 『중외일보』는 정간당하고 이상협과 편집국장 민태원이 신문지법과 보안법 위반으로 기소되었다. 이상협 벌금 2백원, 민태원은 징역 3개월에 집행유예 3년을 선고받았다. 정간 직전인 1928년 11월에는 이상협이 부사장이 되어 『중외일보』를 주식회사로 만들었고 1929년 9월 26일부터 조석간제를 단행하여 동아, 조선과 치열한 경쟁에 들어갔으나 재정이 빈약한 『중외일보』는 경쟁을 견디지 못해서 오히려 심한 경영난을 겪었다. 1930년 2월 5일 이상협은 발행인직에서 물러났다.

1933년 10월 이상협은 『매일신보』 부사장(1933.10.20~1940.9.23)이 되어 언론인으로 처음 출발했던 신문으로 되돌아 갔다. 『매일신보』 재직 기간인 1938년 4월 16일부터 독립된 주식회사가 되어 사장에 최린崔麟이 취임하고 이상협은 부사장으로 남았다. 1940년 8월 10일 총독부는 동아, 조선 양 민간신문을 폐간시키고 소속 기자들은 매신으로 영입했다. 이상협은 『매일신보』 감사역(1940.10.9~1945)으로 남았다.

이상협은 1912년부터 1940년까지 민간 3사를 두루 거치고 『매일신보』의 부사장으로 일제 암흑기에 가장 뛰어난 신문인으로 '귀재'라 불렸지만 해방 후에는 『매일신보』 부사장이었다는 친일 경력 때문에 불우한 만년을 보냈다. 1954년 잠시 『자유신문』의 부사장을 맡았지만 그의 역할은 거의 없었다. 일제 강점기에는 가장 뛰어난 언론 경영인이었지만 『매일신보』 부사장 재직 등의 행적으로 긍정적인 평가를 받지 못하고 그의 성가를 떨어뜨리는 결과가 되었다.[2]

1기 졸업생 가운데 이규봉李圭鳳도 언론계에 종사했다는데, 『중앙일보』에 이어 『동아일보』 정리부(1938.11~1940.8)에 근무한 인물이 있지만 동일인인지 확실하지 않다.

차상찬 車相瓚, 호 靑吾, 1887~1946

이상협과 같은 보성중학 1회 졸업생으로 1920년대의 대표적인 월간잡지 개벽사에서 활동했다. 그는 잡지 언론인이자 많은 글을 쓴 문필가였다. 신문계에 이상협과 잡지계의 차상찬이 쌍벽을 이룬 형국이었다. 개벽사에는 다양한 잡지인, 언론인, 문인이 참여하였는데 차상찬은 창간 초부터 적극적으로 활동하였다.

---

2 李相協에 관해서는 다음과 같은 인물론이 있다.
   유광렬, 「李相協論」, 『第1線』, 1932년 5월호, 52~53쪽; 유광렬, 「한국의 기자상」(12), 기자협회보, 1967.6.15; 崔獨鵑, 「눈물로 익힌 이상협 선생」, 『현대문학』, 1963.1; 이서구, 「이상협씨」, 『별건곤』, 1928.1, 66~67쪽; 이서구, 「하몽 이상협(신문인 평전)」, 『신문평론』, 1965.7·8, 趙容萬, 「何夢 李相協」, 『신문평론』, 1975.6; 대한언론인회, 『한국언론인물사화』, 8·15전편(하), 1992; 조선일보사료연구실, 「'신문의 대부' 황금기를 구가하다」, 『조선일보 사람들』, 일제시대편, 2004, 77~81쪽.

개벽은 월간 잡지였지만『동아일보』,『조선일보』에 버금가는 위상을 갖는 언론기관이었다. 3·1운동을 주도한 민족운동의 구심점 천도교를 배경으로 발행된 잡지가 개벽이다. 차상찬은 기자, 시인, 편집자, 논객, 지사志士, 사학자, 민속학자로 700여 편에 달하는 많은 글을 쓴 인물로 평가받는다.[3]

차상찬의 셋째 형 상학相鶴은『만세보』의 기자였는데, 한일 강제합방 직후에『천도교회월보』발행 겸 편집인을 맡아 1918년 8월 20일 병사할 때까지 재임했다. 차상찬은 스무 살이었던 1906년 보성중학교 제1기생으로 입학하여 1910년에 졸업했다. 졸업하던 1910년에는 천도교 사범강습소 강사로 기학機學(유기화학)을 강의했는데, 같은 해 8월에 창간된『천도교회월보』9월호(지령 제2호)와 10월호(지령 제3호)에 「무기화학」이라는 글을 2회 연재했고, 12월호에는 「화학」을 게재했다. 학술에 관한 글로서 천도교 사범강습소 학술부가 사용한 교재로 짐작된다. 차상찬은『천도교회월보』발행 겸 편집인이었던 형 차상학 밑에서 학술부를 담당하여 잡지와 인연을 맺었다.

『개벽』은 1920년 6월 25일에 7월에 창간했다. 편집인 이돈화李敦化, 발행인 이두성李斗星, 사장 최종정이었고 사무실은 천도교 서울교구(서울 송현동 34번지) 안에 두었다. 잡지의 실질적인 편집은 1919년 9월 2일에 창립된 천도교청년회(천도교청년당) 편집부가 맡았는데, 차상찬도 창간 동인으로 참여하였다. 개벽의 운명은 처음부터 순탄치 못하였다. 창간호부터 발매와 반포금지를 당하여 상당한 비용 손실을 입으면서 문제된 원고의 여러 부분을 삭제하고 「호외」로 발행하였으나 경찰은

3　박길수,『차상찬 평전』, 모시는사람들, 2012, 406쪽.

인쇄소에서 제책한 호외도 압수하였다.[4] 창간호에 실린 압수 글 가운데 차상찬의 한시 「경주회고慶州懷古」와 「남한산성」도 포함되어 있었다. 총독부는 1926년 8월 1일 마침내 개벽에 발행정지[폐간] 명령을 내렸다. 폐간의 이유는 '안녕질서 방해'를 내세웠지만 총독부의 누적된 불만 때문이었다. 개벽은 폐간되었지만 개벽사는 여러 종류의 잡지 발행을 계속했다.

1930년대로 넘어오던 무렵에 개벽사는『별건곤』,『혜성』,『신여성』,『학생』,『어린이』를 발행하고 있어서 국내 어떤 잡지사도 따르지 못할 정도로 규모가 컸다. 차상찬은 개벽사 발행 여러 잡지를 총괄하는 위치였으므로 대표적인 전문 잡지인으로 인정받았다.『조선일보』는 1933년 2월 17일 「그 인물의 심경타진 / 잡지계 노장 청오 차상찬」이라는 제목의 인터뷰 기사에서 "차상찬 씨는 20여년간 조선 언론계를 위하여 끊임 없이 분투 노력해온 잡지계의 거장"이라고 평가했다.

차상찬은 1928년 6월부터『별건곤』의 발행 겸 편집인이 되었다. 그는 법적으로도 개벽사를 대표하는 위치에 선 것이다. 1931년 3월에는『혜성』을 새로 창간했다. 발행 겸 편집인은 차상찬이었다.『어린이』와『신여성』의 편집 겸 발행인이었던 방정환이 1931년 7월 23일에 사망한 후에는 차상찬은『신여성』의 편집 겸 발행인도 맡게 되었다.[5]

차상찬은 1935년 11월에『개벽』을 복간하였다. 1926년 8월에 폐간당한『개벽』을 '신간호'라는 이름으로 속간한 것이다. 하지만 개벽은 예전의 인기를 회복할 수 없었다. 1935년 3월까지 총 4호를 발행한

4   「개벽잡지 압수—26일 또다시, 호외까지 압수」,『매일신보』, 1920.6.28.
5   정용서, 「해제, 새로 발견한『어린이』를 영인하며」, 미공개『어린이』영인본, 소명출판, 2015.

후에 중단할 수밖에 없었다. 총독부의 폐간 처분을 받았을 때에 72호, 차상찬 발행 4호를 합하면 일제 강점기에 발행된 개벽은 76호다. 개벽 사의 수명은 여기서 끊어졌고 차상찬의 잡지 발행도 끝이 났다. 광복 후인 1946년 1월에 김기전이 개벽을 다시 복간하여 세 번째 개벽이 발 행되었으나 1949년 3월까지 9호를 발행하다가 중단하였다.

차상찬은 개벽이 폐간된 뒤에도 집필활동을 멈추지 않았다. 『조선 일보』가 발행한 『조광』(1935.11 창간)과 그 자매지 『여성』(1936.4) 등 여러 잡지에 글을 썼다.[6] 1936년 4월 28일부터는 『조선중앙일보』에 장편소설 『장희빈』을 연재하기 시작했다. 그런데 이 첫 장편소설은 8 월 30일까지 100회 연재 이후에 끝을 맺지 못하였다. 『조선중앙일 보』가 손기정 선수의 일장기 말소사건으로 이때부터 발행되지 않았기 때문이다. 차상찬 저 『조선백화집』은 1941년에 총독부가 출판을 허가 하지 않아 검열본만 남아 있다.

개벽사에는 차상찬 외에도 보성출신들이 더 있었다. 이을李乙(본명 이 재현李在賢)은 제4회(1913년) 졸업 후에 교원으로 근무하다가 1920년 6 월 『매일신보』 사회부에 잠시 근무하다가 『조선일보』로 옮겨 비서과 장을 맡았고 1921년 9월 개벽사에 입사하여 편집부에 근무하면서 광 고부장을 겸했다.

계연집桂淵集은 보성중학 6회 졸업으로 개벽사 회계 책임자였다. 1940 년을 전후해서 몇 년간은 매일신보사 경리과에 근무했다. 1939년, 1941 년, 1942년에 발행된 『매일신보』의 『사원명부』에는 경리부원 계연집의 이름이 수록되어 있음을 확인할 수 있다. 『한국언론연표』를 편찬한 계훈

6   박길수, 「차상찬 작품연보」, 『차상찬 평전』, 참고.

모계훈模桂勳模(1918~2003)의 아버지다.

제7회(1916년) 졸업 박달성도 개벽사에 근무하였다.

진학문 秦學文, 호 瞬星, 1894.12.4~1974.2.3

보성 제3회 졸업생이다. 서울 출생으로 1908년 도쿄 경응의숙 보통부에 입학하였다가 이듬해 보성중학교로 전학하여 1912년에 졸업했다. 1913년에는 일본으로 다시 건너가 와세다대학 영문과에 입학하했다가 이듬해 중퇴하고, 1916년 동경외국어학교 러시아어과에서 공부했다.

최남선 발행『청춘』1917년 11월 호에 인도 시인 타고르 방문기를 게재했다. 타고르를 인터뷰하여 국내에 처음 소개한 사람이 진학문이다. 1918년 오사카 아사히신문에 입사하여 기자생활을 시작했는데, 1920년 4월『동아일보』창간 요원으로 논설위원, 초대 정경부장겸 학예부장을 맡았다가 창간 두 달 뒤인 6월에 퇴사했다. 1922년 9월 3일 최남선이 창간한 시사주간지『동명東明』의 편집 겸 발행인으로 시사문제와 국학관계 논문, 창작 문예작품 등을 싣는 수준 높은 주간지를 만들었다. 최남선과 진학문은 1923년 6월 3일까지 동명을 발행한 뒤에 자진정간하고 1924년 3월 31일『시대일보』를 창간하면서 진학문은 편집국장이 되어 편집인과 발행인을 겸했다.

그러나『시대일보』가 경영난으로 발행을 계속할 수가 없게되자 진학문은 최남선과 함께 1925년에 신문에서 손을 떼고 1927년 가족과 함께 남미 브라질로 이민을 떠났다가 1928년에 되돌아왔다. 그 후로는 언론계에 종사하지 않았다. 1936년 만주국 국무원 참사관으로 취임했고, 주로 경제계에서 활동했다.

2. 시인, 소설가, 납북 언론인들

이정섭 李晶燮, 1899~납북

함흥 출신으로 보성중학 졸업 후 잠시 경성우체국 사무원으로 근무하다가 프랑스로 건너가서 7년간 유학하면서 고등중학 과정을 마치고 파리대학(솔본느대학) 문과에서 사회학을 공부했다. 학사학위를 받은 후 1926년 7월 17일에 귀국하여 『중외일보』 논설기자로 입사했다. 이상협이 『시대일보』를 인수하여 제호를 『중외일보』로 바꾸고 1926년 11월 15일에 창간할 때에 이정섭이 입사한 것이다. 언론인 가운데 프랑스에서 대학을 마친 사람은 이정섭이 유일했다.

이상협은 이정섭을 국제문제 전문가로 내세웠다. 1927년 1월 중국 우한武漢의 민중이 한커우漢口의 영국 조계를 탈환하고 그곳에서 장개석을 수반으로 하는 국민정부가 성립되는 등으로 급박하게 전개되는 사태를 이정섭은 직접 취재하고 돌아왔다. 『중외일보』는 이정섭이 집필한 「혁명의 중국을 보고, 국민정부의 현재와 장래」를 1927년 2월 말부터 3월 24일까지 25회에 걸쳐 한 달 동안 1면에 연재하는 한편으로 서울과 지방 각지에서 순회강연회를 개최하였다. 『중외일보』 「사고社告」는 이정섭의 이름 앞에 '문학사'라고 내세워 필자의 권위를 높였다.

1927년 6월, 이정섭은 최린崔麟을 수행하여 세계일주 여행길에 올랐다. 미국을 첫 방문지로 유럽으로 건너갔다가 돌아오는 여정이었다. 약 10개월 후인 1928년 4월 1일 최린이 서울에 돌아왔을 때까지 방문했던 나라는 미국, 영국, 아일랜드, 프랑스, 벨기에, 스위스, 스페인, 이

태리, 오스트리아, 독일, 덴마크, 스웨덴, 노르웨이, 폴란드, 러시아와 중국이 포함되어 있었다. 배와 기차를 이용한 대 장정이었다. 그때까지 이처럼 여러 나라를 둘러본 사람은 없을 터였다. 세계 일주는 개인적인 유람이 아니었다. 조선민족의 진로를 모색하고 국제적인 안목에서 독립운동을 이끌 것이라는 기대감도 있어서 일반의 관심은 컸다. 이정섭이 부산에서 시모노세키까지 가는 배를 탔을 때부터 계속해서 고등계 형사가 동행하면서 그의 행동을 감시했고, 도쿄에서도 일거수 일투족을 미행하고 있었다.

「조선에서 조선으로」라는 제목으로 『중외일보』에 이정섭의 기행문이 실리기 시작한 날은 1927년 8월 20일. 신문제작에 뛰어난 재능을 지닌 주간 이상협은 기행문을 1면에 게재하여 독자들의 큰 관심을 끌도록 했다. 기행문은 가벼운 필치의 에세이 문체를 구사하다가 사회비평 시각의 논평도 곁들이는 서술로 큰 인기를 끌면서 연재되었다.

최린과 이정섭은 샌프란시스코, 로스앤젤스, 시카고를 돌면서 교민들로부터 뜨거운 환영을 받았다. 샌프란시스코 교포신문『신한민보』는 이정섭이 일어, 영어, 불어에 능통하고 독일어도 할 수 있는 인물이라고 소개했다. 뉴욕에서 대서양을 건너 런던으로 갔다가 아일랜드 더블린에서 정치가이자 독립운동가 이몬 데 발레라Eamon de Valera(1882~1975)와 만나는 장면은 해를 넘겨 1928년 2월 21일자(제86회)에 실렸다.

검열을 전담하는 총독부 경무국은 영국과 아일랜드 기행문에 특별히 신경을 곤두세웠다. 2월 16일자(81회)「영경英京을 떠나면서」는 전문 삭제, 「아일랜드 수도 더블린에서」라는 부제를 단 21일자(86회)도 전면삭제 처분을 내렸다. 문제된 부분은 아일랜드 독립운동을 언급하

면서 한국도 독립을 위해 투쟁해야 한다는 내용이었다. 경찰이 강도
높은 수사를 벌이는 와중에 기행문은 3월 1일자 제 91회를 마지막으
로 중단할 수밖에 없었다. 더블린에서 프랑스 파리로 온 후의 여정이
연재되던 도중이었다.

필자 이정섭과 발행인 이상협은 수사 끝에 3월 4일에 기소되었다.
경성지방법원은 이상협에게 징역 4개월, 이정섭에게는 보안법위반으
로 6개월을 선고했으나 불복상고하여 이상협은 벌금 2백원, 이정섭은
징역 6개월에 집행유예 2년을 선고받았다. 이정섭은 해방될 무렵 경성
방송국(KBS 전신) 기획과에 근무하다가 광복 후 미군이 서울에 진주한
직후인 9월 15일 경성방송국 한국인 직원들은 임원진을 선출했는데
조선방송협회 회장에 이정섭이 선출되었다. 직원들이 뽑은 이사장 이
정섭은 1948년 10월까지 3년간 재임했다. 6·25전쟁 후인 7월 17일
돈암동 256의 12, 자택에서 납북되었다.

김형원 金炯元, 호 石松, 1900~1950 납북

충남 강경 출생으로 1916년 3월 보성중학교 졸업. 보성중학 제7회로
입학했으니 앞의 이정섭보다 한 해 후배였으나 언론계 입문은 빨랐다.
1919년 6월『매일신보』기자로 입사했다가 1920년 4월『동아일보』창
간 기자로 참여하여 사회부에 근무하다가 같은 해 8월부터 제2대 사회
부장이 되었다. 편집국장 겸 사회부장을 맡았던 이상협에 이어 사회부
장이 된 것이다. 23세 사회부장으로『동아일보』에서 가장 젊은 부장이
었다.

1923년 5월에는 동경 특파원으로 근무하였고, 1924년 5월『조선

일보』로 옮겨 사회부장, 지방부장을 지냈다. 『조선일보』 1925년 9월 8일자에 실린 「조선과 노국露國의 정치적 관계」라는 사설 필화사건으로 이듬해 8월부터 3개월 간 금고형을 살았다.

1926년에는 『중외일보』 사회부장, 1930년 편집부장을 거쳐 다시 『조선일보』로 돌아가 편집국장(1934.1~1937.11)에 취임했다. 1938년 5월에는 『매일신보』 편집국장이 되었다가 1940년 1월 퇴사했다. 『매일신보』에서 출발하여 『동아일보』, 『조선일보』, 『매일신보』로 이어지는 경력은 거의 이상협과 겹친다.

광복 후 1945년 12월 『조선일보』 복간 때에 편집국장을 맡아 1946년 1월까지 재임했고, 1947년 5월에는 『대동신문』 부사장을 거쳐 11월에는 『대공일보』 사장이 되었다. 1948년 5월 제헌국회의원 선거에 논산에서 출마했으나 낙선했고 정부 수립 후에는 공보처 초대 차장에 임명되었다. 6·25전쟁 중 납북됐다.

김형원은 『개벽』(1922.7)에 미국의 민중시인 휘트먼을 소개하였고, 그의 영향을 받아 대표작인 「아 지금은 새벽 네 시」를 개벽 1924년 11월호에 발표한 시인이었다. 1929년 발표한 민요풍의 시 「그리운 강남」은 안기영安基永(월북작곡가)이 작곡하여 일제강점기에 널리 불려졌다.

> 정이월 다 가고 삼월이라네
> 강남 갔던 제비가 돌아오면은
> 이 땅에도 또다시 봄이 온다네
> 아리랑 아리랑 아라리요
> 아리랑 강남을 어서 가세

레코드 취입까지 된 이 노래는 북한에서도 교과서에 수록되어 널리 알려져 있으며, 2000년 8월 서울을 방문한 북한 조선국립교향악단이 연주한 곡목이다.

현진건 玄鎭健, 호 憑虛: 1900.8.9~1941.4.25

1919년 보성중학 10회 졸업생 가운데 현진건, 정인익, 이건혁이 언론인이다. 현진건은 대구출생으로 보성중학 졸업 후 도쿄독일어학교와 상하이 외국어학교에서 수학했다. 1920년 개벽 잡지에 단편 「희생자」를 발표하여 문인으로 등장했고, 1921년 『백조』 동인으로 염상섭과 함께 사실주의를 개척했다.

1922년 9월 최남선이 창간한 시사 주간지 『동명』 창간에 참여해서 1924년 3월 『시대일보』로 개편될 때에 사회부 기자가 되었다. 이때 사회부장은 염상섭이었고, 현진건과 나도향이 사회부 기자였다. 1926년 『조선일보』 사회부 기자, 1927년 10월 『동아일보』로 옮겨 사회부 기자, 1928년 3월부터 1936년 9월까지 장기간 사회부장으로 재직하는 동안 명편집자로 이름났다. 1936년 8월 손기정 선수의 베를린 올림픽 우승 일장기 말소사건으로 구속되었다가 앞으로 언론기관에 일체 참여하지 않겠으며 만일 또 다른 사건에 연루된다면 이번 사건의 책임에 가중하여 엄벌을 각오한다는 각서를 쓰고 40일만에 석방되면서 『동아일보』에서 퇴사했다. 1939년 7월 『동아일보』 학예부장으로 다시 입사했으나 일경의 압력으로 즉시 퇴사했다. 장편 「무영탑」, 「적도」, 단편 「빈처貧妻」, 「운수 좋은날」, 「불」, 「B사감과 러브레터」 등이 있다.

정인익 鄭寅翼, 호 念坡, 1902.12.13~1950 납북

보성중학 10회로 현진건 이건혁과 함께 재학하였는데 경성고등보통학교(경기고등학교) 졸업 후 일본에 유학했다. 1922년『매일신보』기자로 출발하여 1924년『조선일보』사회부 기자,『매일신보』로 다시 돌아가 사회부장, 사업부장(1938.5), 동경지국장으로 근무하다가 1940년 8월에 귀국하여 상무취체역 겸 편집국장이 되었고, 1943년 4월에는 학예부장을 겸했다. 광복 후 1945년 10월 5일『자유신문』을 창간하여 사장에 취임했다가 신익희申翼熙를 사장에 추대하고 자신은 부사장으로 재직 중 6·25전쟁이 일어났다. 9월 10일(또는 13일) 새벽 4시경 종로구 돈의동 2통 12반(또는 가회동 47) 자택에서 납북되었다.

3. 신문사 경영인

이건혁 李健赫, 1901.5.11~1979.10.20

1919년 보성중학, 경성법학전문학교 졸업(1923). 1924년『시대일보』기자로 출발하여 35년 동안 여러 신문사의 편집국장과 주필, 부사장 등의 중책을 맡았다.『중외일보』,『조선중앙일보』기자를 거쳐 1932년『조선일보』로 옮겨 논설위원과 경제부장을 역임했다. 광복 후에는『조선일보』와『대동신문』편집국장,『서울신문』주필 겸 편집국장(1948~1949), 공보처 공부국장(1949),『연합신문』부사장 겸 편집국장(1954),

『한국일보』편집국장(1954),『한국경제신문』부사장, 주필(1955),『세계일보』부사장 겸 주필(1958~1959)을 두루 거쳤다.

공진항 孔鎭恒; 1900.12.4~1972.5.13

1920년 보성중학 11회 졸업 후 1933년 프랑스 소르본느대학교를 졸업했다. 1949년 주 프랑스 공사, 1950년 농림부장관, 1959년 아시아반공연맹 이사장, 천도교 중앙총본부 교두와 농협중앙회 이사장을 지냈다. 언론계와 직접 인연을 맺은 시기는 1956년 12월 『중앙일보』(현『중앙일보』와는 다른 신문)를 인수하여 사장에 취임했을 때였다. 한 달 뒤인 1957년 1월 1일부터 제호를『세계일보』로 고쳐 자유당 이기붕계의 여당신문으로 발행했다. 1958년 10월 30일 발행인이 김광섭으로 바뀌면서 공진항은 물러났다. 공진항은 그보다 앞서 1945년 17월 1일 개성에서 발행된『고려시보高麗時報』의 발간 동인이었다. 주간『고려시보』의 속간을 위해 구성된 개성언론기관 창설발기인회 위원장을 맡았고 위원은 마해송, 이선근 등이 참여했다.

김성곤 金成坤, 호 省谷, 1913.7.14~1975.2.25

언론, 정치, 기업, 교육분야 큰 발자취를 남긴 거목이다. 경상북도 달성玄風 출생으로 1933년 보성고등보통학교 졸업 후 1937년 보성전문학교 상과를 졸업했다. 1946년 10월『영남일보』창간에 참여하면서 언론계와 인연을 맺었다. 1951년 4월부터 대한통신(사장은 鄭一亨) 취체역으로 언론 경영에 손을 대었고 1952년 4월 양우정과 함께 부산에서『동양통신』을 창간하여 양우정 사장, 김성곤은 부사장으로 출발했다. 1953년 10월『동양통신』의 판권을 인수하여 주식 회사로 개편하고 11월 17일 대표취체역 사장에 취임하여 김성곤 체제를 확립했다. 이어 1954년 3월에는 양우정으로부터『연합신문』도 인수하여 3월 20일자로 사장에 취임했다.『연합신문』은 양우정이 1949년 1월 22일에 창간한 신문이었다. 양우정은 1953년 10월 이른바 '정국은鄭國殷 사건'(또는 '국제간첩사건')으로 불리는 사건으로 은퇴하자『동양통신』과『연합신문』을 김성곤에게 양도했다.『연합신문』은 1958년 5.2 총선을 전후해서는 '가장 빨리 나오는 석간'으로 유명해지면서 성장했으나 4·19후 인기가 하락되자 1960년 7월 10일에는 제호를『서울일일신문』으로 개제하고 김성곤은 사주의 위치로 후퇴하였다가 경영이 어려워지자 1961년 12월 31일에 자진폐간했다.

김성곤은 정계, 재계, 교육계로 활동의 폭을 넓히면서 큰 업적을 남겼다. 1958년에 자유당 공천으로 경상북도 달성에서 제4대 민의원으로 국회에 진출하였고, 1973년까지 6, 7, 8대 국회의원으로 당선되었다. 1959년 10월에는 국민대학을 인수하여 이사장에 취임했다. 이때부터 언론과 함께 육영사업에도 관심을 기울여 1959년 12월에는 현풍학원, 뒤이어 현풍고등학교까지 인수하여 재단법인 구암학원을 설립했고, 학교법인 영남학원(영남대학) 경영에 참여하면서 성곡학술문화재단(1968.12.29)을 설립하여 인문 사회과학분야 연구를 지원했다.

1961년『서울신문』취체역을 맡았고, 1964년 2월 24일 주식회사『동양통신』을 해산하고 사단법인으로 바꾸어 초대 사장에 취임했다. 사장 재임 중에 설립한 성곡언론문화재단(1965.9.13)은 중견 언론인의 해외시찰 여비 보조, 언론인 재교육사업, 언론 및 문화 창달사업 등으로 많은 언론인에게 혜택을 주었다. 1964년 언론윤리위원회법 파동 때에는 언론계 대표와 박정희 대통령의 면담을 주선하여 이 파동을 수습할 계기를 마련했다. 기업인으로는 쌍용그룹을 창업하였다.

4. 광복 이후에 활동한 언론인

민기 閔畿, 본명 龍基, 1925.9.27

주로 교열부에 근무하면서 소설가로 활동했다. 1953년 『서울신문』 견습기자로 입사하여, 『한국일보』, 『경향신문』, 『소년한국일보』, 『주간한국』을 거쳐 1964년 『신아일보』 교정부 차장, 1965~1967년 『중앙일보』 교정부 기자, 교정부 차장을 지냈다. 1968~1978년 『현대경제일보』 교정부장, 교열부장, 부국장대우 교열부장, 부국장대우, 부국장대우 겸 조사부장, 부국장대우 겸 사업부장을 역임했다. 『자유문학』을 통해 1959~1960년에 문인으로 데뷔했다. 저서 『외래어사전』, 『요철의 격전지』, 장편 『발해기』, 단편집 『이목구비전』.

방우영 方又榮, 1928.1.22~2016.5.8

보성중학 수학 후, 경신중학교와 연세대학교 경제학과 졸업(1950). 1953년 『조선일보』에 입사하여 교열부, 경제부 기자로 취재경험을 쌓은 뒤 1962년 상무취체역, 1963년 발행인, 전무이사를 거쳐 1964년

11월에는 형 방일영으로부터 대표이사 사장직을 물려받았다. 1993~ 2003년 대표이사 회장, 2003년 3월에는 명예회장으로 재임하는 동안 『조선일보』를 일등 신문으로 키운 주역이었다.

사장 시절에는 편집국 일선 기자석으로 내려와서 능동적으로 대화를 유도하고 수시로 논설위원실에 들러 토론을 벌이는 등 격식을 차리지 않는 적극적 대화의 신문경영 스타일이었다. 반면에 대외 출입기자에겐 신문사를 대표하는 자부심을 지니도록 요구하는 엄격한 면도 있었다. 1970년대에는 소수정예의 상부상조 정신을 강조하여 『조선일보』 발행부수 신장에 결정적 업적을 남겼다. 방우영은 글을 쓰는 언론인이 아니라 경영을 전문을 하는 '신문인'으로 불러주기를 바랐다. "언론인이라고 하면 신문에 기사 쓰고 논설 쓰는 사람과 그것을 지면에 담아내는 사람, 즉 신문 지면을 만드는 기자들이다. 그들이 신문의 안 內을 담당한 사람, 신문지면을 만드는 기자들이라면 나는 기자들이 기사를 쓰고 지면 제작에 전념할 수 있도록 환경을 만들어주고 뒷받침해 왔다는 점에서 신문의 밖外을 책임진 경영인이었다. 나는 그런 의미에서 신문인이라고 말하고 싶다"는 것이다.

한국신문협회 부회장(1965), 한국신문회관 이사장(1968~1974), 한국신문연구소 이사장(1976~1981), 한국언론연구원 이사장(1981) 등 언론단체의 운영에도 폭넓게 활동했다. 회고록『조선일보와 45년 - 권력과 언론 사이에서』(1998),『나는 아침이 두려웠다』(2008) 외에 88세 미수米壽 기념문집『신문인 방우영』(2016)이 있다. 회고록은 역경을 헤치면서 1등 신문을 만들어낸 경험과 편집 제작에 얽힌 뒷이야기를 후진들에게 알리려했다. 언론의 자유는 결코 공론空論으로 이루어지는 것이 아니기 때문에 실사구시實事求是의 길로 갈 수밖에 없었다면서 재정의 독립과 권력과의 투쟁이라는 양면의 전선戰線에서 어려움을 헤쳐 왔다고 회고했다.

현원복 玄源福, 1929.9.4

1949년 보성중학교, 1963년 성균관대학교 영문학과 졸업, 1958년 『세계통신』외신부 기자로 출발하여 1960~1965년『동화통신』외신부 기자, 차장, 1965년부터『서울신문』학술부 차장, 특집부 차장, 1967년 주미 특파원, 1968~1974년 동 과학부장, 논설위원(겸), 1974년 기획위원. 1975년 한국연구개발단지 공동대변인, 1977년 한국과학저술인협회 부회장 역임. 한양대학교 신문방송학과 강사(1969~1983), 성균관대학교 신문방송학과 강사(1980~1984)를 지냈고, 1981년 한국정신문화연구원 민족문화대백과사전 편찬위원이었다. 저서「자연의 신비」, 「과학자의 길」,「과학의 매스미디어」,「한국과학재단 5년사」,「최근첨단기술백과」. 1971년 제1회 대한민국과학기술상(진흥상), 1984년 제1회 한국과학저술인협회상(공로상) 수상.

정신영 鄭信永, 1937.3.5~1962.4.25

1951년 보성중학교, 1955년 서울대학교 법과대학 졸업. 1956년 3월『동아일보』에 입사하여 기자로 활동하면서 서울대학교 대학원 석사 학위를 취득했다. 언론계에 투신한 다음해에 창립된 관훈클럽의 초기 회원이 되어 적극적으로 활동했다.

1957년 6월 독일유학을 떠나 같은 해 10월 함부르크대학 대학원 경제정책과정에 입학했다. 1961년에는『동아일보』유럽 특파원에 임명되어 7월 14일부터 9월 24일까지 28회에 걸쳐 유럽각국에 파견된 정부 친선사절의 활동을 취재하였다. 위험을 무릅쓰고 동베를린에 들어가 동서 양 진영이 대치하고 있는 그곳의 상황을 국내 독자들에게 알렸다. 1962년 4월 함부르크대학에서 박사학위논문이 거의 완성된 때에 수술 도중에 사망했다. 1982년 9월 스승 포이크트Fritz Voigt 교수가 정신영의 박사학위논문을 완성하여 출판했다.

정신영의 요절 후 관훈클럽은 묘비를 세워 추모했고, 15년 뒤인 1977년 9월 맏형인 정주영(현대그룹 회장)이 출연한 1억원의 기금으로 재단법인 관훈클럽신영연구기금을 설립하여 언론인의 저술, 출판, 해외연수 등 언론발전을 위한 여러 사업을 펴고 있다. '신영'이라는 이름을 딴 기금은 언론인들의 연구 · 저술 · 출판과 해외연수를 지원하고 있으며 자체 출판사업도 벌이고 있으므로 많은 언론인들이 이 기금의 지원을 받아왔고, 앞으로도 받을 것이다.

류근일 柳根一, 1938.1.30

보성고등학교를 졸업하고 서울대학교 정치학과를 입학하였지만 중퇴. 다시 서울대학교 대학원 정치학과에서 석사(1987)와 박사 학위(1994)를 받았다. 1958년 서울대 재학 중에 필화사건으로 첫 옥고를 포함하여 세 차례 투옥되었다. 1968년『중앙일보』기자로 입사하여 월간부장, 논설위원으로 근무하다가, 1981년『조선일보』로 옮겨 논설위원으로 논설과 칼럼을 집필하면서 논객으로 이름이 널리 알려졌다. 2000년대 좌파정권에서는『조선일보』소속 논객들인 김대중, 류근일,

조갑제를 해임하라는 압력이 일어나기도 했다.

『조선일보』논설위원실장(1989), 논설주간(1997), 주필(2002~2003)로 재임하면서 기명칼럼을 연재하였다. 정년퇴임 후에도『조선일보』에 객원 논설위원 자격으로 칼럼을 연재하고 있다. 글을 쓰는 언론인이자 방송, 강연 활동을 멈추지 않은 현역으로 활동 중이다. 제4회 관훈언론상(1987), 제2회 임승준 자유언론상의 논설논평 분야(2007), 삼성언론상 논평/비평부분(2010), 서재필기념회가 수여하는 서재필언론문화상(2012)을 수상하였다.

임철순 任喆淳, 1953.5.24

보성고등학교 시절 문예반장이었다. 1970년 졸업, 1974년 고려대학교 독문학과 졸업, 같은 해에『한국일보』입사. 편집부, 사회부 기자, 차장, 사회부장, 문화부장, 편집국 차장을 거쳐 논설위원, 수석논설위원, 편집국장을 역임하고 2006년 1월 주필이 되었다. 한국신문방송협회 부회장(2007.2).『한국일보』정년퇴직 후 현재 이투데이 이사 겸 주필로 칼럼 집필 등 문필활동을 계속하고 있다.

1930년대 한국문학의 한 성좌星座*

보성고보 출신 문인들의 집단지성과 한국문학

조영복
광운대학교 교수, 신윤(104회 졸업생)의 母

1. '허세'를 가능하게 하는 친구들

고교시절에는 누군들 그렇지 않으리? 학교교육, 제도권 교육 같은 것들은 대체로 시시하고 고루하고 뻔한 것들이라고 한번쯤 허세를 부려보는 것 말이다. 그렇게 온화하고 세상에 불평 한마디 하지 않던 말라르메 같은 시인조차 '뻔한 교실 표정과 음울한 학교 교정' 외에는 학교 교육에 대해서는 생각할 것이 없다고 말하기까지 했을 정도이다. 아마 이 제도권 교육을 벗어날 수 없다는 그 운명애적 상황이 우리의 허세를 그토록 다독이는 것인지도 모른다. 무엇인가 폭발할 것 같은 청소년기의 충동을 억누른 채 우리 스스로를 좀 더 고귀해 보이게 만

---

* 『보성 1906-2016』(보성중고, 2016.9)에 수록된 글을 재수록하였습니다.

드는 그런 '보험든' 기분을 우리는 허세 한 마디에 실어 보내는 것이다. 일류대학 입학을 목표로 한 '공신족'이든, 연예인 뒷담화에 날밤을 지새는 '겉멋족'이든, 시시껄렁하게 '주윤발' 혹은 '유오성'을 흉내내는 '어깨족'이든 그런 '허세의 코스프레'라도 하지 않으면 무엇으로 우리의 청소년기를 통과해나갈 수 있단 말인가?

그런 우리 곁에는 항상 친구가 있었다. 우리의 작은 고독을, 가냘프게 샘솟는 그런 작은 용기들을 모아주는 것은, 같이 몰려다니던 친구들이다. 고교시절의 이 동기들, 급우들이 아니라면. 우리의 청소년기가 어떻게 그토록 소중하고 아름다울 수 있겠는가? 나를 강하게 하는 것은 나의 의지가 아니라 오히려 친구들의 조력이나 공감이라고 말해야 하지 않을까. 나를 키운 건 8할이 '친구'라는 연대감일지도 모르는 것이다.

그런데, 이들 친구들은 단지 청소년기의 급우, 동기, 동문으로 남는 '과거의 인간'만은 아니다. 학교 졸업 이후에는 인생의 길을 함께 가는 동반자이자, 자신의 꿈을 함께 개척하는 꿈의 공동의 소유자가 된다. 그래서 고교 시절의 친구는 '과거'의 존재가 아니라 '미래'의 존재, 인터넷 용어로 하면 집단지성을 가꾸는 '누스피어noosphere적 공동체'의 한 가족이 아닐 수 없다.

2. 구인회의 보성고 선배들

우리 선배들, 보성고보 선배들의 옛 시절도 그러했을까. 1930년대 최고의 문인, 예술가들 단체였던 '구인회' 시절 이야기를 하고자 한다. '구인회'란 우리 근대문학사에서 우리말 문학의 아름다움을 최고로 끌어올리면서 소설, 시뿐 아니라 그 문예작품들이 실린 신문, 잡지 등의 인쇄매체들까지 품격과 격조와 우아함으로 가득한 예술로 격상시켰던 예술공동체의 이름이다. 그 구인회 동인들은 이상李箱, 김기림金起林, 박태원朴泰遠, 이태준李泰俊 등 교과서에도 자주 나타나는 인물들인데, 그 중 김기림(추천교우), 이상(17회) 등이 보성고보 출신이었다. 이들 구인회파류의 예술을 예술비평, 인상비평의 관점에서 치켜세웠던 평론가 김환태金煥泰(19회)도 보성고보 졸업생 명단에 올라 있다. 이상, 김기림 등 구인회파들을 우리는 모더니즘의 대가들이라 평가하는데, 이 모더니즘파의 카운터파트너counter partner로서 구인회파들과 격렬한 문학론, 세계관 논쟁을 일삼았던 '카프파' 최고의 이론분자이자 비평가이며 시인이었던 임화林和(16회) 역시 보성고보 출신이었다.

그들의 조숙한 문학예술병에서부터 그들 청춘의 모험은 시작되었고, 구인회 결성은 그것의 연장선상에 있었다. 구인회의 존재는 결과적으로 우리문학의 최고의 황금기로 평가받는 1930년대 문학의 방향성과 깊이를 결정했다. 그런 집단지성collective intelligence이 우리 한국 근대문학사를 풍요롭고 비옥하게 만들었던 것이다. 보성고보 후배들을 위한 이 자리에서 조금 과장해서 말하는 것이 허용된다면, 1930년대

문학의 화려한 성좌의 한 가운데 보성고보 출신의 문인, 화가, 예술가들이 있었다고 말해도 좋으리라.

3. 이상과 김기림

1930년대 문학사에서 가장 중요하고 또 가장 이례적인 인물인 이상을 중심으로 '구인회파' 이야기를 하고자 한다. 구인회파들의 지적, 문학적 교유는 1930년대 문학의 향취와 품격을 생성한 대지와 같다. 교과서에서는 그것을 '모더니즘'이라 부르지만 그것은 오히려 인간학적인 삶과 아우라가 깊이 내장된 예술공동체라고 부르는 것이 옳을 것이다. 그런 만큼 김기림을 말하지 않고서 이상을 이야기하는 것은 불가능하다. 현재 보성고등학교 교정에 세워진 두 개의 시비詩碑의 주인공들이다.

연배로 따지면 김기림이 이상보다 두 살 위였지만 그런 것은 어떤 문제도 되지 않았다. 분명한 것은 그들의 관계는 한국 근대문학사의 움직일 수 없는 좌표를 제시했다는 점이다. 이들이 없었다면 한국 근대문학은 적막하고 공허하고 건조했을 것이다. 이상은 한국문학이 글로벌화할 수 있는 가능성을 이미 1930년대 제시했는데, 김기림은 그런 이상의 문학 행위를 적극적으로 평가할 수 있는 안목과 통찰력을 갖추고 있었다. 「날개」, 「오감도」 같은, 난해하지만 전위적이고 도전적인 그런 고도의 지적이고 아방가르드적인 작품을 사이에 두고 그들은 친구가 되었던 것이다. 김기림은 이상이 일본에서 요절한 뒤 그를 '조선 최후의 모더니스트, 제우스적 영웅'이라는 투의 절대 칭호를 붙여주었다.

이상은 보성고보를 졸업한 뒤 경성고공(서울 공대 전신)에 입학한다. 그가 경성 고공에 입학한 이유가 미술을 하기 위한 것이었다는, 보성고보 시절부터 경성고공까지 한솥밥을 먹었던 문종혁文鍾爀(21회)의 증언도 있다. 이상은 특히 인상파 이후의 화파에 관심을 가졌고, 마티스와 피카소에 대한 찬사는 절정을 이룬다. 베토벤, 슈베르트, 모차르트 등의 음악가 이름도 이상을 회고하는 지인들의 기록이나 이상이 쓴 글에서 분명하게 확인된다. 이상의 예술에 대한 전방위적 감각이나 아방가르드적인 예술 감각은 그의 나이 18세 이전에 이미 형성되어 있었다. 미술에서 시작한 그의 예술 취향은 영화, 음악 등의 분야로 확장되었고, 미술에서 문학으로 옮겨간 것은 그의 예술 취향의 정점에 해당하는 것이었다. 이상의 아내였던 변동림은 '이상은 그 시대에 가장 진보적인 교육을 받았다. 건축과 미술과 시를 동시에 습득했다'고 쓰기도 했다.

1930년대 문단의 핵심은 바로 이상의 출현에 있었고 이상을 중심으로 문단의 일화가 끊임없이 재생산되었다. 이들 인물들은 당대의 일상과 풍속이 번잡하고 화려하게 펼쳐지는 경성의 거리에서 예술적 몽상을 통해 그 번잡한 일상들을 넘어선다. 황폐한 근대적 소비문화에 너절해진 일상들을 삶의 한복판으로부터 밀어 내고 대신 그들은 그 자리에 연애와 청춘과 모험의 환타지로 가득한 예술 품목들을 채웠다. 그들은 교만하고 고집 센 예술가적 자의식으로 '거리의 문학'을 훈장처럼 내세웠다. 그들은 문학, 예술을 통해 새로운 세계를 꿈꾸면서 1930년대라는 '불우한 시대'를 넘어서고자 했던 것이다.

4. 1930년대 예술비평의 길을 열었던 김환태

이상은, 자신을 포함한 이 구인회파들이 속이기의 천재라는 것, 무슨 표정이라도 다 '데폴매숑deformation'일 뿐이라고 만만하게 밝혔다. 자신들의 예술적 취향을 20세기 전위예술의 한 조류에 위치시켜 두었는데, 자신들의 예술이야말로 어떤 것으로도 설명하기 어려운 것이며, 이들을 설복할 학설은 그 어디에도 없다고 공언한 바 있다. 1930년대 문단은 '이상'이라는 성좌를 중심에 두고 전위예술이라는 은하의 축제를 벌였던 것이다. 요즘 말로 하면, 그들은 예술계의 최고의 혁신 집단이자 창의력 집단이었던 것이다. 어떤 통신회사에서 그런 도전적이고 실험적인 모험의 정신을 '이상하자!'라는 카피와 함께 광고로 내 보낸 적이 있는데, 그 '이상하자!'의 목록에 왜 우리 근대문학사상 최고의 이상異常한 존재인 이상李箱이 들어가지 않았는지 의문이 아닐 수 없을 정도이다. '이상李箱'이라는 이름의 기원을 일본식 호칭인 니상李樣, 화가로서의 정체성을 축약한 그림도구箱子, 이상의 원대한 꿈의 기로理想, 전위적이고 실험적인 정신의 표상異常 등의 다양한 해석이 있다는 것 자체가 이상의 비범성과 천재성을 증거한다. 스티브 잡스로 표상되는 융합적이고, 창의적인 '시대정신'의 기원을 이미 이상에게서 찾을 수 있다는 것이다.

실제 창작 행위나 사유에 있어 그 질적 수준이 김기림을 훨씬 웃돌았다 해도 이상이 정신적으로 의지한 존재는 아마 김기림이 유일했을 것이다. 이상을 그 누구보다도 인간적으로 이해했고, 이상이 가진 예술가적 근원의 가치를 정확하게 이해했던 인물로 김기림 외에는 생각할 수 없을 정도이다. 이상에게 김기림은 정신적 후원자이자 현실에서의 '어른'이었다.

구본웅이 그린 이상의 초상. 파이프를 물고 있는 이상의 모습은 비범한 예술가의 초상 바로 그것이다.

이상이 그런 김기림을 위해 애쓴 하나의 공적을 꼽으려면 그것은 김기림의 장시집 『기상도』(1936.7)를 장정한 것이다. 이상이 다방 '제비'의 경영에 실패하고, 창문사에서 교정도 보고 출판 기획도 하는 등의 생계형 밥벌이를 겸하던 시절이었다. 창문사는 화가 구본웅의 아버지가 경영했는데 구본웅은 '조선의 로트렉'이라 불릴 정도로 야수파 화가로 널리 이름을 얻었지만 선천적인 구루병으로 불우한 삶을 살았다. 이상의 아내였던 변동림과 구본웅은 이모와 조카 사이였다.

이상은 『기상도』를 교열, 장정하면서 일본에 있는 김기림에게 편지를 썼다. 김기림이 부재한 경성(서울)은 쓸쓸하고 적막했다. 이상이 쓴 편지에는 김기림의 부재로 인한 이상 자신의 쓸쓸한 내면이 진하게 묻어 있다.

기림 형

어떻소? 거기도 덥소? 공부가 잘 되오?

기상도(氣象圖)가 되었으니 보오. 교정은 내가 그럭저럭 잘 보았답시고

본 모양인데 틀린 데는 고쳐 보내오.

구군(具君)은 한 천부 박아서 팔자고 그럽디다. 당신은 오천 원만 내구 잠자코 있구려. 어떻소? 그 대답도 적어 보내기 바라오.

참 체제도 고치고 싶은 대로 고치오.

그리고 검열본은 안 보내니 그리 아오. 꼭 소용이 된다면 편지하오. 보내 드리리다.

이것은 교정쇄니까 삐뚤삐뚤한 것은 '간조'에 넣지 마오. 그러니까 두 장이 한 장 세음이오. 알았오?

그리고—(nombre)는 아주 빼어버리는 게 좋을 것 같은데 의견이 어떻소? 좀—(꼴불견) 같지 않소?

구인회는 인간 최대의 태만에서 부유 중이오. 팔양(八陽)이 탈회했소.— 잡지 2호는 흐지부지요. 게을러서 다 틀려먹은 것 같소. 내일 밤에는 명월관에서 영랑시집의 밤이 있소. 서울은 그저 답보 중이오.

자조 편지나 하오. 나는 아마 좀 더 여기 있어야 되나 보오.

참 내가 요새 소설을 썼오. 우습소? 자— 그만 둡시다.

'nombre'란 아마 페이지 번호를 가리키거나 시 연작 번호를 의미하는 것으로 보이는데, 이상은 이를 '아주 빼어버리는 게 좋겠다'고 한다. 탈관습적인 시선을 견지했던 이상의 아방가르드적인 정신이 엿보인다. 시집『기상도』는 장정의 차원에서도 유례없는 역사를 이룬다고 평가할 수 있다. 이『기상도』장정은 당시 관행과 차이가 있다. 3장에 걸쳐 연속된 속표지와 '기상도'라는 표제의 활자 및 배열 방식이다. '기상도'라는 제목의 활자가 속표지를 넘길수록 점차 커지는데, 이는 폭풍의 속도감과 운동감을 입체적으로 구현하는 방식이다. 그것은 마치 인류사의 거대한 폭풍이 점차 우리를 잠식할지 모른다는 시대 상황을 유비할 뿐 아니라 점차 증폭되는 내면적 불안감을 가시화 한 것이다. 이상은 그렇게 평면에다 활자 하나로 디지털적인 공간감과 시간감을 구현해 내고 또 심리적 측면을 물질적으로 재현(가시화) 했던 것이다. 그러니까 이상은 '보이지 않는 것'을 '보이는 것'으로 구현해 내는 상상력과 창의성이 뛰어났던 인물인 것이다.

『기상도』시집이 나올 시점을 즈음해서 김기림은 조선을 잠깐 다녀간다. 당시 황금정 뒷골목에 변동림과 신혼의 보금자리를 차리고 있었다. 아침 무렵 김기림이 이상의 신혼집 방문을 열었을 때, 이상은 햇빛 한 줄기 들지 않는 캄캄한 방에서 짐승처럼 웅크리고 있었다. 그날 오후 둘은 조선일보사(김기림은 조선일보사에서 사회부, 학예부 기자 생활을 했다) 3층 뒷방에서 지인들에게 『기상도』를 발송했다. 발송을 마치고 둘은 창에 기대어 서서 거리를 내려다보았다. 갑자기 거리에 소낙비가 쏟아져 내렸다. 이상이 예의 버릇대로 창 앞窓前에 침을 뱉었다. 침에 빨간 피가 섞여있었다. '폐병쟁이' 이상에 대한 '건강인' 김기림은 심한 부끄러움을 느낀다. '예술가'와 '생활인'의 차이로 느껴졌다. 김기림은 이렇게 쓴다.

상의 앞에 설 적마다 나는 아침이면 정말체조(丁抹體操:덴마크 체조)를 잊어버리지 못하는 내 자신이 늘 부끄러웠다. 무릇 현대적인 퇴폐에 대한 진실한 체험이 없는 나는 이 점에 대해서는 늘 상에게 경의를 표했다. 그러면서도 그를 아끼는 까닭에 건강이라는 것을 너무 천대하는 벗이 한없이 원망스러웠다.

그러나 이상은 곧 창문사 일을 그만두고 김기림의 뒤를 따라 1936년 10월 경 동경으로 간다. 찾을 듯하던 '일맥의 혈로'가 동경에서도 보이지 않았던 탓일까. 1937년 4월 폐결핵이 악화되고 이상은 결국 비극적인 죽음을 맞는다. 김기림은 이상 사후 조선 최후의 모더니스트이자 제우스적 인간형으로서의 이상을 애도했다. 이후 이상에 대한 인상이나 문학사적 평가는 이상에 대한 김기림의 평가를 근간으로 이루어지게 된다.

5. 이상에 대한 박태원의 시선

이 시절의 이상을 추억하면서 『천변풍경』, 「소설가 구보씨의 일일」의 작가 박태원은 여성 1939년 5월호에 「이상의 비련」이라는 제목으로 글을 쓴다. 이 글에서 이상은 비범하지만 소심한 성격의 인물로 묘사되어 있다. 예컨대 이런 것이다. 마르고 키 큰 몸매에 어지러운 머리털과 면모面毛를 게을리 한 얼굴에 잡초와 같이 무성한 수염이며 심심하면 손을 들어 맹렬한 형세로 코털을 뽑는 버릇까지, 이상은 평범한 인간이기를 이미 포기한 듯했다고 박태원은 썼다. 불결한 손으로 눈을 비벼 눈곱을 떼고 하품을 하기도 하고 곧잘 독특한 화술을 농弄하여 사람을 웃겼다. 때 묻은 골덴 양복에 헤진 셔츠, 세수는 사흘에 한 번 할까말까 할 정도로 그 불결함과 비상식적인 행동이란 가늠할 수조차 없었다는 것이다.

1937년 동경에서 이상은 요절했고, 동북제대에서 유학했던 김기림은 1939년 조선으로 돌아왔다. 『여성』 1939년 5월호에는 문우 박태원이 김기림의 귀경을 소리 높여 축하하는 모습이 실려 있다. '아직 술을 못 배웠소?'라는 질문에 이어, '우리 술 좀 같이 자시고 누구 꺼릴 것 없이 죽은 이상이의 욕이나 한바탕 합시다'고 말한다. 여기에 김기림이 답변을 하는데,

> 꿈 얘기를 써 보낸 긴 편지 읽었소. 소설가의 꿈이란 왜 그리 지저분하오? 차(茶)집이나 나오고 화신상회가 나오고 전차가 나오고 — 따님이 퍽 컸겠소. 편지에 따님이 찍어놓은 붓 작난 자최를 보면 암만해도 당신보다 앞으로 글씨를 더 잘 쓸 것 같소. 봄이 오니까 형도 '제비'가 그리우신가 보오. 돌아오지 않는 제비의 임자는 얼마나 야속한 사람이겠소? 동경을 지날 때는 머리를 수그리오.

이상을 떠올리면서 김기림과 박태원은 다방 '제비'를 생각한다. 가난한 파리 예술가들의 꿈과 사랑을 그린 소설(오페라) 〈라보엠〉에 나오는 다방 '모뮈스'처럼 이상이 주인으로 있었던 당대의 문화공간 다방 '제비'는 그들 구인회가 꿈꾸었던 새롭고 창조적인 예술이 존재하는 인공낙원적 이상향이었던 것이다.

이상의 외모와 성격을 그대로 묘사한 한 장면의 그림이 있다. 이승만은, 구본웅과 이상이 함께 곡마단의 행색을 하고 거리를 나선 장면을 스케치해 두었다. 마치 희극배우처럼 그들은 어기적거리며 당대의

고독과 우울을 헤쳐나오고 있었던 것이다. 천재는 당대의 평범한 사람들이 걸어가는 속도보다 훨씬 앞서서 미래를 사는 사람들이다. 그래서 그들은 범인凡人들의 눈에는 기묘하고 그로테스크하고 기이하게 비친다. 그들의 온갖 행위는 기행과 파국으로 얼룩져 있지만 그것은 그들의 시선이 이미 저 멀리 미래를 향해있음을 증거하는 것이었다.

〈異色的 멋장이 李箱과 具本雄〉

이승만, 〈풍류세시기〉(『중앙일보』, 1977.4) 중에서

6. 임화와 김기림, 그리고 이상

1930년대의 김기림과 임화는 늘 논쟁 중이었다. 그들은 모더니즘파와 카프파의 양 거두였기 때문이다. 그런데 그들은 둘 다 시인이었지만 동시에 시 이론가, 평론가였다. 그래서 한국문학에서 이토록 놀라운 지성과 감성으로 시에 대한 학문적 논의와 숙고가 이루어진 적이 없었다. 당시 그들은 '기교'라는 문제를 둘러싸고 처음에는 갑론을박 자신의 이론을 설파하고 상대방 논의를 공격하지만 궁극적으로 그들이 도달한 종착점은 같았다. 임화와 김기림은 한 편에 서 있었던 것이

다. 임화는 당시 '조선의 발렌티노'로 불릴 만큼 인물이 훤하고 걸출해서 영화배우로도 활동을 했던 인물인데, 그의 도도한 자만심은 그의 불량끼(반항끼)의 이면이기도 했다. 그것은 이미 보성고보 시절 책과 씨름하면서, 또 친구들과의 지적 논쟁과 교유관계를 통해 형성된 것이기도 했다.

7. 영화배우로도 활동할 정도로 재능과 끼가 넘쳤던 임화

끝이 보이지 않던 이들 모더니즘파와 카프파의 격렬한 문학적 쟁투는 1930년대 말기 일제의 가혹한 탄압정책 아래 조선어 문학활동 자체가 여의치 않던 시점에서 비로소 정리된다. 이른바 '문학의 황혼기'에서 그들은 미래의 생명을 내재한 '꽃봉오리'를 열망했던 것이다. 마치 시대와 현실의 절망이란 그렇게 뛰어넘는 법인 듯이 말이다. 임화와 김기림, 혹은 이미 요절한 이상까지 그들은 서로의 문학적 관점을 공유하고 서로를 발견해 주었던 것이다. 임화는, 이상의 그 데카당하고 파멸적인 행위는 현실의 억압과 권력의 굴종을 뛰어넘는 창조와 모험의 숭고한 도전이었다고 평가한다. 그것은 후일 보성학교의 다섯번째 설립자인 간송 전형필과 사돈이 되는 시인 김광균과의 대담자리에서 이루어졌다.

8. 어둠 속에서 빛나는 문학의 빛

1930년대 한국 근대문학의 가장 비옥한 토지는 그렇게 서로를 격렬히 비판하면서 또 의지했던 그들, 일군의 보성고보 출신문인, 예술가들에 의해 마련된 것이다. 그렇게 그들은 보성고보 시절의 보이는 혹은 보이지 않은 인연의 끈을 이어갔던 것이다. 그러면서 그들은 어른이 되었고 시대의 황혼기를 그렇게 뛰어넘었던 것이다. 그들의 이 창조적이고도 도전적인 고투가 없었다면 한국 근대문학사는 동토凍土의 역사가 되었을지도 모른다. '일제시대'라는 어두운 역사는 여전히 암흑의 지대로 존재했을 것이다. 문학예술의 존재가 무장 독립투쟁만큼이나 중요한 이유가 이것이다.

그 중심에 보성고보의 친구들, 동문들이 자리하고 있었다. 그들의 아방가르드적 감수성과 집단지성의 힘이 구인회를 가꾸고 한국 근대문학의 거대한 역사를 이루었던 것이다. 그래서 우리는 그들 보성고 선배들의 삶을, 역사를, 인간을 오래 기억하고 마음껏 자랑스러워해도 좋으리라.

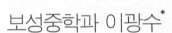

보성중학과 이광수*

보성중학 관련 세 편의 자료를 중심으로

최주한
서강대학교 인문과학연구소 연구원

1. 세 편의 자료가 말을 걸어 오다

『이광수 초기 문장집(1908~1919)』 간행 막판 작업 중인데 느닷없이
또 두 편의 새로운 자료가 고개를 내밀었다. 이번에도 보성고등학교에
근무하고 계신 오영식 선생님께서 보내주신 자료다. 하나는 1910년
12월에 간행된 교지 『普中親睦會報』 2호에 '孤舟'라는 필명으로 기고
된 글 「참英雄」이고, 다른 하나는 1929년 보성고등보통학교 제7회 졸
업앨범에 실린 이광수가 작사한 교가다. 중요한 자료라면 간단한 소개
글을 부탁한다는 청탁을 받은 탓도 있지만, 자료를 대하는 순간 아니
도대체 보성중학과 이광수가 무슨 관계? 하는 이광수 연구자로서의

---

* 『보성 1906-2016』(보성중고, 2016.9)에 수록된 글을 재수록하였습니다.

호기심이 발동했다. 더욱이 원래 보성중학의 교가는 우리나라 서양음
악의 선구자로 꼽히는 김인식(1885~1962)이 만들었는데, 언제, 어떤
사정으로 바뀌게 된 것인지 『普成百年史』(普成中高等學校, 2006) 책임
편집을 맡으셨던 선생님께서도 자세한 사정을 알 수 없어서 궁금히 여
기고 있던 참이시란다. 준비하고 있는 자료집이 1908년에서 1919년
까지의 문장을 대상으로 한 것인 만큼, 이광수 작사의 교가 수록 여부
를 결정하려면 교가가 변경된 시기를 확정짓는 것이 필요했다. 그러고
보니 이광수가 1914년 대륙 방랑에서 돌아온 직후 최남선과 함께 보
성중학을 다녀와 쓴 중학탐방기를 『청춘』의 지면에 남긴 일도 떠올랐
다. 흩어져 있던 이 세 편의 자료가 이번에는 이광수와 그의 시대에 관
해 또 어떤 말을 들려줄까. 갑자기 마음이 분주해졌다.

2. 「중학교 방문기」(1914)에 소개된 보성중학

1914년 12월 『청춘』 3호에 실린 「중학교 방문기」는 최남선에 의한
중학탐방기획의 첫 회분으로 이광수가 대륙방랑에서 돌아온 직후인 이
해 늦여름 최남선과 함께 보성중학을 방문하고 나서 쓴 글이다.[1] 당시

---

1   이 글에 "'가아끼이'色 녀름 正服을 입은 學生"(외배, 「中學校訪問記」, 『청춘』 3, 1914.12,
    82쪽)이 등장하는 것으로 보아 그렇게 추정할 수 있다. 1914년 8월 하순 무렵 러시아의
    치타를 떠난 이광수는 곧바로 오산으로 돌아가지 않고, 잠시 최남선 곁에 머물며 『청춘』의
    창간(1914.10)을 준비하고 있던 그를 도왔던 듯하다. 실제로 거의 최남선 1인 집필·편집
    체제나 다름없는 1,2호와 달리, 3호부터는 보성중학 편 「중학교 방문기」와 더불어 시 「새

『청춘』의 창간(1914.10)을 준비하고 있던 잡지 간행자로서의 최남선은 기획 의도에서 명시적으로 밝힌 대로 이 기획이 학생 독자들에게 "興味 많고 有意한 報告"[2]를 제공하는 한편, 탐방 대상 중학의 학생들을 『청춘』의 독자로 끌어들이는 데도 도움이 될 것이라고 판단했을 것이 틀림없다. 그러나 보성중학 탐방에 관한 한 이광수에게는 좀더 각별한 의미를 지니는 것이었다. 대륙방랑 당시 잠시 블라디보스톡에 들렀던 이광수는 보성중학의 2대 교주이자 망국을 앞두고 그곳의 한인 지도자로 자리잡았던 이종호와 만나 만찬을 대접받으며 늦도록 이야기를 나눴던 터였고,[3] 그곳 재러한인의 독립운동 기지였던 권업회의 기관지 『勸業新聞』에 「독립준비하시오」(1914.3~3.22)와 같은 논설을 발표하기도 한 인연이 있었다. 더욱이 당시의 보성중학은 일찍이 고아가 되어 동가식서가숙하던 이광수를 거두어주고 일본 유학의 길을 열어주었던 동학의 후신 천도교 교단이 인수하여 운영하고 있었던 것이다.[4]

아이」, 논설 「동정」, 기행문 「상해서」 등 다양한 장르에 걸쳐 이광수의 작품이 다수 게재되어 잡지의 면모가 한결 다채로워진 것을 볼 수 있다.

2 위의 글, 80쪽.

3 이광수가 블라디보스톡에 머무른 것은 1914년 정월 초엽이었다. 『나의 고백』에는 그곳에서 이종호와 만났던 일에 대해서 다음과 같이 회고되어 있다. "나는 김하구(당시 『권업신문』의 주필―인용자)의 인도로 이종호를 만났다. 그는 삼십 세 내외의 귀족적인 청년이었다. 그의 집은 크지는 아니하였으나 서양식 집이요, 깨끗하였으며, 방의 설비도 좋았다. 나는 그에게 만찬의 대접을 받으면서 밤늦도록 이야기하였다. 월송 이종호는 이용익의 손자로 합병 전 한성 정계에서는 큰 인물 중에 하나였다. 교육기관으로는 보성소학·보성중학·보성전문의 교주였고, 또 보성관이라는 인쇄소와 출판소를 경영하여서 교과서와 기타 서적을 발행하고 있었다. 안창호·이갑·이동녕 등과 신민회를 조직하는 데도 동지여서, 헤아에 이준을 보낼 때에 광무 황제의 밀조를 얻어낸 것도 월송이었다. 그러고 신민회 간부들이 합병 직전에 본국을 탈출하여서 청도회의(靑島會議)를 열었을 때에도 거기 참예한 사람이었다. 월송은 내가 해삼위를 떠날 때에 이갑에게 보내는 편지와 돈 삼백 루블을 내게 부탁하였다." 이광수, 『나의 고백』(1948), 『이광수전집』 7, 우신사, 1979, 243쪽.

4 이광수의 중학시절과 대륙방랑시절에 관해서는 최주한, 「중학시절과 오산시절 전후의 이광수」, 『이광수와 식민지 문학의 윤리』, 소명출판, 2014, 17~24쪽 참고.

「중학교 방문기」에 소개되어 있는 보성중학의 연혁은 다음과 같다.

이 學校는 光武 十年에 故 李容翊氏의 創設한 바니 우리 사람의 經營하는
高等學校中에 가장 오랜 歷史를 가진 것이라. 小學校 中學校 專門學校가 모
히어 普成館이 되고 그 안에 印刷所와 編譯部가 잇서 여러 가지 新書籍을 만
히 發行하야 半島 新文明에 貢獻함이 크엇다. 李容翊氏가 當時 政府의 忌하는
바 되어 海外에 避身한 뒤에는 氏의 孫子 李鍾浩氏가 後繼하엿더니 氏도 쏘
한 亡命하게 되매 此校는 主人을 일허 財政上 管理上 多大한 困難을 격것다.
그러하다가 마츰 四年前에 天道敎會가 此校를 管理하게 되매 한참은 卒業生
과 在校學生의 反對가 널어 世人이 다 그 將來를 걱정하더니 마츰내 學生들
도 天道敎會의 敎育과 宗敎를 混同치 아니하는 誠意를 쌔달아 아조 圓滿하게
解決이 되어 今日의 盛況을 보게 되엇다.

卒業生을 나이기 발서 五回요 今日 出席 學生數가 三百二人이라. 校友는
普中親睦會로 連絡이 되며 會報는 二號만에 停止되엇다 하며 卒業生은 多數
는 敎師요 다음엔 高等專門을 修學하는 이요 少數는 무엇을 하는지 모르는
이도 잇다 한다.[5]

인용문에 대략적으로 밝혀져 있는 것처럼, 1906년 이용익에 의해
설립된 보성중학은 소학교부터 전문학교까지의 체계적인 교육기관 체
제하에 전문 출판기구 보성관[6]과 더불어 인쇄소까지 갖춘 내실있는 학
원의 중등교육 기관으로 출발했다. 그런데 어떤 이유로 설립자인 이용

---

5 위의 글, 83쪽.
6 보성관의 초기 출판 활동에 관해서는 권두연, 「보성관(普成館)의 출판활동 연구 – 발행
   서적과 번역원을 중심으로」, 『현대문학의 연구』 44, 한국문학연구학회, 2011 참고.

「중학교 방문기」에서 이광수가 묘사한 보성중학교 전경. 1914년 2월 완공되었다.

익은 "當時 政府의 忌하는 바 되어 海外에 避身"했고, 뒤를 이어 학교
의 경영을 맡았던 손자 이종호 "또한 亡命하게 되매 此校는 主人을 일
허"버리고 결국 "天道敎會가 此校를 관리"하는 상황에 이르게 되었던
것일까. 이광수가 지면에서 미처 언급할 수 없었던 사정은 이러하다.[7]

　보성중학의 설립자인 이용익은 당시 대한제국의 황실재정 담당 관
리를 지낸, 고종의 최측근이었다. 러일전쟁을 앞두고 일본의 침략전쟁
에 반대하고 러시아와 제휴하여 조선의 중립을 지키려다가 일본으로
납치되었던 그는 1904년 12월 소학교부터 전문학교까지의 교육기관
을 체계적으로 설립한다는 구상을 갖고 귀국한다. 이후 고종의 지원하

7　이하 보성학원의 창립 배경과 초기 운영에 대해서는 배항섭, 「고종과 보성전문학교의 창
　립 및 초기 운영」, 『史叢』 59, 2004 참고. 보성학원의 초기 운영과 운영진에 관한 연구로
　는 가장 상세하다.

에 1905년 4월 보성전문(현 고려대학교의 전신)이 설립되고, 이어 이듬해인 1906년 9월에는 보성중학교가 설립된다. 때는 바야흐로 1904년 8월의 제1차 한일협약에 이어 1905년 11월의 제2차 한일협약으로 조선이 일본의 보호국으로 전락해가던 시점이었으니, 보성학원은 근대적인 교육을 통한 인재 양성이야말로 국권회복의 길이라는 당대 구국 교육운동의 일환으로서 출발했던 것이다.

그러나 이용익은 일본의 압박에 처하여 이미 1905년 9월 중국으로 망명한 터라 보성전문과 보성중학의 실질적인 경영은 손자 이종호가 맡고 있었다. 1907년 2월 이용익의 사망 후 명실상부한 2대 교주가 된 이종호는 '廣建學校 敎育人材 以復國權'이라는 조부의 유지를 받들어 보성학원의 경영권을 승계했다. 그런데 바로 이 무렵 황실의 반일적 동향을 감지한 통감부가 황실재산을 정리하여 국고로 이관함으로써 황실의 무력화를 꾀하는 한편, 1907년 6월의 헤이그 밀사사건을 빌미로 다음달 7월 고종을 강제 퇴위시키는 사건이 발생한다. 이 과정에서 황실로부터 재정적 지원을 받고 있던 보성학원은 재정적인 어려움을 겪게 됨과 동시에 재정 지원을 빌미로 한 통감부의 관립화 기도에 맞닥뜨리게 되는데, 이미 1907년 4월부터 이동휘·안창호 등이 주도한 비밀결사 조직인 신민회에 가입하여 활동하기 시작했던 이종호로서는 학교 경영에만 몰두하기 어려운 형편이었다. 결국 통감부의 회유에 맞서다가 1909년 11월 안중근사건에 연루되어 수감되기도 했던 이종호는 이듬해인 1910년 4월 신민회 간부들과 함께 독립운동의 방략을 논한 끝에 블라디보스톡으로 망명하게 된다. 이리하여 보성학원의 경영권은 결국 1910년 12월 손병희의 천도교 교단에 인계되었으니,[8] 초대

교주인 이용익에서 이종호, 손병희로 이어지는 약 5년여의 짧은 기간
에 걸친 초기 보성학원의 연혁에는 국권상실기 조선의 긴박한 정치적
운명이 고스란히 각인되어 있었던 것이다.

3. 『普中親睦會報』 소재 「참英雄」(1910)

앞서 보아온 보성중학의 연혁도 그렇지만, 「참英雄」이라는 자료만
아니었다면 필자가 『보중친목회보』에 대해 관심을 가질 일은 없었을
것이다. 도대체 이 자료는 무슨 이야기가 건네고 싶어서 모습을 드러
낸 것일까. 이번에는 이 자료가 전하는 이야기에 귀를 기울여보자.

『보중친목회지』는 회보 이름 그대로 보성중학 관련 인사들과 학생
들이 중심이 되어 만들어진 간행물로서, 애초에 년 2회 발행 예정으로
발간된 것으로 보인다. 창간호가 1910년 6월에 간행되었고, 같은 해
12월에 2호가 간행된 것으로 보아 그렇게 추정할 수 있다. 그러나 위
의 인용문에서 이광수도 언급하고 있듯이, 『보중친목회보』는 2회만
발간되고 간행 정지되었다. 1,2호의 목차를 보건대 '講壇' '論壇' '學
園' '文藝' '雜俎' '會中記事' 등의 지면과 더불어 약 150여 페이지에

---

8   이후 3·1운동 당시 천도교 교단의 주요 인물들이 대거 참여하면서 학교 경영에 변동이
    초래되고 1922년 5월 교주 손병희의 서거를 전후하여 교단 내 신구파의 대립이 치열해지
    면서 보성고보는 다시금 경영난을 겪는다. 결국 보성고보는 1924년 1월 불교계 총무원
    에 의해 인수된다. 김광식, 「일제하 佛教界의 普成高普 經營」, 『한국민족운동사연구』 19,
    한국민족운동사학회, 1998 참고.

달하는 제법 충실하고 묵직한 회보였던 것을 알 수 있는데, 간행 2회만에 돌연 정지된 이유는 무엇이었을까. 「중학교 방문기」에는 "校友會報 가튼 것을 發行하야 交友의 親睦과 連絡을 圖하는 同時에 作文練習 機關을 만드는 것"이 긴급하지 않겠느냐는 이광수의 권유에 대해 교장 최린이 "財政이 困難하여서"[9]라고 답변하는 대목이 나온다. 그러나 다만 재정 탓이었을까.

최남선이 간행하던 잡지 『소년』이 1910년 8월 통권 20호를 내놓고 곧바로 폐간 위협에 처했던 사실은 잘 알려져 있다. 21호는 넉달 뒤인 12월 15일에서야 간신히 발행되었고, 이듬해 초에 발행될 예정이었던 22호는 압수되어 버리며, 결국 1911년 5월 23호를 마지막으로 폐간된다. 한일합병을 앞두고 이미 신문지법과 출판법을 통한 압박이 거셌던 데다 대대적인 언론 통폐합이 진행되고 있던 마당이었다.[10] 『보중친목회보』 또한 마찬가지의 위협에 처해 있었던 것은 아닐까. 당시 사립학교의 회보까지 당국의 감시 대상이었는지는 알기 어렵지만,[11] 이 무렵은 총독부가 한일병합 이후 식민지 교육정책의 일환으로 조선교육령 (1911.8)과 더불어 사립학교 통제의 강화를 근간으로 하는 '사립학교규칙'(1911.10) 제정을 준비하고 있던 시기였으니 그랬을 가능성도 배제할 수는 없다.[12] 좀더 훗날의 일이지만, 1926년 4월 총독부 경무국에

---

9 외배, 「중학교 방문기」, 앞의 책, 81~82쪽.
10 박진영, 「신문관의 출판 대장정과 청년 편집자 최남선의 초상」, 『근대서지』 7, 2013, 65쪽.
11 『보성백년사』에 따르면, 『보중친목회보』 2호는 총독부에 의해 모두 압수되었으나 압수 직전 3회 졸업생 신길구가 한 권을 품속에 몰래 숨겨 나와 훗날 빛을 볼 수 있었다고 한다. 『보성백년사』, 학교법인 동성학원, 2006, 113쪽 참고.
12 단적인 예로, 1911년 7월 테라우치 마사타케(寺内正毅) 총독은 각도 장관회의 석상에서 사립학교 단속의 뜻을 분명히하면서 특히 통해 반일의식을 고취시키는 것을 철저히 감시토록 했는데(서민교, 『1910년대 일제의 무단통치』, 한국독립운동사연구소, 2009, 202

隆熙四年六月十日 發行

第壹號

『보중친목회지』 1910년 6월 창간. 한국 잡지 100
년사에서 '학생잡지의 효시'[15]로 평가받는다.

도서과가 설치되어 검열체제의 골격이
완성되고 나서[13] 총독부 도서과에서는
각 학교의 교지를 검열하여 「출판물로 본
조선인 학생의 사상적 경향」이라는 문서
를 제작하기도 했다고 한다.[14]

그러면 이광수의 「참英雄」은 어떤 경
위로 『보중친목회보』에 기고되었을까.
구체적인 자료를 찾지 못해 단정하기는
어렵지만, '奇書'라는 표제어를 내건 것
으로 보아 보성학교 측에서 원고를 의뢰
했든가, 아니면 메이지학원 중학시절부
터 강습회 강연 활동을 했던 이광수의 경

쪽), 1910년 6월에 간행된 『보중친목회보』 1호 '문예'란에는 김인식의 「애국가」와 「보
성중학교 교가」가 악보와 더불어 나란히 실려 있는 것을 볼 수 있다. 「애국가」의 가사는
다음과 같다. "華麗江山 東半島는 / 우리 本國이오 / 稟質됴혼 檀君子孫 / 우리 國民일세
/ 無窮花 三千里 / 華麗江山 / 大韓사롬 大韓으로 / 길이 保全ᄒ세 // 愛國ᄒᄂ 意氣熱誠
/ 白頭山과 갓고 / 忠君ᄒᄂ 一片丹心 / 東海갓치 깁다 // 二千萬人 오직 ᄒ마암 / 나라 ᄉ
랑ᄒ야 / 士農工商 貴賤업시 / 職分을 다ᄒ세 // 우리나라 우리 皇上 / 皇天이 도으샤 /
萬民同樂 萬萬歲에 / 太平獨立ᄒ세." 애국가도 그러하지만 "東半球 亞細亞 우리 大韓國"으
로 시작하는 교가 또한 충군애국 정신하에 문명과 독립을 향한 학도들의 의지를 추동하는
선동적인 내용을 갖고 있다. 김인식의 교가에 대해서는 마지막 장에서 이광수의 교가와
비교하며 다시 언급하도록 한다.
13 정근식, 「일제하 검열기구와 검열관의 변동」, 검열연구회, 『식민지 검열, 제도·텍스트·
실천』, 소명출판, 2011, 34쪽.
14 오문석, 「식민지 시대 교지(校誌) 연구」, 『상허학보』 8, 상허연구학회, 2002, 17쪽, 각주
10 참고.
15 『보중친목회보』 창간호의 첫 면에는 「이것 보시오」라는 제목하에 "注意하라! 우리 普中
親睦會報 果然 如何ᄒ고? 學海 探究의 磁針이요, 學生雜誌의 嚆矢로다. 講論의 氣勢, 엇더
케 有力홀가? 學界의 深奧, 엇더케 有益할가?"라 하여 『보중친목회보』가 '학생잡지의 효
시'임을 천명한 구절이 보인다. 최덕교 편저, 『한국잡지백년 3』, 현암사, 2004, 256쪽 재
인용.

력을 고려하건대 강연을 의뢰받아 학생들에게 했던 강연의 내용을 요약하여 게재한 것이었을 가능성을 생각해볼 수 있다. 시기가 정확하게 일치하지는 않지만, 「중학교 방문기」 서두에서 이광수는 '三年前'에 왔을 때에 비해 새로워진 교정의 면모에 대해 다음과 같이 놀라움을 표하고 있다. "나는 놀랏다. 놉다라턴 소슬大門(輓軒 나들던)은 간 곳이 업고 門牌 만히 달닌 벽돌 洋式門 두 기동 우에 乳白色 球刑 電燈이 곤두서고 아직도 흙빗 새로운 運動場에서 東으로 두어 서호레 石階를 올나 灰色 木造 洋館이 드놉히 웃둑 솟앗다."[16] 1914년의 늦여름을 기점으로 3년 전이라면 1911년의 일이다. 어쩌면 4년 전의 착오였을지도 모른다.

『보중친목회보』 2호에 실린 「참英雄」(1910.12)은 이 무렵 오산학교 교사로 있던 이광수가 『소년』에 발표했던 「今日 我韓 靑年의 境遇」(1910.6), 「朝鮮 사람인 靑年들에게」(1910.8), 「天才」(1910.8) 등 조선의 청년 독자들을 향한 당부의 글과 연속선상에 놓인 글이다. 그러나 『소년』에 발표된 글들이 전체적으로 망국의 위협을 눈앞에 둔 중요하고 위급한 시기에 처하여 '新大韓 建設'이라는 막중한 임무를 어깨에 진 조선 청년들의 역할에 대해 강조하고 있는 데 비해, 「참英雄」의 경우 동일한 논리에 의거하고 있되 '新大韓 建設'을 향한 지향성이 소거되어 완곡하게 표현되어 있는 것이 눈에 띈다. 불과 4,5개월 사이에 이광수의 사고가 바뀌었을 리는 없고, 역시 망국이라는 정치적 변화가 표현의 수위에 영향을 준 탓이었을 것이다. 참고삼아 각각의 논의에서 동일한 논리를 펼치고 있는 대목을 제시하면 다음과 같다.

16　외배, 「중학교 방문기」, 앞의 책, 80쪽.

消極的으론 反省으로 自己의 精神을 墮落하지 안이케 注意하며, 積極的으로 론 修養으로 우리의 精神을 向上 發展케 注意하야, 自己가 自己를 修養하여써 新大韓 建設者될 第一世 新大韓 國民이 될 만한 資格을 修養치 안이치 못할지라.[17]

天賦된 良心의 生命을 쪼차 '生'의 保持發展에 必要한 事爲의 온갓에 對하 야 精誠스러히, 잇난 힘을 다하야 생각하고 努力하면 그는 모다 善이라, 正 義니라. 이와 갓히 하면 '朝鮮ㅅ사람인 靑年'이라난 貴重한 일홈에다가 英雄 이라난 빗나난 冠을 씨울지며, 쏘 우리들의 晝宵蒙昧에 닛치난 째 업난 理想의 對象物인 新大韓도 建設되나니라.[18]

네가 가진 能力을 다ᄒ야 네가 가진 天才를 다 發揮하라. 그리하면 너는 英雄이니라. (…중략…) 이리 하랴면 克己도 하여야 하깃고 그리하고 한번 붓들고는 쓰러지지 아니하는 忍耐力과 물가치 나아가랴는 進步心과 불가치 올나가랴는 向上心에 쇠라도 쑤를 만한 情誠으로 억근 精神이 잇서야 하나니 이는 修養으로 써 豊足히 어들 슈 잇나니 이를 가지고 努力만 하면 아름다은 情다은 英雄의 事業은 나올지오니 社會는 그에게 榮光스러은 英雄의 桂花冠을 씨우리라.[19]

---

17 孤舟, 「今日 我韓 靑年의 境遇」, 『少年』 3-6, 1910.6, 28쪽.
18 孤舟, 「朝鮮 사람인 靑年들에게」, 『少年』 3-8, 1910.8, 37쪽.
19 孤舟, 「참英雄」, 『普中親睦會報』 2, 1910.12, 101~102쪽.

4. 보성고등보통학교 인가(1917)와 교가의 변경

이제 마지막 자료인 1929년 보성고등보통학교 제7회 졸업앨범에
실린 이광수의 교가를 검토할 차례다. 앞서도 언급했듯이, 애초에 김
인식이 작사한 보성중학의 교가가 언제, 어떤 경위로 이광수의 교가로
변경되었는지를 고찰하는 게 목적이다. 『普成百年史』를 책임 편집하
신 오영식 선생님의 말씀으로는 현재 남아 있는 이광수 작사의 교가가
인쇄된 자료로는 1929년의 졸업앨범이 가장 오랜 것이라고 한다. 어
떻게든 이 자료에 의거해 단서를 찾아야 했다.

이 자료를 받아들었을 때 가장 먼저 든 의문은 1906년에 설립된 학
교인데 왜 겨우 7회 졸업? 하는 것이었다. 그러고 보니 학교 명칭도
'보성중학교'가 아니라 '보성고등보통학교'로 바뀌어 있었다. 오영식
선생님께서 보내주신 1935년에 간행된 교우회 명부 자료에 의하면,
1924년 4월 졸업생은 '第7回(舊高普)'라 되어 있고 1923년 졸업생은
'第1回(新高普)'라고 되어 있다. 그러니까 1929년의 제7회 졸업앨범은
'新普成高等普通學校' 졸업생의 것인 셈이다. 그런데 '舊高普'는 뭐고
'新高普'는 뭐지? 그럼 혹시 교가의 변경도 학제의 변동과 관련이 있는
것은 아닐까, 이런 생각들이 머릿속을 지나갔다. 그래서 식민지시기
사립학교법에 관한 선행 연구들을 뒤적인 결과, 학교 명칭의 변경과
관련하여 다음과 같은 사실을 알게 되었다.[20]

---

20 이하 식민지시기 사립중등학교의 학제 개편 및 운용에 관해서는 이흥기, 「일제의 중등학
교 재편과 조선인의 대응(1905~1931)」, 서울대 석사논문, 1998; 김경미, 「일제하 사립
중등학교의 위계적 배체」, 『한국교육사학』 26-2, 2004; 고마고메 다케시, 『식민지 제국

한일합방 이후 총독부는 1911년 8월의 제1차 '조선교육령'을 통해 보통학교-고등보통학교-전문학교를 연계하는 방식으로 학제를 통일하고, 각종 사립학교의 설립 및 운영에 대해서는 엄중한 지도·감독하에 둠으로써 총독부의 교육방침에 합치한다는 방침을 마련한다. 특히 중등교육에 관해서는 '고등보통학교규칙'을 두어 교육의 목표가 '충량한 국민의 양성'에 있음을 명시하는 한편, 고등보통학교로 인가받은 학교의 졸업생들에 한하여 상급학교에 입학할 수 있는 권한과 함께 교사·관공리·은행회사원 등의 직업을 갖는 데 유리한 위치를 부여했다. 총독부의 입장에서 통치권 밖의 사립학교, 더구나 당시 구국교육운동의 거점이었던 사립학교의 존재는 용인하기 어려운 것이었고, 이에 총독부는 고등보통학교에 진학과 취직과 유리한 위치를 부여함으로써 사립학교들을 식민지 교육체제의 틀 속으로 끌어들이고자 했던 것이다.

더욱이 1915년의 '개정사립학교규칙'으로 인해 사립학교의 설치와 운영 및 교육 내용 전반에 대한 총독부의 인가가 선택 사항이 아닌 필수 조건이 되면서 지정학교로의 인가를 바라는 학생들과 학부모들의 요구가 거세졌다. 각 사립학교들은 정규의 고등보통학교로 인가받아 학생들의 취업과 진학에 혜택을 받든지, 아니면 정규학교의 위치를 포기하고 비정규학교로 주변화되거나 폐쇄를 결정해야 하는 기로에 맞닥뜨렸던 것이다. 이러한 상황에서 결국 많은 사립학교들이 더 이상 버티지 못하고 보통학교로 인가받는 길을 택한다. 1917년 7월 보성중학을 시작으로 1918년 4월 휘문의숙, 1921년 4월 중앙학교 등이 잇달

일본의 문화 통합』, 오성철 외역, 역사비평사, 2008; 강명숙, 「일제시대 제1차 조선교육령 제정과 학제 개편」, 『한국교육사학』 31-1, 2009 등을 참고했다.

아 인가를 받았다. 그리고 이로써 이들 학교는 본래 어떤 건학이념을 갖고 있었든 법규상으로는 '충량한 국민의 양성'을 목표로 하는 '고등보통학교규칙'에 따라 교육과정을 운영하지 않을 수 없게 된다.

주목할 만한 것은 당시 고등보통학교로 인가를 받기 위해서는 학교의 목적, 명칭, 위치, 학칙, 교사校舍, 1년 수지예산, 유지방법, 설립자, 학교장 및 교원, 교과용 도서 등의 인가 항목에 대해 법적 요건을 갖추는 조치를 취해야 했다는 점이다. 이러한 총독부의 인가 항목들, 특히 '학교의 목적' 항목은 보성중학 교가가 바로 이 무렵에 변경되었을 가능성을 시사한다. 앞서 언급한 대로 보성중학은 1917년 7월 고등보통학교로 인가를 받았는데, 인가를 준비하는 과정에서 교가 변경의 필요성이 제기되었을 것이 틀림없다. 왜냐하면 김인식이 작사한 애초의 교가는 총독부가 요구하는 교육 목표인 '충량한 국민의 양성'에 전혀 부합하지 않는, 아니 오히려 위배되는 내용을 갖고 있었던 까닭이다. 다음은 김인식이 작사한 교가의 전문이다.

一, 東半球 亞細州 우리 大韓國

　　文名天地 우리 學校 普成이로세

　　大目的을 가진 우리 學徒들아

　　寸陰을 輕타 말고 勸勉합세다

　　光名大路 우리 압혜 다다럿스니

　　活潑히 나는 듯시 달녀나가세

二, 二千萬 一心團體 自治國民이

　　敎育界로 爭進ᄒᆞᄂᆞᆫ 機關이로다

三, 一二點 自由警鐘 치난 소래에

　　太極旗가 半空中에 놉히 날닌다

四, 無窮花 萬古春風 밝은 世界로

　　忠君愛國 一片精神 가득이 담아

五, 六大洲 競爭場을 大大 闊步로

　　第一 優勝 目的地에 到達해보세[21]

　‘大韓國’‘自治國民’‘自由警鐘’‘太極旗’‘忠君愛國’ 등의 단어가 단적으로 보여주듯이, 김인식의 교가는 식민 당국이 요구하는 ‘충량한 국민의 양상’이라는 교육 목표와는 거리가 멀다. 1906년 기울어가는 국운을 일으켜 세우고자 ‘廣建學校 敎育人材 以復國權’의 뜻에 따라 설립되고 계승된 학교의 교가답게 ‘충군애국’의 정신하에 문명과 독립을 향한 의지를 한껏 드러내고 있는 것이다. 반면 이광수가 작사한 교가의 전문은 다음과 같다.

　1. 구름에 솟은 삼각의 뫼에 높음이 우리 리상이오

　　하늘로 오는 한강의 물의 깊음이 우리 뜻이로다

　　흐르는 피에 숨은 녯날을 영광에 다시 살리랴고.

　　씩씩한 우리 모희여 드니 우리의 모교 보성일세

　2. 크기도 클사 우리의 할일 새로운 누리 세우람이

　　멀기도 멀사 우리의 길 만대의 업을 비롯음이

21　金仁湜, 「普成中學校 校歌」, 『普中親睦會報』 1, 1910.6, 130쪽.

큰일로 먼길 나서는 우리 차림 차림이 크거니와

인생의 힘이 잦이 없으니 깃븜에 뛰자 보성 건아[22]

　한일합병 직후 『보중친목회보』 2호에 실린 「참영웅」(1910.12)이 이전의 정치적 지향성을 우회할 수밖에 없었던 것처럼, 이광수의 교가 또한 '大韓國'이라든가 '독립'과 같은 정치적 지향성을 '새로운 누리' '만대의 업'과 같은 우회적인 표현으로 대신하고 있는 것을 볼 수 있다. 보성중학 교가의 변경에 식민지시기 폭력적인 사립학교법의 변천사가 반영되어 있는 점에 생각이 미치면 다소 역설적이지만, 오늘날까지도 이광수의 교가가 보성중고등학교의 교가로 불리우고 있는 것은 좀더 보편에 가까운 표현을 선택한 덕분이었던 셈이다.

　마지막으로 '舊高普'와 '新高普'의 차이에 대해 궁금해할 독자를 위해 간략하게 덧붙이고자 한다. '舊高普'란 지금까지 설명해온 1917년 7월에 인가받은 보성고등보통학교 학제를 의미한다. 그런데 당시 조선의 고등보통학교는 명칭상 중등교육기관이었지만 보통학교 4년, 고등보통학교 4년의 제한된 수업연한으로 인해 사실상 일본에서 중하층민의 완성교육기관으로 설정한 고등소학교 단계에 불과했다. 3·1운동 이후 교육의 평등권에 대한 요구가 거세짐에 따라 총독부는 내지연장주의에 따른 준거주의를 적용한 제2차 조선교육령(1922.2)을 공포한다. 다시 말해 동화주의의 명분으로 조선과 일본의 교육제도를 동일화한 것이다. '新高普'란 이 2차 조선교육령에 따라 보성고등보통학교의 수업연한이 5년으로 승격된 이후의 명칭이다.

22　李光洙 作歌, 보성고등보통학교 제7회 졸업생 졸업앨범, 下關寫眞印刷會社, 1929.3.

中學訪問記[23]

學校生活은 人生의 一生中에 가장 重要하고 興味 많고 變化 많은 時代니, 따라서 一生에 가장 回憶 많기는 學校生活이라. 고생스러운 實社會의 風波에 부대끼어 얼굴에 주름이 깔리고 白髮이 두 귀 밑에 흩날릴 때에도 學校生活의 달큼한 記憶을 일으키면 全身이 스르를 풀리며 눈물 섞은 微笑를 禁치 못하는 것이라.

現今 近萬名 紅顏 熱血의 靑年 諸子가 薰陶를 받는 全半島 十數箇 中學校內의 狀況은 어떠한가. 本誌는 이 興味 많고 有意한 報告를 靑春 諸子에게 드리고자 本欄을 두고 每號 一校 或 二校式 專往 訪問한 記錄을 揭載하려 하노니 그中에는 各學校의 特色과 校風이며 職員 敎師 諸氏의 人物評이며 校內 名望 있는 靑年의 感想談도 있을지니 本記者는 아무쪼록 現代 學生生活의 맛을 諸子 앞에 活躍케 하기를 힘쓰겠노라.

普成學校

火曜日에 磚洞 普成學校를 찾았다. 맑은 날이라 나는 길다란 집이 箒가지 모양으로 벌여 있고 좁은 마당에 學徒들이 복작복작하는 光景을 그리었다 (나는 三年前에 한번 와본 적이 있을 뿐이라) 六先生과 學校에 가서 質問할 順序를 의논하면서 普校門에 다다랐다. 나는 놀랐다. 높다랗던 솟을大門 (軺軒 나들던)은 간 곳이 없고 門牌 많이 달린 벽돌 洋式門 두 기둥 위에 乳白色 球形 電燈이 곤두서고 아직도 흙빛 새로운 運動場에서 東으로 두어 서호레(?) 石階를 올라 灰色 木造 洋館이 드높이 우뚝 솟았다.

---

23 외배,『靑春』3, 1914.12.

上學中인 양하여 運動場은 고요하다. 應接室이라고 木牌에 粉書하여 붙인 방에 들어서니 校長 崔麟氏가 慇懃하게 일어 握手하고 交椅를 權한다. 氏의 嫺熟한 交際態度는 보는 이로 一面 如舊한 感이 있게 한다. 寒暄[24]을 畢한 뒤에 單刀直入으로 來意를 告하고

"貴校의 敎育 主旨는 무엇이오니까."

校長은 두 팔구비로 卓子에 기대고 나를 凝視하며 가늘고 부드러운 소리로 "只今 朝鮮 사람은 저 한몸 있는 줄만 알고 社會라는 思想이 없어서" 조금 間隔을 두었다가 "社會性을 注入하기로 힘스지오. 即 個人은 社會의 一分子니까 個人의 本務는 社會에 對한 職分을 다함에 있다는 생각을 注入하는 것이올시다. 그러고 同時에 個人의 品性을 陶冶하는——"

"그러면 個人의 品性을 陶冶하는 同時에 公德心을 注入한다는 말씀이시지오."

氏는 벌떡 몸을 일으키어 交椅에 기대며

"그렇지오. 알기 쉽게 말하자면 公德心 涵養이지오— 어쩌하였으나 社會를 먼저 하고 저를 後로 함이올시다."

"學課에는 特別히 무엇을 重하게 여기시나요."

"學課는 數學을 第一 힘쓰게 합니다. 朝鮮 사람은 萬事에 理解力이 不足해요. 理解力을 養成하려면 不得不 數學으로 頭腦를 鍛鍊하여야 하겠기로 數學을 가장 힘씁니다. 그 담에는 地理 歷史 그 담에는 文學— 이렇습니다."

"作文 課程은 어떻게 하십니까. 우리가 무엇이나 不足지 아님이 없지마는 第一 不足한 것이 作文인 줄 알아요. 現代에는 제 思想을 發表하리 만한 글은 누구에게든지 不可缺이니까."

---

24 날씨의 춥고 더움을 말하는 인사. 안부 인사.

"참 그것이 缺乏해요."

"그러니까 一邊 相當한 사람을 請하여 作文을 가르치게 하고(前 모양으로 말고 그야말로 着實하게) 그러고는 校友會報 같은 것을 發行하여 校友의 親睦과 連絡을 圖하는 同時에 作文 練習機關을 만드는 것이 매우 緊急할 것이올시다. 또 貴校에서는 넉넉히 힘이 있으실 줄 아옵니다."

校友會報는 故 李秀三氏 主幹으로 二號를 發行하고 仍히 停止하였다.

"돈이 있어야 하지오. 財政이 困難하여서."

下學鍾이 울더니 學生들이 무엇이라고 떠들면서 쿠드등거리고 나온다. 그네의 幸福된 靑春의 心臟 소리가 들리는 듯하다.

'가아끼이'色 여름 正服을 입은 學生이 들어오더니 校長에게 드릴 말씀이 있다 하여 校長은 挾門으로 校長室에 들어간다.

東窓 밑 冊床에는 아래턱 빠르고 콧마루 높은 이가 새로 理髮한 머리를 숙이고 數學 問題를 푸는 모양이오 바로 그 뒤에는 조그마한 漆板에 粉筆로 그린 東洋史 地圖가 비스듬하게 壁에 기대어 놓였다. 나는 胃病 있는 이 모양으로 볼 쪼그라진 李氏에게

"오늘 東洋史 時間이 있는가요."

"네. 二年級에."

"이 學校에 第一 工夫로나 品行으로나 名譽 있는 學徒가 누군가요."

李氏는 한참 생각하더니

"다 性品은 純良해요. 그中에 三年級에 朴淳寬이가 第一이지오. 各學課에다 부지런하고— 재주로 말하면 그보다 나은 이도 있지마는 그 人格이 매우 將來性 있어요. 말하자면 本校 模範的 學生이지오. 그러나 어린 사람의 일이니 斷言할 수야 있소. 稱讚이 或病되는 수가 많으니."하고 다른 방에 가더니

學生이 그린 地圖를 한아름 안고 온다. 夏期放學 동안에 課하였던 것 中에서 秀逸한 者를 뽑아 오는 新校舍 落成式 學校 成績品 陳列에 쓸 것이라는데 아주 精密하게 깨끗하게 되었다. 나는 先生의 가르침을 받아 精誠을 들여 이것을 그린 學生 諸君을 感謝하는 同時에 그 地圖 속에서 李氏의 獻身 敎導하는 熱誠을 보았다. 그中에서 하나를 골라내면

"이것이 朴淳寬의 것이오."

나는 校長에게

"上學 時間外에 學生과 職員 敎師가 接하는 機會는 많으십니까."

校長은 놀라는 듯이 이윽히 보더니

"아직은 그렇게 많지를 못해요. 土曜日마다 討論會를 열게 하고 거기서 敎師 學生이 서로 이야기를 하지오—. 아무쪼록 接할 機會가 많도록 하렵니다—. 참말 意思의 疏通과 人格의 感化는 늘 接하는 데서 생기는 것이니까."

곁에 앉았던 키 크지 아니하고 얼굴 넓적한 校監 어른께서 궁굴은[25] 목소리로

"그러고 점심 時間에 主任 敎師와 學生이 한데 모여 앉아 먹지오."

校監 바로 뒤 接受口에 石佛같이 뚱뚱한 이가 登記 郵便物의 領受 圖章을 친다. 나는 다시

"한 달에 몇 번씩 學術 講演會 같은 것을 열고 人格과 學識 있는 이를 請하여 講演을 시켰으면 어떠할까요. 그래야 學生의 學術에 對한 趣味도 있고 聞見도 넓어지고 또 接하여야 만한 이를 가까이 接하는 동안에 自然 感化도 얻을 것이오."

"될 수 있는 대로 그렇게 하려 합니다."

---

25 겉보기보다 속이 너르다. 웅숭깊다.

이 學校는 光武 十年에 故 李容翊氏의 創設한 바니 우리 사람의 經營하는 高等學校中에 가장 오랜 歷史를 가진 것이라. 小學校 中學校 專門學校가 모여 普成館이 되고 그 안에 印刷所와 編譯部가 있어 여러 가지 新書籍을 많이 發行하여 半島 新文明에 貢獻함이 컸다. 李容翊氏가 當時 政府의 忌하는 바 되어 海外에 亡命하게 되매 此校는 主人을 잃어 財政上 管理上 多大한 困難을 겪었다. 그리하다가 마침 四年前에 天道敎會가 此校를 管理하게 되매 한참은 卒業生과 在校學生의 反對가 일어 世人이 다 그 將來를 걱정하더니 마침내 學生들도 天道敎會의 敎育과 宗敎를 混同치 아니하는 誠意를 깨달아 아주 圓滿하게 解決이 되어 今日의 盛況을 보게 되었다.

卒業生을 나이가 벌써 五回요 今日 出席 學生數가 三百二人이라. 校友는 普「中親睦會로 連絡이 되며 會報는 二號만에 停止되었다 하며 卒業生은 多數는 敎師요 다음엔 高等專門을 修學하는 이요 少數는 무엇을 하는지 모르는 이도 있다 한다.

校長의 先導로 各年級 敎授를 구경하였다. 四年級에는 鄭大鉉 先生이 漆板을 슬쩍 비켜 서서 그리를 가리키며 뚝뚝 끊는 소리로

"有限 直線 AB가 直線 MN에 投한(던질 투자) 사영(射影)은—."

三年級은 校長의 論理學 時間인데 우리 爲해 몇 十分間 쉬는 모양 앞에다가 謄寫版에 박은 도련 아니한 책을 놓고 異常한 듯이 우리 一行을 본다. 어떤 이는 눈으론 우리를 보면서 입으로만 무어라고 소곤소곤한다.

一年級 語學 時間이라. 先生이 "此は私の—"하면 소리를 맞추어 "고레와 와다꾸시노"한다.

二年級은 崔鳴煥氏의 動物 時間. 漆板에는 五色 粉筆로 누에의 橫斷圖를 그리고

"붉게 그린 것은 消化器 푸른 것은 실 뽑는 데." 이렇게 한 마디 한 마디 똑똑 떼어 "실은 본래는 液體 空氣를 만나서 굳어진다— 말이야." 하며 저편 窓 밑에 서서 說明을 하다가 손을 투툭 털며

"그림을 그리고 싶은 사람은 얼른 그려."

우리는 이 學校의 날로 興旺하고 意義 깊은 學園 되기를 빌면서 敎門을 나서서 다시금 돌아보았다. (배)

보성학교 연혁

1906. 9. 5 학교 이름 '보성'을 고종황제로 하사받은 이용익(李容翊) 선생이 학부에
설립 허가를 받아 '사립보성중학교'를 창설하고, 신입생 246명을 선발
하여 9월 22일 경성 중부 박동(磚洞, 현재 수송동 46번지)에서 개교식
을 거행하다.(초대 교장: 신해영(申海永), 교감: 박승혁(朴承鎬) 외 교
사 7인)
개교와 동시에 출판사 보성관과 인쇄소 보성사를 통하여 교과서 간행에
착수함.

1907. 2. 24 창립자 이용익 선생이 블라디보스토크에서 서거하여 그의 손자인 이종
호(李鍾浩) 선생이 보성학교 교주를 계승함.

1907. 4. 24 교장 신해영 선생이 일본유학생 감독으로 가게 되어 교감 박승혁 선생이
그 직무를 대리함.

1907. 11. 21 노백린(盧伯麟) 선생 제2대 교장에 취임.

1909. 2. 6 박중화(朴重華) 선생 제3대 교장에 취임.

1909. 5. 31 '학교령'에 의하여 새로 인가를 받음.

1910. 6. 10 한국잡지사상 최초의 학교 교지인 『보중친목회보』 1호 간행.

1910. 12. 20 천도교회가 본교의 새로운 설립자[1]가 됨.

1910. 12. 31 『보중친목회보』 2호 간행.[2]

1911. 2. 24 최린(崔麟) 선생 제4대 교장에 취임. 교감 : 김일(金馹).

1913. 12. 6 학교명을 '사립보성학교'로 고침.

1914. 9. 5 목조 2층의 서양식 신 교사(연건평 234평) 준공.

1917. 7. 1 총독부의 인가를 얻어 학교명을 '사립보성고등보통학교'로 고침.

1919. 3. 1 기미년 삼일만세운동에 재단인 천도교는 물론 교장, 교사, 학생들이 모
두 적극적으로 참여함.

1919. 6. 28 삼일운동 독립선언서를 인쇄한 보성사가 원인 모를 화재로 전소되었으

---

1 기존 연혁들에 사용된 용어로 학교의 소유주인 재단을 의미함.
2 발행 즉시 총독부에 의해 압수되었다가 이듬해 4월 '발행 및 반포 금지'가 해제됨.

며 이 때 이화학 표본실도 소실됨.

1919. 10. 23	총독부에서 교장 최린의 인가를 취소함.
1920. 3. 11	정대현(鄭大鉉) 선생이 제5대 교장에 취임.
1922. 4.	신 교육령에 의해 1921년 마련된 보습과를 폐지하고 학년을 5년제로 연장하는 동시에 교명을 '보성고등보통학교'로 고침.
1924. 1	조선불교중앙교무원이 새로운 설립자가 됨.
1924. 4	조선불교중앙교무원이 경영하던 동광학교생 141명이 간단한 검정시험 후 본교에 편입됨.
1925. 10. 14	최명환(崔鳴煥) 선생 제6대 교장 취임.
1927. 5. 1	종로구 혜화동 1번지에 신 교사를 완공하고(총면적 3851평, 본관: 벽돌 2층 건평 500평, 부속건물: 목조단층 건평 114평), 5월 10일 이전함.
1927. 9. 23	정대현 선생이 다시 제7대 교장에 취임.
1928. 3. 10	『이습(而習)』 창간호 간행(보성고보 이습회 문예부).
1928. 4. 13	보성문고(文庫)를 설치함.
1930. 9	유도(柔道)를 정식과목으로 둠.
1931. 5. 8	이혼성(李混惺) 선생 제8대 교장 취임.
1933. 1. 13	김경홍(金敬弘) 선생 제9대 교장에 취임.
1935. 3. 1	교지『보성』 창간호 간행.
1935. 9. 11	재단법인 고계(高啓)학원이 새로운 설립자가 됨.
1936. 2. 19	교지『보성』 제2호 간행.
1938. 3. 3	교지『보성』 제4호 간행
1938. 4. 1	조선교육령 개정으로 교명을 '보성중학교'로 고치고 학칙을 크게 변경함.
1938. 4. 30	국유임야 4,980평을 불하받아 교지 총면적이 8,831평이 됨.
1940. 2. 26	주종의(朱鍾宜) 선생 제10대 교장 취임.
1940. 3. 1	교지『보성』 제6호 간행.
1940. 8. 7	재단법인 동성(東星)학원이 본교의 새로운 설립자가 됨.
1941. 4. 7	이헌구(李軒求) 선생 제11대 교장 취임.
1942. 6. 25	교지『보성』 제7호 간행
1945. 10. 8	동성학원 설립자 전형필(全鎣弼) 선생 제12대 교장에 취임.
1946. 9. 2	학제를 6년제 18학급의 고급중학으로 인가받음.
1946. 9. 11	서원출(徐元出) 선생이 제13대 교장에 취임.

1948. 6. 1³   『잉경』제9호 간행

1949. 6. 7   『인경』제10호 간행

1950. 3   『인경』제11호 간행

1950. 5. 1   신 교육령에 의해 각 3년제의 중·고등학교로 분리되다.

1951. 9   6·25전쟁으로 인해 부산 영주동에서 '보성중앙연합 피난학교'를 열다.

1954. 6. 18   명동 천주교성당 내 '서울분교'를 거쳐 혜화동 본교사로 복귀함.

1959. 12. 5   박격흠(朴格欽) 선생 제14대 교장 취임.

1960. 10. 18   강재호(姜在鎬) 선생 제15대 교장 취임.

1961. 9. 1   홍두표(洪斗杓) 선생 제15대 교장 취임.

1963. 9. 1   강정룡(姜正龍) 선생 제16대 교장 취임.

1966. 5. 12   나동성(羅東星) 선생 제17대 교장 취임.

1967. 11. 2   맹주천(孟柱天) 선생 제19대 교장 취임.

1971. 3. 1   전성우(全晟雨) 선생 제20대 교장 취임.

1973. 7. 12   백제현(白晰鉉) 선생 중학교 제21대 교장 취임.

1976. 9. 5   본교 창립 70주년 기념식 거행. 과학관을 완공하고 이용익 선생과 간송
전형필 선생의 동상 건립.

1980. 3. 2   윤성구(尹晟求) 선생 중학교 제22대 교장 취임.

1983. 5. 8   최원섭(崔元燮) 선생 중학교 제23대 교장 취임.

1986. 9. 5   개교 80주년 기념식을 거행하고『보성80년사』를 간행하였으며 '보성
종'을 건립하였음.

1988. 3. 2   송파구 방이동에 신 교사를 완공하고 학교를 이전함.

1990. 4. 7   홍상유(洪尙裕) 선생 중학교 24대 교장 취임.

1996. 3. 1   황영렬(黃英烈) 선생 중학교 제25대 교장 취임.

1996. 3. 2   김장화(金章華) 선생 고등학교 제21대 교장 취임.

1999. 9. 1   양승민(梁承敏) 선생 중학교 제26대 교장 취임.

1999. 9. 2   류보일(柳甫一) 선생 고등학교 제22대 교장 취임.

2002. 4. 1   김준회(金俊會) 선생 중학교 27대 교장 취임.

2002. 9. 2   김갑철(金甲哲) 선생 고등학교 제23대 교장 취임.

2003. 3. 1   강태광(姜泰光) 선생 중학교 제28대 교장 취임.

2006. 9. 5   개교 100주년 기념식을 거행하고『보성백년사』를 간행하였으며, 보성

---

3   발행 월일(月日)은 확실치 않음.

백주년 기념관을 착공하였음. (2008년 5월 완공)

2007. 3. 2 박재현(朴在賢) 선생 고등학교 제24대 교장 취임.

2008. 3. 1 이영호(李榮鎬) 선생 중학교 제29대 교장 취임.

2010. 2. 28 학교 식당 건물 완공.

2010. 9. 1 봉호근(奉好根) 선생 고등학교 제25대 교장 취임.

2013. 3. 1 윤완주(尹完柱) 선생 중학교 제30대 교장 취임.

2014. 9. 1 구선일(具善壹) 선생 고등학교 제26대 교장 취임.

2016. 3. 1 조익선(趙益善) 선생 중학교 제31대 교장 취임.

2016. 9. 5 개교 110주년 기념식 거행하고 기념 교지를 간행함.

2017. 3. 1 박형송(朴炯松) 선생 고등학교 제27대 교장 취임.

편집 후기

궁색한 변명을 대신하여

앞의 머리말에서 밝혔듯, 불초소생이 정년퇴직을 자축하는 의미에서 이 책을 간행하게 되었다. "오 선생이 나가면 누가 역사자료실을 맡을까 걱정이오"라는 이야기가 자극이 되지 않은 것은 아니다. 그러나 답변을 듣기 원한다면 그 이야기는 정확히 틀렸다. 아시다시피 역사는 대부분 진보하는 방향으로 흐르기 마련이고 '언제'와 '누가'를 현재로서는 확언하기 어려울 뿐 언제고 보성졸업생에 대한 작업은 발전적으로 이루어질 것이다. 다만 나로서는 지금까지 내가 해온 작업들을 총정리해 기록으로 남겨주는 것이 가장 큰 미덕일 것이다.

보성학교 출신 문인들의 역사를 정리하는 '보성문인사普成文人史'에 대한 관심이나 의욕이 적지 않았으나 결과적으로 능력이 따라주지 못했다. 하여 허겁지겁 생각해낸 대안이 2009년 불초가 만든 근대서지학회 회원들의 울력으로 책을 엮어내는 것이었다. 이러한 생각을 염두에 두고 2016년 개교 110주년 기념 교지에 이미 열 꼭지 가량의 글을 갈무리하기도 하였다.

허나 이 책의 목차에서 보듯이 대상 문인들의 숫자가 너무 많았다.

이렇게 많은 문인들을 모두 다 충실히 다루기란 1, 2년의 작업으로도 불가능한 일이라 생각되었다. 불초로서는 어쩔 수 없이 다음과 같은 판단을 내릴 수밖에 없었다.

① 작고(作故) 문인을 대상으로 할 것.
② 꼭지 당 A4 3매 가량의 분량으로 하되, '생애-문학 성격 및 문학사적 평가-이미지'의 형식으로 청탁할 것.
③ 해당문인에 대한 새롭고 전문적인 지식이 담긴 학술적인 글을 지양하고 재학생, 교우 등이 쉽게 읽을 수 있는 원고를 만들 것.
④ 해당 문인의 학적부를 공개하여 연구자 내지는 관심 있는 사람들에게 소중한 자료로 제공할 것.
⑤ 보성 출신 문인들의 이미지 자료들을 총망라하여 관심 있는 사람들에게 소중한 자료집이 되게 할 것.

위에서 보듯이 이 책은 작고문인만을 대상으로 삼기로 하였다. 그 결과 유명작가인 윤대성, 조해일, 조세희, 조정래, 김정환, 유재주, 김진명 등이 제외되었는데, 이들에 대해서는 후대에 어렵지 않게 작업이 이루어질 것이라 생각한다.

그리고 이렇게 비교적 간결한 작성 기준을 설정해놓았으나 막상 필자를 섭외해보니 어려움이 너무 많았다. 그간의 우정을 빙자해 강청强講하기까지 했지만 연구자에게 지켜야 하는 최소한의 예의를 무시할 수는 없었기 때문이다. 결과적으로 만족스럽지 못한 짜임이 될 수밖에 없었는데 이는 어느 정도 충분히 예상한 일이었다. 문학사적으로 유명한 문인의 경우 필자 섭외가 쉬운 반면에 그렇지 않은 경우에는 필자를 구할 수가 없었다. 결국 아래 문인에 대한 원고는 마련하지 못하였다. 이들에 대해서는 다음에 원고를 마련하여 학교에서 발행하는 매체에 소개할 기회를 갖도록 노력하겠다.

변영태(1회 졸업생) : 영문학자, 국무총리, 시조 및 시조 영역 등
조중곤(16회 졸업생) : 1920년대 카프계열 문학평론가
김시홍(19회 졸업생) : 번역시인
조허림(본명 조중옥, 24회 4년 수료자) : 시인, 신문기자
김소진(중학교 69회 졸업생) : 소설가

원고 가운데 37회 졸업생 민병산(본명 민병익)에 대해서는 약간의 해명이 필요하다. 교우회명부에 보면 민병산에 대해 '한국의 디오게네스'란 설명이 붙어있는데 일반인들은 쉽게 알 수 없는 내용이다. 민병산은 시인도, 소설가도 아니지만 당대 대표작인 문필가임에는 틀림없지만 마땅한 필자를 구할 수가 없었다. 부득이 구중서 선생의 양해를 얻어 재수록할 수밖에 없었다.

아무리 교언영색을 늘어놓아도 한갓 변명에 지나지 않을 것이다. 보성 출신 문인들을 이 정도로 소략하게 다룬 것이 큰 죄가 될 것 같다. 다만 독자들은 이 책에서 해당문인에 대한 모든 것을 알려하지 말고 이 책을 바탕삼아 좀 더 전문적인 서적을 찾는다면 불초가 이 책을 낸 보람이 있을 것이다. 모쪼록 아쉬움을 느끼고 더 깊은 지식을 찾아나

서기 바라며 구차한 변명을 줄인다.

　책을 만드는 데 큰힘이 되어준 엄동섭, 유춘동, 정선희 선생께 깊이 감사드린다.

오영식 근지